けいこ

走向世界的中国作家

人类的
起源

叶兆言 著

文化发展出版社
Cultural Development Press

图书在版编目(CIP)数据

人类的起源 / 叶兆言著. —北京：文化发展出版社，2020.5

ISBN 978-7-5142-2973-8

Ⅰ. ①人… Ⅱ. ①叶… Ⅲ. ①中篇小说-小说集-中国-当代②短篇小说-小说集-中国-当代 Ⅳ. ①I247.7

中国版本图书馆CIP数据核字(2020)第045006号

人类的起源　RENLEI DE QIYUAN

叶兆言　著

| 出 版 人：武　赫 |
| 策划编辑：肖贵平 |
| 责任编辑：肖贵平 |
| 责任校对：岳智勇 |
| 责任印制：杨　骏 |
| 封面设计：郭　阳 |
| 排版设计：辰征·文化 |

| 出版发行：文化发展出版社（北京市翠微路2号　邮编：100036） |
| 网　　址：www.wenhuafazhan.com |
| 经　　销：各地新华书店 |
| 印　　刷：天津嘉恒印务有限公司 |
| 开　　本：889mm×1194mm　1/32 |
| 字　　数：264千字 |
| 印　　张：11 |
| 版　　次：2020年8月第1版　2020年8月第1次印刷 |
| 定　　价：68.00元 |
| ＩＳＢＮ：978-7-5142-2973-8 |

◆ 如发现任何质量问题请与我社发行部联系。发行部电话：010-88275710

"走向世界的中国作家"文库编辑委员会

主 编

野 莽

成 员

(以姓氏笔画为序)

王池英（美）	立松升一（日）	吕　华
安博兰（法）	许金龙	周大新
贾平凹	野　莽	

不仅是为了纪念
——"走向世界的中国作家"文库总序

野 莽

在一切都趋于商业化的今天,真正的文学已经不再具有二十世纪八十年代的神话般的魅力,所有以经济利益为目标的文化团队与个体,像日光灯下的脱衣舞者表演到了最后,无须让好看的羽衣霓裳作任何的掩饰,因为再好看的东西也莫过于货币的图案。所谓的文学书籍虽然也仍在零星地出版着,却多半只是在文学的旗帜下,以新奇重大的事件,冠以惊心动魄的书名,摆在书店的入口处,引诱对文学一知半解的人。

这套文库的出版者则能打破业内对于经济利益的最高追求,尝试着出版一套既是典藏也是桥梁的书,为此做好了经受些许经济风险的准备。我告诉他们,风险不止于此,还得准备接受来自作者的误会,此项计划在实施的过程中不免会遭遇意外。

受邀担任这套文库的主编对我而言,简单得就好比将多年前已备好的课复诵一遍,依照出版者的原始设计,一是把新时期以来中国作家被翻译到国外的,重要和发生影响的长篇以下的小说,以母语的形式再次集中出版,作为中国当代文学的经典收藏;二是精选这些作家尚未出境的新作,出版之后推荐给国外的翻译家和出版家。入选作家的年龄不限,年代不限,在国内文学圈中的排名不限，作品的风格和流派不限，陆续而分期分批地进入文库，每位作者的每本容量为十五万字左右。就我过去的阅读积累，我可以闭上眼睛念出一大片在国内外已被认知的作品及其作者的名字，以及这些作者还未被翻译的本世纪的新作。

有了这个文库，除为国内的文学读者提供怀旧、收藏和跟踪阅读的机会，也的确还能为世界文学的交流起到一定的媒介作用，尤其国外的翻译出版者，可以省去很多在汪洋大海中盲目打捞的精力和时间。为此我向这个大型文库的编委会提议，在编辑出版家外增加国内的著名作家、著名翻译家，以及国外的汉学家、翻译家和出版家，希望大家共同关心和参与文库的遴选工作，荟萃各方专家的智慧，尽可能少地遗漏一些重要的作家和作品，这个方法自然比所谓的慧眼独具要科学和公正得多。

遗漏总会有的，但或许是因为其他障碍所致，譬如出版社的版权专有，作家的版税标准，等等。为了实现文库的预期目的，在全书的编辑出版过程中，出版者会力所能及地逐步解决那些障碍，在此我对他们的倾情付出表示敬意。

2018年5月12日改于竹影居

目 录

小杜向往的浪漫生活 / 1

纪念葛锐 / 10

浦来逮的痛苦 / 25

榆树下的哭泣 / 33

我们去找一盏灯 / 51

我已开始练习 / 66

紫霞湖 / 81

舟过矶 / 95

人类的起源 / 104

陈小民的目光 / 183

余步伟遇到马兰 / 243

当代中国的浮世绘 / **310**

叶兆言主要著作目录 / **336**

小杜向往的浪漫生活

小杜自从高中毕业以后，就一直向往着浪漫的生活。他是80年代初期毕业的高中生，和别人一样复习了功课考大学，没考上，又考了一次，还是没考上，一连考了三次，仍然名落孙山。母亲说："你不是读大学的料子，到我厂里当工人吧！"母亲提前退休，小杜顶职进了她所在的那个工厂，因为是提前退休，母亲没事老和儿子唠叨，说他害她失了业。

小杜有一个姐姐，一个妹妹。姐姐很快就结婚了，不久便和丈夫一起去了深圳。妹妹说有对象，果然带了一个男孩子回来。这个男孩子后来成了小杜的妹夫。时间不紧不慢地过去，小杜在厂里干了三年，母亲说："你不用急，不过真有合适的，先谈起来也不要紧。我告诉你，别光想着怎么漂亮，首先要人好。"小杜对母亲耸耸肩膀，很傲气地说，自己要谈对象，早就谈了。

小杜看中的一个女孩子，是他的中学同学。她是班上的文艺委员，眼睛亮亮的，看人时，两个乌黑的眼珠子总是滴溜溜地转。和小杜一样，她也是考大学，连续两次没考上。到了第三次，竟然考上了，她考的是艺术院校的表演专业，进学校不久，就拍了电视剧，放寒假从北京回来，正月里老同学聚会，立刻成了大家心目中的明星，虽然在电视剧中扮演的只是小角色，小杜连和她说几句话的机会都没捞到。大家都在说大学里的事，小杜高攀不上，心里酸酸的，局外人一样怔在旁边插不上嘴。

小杜妹妹结婚的时候，她的伴娘叫小梁。小梁后来成为小杜的老婆。当时小梁有男朋友，是派出所的警察，人高马大，身体非常结实。在饭桌上，小杜听妹妹和母亲闲谈，说小梁曾堕过胎，是和过去的过去的男朋友，说她什么都好，就是太不在乎，谈一个男朋友，就睡一个男朋友。小杜妹妹对小梁每一个男朋友都了如指掌，动不动就说小梁的风流故事。小梁的故事永远说不完，小杜妹妹结婚前是和自己母亲说，结婚后，便和丈夫说。她丈夫听多了，对小杜妹妹也起了疑心，说你的好朋友，生活上那么不检点，物以类聚，近朱者赤，你难道就没有过一点事，哪怕是一点点小事。小杜妹妹气得跺脚，气得哭了好几次，回来说给母亲听。母亲也觉得女婿过分，说："你男人怎么这么说话？"

小杜让妹妹别哭了，说谁让你背后老要说人家小梁浪漫。

小杜的妹夫不知怎么，就跟小梁勾搭上了。事情败露以后，小梁和自己的男朋友分了手，小杜妹妹夫妻俩吵得不可开交。小杜妹妹想离婚，妹夫死活不肯，闹了一阵，事情就算过去了。小杜妹妹和小梁仍然是好朋友，她扇了她一个耳光，两人掏心掏肺地对哭了一场。小杜妹妹说："你再勾引我男人，我就宰了你！"小梁长得十分矮小，看上去比小杜妹妹足足矮了一个头，她非常伤心地说："你要是恨，不应该宰我，该宰了你男人才是。便宜都让你男人一个人占去了，你好好想想，真正吃亏的是谁，还不是我。你们没事了，我的男朋友却没了。"

小杜妹妹在饭桌上，骂自己男人，就良心发现地说小梁也真可怜。她不把小梁往自己的小家带，要带，就带到母亲这里。小杜的耳朵边，仍然回响着母亲和妹妹说小梁的声音，母女俩除了谈论小梁，仿佛就找不到别的话题。小梁和男朋友吹了，有人张罗着给她介绍，高不成，低不就，三天两头约会见面，光听到打雷，见了一打又一打的男人，结果没有一个落实。有一天，小杜妹妹突然问小杜，说你觉得小梁这人，怎么样？

小杜眼睛瞪多大地说："这是什么意思？"

小杜妹妹撇着嘴说："你别觉得人家有过那些事，就看不起她，她说不定还看不上你呢。"

小杜说："我又没说我看不起她。"

小杜妹妹说："你嘴上不说，心里怎么想的，别人心里都有数，不要把别人当作聋子和瞎子。时代不同了，就算是有些生活问题，又怎么样？"

小杜感到很委屈，悻悻地说："我招谁惹谁了，凭什么这样和我说话？"

小杜妹妹说："凭什么，就凭你们男人都不是东西。"

小杜妹妹和小梁事后谈起这事，小梁淡淡一笑，推心置腹地说："我还真有些看不上你哥哥，这年头，有谁老老实实当工人，他干什么不行，非要在工厂里耗着？"小杜妹妹感到有些奇怪，说你真不知道我哥哥的心思，他什么时候安心当过工人，我告诉你，他这个人呀，做梦都想从工厂里跳出来，他根本不是安心当工人的料。小梁说，他不当工人，又能干什么？小杜妹妹说，是呀，不干工人，又干什么。

小杜的心里一直不太安分。电视台新盖了近二十层的大楼，招兵买马，小杜跑去应聘。电视台的人问他有什么特长，小杜说自己没特长。电视台的人笑着说:"没特长,跑来凑什么热闹?"小杜说,电视台那么大,自己打打杂还不行?一位副台长正好从旁边经过,听了小杜的话,一本正经地说:"在我们这儿,就算是打杂,也得有特长。"

小杜在三十岁的时候,开始在夜校学表演。夜校里一期接一期地办着影视表演速成班,收费颇高,来上课的,都是些异想天开的男女,要么剃大光头,要么是长头发,要么长裙拖地,要么短裙几乎露出屁股,一看就与众不同。小杜也开始留长头发,开始抽烟喝酒。那一阵,小梁剃了时髦的短头发,看上去像个男孩子,有一天,小杜妹妹忍不住说:"这世道怎么了,你们一个长发,一个短发,不是阴阳颠倒了嘛!"

小杜说:"你懂什么,阴就是阳,阳就是阴,没有阴,哪来的阳?没有了阳,哪来的阴?"

小杜妹妹说:"别以为学了两天表演,就大谈什么阴阳,算命的,才谈阴阳呢,你还是老老实实地想想讨老婆的事,别耽误了自己。"

小杜说:"我耽误我自己,碍你什么事儿?"

小杜上了两期影视表演学习班,在班上始终是个小角色。教表演的老师,是正经八百的科班出身,动不动就说莎士比亚,要排练小品,保留剧目必定是《罗密欧与朱丽叶》的片断。这老师是女的,已经年过半百,她演朱丽叶,班上所有的男生都是罗密欧。大家没什么情绪,嫌教师嘴里哈出来的气,有一股腥臭,怎么培养也入不了戏。于是老师只好挑一位年轻的女学员扮演朱丽叶,这一来,麻烦更大,班上的男生一个个都中了邪,突然都真的成了罗密欧,为那个女学员打得死去活来。

小杜是不多的没演上罗密欧的学员之一,他只能在家扮演,躲在卫生间里，冲着镜子挤眉弄眼。他知道自己演不好，因此也不怪罪老师。有一次，小梁来他们家，和他开玩笑："你妹妹说，你很快就要拍电视剧了，真有这回事？"

小杜说："听她瞎说，拍电视能那么容易。"

小杜的婚事，几乎遭到所有人的反对。时间已经进入九十年代，思想已经解放得不能再解放。母亲说："小梁这人作风不好，你又不是不知道，怎么说当真，就当真，天底下难道就没别的女人了？"小杜妹妹的话更难听，说你也太没出息，什么样的女人不能喜欢，非要喜欢一个破鞋。小梁对小杜母亲和妹妹的指责持赞同意见，她红着眼睛对小杜说："你妹妹说得对，我差不多就是个破鞋。"小杜说："别人背后这么骂你，你何苦自己也这么糟蹋自己。"小梁苦笑着，说谁骂都是骂，人活着给别人骂，还不如自己先骂骂自己，把自己的脸皮骂厚了，防御能力也就增强了。

小杜直到新婚之夜，才和小梁做那件事。小梁以为他是有什么病，从没见过像他这样不急不慢的男人。小杜很严肃地说："我和别的男人，多少得有些不一样，是不是？"小梁觉得他话里有话，是变着法子，指责自己过去生活的不检点，心里顿时不是滋味，立刻翻脸，说要是觉得吃亏，完全没必要娶她，她还没贱到非他不嫁的地步，一定要他把账算算清楚。小杜说："谁吃亏谁占便宜，这笔账，不是说就能说清楚的事，我们免谈怎么样？"小梁说："有什么话，直截了当地说出来好，憋在肚子里，非憋出事来不可。"小杜于是真的生气了，说你这个人脑子里真有屎，你要我怎么说？说你跟别的男人睡过觉，我在乎，或者我不在乎，你神经有问题，还是我神经有问题？

小杜夫妇住的是小梁单位里的房子。住他们对门的是办公室主任，一口咬定当初分房子给小梁，完全是由于他暗中出了力，没事就往小杜家跑，见小杜不在，便想占小梁的便宜。小梁被纠缠得很不耐烦，让小杜想个办法收拾收拾他，小杜气鼓鼓地冲到办公室主任家，指着对方的鼻子，恶狠狠地说："你想睡我们家小梁，我告诉你，我他妈睡你全家，然后把你们一家全都宰了剁成肉馅，你信不信？"办公室主任被他吓得不轻，背后偷偷地对人说，小梁的男人头发留得老长，神经不太正常。

小杜很快有了个儿子。由于一直不安心厂里的工作，他被贴了一张布告，除了名。失业以后的小杜，变得无拘无束，开始给任何一个来本城拍电视的剧组打工。不管人家要不要他，只要是拍电视剧，他就去纠缠人家。连续不断地碰钉子，最后还真的让他找到了一个差事。他终于成为某某剧组中的一员，真正意义的打杂，什么样的活都得干，虽然工资低得等于没有，但是他觉得自己时来运转，终于找到了所向往的浪漫生活。他开始有了上镜头的机会，在古装戏里扮演被一刀杀死的清兵，尽管只是一个很短的镜头，可是他演得很认真，导演非常满意。

小杜很快爱上了自己的那种生活，随着剧组到处流浪。他开始成为一个成天不回家的男人。不回家的感觉非常好，因为一个人只有长期在外不回家，才能真正体验到那种回家的幸福感受。等到他儿子三岁的时候，小杜已经是剧组中的老混子。剧组到哪里，小杜便到哪里，他成了导演手下不可多得的跑腿，成为整个剧组所有人的下手。扛摄影器材，打灯光，临时购物，联系主要演员的车票，为女演员打洗澡水，为腰部受伤的男演员按摩，扮演各种各样的群众角色，成天都忙得不亦乐乎。一年中，大部分的时间，都在外面流浪，寂寞时想起老婆和儿子，就偷偷地打导演的手机。剧组里很多人都有手机，导演嫌手机揣在身上，老是有人打扰，常常让小杜替他保管。有一天半夜，小杜跑到外面的野地里，给小梁挂了一个电话，无话找话地扯了半天，最后实在没什么话可说，便让小梁猜猜，想象一下导演和女主角，这会儿正在干什么好事。小梁从美梦中惊醒，半天摸不着头脑，打着哈欠说："你怎么这样无聊，你们导演干好事干坏事，和我有什么关系，现在几点了，是不是你自己想干什么坏事？"小杜笑着说："还真让你说着了，要不然我打电话干什么？"小梁说："你不要下流了，我知道你的用心，这时候打电话回来，还不是怕我有别的男人？"

小杜的一腔热情，仿佛被泼了一盆冷水。他情不自禁地摸了摸腰间，将别在那儿的一把匕首拔了出来，在月光下挥了挥，带有威胁地对着手机说："小梁，我告诉你，你要是有了别的男人，我先宰了那男的，然后是你，然后就是我们的儿子，信不信？你别做蠢事，我绝对说到做到！"小梁说："我知道你说到做到，这么晚了，快去睡觉吧，我也要睡了，明天我还要上班，一大早还得起来侍候儿子。"小杜仍然不想挂电话，声音中多了些温柔："你好好在家等我，这部戏拍完了，我起码可以回来半个月。"小梁十分委屈地说："你回来就回来，我不等你小杜等谁，没良心的，把我一个人扔在家里，亏不亏心，好好想想，你是对得起我了，还是对得起儿子。你想回来，骗谁，你要想回来，早就回来了。"

小杜在黑夜中，胡乱舞了一阵匕首，然后将匕首重新别在腰间。匕首是一位男演员送给他的，这位相貌堂堂的男演员，常在电视剧中扮演硬汉一类的角色，曾为某位颇有知名度的女演员，被人揍得头破血流。这把匕首是男演员在新疆拍戏时买的。剧组总是在

小杜向往的浪漫生活　7

陌生的地方流浪,男人们在身上别把匕首,遇到有人找麻烦,随时可以自卫。地方上的一些流氓地痞,常常会来捣乱,人在江湖,男人得像个男人。

小杜是从一座古庙的屋顶上摔下来摔死的,这是一次意外的事故。出事那天,整个剧组的人,都发现自己的手机怎么拨号码都没反应。没人意识到这就是预兆,大家都觉得奇怪,因为周围并没有什么更高的山,古庙已经是在山顶上了,收发讯号应该完全不成问题,可手机就是用不起来。原来联系好的特技指导迟迟不来,手机既然派不上用场,导演等得不耐烦,牙一咬说:"他不来,我们照拍。"小杜插了一句嘴:"难得到庙里来拍戏,我们是不是应该先烧炷香?"导演正在火头上,说:"烧屁香,要烧就拿你烧!"

小杜和几个跑龙套的通过借来的梯子,爬上古庙的屋顶。是一场枪战戏,男主角手持双枪,噼里啪啦一阵乱打,匪兵甲匪兵乙纷纷从四处往下跌倒。镜头一个接着一个拍摄,小杜等扮演匪兵的在屋顶上,一个个做中了枪的动作,从上面接二连三地掉下来。下面堆着高高的稻秸,似乎不会有什么危险,先排演一遍,然后就是实拍。第一次实拍的效果不太好,戏有些过,屋顶上的匪徒们配合得不够默契,一个个鬼哭狼嚎,不像是在打仗,像跳舞。导演用话筒把大家一顿臭骂,接下来,又一次投入实拍。

小杜像真的被子弹击中一样,突然从不该跌落的地方掉了下来。这是一次意外的意外。摄影机这时候正对着别人,还没有正式开拍,大家的注意力也都跟随着摄影机的镜头。人们听到巨大的响声,猛地发现屋顶上少了一个人,都吓了一大跳。小杜像条鱼似的,平躺着从高高的屋檐上掉了下来,把原来放在那里的一个长板凳砸得粉碎。最先看到这一惨景的，是在电视剧中扮演女二号的演员，她尖叫着用手捂眼睛，通过手指缝往外看，看见小杜反弹了一下，从四分五裂的长板凳上弹到地上。大家纷纷向他跑过去，导演手上拿着话筒，目瞪口呆地站在那里。

小杜像睡着一样，好半天没有动静。他醒过来的时候，发现自己躺在一位女演员的怀里，导演跪在他面前，一边哭，一边抽自己嘴巴。小杜想说话，但是说不出来，他的嘴像鱼一样咂着，说什么，谁也听不清楚。女演员低下头，一遍又一遍地问他，问他究竟想说什么。人们徒劳地打着手机，希望能把讯号送出去，然后救护车可以开上山来。整个剧组早就习惯了在野外的生活，然而在这特定的时刻，人们突然发现，与周围的世界失去联系，竟然会是一件如此可怕的事情。

小杜的脸色开始越来越黯淡。

小杜最后说的话，是"我要回家！"

1998年2月8日

纪念葛锐

1

潘永美第一次见到葛锐,是在纪念一二九歌咏大会上。各个中学的演出队都集中在学校的大会堂里。葛锐穿着一身破旧的紫色中装棉袄,十分滑稽地坐在后台一扇高大的窗台上,两条细腿跷在半空中不安分地晃来晃去,他的模样更像是电影上的人物,是乡下人打扮,但是看上去却不像。葛锐在节目中扮演一个地主的狗腿子,他只是跑跑龙套,戏开场了,上去绕一大圈,引得许多同学一阵哄笑,便神气活现地溜下台来。他那张白白净净的娃娃脸,给大家留下的印象,比戏中的主角更深。

在首次开往第七农场的列车上,潘永美第一眼就认出了葛锐。她立刻想到了那次演出时的情景。他们那节车厢都是去新疆第七农场的支边青年,都是一些学习成绩不好,或者家庭出身有问题不能上高中的学生娃娃。时间是一九六五年,当汽笛拉响的时候,一车厢的年轻人,立刻有哭有笑,大家都从车窗里扑出身去,对站台上送行的亲人挥手,对自己的爸爸妈妈爷爷奶奶兄弟姐妹大声道别。谁是谁的亲人也分不清楚。火车开始加速,白颜色的水泥站台上的人影很快就看不见了。很多人都是第一次离家出远门,心情特别激动,大家以原来所在的学校,分成不同的小圈子,聊天的,打扑克下棋的,开始了最初的集体生活。

列车往西开出去一天一夜以后，原有的学校界限已经被打破。大家有说有笑，互相交换自己的来历。潘永美注意到葛锐一声不吭坐在窗口，眼睛直直地盯着窗外。他身边正好空着一个座位，潘永美走了过去，等他把头掉过来，好和他打招呼，然而葛锐像雕像一样，半天也不动弹一下。远处是红红的落日，葛锐的侧影衬在夕阳里，对如画的景色并不在意。

"喂，你是师范附中的吧？"潘永美主动向他进攻，明知故问。

葛锐回过头来，点点头，不是很热情地反问："你是哪个学校的？"

潘永美告诉他自己的学校。她希望葛锐会招呼她坐下来，但是他显然没有这意思。葛锐有时连起码的敷衍都不会。他们就这么一个站着一个坐着说了好半天，东一句西一句地说着，葛锐的情绪开始好起来，他越说话越多，手不停地挥着，一直说到武金红走过来。潘永美站得有些腿酸，多少次想坐下来，没有好意思。武金红是潘永美的同学，她大大咧咧地走过来，看看潘永美，又看看葛锐，往他们中间空着的座位上一屁股坐下，笑着问：

"你们原来认识？"

列车轰隆轰隆开了四天四夜，又坐了四天的汽车，然后打着红旗，步行整整一天，才到达目的地。大家都知道是出远门，远到了这种程度，却是事先没想到。一个个都很狼狈，首先是身上的肮脏，别人不说，自己也闻得到。天一会儿热一会儿冷，车厢里又闷，一路上，只要停车的时间长些，一个个便赶紧跳下车去，抓紧时间洗脸擦身。男同学们都还方便，女同学就惨了。潘永美和武金红正好在途中来了例假，两个人一趟趟去厕所，生怕出洋相。

第七农场终于到了，大家松了一口气。虽然一切才刚刚开始，可是大家最初的感觉，却是一切终于结束了。一路上实在是太辛苦。天上黑压压地飞着乌鸦群，大片的空地上，砌着矮矮的地窝子。这些刚离开校门的学生娃娃不敢相信，他们日后就将住在这些黑黑的叫作地窝子的土房里。西边的那一排地窝子是女生宿舍。潘永美在去女宿舍途中，无意中回头，看见葛锐正对着自己的背影望。她对他摆了摆手，葛锐却做出没看见的样子。

2

潘永美和葛锐是第七农场第一对谈恋爱的。因为是开了这不太好的头，所以他们的一举一动，特别引人注目。初到农场，一切都是集体行动，男男女女很少有机会单独在一起，谈恋爱是一件不可思议的事情。人们想不明白他们是怎么好上的。大家都在背后议论，说好说坏的都有。有人开了风气之先，少男少女的心头一个个开始不安分起来。

潘永美和葛锐自己也说不清楚他们是怎么好上的。才到农场，大家喜欢互相取绰号。有着一张娃娃脸的葛锐总是讨女孩子喜欢，大家便叫他贾宝玉。贾宝玉是小伙子们起的绰号，女孩子喊了几次，觉得不好，给他另外换了一个绰号。新的绰号来源于葛锐在歌咏会上扮演的角色，叫狗腿子，自然是潘永美想起来的。狗腿子的绰号要比贾宝玉有趣得多，先是女孩子们喊喊，后来连小伙子也这么叫他。

潘永美的绰号是大妈。一是因为她年龄偏大，二是因为她是干部，管的事多。她有意无意地老喜欢管葛锐的事。葛锐做错了什么,她饶不过他,做了好事,又一定要在大庭广众表扬他。时间长了,大家都注意到了她对葛锐和对别人不一样,人前背后就拿葛锐开玩笑。

有一次潘永美生病了,许多人都骂葛锐,说大妈平时对你那么好,你小子没良心,也不去看看她。女孩子们骂得最凶,葛锐本来想去看她的,被大家一说一骂,反倒不好意思。潘永美病好了以后,对葛锐不去看她似乎有些计较。终于抓住机会,忍不住说出来,葛锐红着脸,解释了原因。潘永美生气地说:"这是什么话,我平时待你好,你倒反而这样,那我下次再也不会待你好了。"葛锐神秘兮兮地说:"我有话对你说,太阳下山的时候,你在干渠附近的小土丘边上等我。"

太阳快下山的时候,潘永美在小土丘那里等葛锐,一直等到太阳下山,葛锐都没出现,气呼呼地往回走,却在半路上碰到了他。葛锐歉意地说着:"真倒霉,我来迟了。"

潘永美说:"真倒霉的应该是我。"

葛锐解释自己为什么迟到,潘永美不想听。葛锐又约明天在老地方见面,潘永美说她反正不去了,要去他自己去。第二天,潘永美果然没去。第三天,葛锐说,我们一人失约一次,今天老时间老地方见面,怎么样?潘永美说,你有话说就是了,搞什么鬼名堂。葛锐不说话,咬着嘴唇暗笑。潘永美看葛锐暗笑,自己也暗笑。

结果也没什么话要说。两人坐在干渠边上,默默地看着太阳一点一点往下落。葛锐时不时捡起土块往渠里扔,身边的土块扔光了,潘永美便把自己身边的土块递给他,他接过来,一块接一块再往渠里扔。两个人就这么连续在干渠边坐了好几天,想到什么说什么,谈自己家里的事,谈农场里的事,越谈时间越迟,越谈废话越多。

大家发现了他们的秘密，相约来捉他们。偷偷地躲在一边看，没发现有任何行为不规矩的地方，于是便用土块袭击他们。潘永美大怒，捡起土块英勇还击。葛锐抱着头作躲避状，潘永美说："别装蒜，准备战斗。"葛锐被她这么一说，也来了劲，立刻捡土块还击。周围的土块大多数已被他扔到渠里，他弯着腰到处找土块，敌方人多势众，小土块雨点般地落在他们身上。潘永美看看形势不好，笑着说："我们逃吧。"于是两个人开始往戈壁深处撒腿就跑，一边跑，一边笑。敌方也不追，只是怪叫。

当潘永美和葛锐被大家误认为已经谈恋爱的很长一段时间里，其实他们还没有正式开始谈情说爱。他们一开始，并没有到达那一步。他们之间的关系，在某种意义上，是被大家的玩笑促成的。男的在背后审问葛锐，女的却盯住潘永美不放。他们就算是有一百张嘴也说不明白。说多了脸皮也厚了，辩不明白干脆就不争辩，有趣的是，他们中间的那层薄纸，却很长时间捅不破。潘永美一直在等待葛锐捅破它，但是葛锐似乎很犹豫，几次话到嘴边，都缩了回去。潘永美想，这种事，当然是应该男的先开口的，她不能太主动。

3

当葛锐又和武金红好上的消息传开时，第七农场一片愤怒。大家都为潘永美打抱不平，都觉得葛锐脚踩两只船的做法不可饶恕。潘永美是大家心目中的好人。有人看见葛锐和武金红在干渠西边的小土丘下面约会。葛锐似乎已经是这方面的老手,看见的人说,葛锐搂着武金红的腰坐在那儿,两人的嘴在对方的脸上亲来亲去。

有一次,潘永美和武金红在窄路上相逢,前后没有别的人。武金红憋了好久,对潘永美说:"我和葛锐的事,你都知道了?"

潘永美不吭声。

武金红说:"葛锐说了,他和你之间,并没有发生过什么。"

潘永美晚上因为这句话,一夜没睡好。这句话实在刻骨铭心。她老想到自己第一次看见葛锐的情景,他穿着那件破旧的紫色中装棉袄,坐在高大的窗台上,吊儿郎当地晃动着两条细腿。他们在干渠边上单独见了那么多次面,他们之间说了那么多的废话,但是他们之间的确并没有发生什么。这句话像鱼骨头似的卡在喉咙口,潘永美感到非常难受。

第二天一早,潘永美堵在地窝子门口,等候葛锐出来。见了葛锐,直截了当地约他晚上在他们过去经常约会的地方见面。葛锐有些犹豫,潘永美说,自己在那里等他,如果他不去,她就在那儿等他一夜。她的坚决态度,充分表明她是说到做到。她和他说话的时候,不时地有人从他们身边走过,眼里都带着一些惊奇,走出去一大截了,还要回过头来偷看一眼。这时候,武金红出现在远处,她看着他们,眼睛里流出了敌意。

葛锐结结巴巴地说:"有什么话不能现在说?"

潘永美扭头就走。到晚上,葛锐前来赴约,潘永美没想到武金红会陪着葛锐一起来。两人来到潘永美面前,武金红先发制人,给葛锐话听:"有什么你们快说,我等你们。"

葛锐很狼狈,讪讪地笑着。潘永美从来没受过这样的伤害,半天说不出话来。她不服气武金红凭什么这么猖狂。干渠正是灌水的

纪念葛锐　　15

日子,平时干枯的水坝里,现在灌满了水,汩汩的流水正在干渠里流着。武金红气很盛的样子,她看着葛锐,酸酸地说:"你们有什么话快说,要不然我走了。"

潘永美对葛锐说:"我当然有话要说,不过等她走了我再说。"

武金红做出要走的样子:"那我走了。"

葛锐想说什么。

武金红盛气凌人地说:"那好,我真走了。"

潘永美和葛锐都不说话。武金红只能先走,她知道自己这时候完全可以不走。她一走,形势就会完全改变。她一走,再后悔就来不及了。武金红慢慢腾腾地走了,她的背影终于消失在土丘后面。葛锐的表情极不自然,他想走,又想听听潘永美究竟想对自己说什么。潘永美说:"你走吧,别在这儿受罪了。"

葛锐被她说得有些不高兴,孩子气地噘了噘嘴。潘永美看在眼里,又看看快要落山的太阳,自言自语地说:"你告诉武金红,说我们之间没发生什么,你这话是什么意思?"葛锐不明白她为什么说这话。潘永美又自言自语地说:"那你们之间,又发生了什么?"她回过头来,用一种从来没有过的严厉表情看着葛锐。葛锐被她炯炯的眼神看得有些心虚,很尴尬地想笑。潘永美说:"你不要笑。"

接下来,很长时间都不说话。这情景,仿佛又回到他们最初约会的时候,葛锐弯腰去捡土块,终于捡到了一块,想往干渠里扔。潘永美说:"你不能和武金红结婚。"葛锐手举在半空中,等她后面的话。潘永美坚定地说:"你应该和我结婚。"葛锐的手放了下来,他没想到潘永美会这么说。潘永美咬牙切齿地说,他们才是注定的夫妻,她不会放过葛锐的。

4

潘永美和葛锐结婚,所有的家具都是农场里的战友帮着打的。战友对潘永美说:"大妈,我们这是看你的面子,要冲着葛锐那小子,我是不会帮他打家具的。这小子是花肚肠,日后非欺负你不可。"

结婚的那天,武金红多喝了几杯酒,笑着对潘永美说:"葛锐真不值得我们两个人抢来抢去。你喜欢,我让给你好了。"

潘永美也喝了不少酒,说:"什么让不让的,葛锐本来就是我的,你不过是把他还给我。"

大家都灌葛锐,潘永美拦着不让灌,结果和葛锐一起喝醉。送走了客人,两人趴在床上呼呼大睡,睡到天亮时,都爬起来吐,吐了再睡。潘永美和葛锐开了头,干渠西边的小土丘成了男女约会的情人岛,农场里便开始接二连三地举行婚礼。大家对丰富多彩的集体生活已经开始感到厌倦,终于都明白还是成双结对小两口子过日子有意思。在武金红没找到正式的对象之前,潘永美对葛锐看得很紧。她曾经失去过葛锐,现在,她不想再一次地失去他。

武金红和农场养猪的老朱谈上了对象。老朱生得人高马大,篮球打得很不错。武金红好像并不是真心地喜欢老朱,她和他的关系定下来以后,又偷偷地约葛锐出去见面。葛锐糊里糊涂地就赴约了,几次下来,走漏了风声。老朱是个粗人,捉住了葛锐一顿死打。葛锐被打得鼻青脸肿,全农场的人都觉得他太无耻。潘永美也气得直流眼泪,葛锐摇摇晃晃地走回来,她对他只有一句话:

"你活该!"

葛锐叹气说:"我是活该。"

事情总要过去。过去了以后,有一次无意中谈起这事,葛锐把责任都推到了武金红身上。潘永美说,你真不要脸,你说这话,我都为你脸红。葛锐说,我说的是事实。潘永美知道葛锐说的是事实,但是她觉得自己丈夫这么做,缺少男子气。同时她又觉得幸好这是事实,要不然事情更糟。

武金红和老朱结婚的时候,潘永美和葛锐送了一对热水瓶给他们。葛锐很尴尬,老朱看到他时也不是很开心。潘永美和武金红却像什么事也没发生过一样地热烈敷衍。这两个女人都觉得自己欠着对方的情,她们互相约定,今后将好好地过日子,过去的事,大家都不计较。

5

潘永美从来没有觉得自己在农场的日子艰苦。幸福和艰苦,都是在日后离开农场,重新回味时才能有所感觉。在回味中,潘永美突然感到她和葛锐当年的日子,实在是太苦。没完没了地吃苞谷面,粗糙的苞谷面把喉咙吃粗了,把胃撑大了,可是还是不觉得饱。在第七农场的那些年头里,大家总是觉得饿,刚吃饱,一转身就又饿了。肉是难得吃到的,蔬菜得看季节,青黄不接的日子里,咸萝卜条是唯一的佳肴。

潘永美真的从来没感觉到过苦。大家一心一意地过日子,无病无灾就是幸福。平时都是潘永美照顾葛锐,他是她的丈夫,但是实际上,更像是一个小弟弟。女大三,抱金砖,潘永美比葛锐足足大了两岁，因此她遇事都让着他。有时候也生气，也有意见，一想到他当年坐在后台的窗台上晃动两条细腿的调皮模样，气就消了，再大的意见也没了。农场的日子无论多艰苦也无所谓，潘永美一想到自己拥有着葛锐，心里就感到特别踏实。

潘永美生第二个小孩的时候，正是青黄不接的日子。有人对葛锐说，你老婆脸色不太好，你还不想办法找点好吃的给她补一补身体。葛锐满脸愁容地问潘永美想吃什么，潘永美笑着说："吃什么，你能有什么给我吃？"葛锐不说话，晚上睡觉时，两只眼睛孩子气地看着屋顶，直叹气。潘永美说："你真是傻，只要你心里有我，我比吃什么都补身体。"葛锐说："我心里没你，还能有谁？"第二天，他一个人跑到戈壁滩深处去找鸟蛋，鸟蛋是找了不少，可是人迷了路，在戈壁滩上冻了一夜，差点把小命冻掉。

潘永美这一急，把本来就不多的奶水都急掉了。有人看见葛锐往戈壁深处走，曾警告过他迷路的危险。潘永美在情急之中，第一次想到可能会真的失去葛锐。很多人都被惊动了，人们打着火把，在气温急剧下降的戈壁滩上，徒劳地喊着葛锐的名字。月子里的潘永美卧在床上，外面呼唤葛锐的喊声，隐隐约约地传进来，阴森森的。一种不祥的预感，荡漾在潘永美的心头，她第一次失态地像小女孩一样大声哭起来。在这之前，潘永美是农场最坚强的女人，是农场最果断最有主意的老大姐，她放肆的哭声，使得大家的心头一阵阵地揪紧，仿佛已经真的发生了什么不幸似的。

葛锐的身体就是因为这一次冻坏的。他从此就没有恢复过来，即使是在夏天里，他也是忍不住像犯气管炎一样咳嗽。他总是不轻不重地咳着。潘永美陪着他去县医院看过一次病，县医院很远，光路就要走一天。医生说葛锐没什么病，潘永美嫌医生看得不仔细，满怀希望能查出什么病来，又害怕真的查出什么病。那天晚上，他们住在县广播站，农场的一位战友在那里当广播员。战友准备了一瓶酒，葛锐喝到一半，一推酒杯，摇手说不能喝了，径自走到门前的空地上去呕吐。战友和潘永美连忙赶出去，葛锐已经吐完了，很平静地抬头望明月，嘴里说："我没事，我们就在外面站一会儿吧。"

那天的月亮非常大，很圆，有些暗红色。潘永美喊葛锐回去，葛锐对潘永美说，不知道现在葛文葛武在家干什么。葛文和葛武是他们的两个儿子。潘永美心头一阵说不出的悲哀，她觉得葛锐这时候想到两个孩子，有些不合适。为什么不合适说不清楚，只是觉得不应该在这时候想。晚上睡觉前，葛锐又一次站在窗前看月亮，看着看着，他让潘永美好好地想一想，他们第一次见到这么好的月亮，是在什么时候。潘永美立刻想到他们一起在干渠边闲坐的日子。那时候，他们一收工就惦记着干渠边的约会，膝盖挨着膝盖坐在那儿，时间不知不觉地就过去了。葛锐摇摇头，说最初见到这么美好的月亮，应该是他们踏上西行列车的头天晚上。

潘永美说："你想家了？"

葛锐不说话。

潘永美又说："你后悔到这鬼地方来？"

葛锐说："和你在一起，我没什么后悔的。"

6

很多年以后，当年的那些支边青年，重新回到他们出生的城市。这时候，葛锐的大儿子葛文已经出国留学，小儿子葛武也快大学毕业。潘永美仍然没有再嫁。当年一起的战友都劝她重新找个伴，聚会时，纷纷给她做媒。潘永美从来不一口拒绝，但是她不拒绝，只是不想扫别人的兴。她不想让别人觉得她还在记恨他们。

潘永美最后和一位离婚的男人结了婚，那男人当年也是支边青年。他的一句话打动了潘永美，他说他们都拥有一段难忘的日子。那男人说："我们如果能结合在一起，不是为了能缅怀过去，而是为了忘记过去。"再婚之夜，两鬓斑白已经不再年轻的潘永美，又一次不可遏制地想到了葛锐。葛锐坐在高大的窗台上，调皮地晃动着两条细腿，和第一次见面时没有二样。她仿佛能感受到此时此刻葛锐的矛盾心情，既有些嫉妒，又真心地希望她能幸福。爱的真谛就是为了让对方能够幸福。潘永美相信她的再婚，是因为受了冥冥之中葛锐的暗示和许诺。这个男人是葛锐为她找到的，他只是以他的世俗之身，来显葛锐的在天之灵。她十分平静地告诉那男人，她想忘了葛锐，然而忘不掉。

葛锐死的那一年，小儿子葛武才两岁多一点。医生说他营养不良，可能有些贫血。所有在农场的支边青年都营养不良，葛锐并不把医生的话放在心上。他继续干咳，老是觉得累。不干活闲在家里也难受，干活却是力不从心。和潘永美不一样，葛锐在同事中没有什么人缘，大家不是很喜欢他。他有时候偷些懒，别人当面不说，却忍不住要给他脸色看，背后还要议论。葛锐知道大家对他的态度，他不是那种要强的人，别人要议论由他们议论去。

水坝里的水在农场里有着重要地位。冬天里，水坝里结着厚厚的冰，得在冰上面敲个窟窿才能取水。人畜都要饮水，水坝紧挨着大路，维吾尔族老乡赶着牛车驴车从这儿路过，在坝旁边歇脚，就便打些水喝。水于是一天天见少，冰面上留下一摊摊牛屎驴尿。春天里冰化了，牛屎和驴尿都渗到水里去了，水的颜色黄里带绿，不能喝也得喝。这时候的水是大家的生命线，虽然已经不干净，却和油一样贵重。

水坝北面是茫茫的戈壁滩，为了不让水流进干枯的戈壁滩，用推土机推出了一道拦河堤坝。这一年的春天来得特别早，三月里冰就开始融化。那堤坝的土被冻酥了，不知怎么被冲出一个小洞。葛锐他们正在不远处干活，连忙奔过来。那小河口刚开始还不到一尺宽，转眼之间，就超过了一尺。大家连忙脱下棉衣堵口子。正好手头有铲子，用棉衣裹着土往缺口里扔，刚扔进去就被冲走了。葛锐说，看来只好人下去挡住水流，否则堵不住决口。

毕竟是初春，人们有些犹豫。葛锐又重复了一遍只有人下去才行的话，结果有人用话噎他，说你说得好听，你自己怎么不下去。水哗哗地淌着，葛锐急得直跺脚，牙一咬，扑通一声跳进水里。说话的人见他真跳下去了，连忙说你小子不要命了，赶快上来。葛锐在冰水里冻得直哆嗦，说："我不冷，赶快填土。"

大家手忙脚乱地干着，不断地有人赶来支援。堤坝上的缺口刚被填上，就又冲开，好不容易被堵住了，葛锐被大家拖了上来，人早就冻僵了，像一个冰疙瘩，面如白纸，牙关紧咬，说不出话来。潘永美赶了过来，第一句话就是愤愤不平的质问，说你们都知道他身体不好，为什么要让他下去。一起的人无话可说。总得有人跳下去才行，大家没想到会是体弱的葛锐跳下去。人们不心疼葛锐，都觉得有些对不住潘永美。潘永美扑过去搂住葛锐，葛锐还在哆嗦，好半天才喘过气来。他说："不怪他们，是我自己要下去的。"

潘永美想尽一切办法让葛锐发汗。整个连队能搜集到的生姜，都被她要了去煮汤喝。夜里睡觉时，葛锐的身上一会儿发热，一会儿发冷，热的时候仿佛烧红了的炭，冷的时候却像是一块冰。总以为他会得一场大病，然而他就是这么好好坏坏，病歪歪地拖了好几个月。医生说不出什么病来，葛锐自己也说不出有什么不对劲的地方。反正身体越来越虚弱，在家里闲不住，想去干活，铲了没几锹土便喘不过气来。

潘永美说："不想活了，你给我好好地在家歇着。"

于是葛锐就成天在家门口晒太阳。夏日里骄阳似火，葛锐想在太阳底下烤出汗来。人都快烤焦了，依然不出汗。有一天，葛锐喂鸡，家里养的一头大公鸡骄横无比，撒一把饲料在地上，它不许别的鸡吃，谁要是试图僭越，便狠狠地啄它。葛锐看不过去，站起来干涉。他想把那只公鸡撵开，没想到发怒的公鸡朝他扑过来，竟然把他扑了个跟头。潘永美和儿子在一旁看着，先还觉得好笑，突然意识到事情不太妙。

潘永美找了两个人用马车送葛锐去医院。送到县医院，医生一看，说情况很严重，是恶性贫血，血色素只有四克，要立即输血。在场的几个人都捋起袖子准备献血，可血型不对，于是立刻连夜赶回去搬救兵。第二天傍晚，农场的拖拉机拖了一车子生龙活虎的年轻人来，都是自愿赶来献血的，乱哄哄地围在急救室周围，七嘴八舌地恳求医生一定要救葛锐的命。医生说："如果能救，我们当然要救。"

农场的一位领导说："血若是不够，我明天再给你拖一车子小伙子来。这人实在太年轻了，医生，我代表农场，求你们救救他。"

医生竭尽了全力，葛锐似乎有了一些转机，但是最终还是没有抢救过来。大家十分悲伤地把葛锐的尸体放在拖拉机上运回农场，一路上，潘永美像木头人一样，坐在驾驶员身边。人们看她心碎的样子，一个个心里都很难过，也找不出什么话安慰她。大家心里都觉得有些对不住葛锐。拖拉机驶近农场时，一个小伙子实在忍不住了，他站起来，怪声怪气地喊着，大家没听清他喊什么，知道是冲着葛锐说的，都跟着那声调，一起失声痛哭起来。

　　葛锐临死前，曾对潘永美说，他的病和别人没什么关系，他让她不要再抱怨那次堵决口的事。他不跳下去堵决口，别人最终也会跳下去。葛锐临死前说的最后一句话，是觉得冷，要潘永美多给他穿一些衣服。葛锐死在潘永美的怀里，他的脸色苍白，眼睛紧闭，跟睡着了一样。

1996年1月15日

浦来逵的痛苦

浦来逵从四十岁开始，一直感到心口隐隐作痛，他觉得心脏像一个红红的苹果，一个肥胖的青虫子正在里面筑巢。青虫子现在处于冬眠时期，它似睡非睡地躺在那儿，冷不丁地便咬一口。有一天，浦来逵正在路上行走，心口突然一紧，差一点痛昏过去。去医院检查，医生不敢马虎，拍片，验血，能用的先进仪器都过了一遍，最后得出诊断："你没病，起码到目前为止，没什么器质性的病变。"

浦来逵曾和儿子多次说起过自己的心口痛。儿子总是不解地看着他，半天不说话。浦来逵对儿子说："我是真的痛，你看，就在这儿。"儿子对他指的部位看了一眼，转身又干别的事去了。浦来逵屁颠颠地跟在儿子后面，他想和儿子继续谈这个问题，可是儿子突然对几天前的报纸有了兴趣，一定要把已不知放哪儿去的那张旧报纸找出来。

浦来逵没办法和儿子探讨心口痛，只好和他说那张过期的报纸。他想不明白地说："都过期了，还找它干什么？"

儿子说："要么帮我找报纸，要么别废话。"

浦来逵的儿子那时候正准备考大学，后来便是上大学。再后来，儿子觉得自己是大学生了，更不把浦来逵放在眼里。心口疼痛既是一种很具体的毛病，同时也是一种抽象的毛病。儿子又不是医生，医不好他的心口痛。

浦来迖是看着自己的儿子从六楼上跳下去的。这个梦魇一般的瞬间变成了永恒，儿子像鸟一样伸开了双臂，往上一跃，然后就从阳台上掉了下去。一切都显得不太真实。浦来迖听到楼下的尖叫声，尖叫声引起了叽叽喳喳的声音，然后就是一片寂静，死一般的寂静。

　　再过三个月，儿子就要大学毕业。浦来迖永远也不会明白自己当时是怎么下楼的，那段时间是个空白，是个无底的黑洞。儿子躺在地上，不远处有人看着，不敢走上前。浦来迖冲了上去，一把将瘫软的儿子抱在怀里。儿子竟然还活着，出奇的清醒，他缓慢地说："爸爸，我错了，你要救我，救救我。"

　　浦来迖冲着人群疾呼，他喊了好几声，声音才从嗓子眼儿里钻出来："喊救护车，喊救护车！"

　　儿子在这以后，一直想说话，可是说不出来。他的嘴角流着血，眼睛直直地看着浦来迖。救护车终于来了，警笛不断，浦来迖把身高一米八几的儿子放在担架上，一路上不停地呼唤儿子。儿子的嘴在嚅动，浦来迖始终只能听到几个没有意义的音节。将近有十个小时，儿子一直是这样，他眼睛直直地看着父亲。到了医院，抢救，输血，拍片，接氧气，一直到心脏完全停止跳动。处于绝望中的浦来迖，只记得自己反反复复说了一句话，他说："儿子，爸爸知道你痛，你痛，爸爸也痛。"

　　浦来迖不想弄明白儿子为什么要选择死亡。儿子死了以后，妻子陈敏没完没了地和他探讨这一问题。陈敏是一个事业型的女性，1976年底和浦来迖结婚的时候，她是一个小工厂里的车工，结婚不久，怀孕，生小孩，耽误了考大学。1977年恢复高考，是这一茬人的最后机会，浦来迖挤上了最后一班车，陈敏却永远地耽误了。

陈敏总觉得是儿子耽误了自己。等到儿子进幼儿园，她再去上夜校，读自修大学，似乎已为时太晚。过去的许多年里，她一直在学些什么，但是，学什么也是徒劳，仿佛误了点的火车，奔驰在繁忙的铁路线上，无论怎么赶，也永远不可能准点到达。浦来逵大学毕业以后，好像是为了弥补自己的过失，照料儿子的任务，差不多由他一个人承担了。他是大学里的老师，除了上课之外，心思几乎都花在儿子身上。儿子上小学，上中学，考大学，所有的事全是浦来逵操心。陈敏发现儿子有什么不对，常用的一句口头禅就是："你看，把儿子宠成了什么样？"

陈敏现在是一家宠物中心的部门经理。她的身上常常带着一种刺鼻的畜生味道，而且时不时地会带一条狗回来。宠物中心的狗一般都很名贵，有一次，带回来玩儿的一条哈巴狗跑了，陈敏半夜三更到处找狗，到处学狗叫，临了，硬是从另一个楼道的养狗人家，找到了要找的哈巴狗。物以类聚，哈巴狗正好到了发情期，陈敏不得不连夜将狗送回宠物中心。半路出家的陈敏对养狗一知半解，但是她对丈夫和儿子的兴趣，显然不及对狗的兴趣大。

浦来逵在和陈敏过夫妻生活的时候，不得不忍受她身上宠物的气味。这种气味非常强烈，总是让他走神儿。有时候，带回家的宠物，什么猫呀狗的，还会跳到床上来捣蛋。浦来逵的背上经常被宠物的爪子，抓得一道又一道，伤痕累累，血迹斑斑。终于，陈敏注意到丈夫忙乱时，老皱着鼻子，想到他是嫌弃自己身上的气味，于是就有些走神儿，她一走神儿，浦来逵的注意力也集中不了。

干什么吆喝什么，陈敏喜欢用宠物举例，她告诉浦来逵，动物做爱的时间也不尽相同，狗怎么样怎么样，猫怎么样怎么样，狗是一把锁，猫是一把火。浦来逵觉得陈敏和他说这些没什么意思，他不想多心，但是又不能不多心。陈敏发现丈夫不喜欢听宠物的故事，便去说给儿子听。她当然不会跟儿子说宠物的做爱。关于宠物有许多有趣的话可以说，儿子也似乎愿意和母亲在一起，有什么话，更愿意告诉陈敏。做子女的大都这样，谁越是喜欢他，他越拿谁不当回事。浦来遹在儿子心目中，一点儿地位都没有。

儿子的心很大，他的理想是考北大清华，偏偏只录取了一个很差的大学，并且读的是大专，并且是一个自己很不喜欢的专业。向来任性偏执的儿子心情因此一直不好，成天阴沉着脸。儿子不是个有幽默感的人，在家里却常常拿浦来遹出气。他对父亲爱理不理，想说什么就说什么。浦来遹也觉得儿子没有考上好大学，是自己的过错，虽然并不知道过错究竟出在什么地方。既然儿子觉得他错，那么他就是错了。

儿子有时候也会和母亲吵，他最大的强项，是在家里凶，要闹就和家里人闹。爱占上风的陈敏，往往会被儿子气得无话可说，结果，只好归罪到浦来遹身上。浦来遹是大家的出气筒，谁让他永远是没有原则地迁就小孩儿，他宠坏了小孩儿，当然由他来承担责任。

宠儿子是浦来遹的毛病之一。早在儿子上幼儿园时，浦来遹就给老师留下过分宠小孩儿的坏印象。儿子在幼儿园里被一起玩儿的小女孩抓破了脸，浦来遹失去理智地冲到幼儿园兴师问罪。幼儿园老师被他气得花容失色，眼睛瞪多大地说："你这个当家长的真没涵养，竟然还是大学的老师。"

浦来遹说："大学老师怎么了，难道大学老师的小孩儿就活该受人欺负？"

回到家，浦来遹心疼儿子，怪他那么大的个子，竟然被一个矮半个头的小女孩打得哇哇乱叫。儿子永远是一个傻大个子。在学校读书，总是坐最后一排，又总是被别人欺负。他的成绩一直出类拔萃，成绩出类拔萃也没用，男孩子欺负他，女孩子也欺负他。儿子上高中的时候，有一个女同学常常打电话给他，儿子乖乖地听电话，仿佛是接受领导的训斥。那个女孩子浦来逵见过，不高的个儿，人很漂亮，水汪汪的一双大眼睛，是儿子班上的学习委员。她打电话过来，总是用命令的口吻："喂，我要找浦熙！"浦熙是浦来逵儿子的名字，陈敏有一次正在气头上，等儿子接完了电话，板着脸对他说："你们这个什么女同学，怎么一点规矩也没有。"儿子不理她，陈敏只好向丈夫发火，说这没出息的东西，日后一定怕老婆。

儿子一上大学，迫不及待地谈对象。他的对象每年都要换，最后的一个女朋友是大学同班同学。小小的个子，不算太漂亮，人却非常厉害。等儿子把她带回来的时候，两个人的关系显然已经非同一般。她第一次来做客，在浦来逵家里待了一个下午，在草纸篓里大大咧咧地扔了两个换下来的卫生巾。以后不多久，女孩子便找借口住在了浦来逵家，刚开始，浦来逵夫妇觉得这是绝对不可能允许的事情，可是也不知怎么的，稀里糊涂地就成为眼睁睁的事实。

浦来逵担心儿子把女孩子的肚子弄大，担心又让他有一种不吃亏的心理，毕竟儿子是男的，这种事，女孩子不急，男孩子又怕什么。浦来逵向儿子暗示如何避孕，儿子装着不懂他的话，无论他说什么也不表态。终于，浦来逵在儿子写字桌抽屉里发现了进口的避孕套，和自己当年熟悉的国产货完全不一样，是那种带小齿的，看包装盒上略显夸张的照片，颇有些像卡通片上小矮人挥舞的仙人掌。

女孩子和儿子好了一阵，又成了别人的女朋友。浦来逵在街上遇见过她和别的男孩子挽着手散步,她若无其事地对他点点头,就像是遇到了老熟人,然后悄悄地对身边的男孩子说着什么。她表现出来的亲热,让浦来逯感到好大的不自在。儿子死了以后,浦来逯苦苦思索儿子的死因,他设想儿子是因为失恋受了刺激,是因为爱。

想不明白儿子为什么要自杀,将成为他最大的心病。事实是那位女孩子和别的男孩子好了,儿子很快就又带了一位女朋友回来。这位女朋友要漂亮得多,性格也温柔得多,但是好了不久,儿子仍然又和前面那位恢复了关系。一段时间里,浦来逯根本弄不清楚儿子究竟是跟谁好。儿子把两个女孩子轮流往家里带,他的精力全用到了女孩子身上,到最后考试时,五门功课中,竟然有三门不及格。

儿子的追悼会上,他的女友差不多全到场了。浦来逯致悼词的时候,女孩子们哭成一片,哭完,一个个又跟没事一样,回来的路上,一路叽叽喳喳。浦来逯充满了感叹,现在的年轻人大约都这样,要哭就哭,想笑就笑。儿子也许只是一个最极端的例子,他想跳楼,于是就真的跳了楼。

丧子的剧痛让浦来逯永远有一种心碎了的感觉,当儿子的女友们为儿子哭泣的时候,浦来逯感到欣慰,觉得儿子总算没有白到这个世界上来一趟。自从儿子死了以后,他心口痛的老毛病反而不发作了,现在肉体的痛苦已经变得不重要。自从儿子死了以后,浦来逯的情感器官已经变得非常迟钝,他甚至连好好地哭一场的机会都没有。

一个阳光灿烂的日子,浦来逯在喧嚣的大街上遇到一个算命的老人。老人衣衫褴褛,留着很长的胡子,坐在地上向人吆喝。他越是想替人算命,越是没人理睬他。

算命老人对浦来逯说:"帮你算个命,不准,不要钱。"

浦来逵脚上仿佛生了根，动弹不得。他不想算什么命，但是想听听这白发苍苍的老人究竟说些什么。老人说："贵人贵相，我可以保佑你小孩上大学，保佑日后找到好工作，挣大钱。"

街上人来人往，川流不息，除了浦来逵，没人停下脚来听算命的胡说。

老人说："算一算，说得不准不要钱。"

老人又说："这样吧，我不要你的钱，怎么样？"

地上摊着一张八卦图，浦来逵蹲了下来，眼睛看着那图上的黑白图案，轻声说："那就说说我儿子的事。"

老人精神抖擞，语重心长地说："现在都是独生子女，是得算算小孩的前程，就一个小孩，耽误不起，是不是？"

浦来逵的眼睛有些发直，他希望八卦图上能隐隐约约地出现儿子的图像。接下来，老人说什么，浦来逵已经听不见。他的眼睛直直地盯着八卦图看，有人围了上来，是看热闹的。老人滔滔不绝地说着，口若悬河。既然浦来逵不吭声，老人便以为自己说得很好。

最后，浦来逵终于打断了老人的话。他很悲哀地看着老人，说："说那么多好话有什么用，我儿子都死了。"

算命老人好像被人当众扇了一个耳光，看热闹的人忍不住笑出声来。浦来逵从口袋里掏出了十块钱，扔在八卦图上。老人说："这钱我按理不能要，说过不准确就不要的。唉，你死了儿子，心里不自在，何苦再要我出丑。我这把年纪，也不过是想混口饭吃，你何苦。"老人嘴上这么说，还是把那十块钱收了起来。浦来逵看中了老人摊在地上的那张八卦图，说："把这张纸送给我，你回去再画一张。"老人有些犹豫，浦来逵又掏出十块钱，这次，他直接将钱塞在老人手里，然后将那地上的图合起来，拿了就走。

浦来逵的痛苦

八卦图画在过期挂历的背面，一旦合起来，露在外面的便是一个巨大的半截美人头像。浦来逯拎着这半截美人头像，在街上茫然走着，毫无目的。走到一家百货公司的后门口，他忽然停下来，把八卦图重新打开，放在地上，直直地盯着它看。他知道不会看到什么，然而就是忍不住要这么做。他的眼睛直直地看着那黑白相间的图案，仿佛中了邪一样。两个衣着时髦的姑娘，正巧从旁边路过，以为他是算命的，好奇地看着他，情不自禁向他走过去。

浦来逯突然像小孩儿一样放声大哭起来。自从儿子死了以后，他一直想痛痛快快哭一场，现在终于找到了机会。他酣畅淋漓地哭着，肆无忌惮，眼泪像瀑布一样往下流。那两个正在走近的姑娘，被这突然的变化吓了一大跳，她们慌慌张张地离去，可是更多的人却围了上来。人越围越多，浦来逯不愿意让众人这么围着，他合起那张摊开的八卦图，拎着半截美人头像，冲出重围，一路走，一路尽情地流眼泪。

1999年1月29日

榆树下的哭泣

1

小区那棵老榆树下，面对电视台采访镜头，张苏红哽咽着，不知道说什么好。很多人远远地看热闹，主持人显然很同情张苏红的遭遇，说张小姐你不要难过，有话慢慢说。今天要录制的这档节目，就叫"有话慢慢说"。偏偏张苏红这时候已无话可说，眼泪在眼眶里打着滚，说我没什么好说的，你们都问他好了。

张苏红又年轻又漂亮，电视镜头里显得楚楚动人。她所说的那个他，就是她的先生李恩。摄影师把镜头对准了李恩，他也是个很帅气的小伙子，看了一眼镜头，说我没有什么好说的，反正就是这么回事，离婚，离。说完气鼓鼓地低下头，一副不准备讲理的样子。

主持人回过头来："张小姐，如果你的先生执意要离婚，你同意不同意？"

张苏红想了想，说我不同意。

李恩气势汹汹："不同意也不行，反正我要离婚。"

主持人告诉李恩，他年轻的妻子目前正处于哺乳期，法律是要保护她的。换句话说，在法律保护的期限里，他没有权力提出离婚。李恩说他早知道这个什么法律了，现在不行，那就等哺乳期结束了再说。

"你就真的这么坚决？"主持人的年龄要比张苏红大，远没有她漂亮，眼睛瞪大了，显然是被狠心的李恩激怒，"要知道，所有的过错，我是说过错，都是在你这边，你想想自己都干了一些什么？做人要讲些道德，要讲道理，懂不懂？"

李恩说："我怎么不道德，怎么不讲道理？"

主持人说："要是讲的话，你就不应该提出离婚。"

李恩说："说什么也没有用，我还是那句话，离婚，离！"

镜头再次对准张苏红，她悻悻地说："应该提出离婚的是我，你是过错方，你根本就没资格提出离婚。"

李恩冷笑起来，说自己没什么大过错。

"你还没有过错？还没有？"张苏红红着脸嚷起来，"和一个差不多都能做你妈的女人搞到了一起，还说没过错！"

"我就是搞了，又怎么样？"李恩被惹恼了，勃然大怒，已忘记了电视镜头，怒不可遏，"是一个和我妈一样大的女人，大又怎么样，我喜欢，我就是喜欢！今天你不就是想让我出出丑吗，出就出吧，我不在乎。告诉你张苏红，你不要欺负人！你们不要欺人太甚！"

2

事情说过去也过去了，张苏红和李恩偶尔会把电视台赠送的碟片，拿出来重新观摩。与电视台的实播节目不一样，碟片内容要更充实。一些激烈的话语，播放节目时已经删节了。

"应该把你说的这些混账话，统统都播出来，"张苏红得理不饶人，用话轻轻地敲打他，"让全市人民都看看，看看你那不讲理的嘴脸。明明是你不讲理，还非要做出有理的样子。"

"我并不像电视上这么坏。"李恩这会一脸憨厚,说不出什么,只能反复说一句话。

"你也没有多好,不要把自己想得跟雷锋一样!"

暴风骤雨来得快,去得也快。经过这场风波,张苏红觉得她能够原谅李恩,是因为他后来在电视镜头前说的那些话。这是他第一次毫无保留地吐露自己的心声。面对电视镜头,说到后来,李恩突然激动,像小孩子一样大哭起来。他其实是一个很没有用的男人。一个画面深深地打动了张苏红,背景是小区的那棵老榆树,李恩孤立无援地哭泣着。镜头转向了老榆树,对准了它的枝干,对准了绿油油的树叶。李恩声泪俱下,控诉着自己要离婚的理由,抱怨说他再也忍受不了做上门女婿的屈辱。

李恩的自尊心显然是被严重地伤害了。在电视镜头面前,他一副苦大仇深的样子,口口声声说自己是个男人,是男人就会有些血性,是男人就会受不了。李恩觉得张苏红一家都看不起人,根本不把他这个在小区当保安的女婿放眼里。在张苏红一家的心目中,这个女婿一点地位也没有。李恩属于那种标准的没出息,银样镴枪头,而张苏红的父母能看中他,也就是因为这个没出息,他们不想招一个太能干太厉害的女婿回来,毕竟自己的女儿也不能干也不厉害。

李恩的父亲过去就是个看大门的,在老丈人工厂的传达室上班。除了小学门槛轻易跨入,李恩上什么学校都很艰难,初中是个最烂的学校,高中差一点没考上,大学呢,是排在末尾的电大,可就连这个电大,他也没有本事读完。张苏红是李恩电大时的同学,他们之间的差别,是她总算咬着牙把电大读完了。经过两次补考,张苏红才在父亲熟人的关照下拿到文凭。李恩的老丈人曾是一家军工厂的保卫处副处长,这些年工厂倒闭了,改行当了小区的物管主任。主任是个肥差，拿钱不多，管事不少。小区周围的街面房，全在管辖范围内，承包给谁不承包给谁，都凭他一句话。

李恩忍气吞声过了好几年，终于干了件扬眉吐气的事情，那就是把老丈人的一个老相好给办了。

"我实在是有些想不明白，"张苏红是真的想不明白，谁也没想到他会使出这一招，"就算你是不喜欢我爹，要报复我爹，难道就没别的更好的办法？"

"你说还有什么更好的办法？"

看着他理直气壮的样子，张苏红不知道说什么才好。老丈人的相好叫武家荷，是小区附近一家洗头房的老板娘。谁也绕不清她的具体年龄，对老丈人来说，她似乎年轻了一些，对于李恩，又显得太老。张苏红知道李恩当了上门女婿有些压抑，他住在这个家里就像个旧社会受气的小媳妇，正是因为这个，她有些同情李恩，什么事都能让着他。医生说张苏红的子宫有些后倾，他们好不容易才有了个儿子，为了这个孩子，她决定不放弃李恩。只要丈夫答应不再和武家荷来往，她可以原谅。

张苏红本来不想原谅，可是事实上已经原谅他了。反倒是李恩不知好歹，这场风波过去了大半年，他们的儿子已经会走路，风云又起，张苏红去医院检查，发现自己得了性病。很显然，李恩和武家荷还有来往。吸取上次的教训，这一次张苏红没有和李恩公开地大闹，而是关起门来，问他讨要一个究竟。李恩说，这件事情真要打破砂锅问到底，那就只能去问她父亲了。武家荷本来是清清白白，因为有了张苏红她爹，才变得不干净起来。张苏红说，李恩你可真够不要脸的，武家荷这样的女人，你竟然还能说她清白。李恩一本正经地说，凭什么说她不清白，并不是所有的洗头房，都像报纸上说的那样。她跟你爹好，那是为了要你爹做靠山，是你爹到外面去嫖娼染上了，然后害得人家也有了性病。什么叫报应，这就叫报应。

3

张苏红对李恩的话半信半疑。好几年前，母亲确实是和父亲闹过，第一次大打出手，差一点离婚分家，起因就是父亲把那毛病传染给了母亲。她原来也是个女干部，工厂倒闭无处可去，提前退休在家。女人跟男人的结构不一样，得了病要比男人难治，张苏红母亲脾气因此也比过去坏得多，她终于从女儿嘴里掏鼓出了实情，新仇旧恨涌上心头，拍桌子摔板凳要和女婿拼命。

"你给我滚蛋，滚得越远越好，"她像头愤怒的母狮子那样上蹿下跳，骂完了女婿，又开导女儿，"他不是个人，他是个畜生，是个比你爹还要坏的畜生。"

李恩有些得意，丈母娘竟然觉得他比老丈人还要坏。

老丈人回来后，照例也是一顿痛骂。他和丈母娘一样，颠来倒去就这么几句意思，我们把你当作自己的儿子，把唯一的一个女儿嫁给你，是指望你能够照顾我们，就你这样，我们以后还能有什么指望。

李恩再次想到了离婚，这个家他不想再待下去了。一想到可以逃之夭夭，像关在笼子里的小鸟一样飞出去，他就有种说不出的兴奋。李恩的老父亲闻讯，拖着一条瘸腿赶了来，挨个地向大家跪下，恳求亲家翁亲家母，恳求儿媳，最后又恳求自己的儿子。他对亲家说，儿子太不懂事，不知好歹，大人不记小人过，你们只当他是自己儿子,要骂就骂,该打就打,千万不要赶他走。他又对儿媳说,你千万不要跟这个混账东西计较,他是吃了屎了,脑子里进了水了,你犯不着把他当个人看。

他说:"你是一个好儿媳妇,天底下最好的儿媳妇。他小子不是人,他是畜生。"

他又说:"人怎么能和畜生计较。"

最后,他还得恳求儿子,恳求李恩认个错。李恩说,爹,我求求你了,有什么话,你能不能不说,能不能憋在肚子里烂掉。干吗非要跑来丢人现眼,跟这个下跪,跟那个下跪。你这样更让人看不上眼,这个家老子本来就待不下去了,你还要跑来添乱。我告诉你,爹,这个家我不要了,老子要离婚,老子要到外面去闯天下。树挪死,人挪活,我就不相信自己闯不出个名堂来。老子已经窝囊够了,老子非要闯出个名堂给你们看看。

他父亲叹着气:"儿子呀,你是真昏了头了,一口一个老子,你是谁的老子?"

"老子就这么说,"李恩完全没有一点悔意,"我今天豁出去了,老子我今天就不相信离开了他们,就不能活。"

李恩于是搬到武家荷那儿去住了。

武家荷收留了他,心里却是七上八下。她说小祖宗哎,你这不是存心害我吗,你老丈人要是知道你在我这,我还怎么在这混。李恩说你怕他干什么,他有什么可怕的。武家荷说,我倒是想不怕他,可是我就是怕他。你一大男人都怕,我一女人家,租着他的房子,连个正式的户口都没有,还能怎么样。

李恩说:"我就知道你是在玩弄我的感情,我离婚,然后跟你结婚,你说怎么样?"

"好了，好了，你不要吓唬我。"武家荷连连摆手，"离不离婚，那是你的事，你要和我结婚，这是哪儿和哪儿。我真要是想结婚，也轮不到你。我要嫁就嫁你老丈人那样的，你太年轻，什么本事也没有，你这样的小白脸不适合我的。"

"我就知道你是在玩弄我，我就知道洗头房的女人，没有一个是好东西。"

武家荷感到很委屈，她说李恩呀李恩，说我是玩弄你，那就算我是吧。你摸着自己良心好好想想，我怎么玩弄你了，我要了你的钱了，还是要了别的什么。我们好歹也是好过一场，我再坏，你也犯不着说这样的话来损我。说一千道一万，你还是回到你老婆那去吧，她人也好，又年轻，又漂亮，又能贤惠体贴人，还有一个漂漂亮亮的儿子，你不想你老婆，总还会想你的儿子吧。

4

李恩在武家荷那儿住了几天，便到老陆那里去打工了。老陆是武家荷当年的一个相好，在城市另一头开了家五金商店。李恩通过武家荷的介绍，到老陆那里当了伙计，干了三个多月，张苏红眼泪汪汪地找来了。

那天李恩正往卡车上搬货物，张苏红突然出现了。当时，老陆与小周就坐在店里喝茶，看见年轻的张苏红眼泪汪汪走了过来，小鸟依人地站在李恩面前，死心塌地的样子，他们一下子就怔住了，不知道她是什么来头。李恩不动声色地干着活，一箱一箱搬货物。小周说这个女人怎么回事，那表情可有些不对头。小周是老陆店里的会计，是个没心没肺的女孩子，差不多就是老板娘了，却时不时要当着老陆的面，不计后果地跟李恩眉来眼去。老陆也在目不转睛地看张苏红，他也在想这个人到底是谁。张苏红突然回过头来，看了老陆和小周一眼，老陆看见她眉眼之间全是委屈。

李恩慢腾腾地终于把活干完了。老陆和小周等待着事态的进一步发展。两个人终于开始说话了，也没听清楚他们说什么，不外乎是小两口之间的口角，看上去很凶，你一句我一句，差一点就要打起来了，不一会又风平浪静。很快，老陆和小周已真相大白，把他们的来龙去脉都弄清楚了。到吃饭的时候，小两口卿卿我我，李恩让张苏红央求老陆。张苏红扭扭捏捏，终于红着脸开口了，说陆老板你就留下我吧，就是不给工钱也行。

"那怎么行，"老陆一本正经地说，"你真要在我这干，当然要给工钱。"

张苏红有一种说不出的羞愧："我也没有什么能耐，只要是和李恩在一起就行。"

小周看着张苏红，说你们的儿子怎么办，他不是才一岁多吗？张苏红说儿子有爷爷奶奶照顾，说她妈已经退休，正好闲在家里。小周于是一番感叹，说赶明儿我有儿子，我老娘要是能帮着带小孩就好了。李恩在一旁插嘴，说你以后有了儿子，干脆请个保姆，花钱请保姆，比什么都好。

张苏红看见小周翻了个白眼，说你懂什么，保姆哪有自己人好。

老陆听了这话，笑嘻嘻地说："那好，我们就生个儿子，让你妈带。"

"你想得倒美，我才不会给你生儿子呢，"张苏红看见小周又翻了个白眼，十分嚣张地说，"你都有两个儿子了，还不够呀！"

老陆色迷迷地笑了起来，张苏红感觉到他是在对自己笑。

从那天起，张苏红也开始在老陆的店里打工。他们在附近租了个小房间，小两口第一次过起了独立生活。远离父母的管束，有种说不出的新鲜和痛快。开始的时候，张苏红还有些想念儿子，晚上睡不着，渐渐地就把想儿子的心思，都用在了李恩身上。他压根就像个大孩子，她也不明白为什么会这么喜欢李恩，犯那么严重的错误，自己都还能够宽宏大量地原谅。这一段的日子过得很快乐，李恩是个脸上藏不住事的人，高兴就是高兴，不高兴就是不高兴。白天一起到店里去上班，晚上一起回来，一起胡乱地吃点东西，一起钻进被窝里看电视，想看什么就看什么，想干什么就干什么。

日子一天天没多大变化地过去，张苏红和李恩都是要求不高的人，得过且过，也懒得去想什么前程。过一天算一天，中午跟大家一起在店里吃，过着一种小集体生活。老陆亲自掌厨，常吹嘘他的手艺不开餐馆有些可惜。他烧的菜确实美味可口，难怪小周会死心塌地地准备做老板娘。大家在一起时有说有笑，开一些不大不小的玩笑，这期间的五金生意做得不错，自从张苏红来了以后，经营状况从小赚到大赚，居然呈现出一种欣欣向荣的气象。

店里还有别的伙计，但是老陆对李恩和张苏红似乎特别照顾。

有一天，小周开玩笑地说："张苏红，你知道不知道，老陆其实很喜欢你。"

张苏红有些脸红，她看了李恩一眼，说小周你不要瞎说。

小周偏要瞎说，逼着老陆表态："老陆，你要是个男人的话，就说老实话，你到底喜欢不喜欢张苏红？"

老陆说："好了好了，我不是男人好不好，你不要逼人家好不好。"

老陆和小周的年龄相差了二十多岁，他们之间说起话来，从来就是没大没小。

"老陆你真是没有屌用,喜欢就是喜欢,不喜欢就是不喜欢,有话不敢说,不像个男人。"小周掉转枪头,调戏起在一旁不吭声的李恩,"李恩,你给我说一句实话,你喜欢不喜欢我?"

李恩傻乎乎地笑了,说喜欢怎么样,不喜欢怎么样。小周说什么怎么样不怎么样,喜欢就是喜欢,不喜欢就是不喜欢。李恩说那好,我就说喜欢。小周笑了,笑得很开心,对老陆说,看见没有,什么叫男人,人家李恩这才叫男人,当着自己老婆的面,都敢把这种话说出来,不像你,真不像个男人。

老陆眉开眼笑,连声说我不像男人,真不像男人。

到了晚上,张苏红责怪李恩,说你怎么这么没心没肺。李恩说我怎么没心没肺,小周这丫头才没心没肺呢。张苏红无话可说。过了很长时间,张苏红突然冒出了一句,其实我知道,你有些喜欢小周,我看你是给她迷住了,这个人呀,一看就是个小狐狸精。李恩不说话,张苏红又说刚来的时候,我还觉得她可惜,年纪轻轻的,竟然和那么大岁数的一个老男人混在一起。李恩继续沉默,张苏红说你不要老是不说话,你说话呀。李恩就说,张苏红你知道不知道,老陆其实真的是喜欢你,他对你可是有些不怀好意。张苏红在李恩身上狠狠地捏了一把,说你怎么这么没心肝,我是谁,我是你老婆。李恩说,我知道你是我老婆,我又没说你不是。张苏红说天底下哪有这样说自己的老婆的。李恩觉得委屈,不明白为什么不可以,说天底下有人喜欢我老婆,这有什么奇怪,有人喜欢我老婆,说明我老婆好。

张苏红不吭声了,她不想再听李恩往下说。

5

小夫妻间的这次谈话，让张苏红再次看到老陆时，多少有些说不出的别扭。小周平时说话口无遮拦，想什么说什么，想开什么玩笑，就开什么玩笑，张苏红常被她说得面红耳赤。很快到年底，盘了盘生意，一算账，五金店赚了不少钱。老陆给伙计每人一个红包，歇业一星期，放大家回家过节。

张苏红想回家看儿子，李恩不乐意，说你那个家，我压根就不想回去。小周说李恩你和张苏红不要走，我们跟老陆忙了一年，让他带我们出去玩玩。李恩听了，来得正好，立刻接着这话茬说，是啊老板，老说带我们去洗温泉，去洗鸳鸯浴，别光是嘴上说呀。结果老陆就开了一辆小面包车，载着小周和李恩夫妇去温泉洗澡。一路上，小周心情很好，与李恩有说有笑，时不时还动手动脚。这两个人都有点肆无忌惮，开什么玩笑都不怕过分。

到了温泉宾馆，老陆问了问价格，问洗大池还是洗小池，小周说那还有什么可商量，当然是洗小池，要不然叫什么洗鸳鸯浴，今天都到这地方了，还能不让你好好地出出血，多破费一点。于是要了两个紧挨着的情侣间，要好了房间，便吃晚饭，小周提出来喝酒，而且要喝白酒。酒一喝下去，便有些乱性，话便有些不像话。小周突然兴高采烈地说，老陆光我们俩洗鸳鸯浴没有意思，都是老鸳鸯了，不如干脆玩个刺激的，我们四个人一起洗算了。

李恩笑着说不行不行，那池子刚才不是看见了，两个人洗都嫌小，四个人泡不下。

小周说那好办，李恩我跟你洗，老陆呢，就跟张苏红一起洗。

老陆的表情立刻有些不自然，笑眯眯地看着张苏红。

小周对李恩使了个很暧昧的眼色。

老陆不好意思地说："小周，你不要瞎说好不好！"

然后就像没事一样，各自回房间。张苏红有些情绪低落，李恩说你怎么啦，张苏红半天不说话。过了一会，她看着李恩，像审贼一样地问他：

"李恩，你跟我说老实话，你和小周，到底有没有事？"

李恩瞪大了眼睛，不回答。

张苏红一定要他回答。

"没有。"李恩坦白说，"我倒是想有，可是真的没有。"

这时候，小周从隔壁房间打电话过来，声音很大，站一旁的张苏红听得一清二楚。小周说怎么样，你老婆到底是什么态度，是肯还是不肯。李恩支支吾吾，胡乱敷衍，说你不要着急好不好，我慢慢地跟她说行不行。他们叽叽咕咕地说着，站一边的张苏红酒喝多了，有一种恶心想呕的感觉。说到临了，小周说你们慢慢地商量，我和老陆可要先洗起来了。

李恩把电话挂了，有些魂不守舍。

张苏红突然明白，原来这一切，是早就安排好了。张苏红说原来你们早就处心积虑，设计了一个圈套，等着我往里面钻。李恩你说你还是人吗，竟然想让自己的老婆去和别的男人洗什么鸳鸯浴。李恩的阴谋已被戳穿，索性不要脸，说洗个鸳鸯浴又怎么样，我不觉得有什么大不了的。张苏红不相信他竟然会这么说，说我知道你为什么鬼迷心窍，你是看中了小周，你这个人真是不要脸，老的也喜欢，小的也喜欢。李恩到这时候，还要强词夺理，说我老的也不喜欢，小的也不喜欢，我只喜欢你，小周是比你年轻，可是她没有你漂亮。

张苏红不相信他的鬼话:"你真的是这么想,你真的觉得我漂亮?"

李恩说我干吗要说假话,我老婆就是漂亮吗。他深深地叹了一口气,说我这人真是了不起,这么漂亮的老婆,竟然还肯让给人家。

6

李恩往隔壁房间打电话的时候,老陆和小周已经泡在了池子里。小周接了电话,说怎么才打电话过来,怎么到现在才把你老婆的思想工作做通,我操,这个有什么思想工作好做的,肯就是肯,不肯就是不肯。李恩说你能不能少说几句,不要再节外生枝了。小周就说好吧,废话也不说了,你赶快过来吧,我让老陆马上就过去。

李恩挂了电话就往隔壁跑,张苏红想喊住他,可他像射出去的子弹,再也不可能回头了。

两个房间实在挨得太近,几乎立刻就听到了那边的开门声音,小周傻乎乎地说着什么。张苏红仿佛听见她在喊,妈的,都到了这时候了,这个屄女人还要假装正经。张苏红听见她在嘲笑老陆,说老陆你赶快去吧,猫抓心一样朝思暮想,今天总算让你得逞了,还穿什么裤子,反正到那边也是脱,就别跟她一样假正经了。

再下来就是开门声,关门声,然后听见老陆已经到了门口。

一切都是在瞬间进行,张苏红都来不及做出反应。李恩出去的时候,没有锁上门,老陆很轻易地就推门而入。他披着宾馆里的毛巾睡衣走了进来,手上拿着香烟和打火机。张苏红的心一下子窜到

榆树下的哭泣　　45

了喉咙口,她差一点就要喊出声音,但是有一种无形的力量,不让她发出惊恐的尖叫。满脸高兴的老陆似乎看出了她脸上的不情愿,立刻有些尴尬,正是这种尴尬,让张苏红产生了一种同情,她不想在这时候,让他难堪。

"这里的水真好,"老陆在床沿上坐了下来,为打破那种让人窒息的尴尬,故作轻松,"我刚才已经试洗过了,是舒服。"

张苏红觉得必须立刻把话跟老陆挑明,照目前的形势,再发展下去,便可能说不清了。

老陆显得很文雅:"你要是现在不想洗澡的话,我们可以先说会话。"

他取出了一支香烟,点着,深深吸了一口。披着睡衣的他连内裤都没有穿,坐在那里,一边抽烟,一边不住地遮盖自己。隔壁房间里一点动静都没有,这种没有动静,让张苏红的心咚咚直跳。不仅是她,老陆也在分神聆听隔壁的动静。突然有响动了,是小周呵呵的笑声,李恩轻声地说着什么。张苏红不禁皱了皱眉头,这个小细节虽然转眼即逝,却仍然落在了老陆眼里。

心猿意马的老陆用最快的速度,把手上的那根香烟抽完,然后站了起来,走进卫生间,发现池子里的水还没有放,就打开了水龙头。在哗哗的流水声中,老陆神采奕奕地再次走了出来,这时候张苏红觉得必须开口了。"老陆,真的很不好意思,"她很平静地说,"我觉得我们不能那么做,我们不应该那么做。"

老陆的失望没有办法形容,没想到关键时刻,会是这样。

张苏红松了一口气,该说的话,已经说完了。

老陆脸上显出了苦笑,一种完全凝固了的苦笑。过了一会,他十分绅士地说:"当然,这种事情,不能勉强。"

张苏红说:"除了小李,我从来没有和别的男人睡过觉。"

"这我知道,知道。"

"我真的是很抱歉,真的。"

"没关系,真的没、没关系。"

隔壁传来很暧昧的声音,老陆叹了一口气,不情愿地说:"妈的,今天没想到是让李恩占了便宜。"

张苏红又一次抱歉:"真的很对不起。"

老陆很木然,很无奈:"没关系。"

张苏红说:"老陆,我知道你是个好人——我能不能求你一件事。"

"你说吧。"

"不要告诉李恩,不要告诉他我们之间什么也没有发生。"

老陆怔了一下,思考着,然后很大度地说:"好吧,你要我怎么样,我就怎么样。我这人其实很好说话,听你的摆布。"

"谢谢你,老陆,我是真心地谢谢你!"

老陆想说,你既然不愿意,为什么不早点说。老陆想说,你这会说不愿意,明摆着是让我赔了夫人又折兵。老陆想开口大骂李恩,想骂这小子太浑蛋,可是事情到这一步,一切都已经太晚了。隔壁房间再次没有动静。老陆取出一支香烟,按了好几下才把打火机点着。幸好把刚拆封的一包香烟带来,要不然这时候,真不知道做什么好。

老陆一口气抽了二支香烟,抽完了二支杳烟,完全心平气和。他和颜悦色地对张苏红说,这里水非常好,我已经闻过了,一股硫黄味,肯定是天然的温泉。老陆说她现在可以去洗个澡,他可以用人格作担保,保证自己绝不做出任何出格举动。

榆树下的哭泣　47

"池子里的水肯定已经满了,你真的去洗吧,"老陆起身打开电视,"我呢,就在这看电视,你放心去洗,可以把卫生间的门销上。"

张苏红还是有些不明白他的话。

老陆解释说:"要是我们就这么干坐在这,待会李恩那小子过来,我们会显得很傻。"

7

李恩回来的时候,张苏红还泡在水池子里,脑海里一片空白。老陆还在看电视,是一场NBA实况录播,正厮杀得难解难分。李恩在外面敲门,老陆过去把门打开,两个披着睡衣的男人你看着我,我看着你,半天不说话。最后,老陆说你小子怎么现在才回来。李恩一脸不正经,说还不是想多给你们一点时间。老陆哭笑不得,说多给一点时间,你给的时间也太多了。李恩涎着脸,说小周说你武艺高强,没有一两个小时下不来,她说我比你差多了。老陆无话可说,苦笑着说你当然比我差,你什么都比我差,说完扔下抽完的空香烟盒,回自己房间。

李恩往四下看了看,便去敲卫生间门,一边敲,一边想不明白地问:"你干吗还要把门锁上。"

张苏红不开门。

"我们总算扯平了,"李恩隔着玻璃门与她调笑,心情十分轻松,"现在真扯平了,我不是好男人,你也不是什么好女人。"

张苏红气冲冲地过来把门打开了,她很愤怒:"李恩,你把话说说清楚,我怎么不是好女人?"

李恩不让她往下说,说好女人就是坏女人,坏女人就是好女人。他脱去了身上的睡衣,把湿漉漉的张苏红再次推进了浴池。张苏红挣扎着,反抗着,使劲打他,结果李恩在池子里滑了一下,一头扎在水里,很狼狈地喝了一大口洗澡水。他的脸因为呛水涨红了,不住地咳着,痛苦不堪。张苏红因此感到了解气,解恨。她恨他,真的应该恨他,可让她想不明白的是,她还是有些恨不起来。她无法想象这就是自己的丈夫,这就是那个她希望终身厮守的男人,就是那个在老榆树底下像小孩子一样哭泣,哭诉着被人看不起的伤心男人。她狠狠地捏了他一下,狠狠地,李恩惨叫了一声,说你干吗要下这么大的劲捏我,你捏的是肉,是人家身上活生生的肉,这很疼,你知道不知道。

张苏红说,你还会感到疼,你根本就不知道什么叫疼。

李恩兴致盎然,意犹未尽。他觉得张苏红也像他一样,像他一样没心没肺。他问她感觉怎么样,洗鸳鸯浴是不是很来劲。他说你知道不知道,人有时候端着一个好人的架子,会活得很累很累。天底下的事情,说白了也就这样,两个人只要是你爱我我爱你,有点这个那个,又有什么关系。

张苏红不想听李恩说这些,她不想听。眼泪正哗哗地在流出来,不可遏止地往外涌。她的脸上都是汗珠,浑身上下水淋淋,各式各样的水珠子交融在了一起。张苏红有些身不由己,也不太明白自己这刻是伤心,还是不伤心。她说李恩你要答应我一件事,一定要答应这件事。她说我们不要再在老陆的店里干了,我们不干了,我不想再见到他们,不想再见到老陆和小周。李恩犹豫了一下,心有灵犀地说,好吧,不见就不见,我也不想再见到他们,万一老陆

榆树下的哭泣

是真的看上你,我就亏大了。张苏红喃喃地说,你要答应我,一定要答应我。李恩说好好好,答应你,一定答应你,你说什么我都答应。张苏红喃喃地说,事不过三,李恩你这次要说话算话,要算话。李恩说你放心,放心,只管放心,我一定说话算话。李恩说张苏红呀张苏红,你知道不知道,你其实比小周好得多,你比她强得多。张苏红有些喘不过气来,她想推开李恩,可是事实上,却把他抱得更紧。

张苏红悲哀地说,我有什么地方比她好呢,我一点都不比她好。

李恩说,你什么地方都比她好,真的你什么都比她好。

2005年11月25日　　河西

我们去找一盏灯

那年头没班花这一说,三十年前,还没这个词。二八姑娘一朵花,男孩子情窦初开,开始对女孩有兴趣,眼中的姑娘都跟鲜花一样。那时候,男生女生不说话,那时候,男生多看几眼女生,立刻有人起哄。这是初中那个特殊阶段,后来就不一样,开始有点贼心,男生偷偷对女生看,女生呢,一个个很清高,做出很清高的样子,越漂亮越清高。当然,她们也会偷眼看人,眼睛偷偷地扫过来,我们呢,心口咚咚乱跳。

那时候要像现在这样评选班花,肯定是如烟。我敢说,大家一定会选如烟。如烟姓步,叫步如烟,我们当时都叫她"不如烟"。她真的很漂亮,两个眼睛发黑,很亮,梳一根大辫子,个头不高,往男生这边一回头,所有的人立刻挺起胸膛,不是捋头发,就是掩饰地干咳一声。我们政治老师当时最喜欢她,这家伙四十多岁,那时候这年纪的人看上去很老了,差不多就能算是个好色的老流氓,说如烟这两个字好,一看就充满诗意。他说为如烟取名字的人一定很有学问,一定很有修养。说如烟的烟,不是烟草的烟,也不是香烟的烟。烟草和香烟太俗气,如烟的烟绝不是这个意思。他在黑板上写了个繁体字的"菸",说你们看见没有,都给我看清楚了,这个草字头的"菸"才是烟草的烟,才是香烟的烟,我们抽的烟是什么做的,是一种烟草,对了,既然是烟草,就应该是草字头,唉,要命的简化字呀,把很多简单的事都弄糊涂了,硬是把好东西给活生生糟蹋。政治老师一提到如烟就来精神,他说如烟的这个"烟",是"烟波浩渺使人愁"的烟,是"烟笼寒水月笼沙,夜泊秦淮近酒家"的烟,它应该是种美丽的雾状气体,弥漫在空气中间,看不见摸不着,只能凭诗意的感觉去触摸,如烟这两个字让人一看就会想到了唐诗宋词。他说你们懂不懂,我说半天,你们难道还没明白。我们一个个傻看着他,不说话。政治老师叹气了,说我知道你们没懂,你们当然不会懂。

政治老师非常喜欢如烟,他是个印尼华侨,据说英语很不错,学校不让他教英语,说他满脑子资产阶级思想,还是教政治保险,反正有课本,按照教材要求胡乱讲讲就行了。

那时候"文革"到了尾声,很快中学毕业,如烟和我一起分配到一家街道小厂。我是钳工,她是车工,刚进厂那阵,班上同学经常来找我玩,成群结队地过来,说是找我玩,其实想多看几眼如烟。中学毕业了,一切和过去没什么两样。为了多看几眼如烟,他们寻找各种借口,跟我借书,借了再还,约我看电影,去游泳,去逛百货公司。我们班男生都羡慕我,说你小子运气好,天天能见到她。

这话已经十分露骨,那时候,男生女生不好意思直接交往,最多同性之间随便说几句。我和如烟在同一个车间,一开始跟学校一样,仍然不说话,就好像是两个陌生人。我师傅和如烟师傅关系非同一般,他知道我们是同班,笑着说还真会有这样的巧事,在学校是同学,最后又分配到一个车间。如烟师傅说天下的巧合太多,说不定日后还会有更凑巧的事呢。我们厂在偏僻的郊区,做二班要到晚上十二点多才下班,有一天,如烟师傅一本正经地说:

"喂,小伙子,给你一机会,记住了送如烟一截,把她送到家，你再回去。"

如烟师傅让我下班与如烟一起走，我家离她徒弟家不远，有我这个大小伙子陪着，安全可以不成问题。接下来，差不多一年时间，下了二班，我都和如烟同行，仍然是不说话，谁都不好意思先开口。我总是默默地将她送到她家门口，看着她进门了，再骑车回自己的家。这么送她，稍稍绕一点路，可是我心甘情愿。她显然知道我愿意，从来也不说一个谢字，有时候进门前，一边摸大门钥匙，一边回头看我一眼，简简单单回眸一笑，能让人回味半天。

我那些同学不相信有人天天送如烟回家，却不曾与她说过一句话。他们说你傻不傻，真缺了心眼还是怎么的。他们说你小子别装样了，我们早就看出来了，早看出了情况，你丫是早看上她了，妈的，好一朵鲜花，怎么就插在了你这坨屎上。我从没为自己辩解过，说老实话，很乐意当这个护花使者。一年以后，如烟终于开口跟我说话，那天晚上，在她家门口，我们分别之际，她没像以往那样从兜里掏大门钥匙，而是默默地看着我，有些不好意思，欲言又止，过了一会，气喘吁吁说：

"谢谢你一直送我，从明天开始，用不着你送了。"

如烟和厂政工干事小陈谈起了恋爱，根据规定，学徒期间不可以这么做，这规定当时就是小陈亲口对我们宣布的。我师傅有些意外，想不明白他们怎么就好上了。如烟师傅说现在的年轻人开窍早，恋爱吗，讲的就是个自由，什么允许不允许，人家好不好，关你屁事。她说你是不是觉得亏了，觉得我徒弟应该看上你徒弟才合适，真是的，你也不撒泡尿照照，我徒弟凭什么看上你徒弟。他们喜欢这样在一起打情骂俏，我师傅一点也不恼，笑着说有什么办法呢，人和人就是不一样，就是有差距，我配不上你，我徒弟自然也

我们去找一盏灯 53

配不上你徒弟。如烟师傅说算了,不要嚼舌头,你徒弟还真是配不上我徒弟,我呢,也配不上你这个大主任。

那时候,我师傅刚被提拔为车间主任。他上任不久,不顾别人的闲话,提拔如烟师傅为车工班班长。我和如烟之间一层薄纸因此被捅破了,相互交往反倒开始变得自然起来。过去,我们好像两个哑巴,突然间,对话再也没有障碍,应答也自如起来。如烟有时候会主动跟我开开玩笑,说我还以为你一辈子不跟我说话呢。她说你知道我妈是怎么想的,我妈她说怎么也不肯相信,不相信有个大小伙子天天送我回家,送了一年,却不敢开口跟她女儿说话。

如烟和小陈的关系定了下来,有段时间,他们形影不离。正好小陈下车间劳动,他抓住这个机会,成天守在如烟的车床旁边,一刻也不肯离开。我的那些同学很失望,知道如烟已有男朋友,也不再来找我玩了。这样的日子过了没多久,有一天,晚饭后休息,如烟心情沉重地对我说:

"你知道,我跟小陈吹了。"

我有些吃惊。

她接着说:"反正是真的吹了。"

我记不清自己当时说了些什么。我知道她并不想听安慰的话,可是又能说什么呢。

她说:"你难道不想知道为什么,我的事就一点不关心。"

我说我不知道自己该说什么。

她沉默了一会,说你什么也不用说。

没有了政工干事小陈,我又开始继续送如烟回家。一切又和过去一样,我们一同下班,随着大队人马走出厂门,然后一路骑着自行车,共同走过了一个漫长的夏天。那时候,刚粉碎了"四人帮",大家心情都很不错。我们有说有笑,从来也没有再提到过她与小陈的事。很快恢复了高考,我们一起参加补习班,一起参加考试,一起落榜,一起情绪低落。然后,然后她又有了一位小王。

这位小王是位干部子弟,人长得比小陈还要英俊潇洒。如烟师傅似乎早知道会有这一天,说我徒弟人长得漂亮,找男朋友,自然要找最出色的。她有些恨我不争气,胆子太小,考不上大学,成天鞍前马后跟着瞎忙,结果全白忙了。这以后,如烟又有过小杨和两位不同的小李,她似乎是挑花了眼,马不停蹄地变换男朋友,让大家都觉得有些不可思议。

晓芙是如烟介绍我们认识的,她是如烟的表妹,是如烟养母妹妹的女儿,比如烟小三岁。我和晓芙相处了一段时间,双方感觉还不错,挑个好日子就结婚了。在蜜月里,晓芙有意无意地追问,我是不是曾追求过她表姐。我避而不答,晓芙说我也是随便问问,要不愿意回答,你可以不说。我便问如烟是怎么说的,晓芙说她可没什么好话,她说你有贼心没贼胆。这话正好给人下台阶,我叹了一口气,说她既然这么认为,那也就是这么回事。

我连续考了三年,费九牛二虎之力,才拿到大学录取通知书。车间同事为我送行,在一家不错的馆子订了两桌酒席,大家频频举杯祝贺,如烟师傅对我师傅说,好呀,这回你徒弟总算争一口气。我师傅说,你也看见了,我徒弟这次是出息大了。如烟就坐在我对面,那时候,她已经怀孕了,挺着大肚子,含情脉脉看着我,红光满面,从头到尾没跟我说一句话。

到大学三年级,如烟突然找来了,说是要把晓芙介绍给我。她说我这个表妹在读电大,一门心思想找个名牌大学的小伙子,我觉

我们去找一盏灯　55

得你挺合适。我没想到她会来找我,更没想到她会把自己表妹介绍给我。上大学后,我们已有一段日子没见过面,关于她的故事,断断续续知道一些,都不是很确切。听说已和丈夫分居了,一直在闹离婚。还有一种传说,是她在外面有了人,丈夫小陈拖着不肯跟她离。这位小陈就是最初的那位政工干事小陈,他们各自绕了个大圈子,又重新回到起点,但是结婚不久,就闹起了别扭。

第一次和晓芙见面是在电大,如烟带我去见她,首先看见的是一群小学生在操场上发疯,跑过来跑过去。我觉得这十分滑稽,想不明白自己怎么会跑这来了。晓芙正在上课,她学的是会计专业,电大借用这家小学的教室,班上大多数人都是女生,每人课桌上放着一把算盘。与小学生的吵闹形成尖锐对比,会计班的电大生一个个很拘谨。终于等到下课,如烟介绍我们认识,接下来,就一直是如烟和晓芙在说话。她们两个没完没了,不停地变换话题,如烟一边说一边乐。那时候,晓芙似乎非常乐意听表姐的话,如烟说什么,都是一个劲地点头。

晓芙没有如烟漂亮,戴着一副眼镜,皮肤很白,看上去很幼稚和天真。当然,这只是留给别人的第一印象,事实上绝不是这么回事。她目不斜视地看着我,眼珠子在镜片后面滴溜溜直转。如烟后来对我说,我这表妹看上去没心没肺,其实人可厉害着呢。我当时并不相信如烟的话,说既然是厉害,干吗还要介绍给我。如烟说你这人太没用了,别以为上了大学就有什么了不起,不是我看扁了你,你呀,就应该找个厉害的女人。如烟又说,我告诉你,不要得了便宜再卖乖,我这表妹多好啊,人家跟你相配是绰绰有余,真要是有什么配不上,那也是你不配,是你配不上她。

如烟并没有出现在我和晓芙的婚礼上,她离婚去了日本,先和一个留学生同居，然后嫁了一个日本老头，又和这老头分手，去一家酒吧做女招待。再以后，很长时间没有消息，偶尔听到三言两语，也是来自晓芙的那位姨妈。晓芙姨妈是个脾气古怪的女人，和养女如烟关系弄得很僵，有段时间，差点闹到法庭上去。晓芙也不是很喜欢自己的这位姨妈，不管怎么说，都不应该那样对待如烟，靠那点微薄的退休金，她不可能过上现在这种养尊处优的好日子。自从如烟去日本，晓芙姨妈一直坐享其成，家里是成套的日本家用电器。

我们儿子三岁时，有次聊天，晓芙不经意间说出了如烟母女形同水火的根本原因。晓芙姨妈有个相好，这家伙是衣冠禽兽，曾猥亵过如烟。事情自然是那男的严重不对，可是晓芙姨妈却怪罪如烟，认为是她有意无意地勾引了自己情人。晓芙说姨妈年轻时就守寡，很在乎这个男人，这男人晓芙也见过，是个上海人，个子很高嘴很甜，很会讨女人喜欢。男人不是东西，有时候是看不出来的，反正晓芙姨妈为这事，恨透了如烟，常常跟如烟过不去。我感到很吃惊，说你姨妈也太过分，怎么可以这样呢。晓芙说，现在想想，姨妈是太过分，不过，最过分的还不是这个，关键是姨妈把这事说了出去，一次又一次，你是知道如烟的，你想想，那时候如烟为什么不停地要换男朋友，为什么。晓芙告诉我，如烟与第一任丈夫小陈离婚，显然也与这挑唆有关。我做梦也不会想到有这一幕，真是不可思议，我说那男的对如烟，究竟是怎么猥亵的呢。

晓芙说："这个我怎么知道，得去问如烟，以后她回国了，你可以问她。"

转眼间，我和晓芙的儿子都上了中学，我们搬进新房，晓芙上班天天有小车接送。在别人眼里，我们夫妻和睦，住房宽敞经济富

我们去找一盏灯

裕，一切都很不错。事实证明，如烟对晓芙的看法很有道理，她里里外外都是一把好手，作为妻子温柔体贴，作为职业女性是个地道的女强人。别看她一开始只是个小会计，结婚后事业蒸蒸日上，不久就擢升为财务总管，后来又被一家很著名的公司挖去委以重用。

事情总是相比较而言，晓芙的成功正好衬托出了我的失意。时至今日，她让人羡慕的丰厚年薪，比我这好不容易才评上副高职称的收入高出许多倍。过去这段岁月，这个家一直是阴盛阳衰，说句没面子的话，当年我评副教授已很吃力，这几年想申请正教授，一点眉目都没有。我始终摆脱不了那种挫折感，我知道这些年来，自己没干出什么成就，在一家很糟糕的大学当老师，教一门很不喜欢的课。我的运气太差，年轻时遇到机会，要先让给老同志，等自己也一把年纪，又说政策应该向年轻人倾斜。我并不太愿意与别人去争什么，只是觉得心里不太痛快。

严重的失眠困扰着我，整夜睡不着，吃了安眠药也只能是打一个盹。我不知道自己为什么会这样，漫漫长夜，常常一点困意都没有。我不相信自己有病，不相信是得了医生所说的那种抑郁症，然而晓芙却当了真，医生和她私下谈过一次话，显然是把话说得严重了一些。她吓得连班都不敢去上，不管怎么说，晓芙还是个女人，无论事业多么成功，她毕竟是个女人。她说你这是怎么了，不要这么想不开好不好，她说我们现在这样不是挺好，干吗非要去得到那些我们并不是真的需要的东西。说老实话，我并不太明白晓芙在说什么。她说自己的工作实在是太忙了，顾不上家，这个家全靠我这个男人在支撑。她说你千万不要去钻牛角尖，什么教授呀职称呀，根本别往心上去。

所有人都觉得我的心病是因为评不上教授，人们跟我谈话的时候,总是有意无意地在劝慰。人心不足蛇吞象,大家都说我现在的处境,如果换了别人,不知道应该如何满意。人必须知足,没必要硬去追求那些不属于你的东西。有什么不痛快你就说出来,千万不要硬憋在心里。晓芙的公司正在酝酿上市,这事一旦操作成功,经济效益将有质的飞跃。作为财务总监,作为公司的高管人员,晓芙有太多的事要去做。我的健康状况已让她没办法安心工作,结果由她公司出面,出资雇了一个全职保姆,还专门为我找了个心理医生进行辅导治疗。她公司的领导更是亲自出面,宴请了我们学校的有关领导,希望在评定职称的关键时刻,能够有所照顾。

在医生看来,我的病很严重。晓芙惊恐万分,看着我一天天消瘦,整夜地不能睡觉,她甚至一度想到了辞职。我不愿意她为我的事操心,我说情况没那么严重,我说你们的破领导跑到我学校,跟我的领导一起喝酒,说好话开后门,这叫什么事。说着说着,我的情绪开始变坏,我说你们考虑过我的感受没有,你们想没想过我其实根本不在乎那什么教授头衔,你们的脑子是不是有问题。我突然暴跳如雷,把手中的茶杯扔向了电视屏幕。这是我结婚以后的第一次失态,我也不知道自己怎么就把茶杯扔了出去。我说我立刻就去跟我们学校的领导谈话,我要告诉他们,我不要当什么教授,我根本就不稀罕。说完这话,我竟然孩子一样地大哭起来,我的反常把晓芙和儿子吓得够呛,他们打电话到急救中心,用救护车把我送到医院,医生给我又是打针又是吃药,最后又强迫住院接受治疗。

出院不久,正好赶上如烟回国探亲。这一次,她计划要待的时间长一些,因为在日本这些年挣了不少钱,打算回来买一套像模像样的房子。晓芙觉得我病情既然已有起色,闲在家里难受,便让我陪如烟一起去看房子,这样既可以散心,为她的表姐当参谋,同时

我们去找一盏灯

也让如烟好好地劝劝，开导开导我。那些天，去看了很多楼盘，如烟心猿意马没有任何主意，我对她应该购置什么样的房产也毫无看法，我们好像不是为了去买房，只是没完没了地参观。我们东走西奔，无论哪种套形的房子，如烟都是不置可否。她更感兴趣是我的抑郁症，每天见面的第一句话，都是问今天吃没吃药，当时我正在吃一种进口药，这是晓芙托人搞来的，她非要我吃，坚持认为服了那药病情就不会加重。

如烟说你知道不知道，在日本有很多人，也吃这药，日本人容易得抑郁症。

我说我根本就没有什么抑郁症。

如烟说你当然不是抑郁症，我不过是随口说说。

我并不相信那药有什么特殊疗效，纯粹是为了让晓芙放心，天天早晨当着她的面，我郑重其事地将药放进嘴里，然后趁她不注意，再偷偷吐出来。我不明白大家为什么都会觉得我有抑郁症，晓芙这么认为，如烟也是这么认为。更可笑的是她们都觉得我有自杀倾向，想到这个，我有些失态地笑了起来，说听说日本人得了抑郁症，都喜欢跳富士山，如果我真得了抑郁症，就跑到日本去，爬到高高的富士山上，从上面往下跳。和晓芙一样，如烟被我这话吓得够呛，她睁大了眼睛看着我，说你不要胡说八道好不好。她说你活得好好的，从哪冒出来这些怪念头。

与如烟一起去看房子，我的心情开始有所好转，仿佛又重新回到了做工人的岁月。我问如烟还记不记得当年情景，人生如梦白驹过隙，一转眼二十多年过去了。如烟说她当然记得，事过境迁，她脑子再不好使，也不会那么轻易地就忘了过去。如烟说她忘不了我当时傻乎乎的样子，天天晚上屁颠颠地送她，却连话也不敢与她说一句。她十分灿烂地笑起来，说你差不多那时候就已经得抑郁症了，那时候你不知道有多内向。说完这话，她干脆咯咯咯笑了。我让她说得有些不好意思，说那时候主要是你太傲气，你不跟我说话，我怎么敢随便开口。

我的话让如烟一时无话可说，她的脸红了起来，红得很厉害，一直红到耳朵根。当时，我们坐在一辆出租车上，正驶往一家新楼盘，我情不自禁地回头看着如烟。突然间，我发现她苍老了许多，这是一种从未有过的感觉。岁月不饶人，我注意到了她眼角的鱼尾纹，虽然抹了很厚的粉，可是她显然已不再年轻。我的目光让她感到不自在，她说你怎么啦，干吗要这么看着我。从出租车上下来，我们向那家待售的楼盘走去。我十分感慨，说如烟你知道不知道，当年你可是班上很多男生的梦中情人。如烟听了这话一怔，笑着说想不到你现在也脸皮厚了，也会说这种又时髦又混账的话。我说梦中情人这词听上去有些别扭，不过事实就是这样。转眼间已快到楼盘门口，售楼小姐热情洋溢地迎了过来，我的话还没有说完，我告诉如烟当年有谁谁谁，还有谁谁谁，都对她特别痴情。我告诉如烟，那时候我因为跟她分配到一个厂，很多同学都很嫉妒。我口无遮拦地说着，把迎面过来的售楼小姐都弄傻了。接下来，我有些控制不住，根本不考虑时间地点，不停地对如烟说，售楼小姐开始介绍楼盘，我仍然在喋喋不休。

那天晚上，为了让如烟相信我说的是真话，我打电话召集了好几位同学，都是如烟当年的粉丝。老同学聚会是如今最流行的事，听说可以见到多年没有消息的如烟，他们二话不说纷纷赶了过来。一共是八个人，并没有太多想象中的激动，也没有一再提到过去的日子，来了就是喝酒，没多久已喝了两瓶多白酒。最初有些拘谨的是如烟，不停地抽着烟，她抽烟的姿势很好看，一支接着一支。烟雾在她面前缭绕，大家东扯西拉，也没有多少话可说。不管能喝不能喝，一个个都玩命灌酒，渐渐地，如烟开始不再矜持，也充满豪气地喝起酒来，并且立刻说起了酒话。她说没想到我们会这样在一起喝酒，中国人就喜欢这么喝酒，聚在一起，除了喝还是喝。她说你们和日本男人不一样，日本男人酒喝多了，喜欢没完没了说话，还乱唱，你们呢，就知道喝酒，连话都不肯说。

有一阵，如烟不停地提到日本男人，动不动就是日本男人怎么样。我说如烟你干吗老拿日本男人跟我们比呢。我的话引起了一阵哄笑，大家都说是呀，如烟你可真有点糊涂，我们怎么能和日本男人相比。如烟说日本男人怎么了，日本男人难道不是男人。显然是酒喝多了，她说着说着，眼泪突然流了出来。这实在是出乎大家意料，我们的话让她非常不高兴。如烟变得很恼火，说你们和日本男人相比，是还差那么一点，直说了吧，你们就是不如日本男人。她近乎挑衅地说，你们几个还有什么难听的话，都说出来好了，我不会在乎的。她说我知道你们心里怎么想的，不错，我是挣了一点钱，你们也知道我是怎么挣的这钱，钱不是坏东西，是人都得去挣这玩意。我们谁也没想到会是这结局，都说如烟你今天喝高了，大家都喝高了，喝醉了。如烟冷笑了一会，说用不着拿这种话安慰人，我可没醉，今天谁都没醉，都清醒着呢，别揣着清醒跟我装糊涂。我和你们不一样，你们一个个有老婆有孩子，有个完整的家，有话都不敢说，要藏着掖着，我和你们不一样，不一样，想说什么就说什么。说完这番话，如烟扭头就要走，我站起来想送她，她把我推倒在了座位上，说对不起，今天我失态了，吓着你们了，我谁也不要你们送，继续喝你们的酒吧，该干什么就干什么。

结果如烟真的走了，我们呢，傻了好一会，又要了一瓶白酒，继续喝。

就在那天晚上，酒气熏天地回到家里，我正式跟晓芙提出了离婚。晓芙仿佛早有预感，她不动声色地说，离婚以后，你又有什么打算。我说我已经做好了准备，打算和如烟一起生活。听了这话，在第一时间里，晓芙显得出奇的冷静，她把正在做功课的儿子叫到面前，问他如烟阿姨这个人怎么样。儿子不明白妈妈为什么会突然这么问自己，不耐烦地看看他妈，又看看我。晓芙笑着说你爸看上如烟阿姨了，他要和她在一起，儿子，你觉得这事怎么样？儿子不知道该如何回答，也不知道这是不是在开玩笑。我说你干吗急着跟儿子说呢，他正在准备中考，不要影响他的功课。

晓芙冷笑说："你还在乎会影响儿子的功课。"

这一夜，自然是没办法再睡觉。这一夜，自然是要有些事情。晓芙终于爆发了，她再也压制不住心头的怒火。平时生活中，她一向是很要强的，已经习惯了我的唯唯诺诺。一个要强的女人，怎么能容忍老公做出这样出格的事。现在，她根本不想再听我解释，只是一个劲地要我老老实实承认，承认与如烟早就有过那种事。她说我真是太傻了，我怎么会那么傻，为什么一点没往这上面想呢。她说自己的工作压力那么大，总觉得对我关心不够，这些日子又一直在为我的身体着急，真以为我是得了什么重病，怕我想不开寻短见，怕我这样怕我那样，现在想想，其实她早应该明白我们之间是怎么回事。她说她完全可以想明白我为什么会喜欢如烟，像如烟那样的女人，不知道和多少男人交往过，床上的功夫一定不错，男人当然是喜欢那样的女人，要不然我绝对不会迷恋上她。晓芙说，如烟有什么好，不就是会讨你们男人喜欢吗。

虽然已是半夜，晓芙非常愤怒地拨通了如烟的电话，这两人很快就在电话里大吵起来。因为是打电话，我听不见如烟说什么，只看见晓芙很激动，对着电话一阵阵咆哮。晓芙泪流满面，如烟一定也哭了，我听见晓芙一遍遍地在说，你伤心什么，你有什么可伤心的，真正感到悲伤的应该是我，是我。晓芙说你把我老公的心都给勾去了，我就说你勾引我老公了，怎么样，我就这么说了，我就说你不要脸，下流，你又能把我怎么样。很显然，如烟想对晓芙解释，可是晓芙过于激动，根本就不想听她说什么。

她们就这样在电话里大吵，大喊大叫，深更半夜折腾了一个多小时，电闪雷鸣暴风骤雨，终于大家都有些累了。到了后来，有一段时间，一直是晓芙在听，如烟在说，显然如烟在向她解释什么。再后来，晓芙深深地叹了一口气，说好吧，今天我们就到这为止，既然你矢口抵赖，明天你过来，我们三碰头六对面，当面把话说说清楚。然后晓芙把电话挂了，木桩似的站在那一动不动。

我说："你干吗要把如烟叫过来。"

晓芙说："我当然要叫她过来对质。"

晓芙说："你们两个真是要想好，我也不拦着你，我绝不会拦你。"

第二天，如烟没有过来。晓芙打电话过去催，如烟听见是晓芙的声音，立刻把电话挂了。晓芙似乎早有预感，说就知道她不敢过来，她没这个胆子。又过了两天，如烟突然去了日本，在机场，她给晓芙打了一个电话，说自己这一次去了，再也不准备回来。她说人在日本，有时还会想到回国，可是每次回家乡，都会让人彻底绝望,让人毫无留恋。晓芙说你心里没鬼,干吗要逃跑呢。

　　我和晓芙经过协商,解除了法定的婚姻关系。我们决定再买一套房子,新房子到手之前,大家仍然同居,仍然睡在同一张床上。晓芙的公司上市已到最后冲刺阶段,从表面上看,她的精力好像都用在了公务上,但是我知道并不是这样,毕竟我们夫妻一场,我知道她心里充满怨恨,我知道她非常失望。我开始相信自己真得过抑郁症,一个人有没有得病,也许非要等症状完全消失了才会知道。经历了这场风波,我严重的失眠问题竟然奇迹般彻底解决了,过去,整夜地睡不着,吃了安眠药也没用,现在,只要脑袋一挨上枕头,立刻鼾声惊天动地。

　　有一天天快亮,我做了个梦,梦到自己出走了,到了一个十分遥远的地方。在梦中,我和一个养蜂人在一起。那养蜂人就是我,我就是养蜂人,我们与世隔绝,与外面的世界没有任何联系。无缘无故地,养蜂人忽然有了手机,不但有了这个最新款的手机,还有如烟和晓芙的号码,他拨通了她们的电话,很神秘兮兮地说了些什么。接下来,养蜂人又用同样的神秘跟我说话,说很快就会有一个女人来看你,你猜猜看,她会是谁,她应该是谁。那时候,我正埋头搬块大石头,我们的房门一次次被狂风吹上,我要做的事就是赶紧找块石头将门抵住。养蜂人说,等一会再搬弄那石头好不好,你快看谁来了,你看那女人是谁。我抬起头,不远处竟然是如烟和晓芙,风尘仆仆来自不同方向,很显然,得到了我的消息,她们立刻马不停蹄赶来了。

2007年6月2日

我已开始练习

我已开始练习
开始慢慢着急
着急这世界没有你
已经和眼泪说好不哭泣

  小勇唱来唱去，刘德华的一首流行歌，只会其中这么几句。一起干活的人都习惯了，有时候还是忍不住打趣，说你小小年纪，能不能唱几句别的什么，别成天都是练习和着急，练什么习，着什么急呀。小勇懒得去搭理这些俗人，他仍然是干自己的活，唱熟悉的几句歌词。渐渐地，别人受他影响，不知不觉会跟着哼唱，都不是唱歌的人，一个个拿腔走调，和小勇唱的词一样，念过来道过去，就这么几句。

  小勇的工程队又一次面临搬家，日子已定下来，是明天。对于一次次搬家，小勇早已习惯，唯独这一次，有些依依不舍。他舍不得护士学校的那些女学生，过去的几个月里，一有时间，便情不自禁地跑到北面晾台，偷看对面的女学生。他们干活的地方和对面的房子挨得很近，近得那些女孩子不拉窗帘都不敢换衣服。当然也有胆大的，运气好的时候，小勇他们能看到她们的一举一动。女学生穿着花花绿绿的胸罩、三角裤走来走去，白花花的肉体在他们眼前晃来晃去，仿佛是在示威。天太热了，谁说不可以这样呢。看着那些青春靓丽大大咧咧的女孩子，小勇仿佛又回到自己当年读书的学校。

一转眼，辍学打工的小勇来到这个城市，都三年多了。来的时候，他只有十五岁，还是个毛孩子，刚刚开始发育。现在的他人高马大，重重的小胡子，完全是个帅小伙子模样。三年来，小勇一直在做装潢，干的是水电工，熟能生巧，用师傅周智慧的话说，他已从刚开始的什么都不会，到可以当个人用了。事实上，小勇不仅学会了手艺，还学会了抽烟。一起干活的人都在忙，小勇独自一人在北面晾台上抽烟，张望着对面的一大排女生宿舍。

那个白白胖胖的丫头，从窗里探出身来收衣服，她先看了这边一眼，似乎预感到会有偷窥的眼睛，用最快的速度完成了要干的事。她将晾在外面的胸罩短裤收了回去，在消失之前，又一次匆匆扫了这边一眼。这一次，她看到了小勇，他们的目光有了最短暂的交锋。胖丫头瞪了他一眼，然后气鼓鼓地消失了。小勇为她的举动感到恼怒，甚至可以说是暴怒，他狠狠地吸了一口烟，剩下的烟蒂扔了，缓缓地将烟雾吐出，嘴里忍不住嘀咕，人家都要走了，你这臭丫头，一点交情都不讲，我在你身上真是白用心了。很快，愤怒变成了失望，变成了沮丧，对面一大排敞开的窗户再没有任何动静，时间仿佛停顿静止了，明晃晃的玻璃反射着夏日灼目的阳光，黑乎乎的窗洞深不可测。

小勇茫然地望着对面。说老实话，他喜欢藏在窗户后面的每一位女生，她们一个个都很可爱，只要人家愿意，小勇愿意娶她们中间的任何一位做老婆。他总是想入非非，想象自己与这些女学生一起上学，同出同进，坐在同一间教室里，看着一位漂亮的女老师在黑板上写着什么。当然，在这些女学生中，他最喜欢的还是这位白白胖胖的丫头，又白又胖显得很喜气，小勇这段时间一直把她当作

我已开始练习

自己的梦中情人。

明天,小勇就要随装潢队搬家。明天,小勇就要走了。他知道眼前的这一切,从此将和自己没有关系。这些挂着诱人的女孩子内衣的一扇扇窗户,这些与他年岁相仿的女学生,还有那位梦中情人白胖丫头,都将在他的生活中永远消失。

小勇的师傅周智慧是工程队负责人,一起干活的人,包括小勇,都叫他周经理。这支短小精悍的工程队也就七八个人,挂靠在好佳美装潢公司。公司老板是周智慧的大舅子,姓俞,大家都叫他大老板。大老板是个很能干的人,这些年挣了不少钱,租了漂亮的门面房,养了个年轻的女秘书,手下挂靠着若干个经理,只要能接到活,一个经理就是一个工程队。周智慧的这几个人,差不多算是大老板的嫡系部队,与大老板都有点沾亲带故。首先,大老板的太太老板娘小周便在这边,其次,还有大老板的妹妹周智慧的老婆小花。除了这两个女人,还有木工大刘和小刘,这两人是堂房兄弟,是周智慧一个村上的,跟在他后面混已经很多年。再加上小勇和瓦工周晓东,他们是老板娘小周村上的人,大家都同宗,按辈分算,周晓东与老板娘同辈,比小勇低一辈,还得叫小勇叔叔。

到新东家第一天,大家都不太快活。本来说好,做完这家就发拖欠的薪水,大老板借口东家钱没拿出来,又一次把发薪水的日子推迟了。虽然责任明摆着在大老板那里,大家的不满却集中在周智慧身上。不管怎么说,你们一个当老板,一个当经理,都是一伙的。干活给钱,天经地义,干了活不给,这就是剥削。周智慧见大家脸色不好看,讨好地说今天放假,我请你们出去娱乐,先吃大排档,然后看表演。老板娘小周听了不乐意,说不是没钱吗,没钱还出去烧包。小花接着说,就是,不如把薪水发了,大家有了钱,自己娱乐，谁要你充大好佬请客。大刘说，小花这是心疼周经理的银子，不就是吃个大排档吗，不就是看个表演吗。

小勇倒是挺乐意他师傅请客，毕竟是白吃白喝。七个人花了七十块钱，在大排档上痛吃一顿。菜不多，米饭随便加。小刘觉得不过瘾，说什么时候菜也能随便吃，这日子基本上就小康了。周智慧笑他少见多怪，说小康哪能就这标准。你小子真是没吃过自助餐，自助懂不懂，就是只要花钱进去，想怎么吃，就怎么吃。位于城郊接合处的表演，要想看到精彩之处，必须晚一点才行。周智慧和大刘显然不是第一次来这地方，节目已开始，他们慢吞吞地一点都不着急。好不容易进场，看完货真价实的脱衣舞表演，时间不早了，周智慧带着小周和小花坐公交车先走。其他人意犹未尽，想散会儿步再回去。周智慧不放心，关照大刘说这个地方乱，很乱，当心一点。大刘说周经理你放心，至多也只是让他们开开眼，那种事绝对不会做的，你一千个一万个放心，就算想做，口袋里也得有钱不是。

小勇跟着大刘他们在街上走，心里咚咚直跳。脱衣舞表演早就结束，那几个震慑心魄的镜头，虽然短暂，虽然是一晃而过，却还在他眼前一遍遍闪烁。几个人中间，只有他是未婚，因此都拿小勇调笑。小刘说今天这节目，小孩子不宜，你是未婚，不该看的。周晓东跟着起哄，说我们都是过来人，开过荤的，你不一样，还不知道女人怎么回事。小勇红着脸不吭声，大刘安慰他说，别听他们的，要知道怎么回事还不容易，只要你想，我们今天就给你找一个。

此时正走在一条满眼皆是洗头房的街上，洗头房里灯火辉煌，衣衫暴露的小姐大胆招呼着。大刘他们被拉进了一家洗头房，老板娘一定要展示自己的姑娘，说办不办事无所谓，这些丫头你们不好好看上一眼，实在是可惜了。大刘笑着说，不瞒你老板娘，我们都是打工的，哪来的钱。老板娘说，笑话，这年头谁不打工，这些丫头还不跟你们一样，都是从农村出来的。买卖不成交情在，大家都是农村人嘛，你这位大哥一看就知道是当老板的，先挑一个吧。大刘一本正经地说，不行，得了病，回去不好跟老婆交代。老板娘听他这么一说，立刻想到一个黄段子，说我明白大哥的意思，大哥的意思是你得了病，老婆就会得病，老婆得了病，村长又会得病，村长一得病，全村的人就都遭殃了。老板娘的话把大家都引笑了，这个段子流传很广，小勇他们人人知道，小姐们当然也知道。大刘连连摇手，说别逼我们犯错误好不好，我刚在那边看见警察了，你们不怕人家突然闯进来？

老板娘笑容可掬，警察，哪来的警察，这里只有保安。再说了，没有保安，我们怎么做生意。大刘做手势示意大家走，老板娘过来拦住了，一把拉住小勇，吓得他脸色发青，像被捉住的贼一样。小刘说你们别瞎闹好不好，人家还是童男子呢，别吓着他了。老板娘说，不错，我们就是想吃只童子鸡，小兄弟，你留下来，我们不收你的钱了。小勇用力甩开了她的手，一个箭步冲出去，老板娘追在他后面喊着：

"小狗日的，你把老娘的手都弄疼了！"

回去要走四站路，天有点晚了，大家还是愿意走，都没有倦意。一路上，仍然是在笑话小勇，一个劲地拿他打趣。小刘说，你怕什么，叫你留下就留下，不是说了不收你的钱吗。周晓东说，就是，不玩白不玩。大刘冷笑说，天下哪有这好事，真拿不出钱，人家找来黑社会，准保把你的屎都给打出来。周晓东说用不着黑社会，刚刚小勇已吓得差不多尿裤子了。小勇不吭声，随他们去说，说什么都不表态。

调侃完了小勇,话题到了先回去的周智慧身上,小刘不无感慨,说我们扯什么都没用,还是人家周经理实在,早早地回去了,真枪真刀,也不知道今天晚上是跟谁快活,我说你们猜猜看,他会跟谁?由于大老板养了个女秘书,周经理浑水摸鱼,早跟老板娘小周悄悄有了一腿,这已是个公开的秘密。大刘说,肯定是跟小花。小刘问为什么,为什么不是跟老板娘。大刘说,今天我在厕所里看到老板娘刚换下来的卫生巾,你想人家身上不方便,怎么会跟周经理乱搞呢。小刘说你大刘真厉害,连老板娘来这玩意儿都知道。大刘说,我还有更厉害的,只是你们都不知道。一直不吭声的小勇发话了,说大刘你有什么更厉害的,说给我们听听。大刘说,妈的,这小子刚刚是死活不开口,现在倒又活过来了。我告诉你,这种事情,不能说给你听的,少儿不宜,知道不知道。

大家都知道大刘喜欢吹牛,吹牛向来是他所擅长,要是不吹牛那就不是大刘。过了片刻,他果然开始吹嘘自己的艳遇,说他与小花有过那事,说得有鼻子有眼。小刘说你能和小花有事,那我就和老板娘有事了。大刘说你起什么哄,我这可是真的,你说你可能吗,老板娘怎么会看中你,也不撒泡尿照照。小刘说,你干吗不撒泡尿照照,小花又凭什么能看上你。大刘得意扬扬,说好钢得用在刀刃上,我告诉你们,知道我为什么能搞到小花,凡事它都得有个道理是不是,天阴了才会下雨,雾散了才会出太阳,我一说出来,你们就都相信了。

那天晚上,小勇彻夜难眠。回去已很晚了,大家都倒头睡大觉,小勇心头有些乱,信马由缰胡思乱想。从护校的那个白胖姑娘，想到了脱衣舞女郎，想到了洗头房的老板娘，想到了大刘说的他与小花的艳遇。

第二天，老板娘小周问，昨晚去什么地方了，半夜三更才回来。小勇说没去什么地方，就在外面瞎走走。小周不相信，说瞎走走，那他们怎么都说那些女人拉着你不放手。小周带着神秘的笑意看着他，小勇无话可说，气鼓鼓地埋头干活。小周走了，小花又过来，也用同样的问题问他。小花说，小勇，你年纪轻轻，可不能不学好呀。小勇不愿意理她们，心里有些恼火，因为他最讨厌这些明知故问和暗示。谁都知道什么都没有发生，可是大家就喜欢不怀好意，拿无中生有的事取乐。

接下来几天，小勇干活十分卖力。休息的时候，他仍然喜欢跑到晾台上，抽一支烟，发一会儿呆。不过，这个晾台什么风景都看不到。他们现在是在一个新的小区干活，差不多家家都在搞装潢。东家是个姓姚的整形医生，很有些名气，什么开双眼皮，隆胸，人造处女膜，阴茎增大，他都能做。这年头，整形医生最赚钱，只要看新房子的面积就知道了，差不多有三百平方米，小勇他们是第一次装潢这么大的房子。姚医生心很细，要求很高，水电管线安排了一路又一路，小勇打了无数的洞，墙上和地面上凿了无数个槽，纵横交错，弄到最后，连他自己都有些糊涂了。

姚医生对小勇说："我的活，不着急，慢慢地给我干，只管慢，最后把活给我干好就行。"

姚医生因为有房子住，并不着急，在乎的是装潢质量。既然不着急，周智慧便存心跟他慢慢拖，光走个水路电路，就干了半个多月。转眼间就是农忙，大多数人要回去，工程基本上停了下来。经过协商，留下两男两女，小勇师徒和小花姑嫂。大刘他们走后第二天，周智慧接到老家打来的电话，让他火速赶回去。一接电话，周智慧就知道这次又躲不了。出来打拼很多年了，对于农忙，他早深恶痛绝，每次都千方百计找借口，可是每次都逃脱不了。农忙一次又一次地提醒他，无论在外面混得怎么好，他还是个农民。与其他民工急吼吼借农忙回去与老婆相见不一样，周智慧最好是一辈子都不要再回他的那个老家。

现在，这套将近三百平方米的房子，只剩下了小勇和小花姑嫂。两个女人不愿意闲着，帮着拉线，锯塑料管子，帮小勇做下手。交叉纷杂的线路像蛛网一样，让她们觉得他很有些技术。小周说，我看你的本事，快赶上你师傅了。小花说，到你师傅的年龄，你本事肯定比他还大。小勇心里得意，嘴上还知道客气，说我怎么能和周经理比。他想自己师傅能耐多大，眼前的这两个女人，想睡谁就睡谁。什么叫牛的男人，这个就叫。初出茅庐的小勇并不羡慕大老板，大老板挣钱多，师傅却让他戴了个绿帽子。听说大老板挣的钱，已让那不太漂亮的小秘书骗去不少。

与两个女人一起干活，最大的享受，是可以听她们唠叨，听她们共同攻击大老板的女秘书。小花姑嫂都是女秘书的受害者，一提起她就怒不可遏。小花说她想不明白，嫂子小周明摆着比女秘书漂亮，她哥哥瞎了眼，非要死抱着那骚货不丢手。小周说，男人嘛，就这毛病，家花不香野花香，吃了碗里看着锅里，我男人是这样，你男人难道不是？小花对这话深表赞同，说一点不错，男人都一样，有了点钱，赶快不学好，像我们家周智慧，还不算有什么钱呢，也是一样赶快地学坏。小周听了她的话，有些多心，不说话。小花是厚道人，不想让嫂子太难堪，连忙装着教训小勇，把话题岔开。小花说，小勇，你可不要跟大老板学，也不要跟你师傅学，赶明儿娶了媳妇，要一心一意对她好。

一天的活干下来，小花姑嫂闲着无聊，津津有味地拿小勇寻开心，她们说你小子还没娶媳妇呢，回不回去农忙也无所谓，不像人家周晓东，结婚不到一年，小媳妇在家等着，这心里痒痒的，恨不得天天农忙才好。小勇老气横秋，说天天农忙，还不把人给活活累死。小花和小周相互看了一眼，惊叹地说，哟，我们小勇现在也会说话了嘛，看不出来，倒是人小鬼机灵，不开口还好，一开出口来就吓人一跳。吃完晚饭，大家轮换着洗澡，小勇是男人，小周自作主张让他先洗。新房子是毛坯房，除了大门，没有一扇房门，上厕所洗澡都得用块木板挡着。小周说，你一个大小伙子，用不着再挡了，我们都是过来人，反正也不会偷看。

于是小勇大大咧咧洗澡去了。小花并没有听见小周的话，无意中去厕所，看见赤条条的小勇，说要死了，你也不知道挡一下。小周听见她尖叫，笑着说，挡什么呀，有什么大不了的。两个女人的讲话声在空房子里回荡，小勇又羞又愧，心里想，自己真是吃亏了，这种事要是反过来，让他能在有意无意中，看到小周或者小花洗澡就好了。自从那天晚上看了脱衣舞表演，看跳舞女孩把最后的小三角裤衩往下一拉，小勇对女人的身体，开始有一种执着的渴望。事实上，在干活时，他就不时地在偷窥她们，天气太热，这两个女人都没戴胸罩，小勇爬上爬下，不止一次居高临下看到她们的胸前，小周的两个乳房很大，乳头黑黑的硬硬的，看得他心头乱跳。

小勇从卫生间出来，小周让小花去洗澡，等她去了，小周偷偷地问，刚刚小花是不是吓了他一大跳。小勇不知道如何回答，有些窘，小周笑了，说就算是看到也没什么大不了，小花什么没看过，再说了，男人难道还能怕女人看。小周说，有时候你们男人还巴不得有女人看呢。小勇的脸不由红了起来，觉得这话很暧昧，简直就是在赤裸裸地挑逗。这些年来，小勇所拥有的性知识，都是从大刘那里得到的，他那些含有性意味的故事，是小勇最好的教材。大刘一再要让小勇他们相信，小周和小花是很风骚的女人，骨子里都想主动勾引男人。十个女人九个肯，就怕男人嘴不稳。这几天，小勇成天和她们相处，总觉得应该发生一点事才对。小勇突然想到两个女人中间，有一个能像那天洗头房的老板娘那样拉着自己不放就好了。真要是有这好事，小勇想他一定见义勇为，绝不会放过。

小花洗完，轮到小周去洗澡，小勇有些心猿意马，胸口扑通扑通又一次乱跳。小花湿漉漉走了过来，有一句无一句跟他说着话。这时候，小勇已听不清楚她在说什么，他的心思全在正在洗澡的小周身上，想着她丰满的胸脯，想她会不会用木板挡住卫生间的门。

日子一天天过去，农忙眼见要结束了，想到同伴一个个要回来，小勇既高兴，又沮丧。高兴的是同伴回来，说话的人就多了，沮丧的是他们肯定会嘲笑，笑他在这些天里，没抓住好机会，搞点风流韵事。小勇相信，过去这些天里，小周和小花一直在挑逗自己，夸他长得帅，很像韩剧里的男主角。他们有台别人淘汰的彩电，天天晚上都在信号不太好的情况下收看。小勇陪着她们一起看韩剧，不知不觉也受了电视剧的影响，在韩剧中，男人和女人单独面对，总会发生一些意想不到的故事。

这一天，周智慧在途中打电话，说下午就能回来。电话是打给老板娘小周的，两人十分露骨地调着情，根本不回避在一旁干活的小勇。小周说，你想我干什么，你有老婆，应该想你自己老婆。小花此时正在别的房间,周智慧在电话里说了一句什么,小周咯咯直笑。过了一会,小周又说,你不怕你老婆知道,我还怕呢。说着说着,本来挺高兴的事,有了变化,小周突然间不高兴了,说我干吗给你传话,有什么话要跟你老婆说,你打电话给她就是了,我凭什么给你传。什么,你老婆没手机,没手机你干吗不给她买一个。电话那头,周智慧显然是在哄,但是小周似乎是真的生气了,她气鼓鼓地说,随你怎么说,这手机是我的,我高兴给你转话就转,不高兴就是不高兴。说完,她怒不可遏地把电话挂掉了。

挂完电话,小周才意识到小勇就在身边。她并不在乎他听到什么,因为她知道,自己与周智慧的那点事情,早已经没什么秘密可言。倒是小勇有些不自在,故意埋头干活,不敢看她。小周走过来,若无其事地问要不要帮忙。小勇抬头看了她一眼,说我一个人就行。小周气鼓鼓地说,好心好意要帮你,你他妈搭什么架子。小勇一怔,不服气地说,我又没惹你,你对我发什么火。小周听他这么说,忍不住笑了,说,就是,我跟你发什么火,我无所谓,我根本就不在乎。

接下来,跟什么事都没发生一样。小周尽量若无其事,甚至还哼起了小勇常唱的那首《我已开始练习》中的几句歌词。小周唱得并不好,很随意地问小勇,怎么样,我是不是唱得比你好,唉,这都是什么词呀,"我已开始练习,开始慢慢着急,"有什么狗屁可以练习的,有什么狗屁可以着急。小勇知道这些话都不是针对自己而来,不急不慢地说,歌词嘛,唱着玩玩的,本来就没什么道理,你没看韩剧中的那些歌词,哪个不是胡说八道。

到了黄昏时分,周智慧回来了。由于小周什么都没跟小花说,小花有些意外。吃晚饭的时候,周智慧不时地讨好小周,小周故意冷淡，故意没完没了地跟小勇说话。小花在一旁察言观色，也不说什么话，想到丈夫毕竟是从家里回来，问他刚上中学的儿子怎么样了，成绩好不好。周智慧说，我们家儿子怎么样，就那么回事了，不闯祸就不错了，怎么能和你哥你嫂的儿子比，人家是全班第一。小周听了这话，只当没听见，板着脸问小勇：

"今天晚上的韩剧几点钟开始？"

看韩剧的气氛有些尴尬，平时看电视，都是有说有笑，一边看，一边议论剧中的人物。今天晚上充满了一种大战即将爆发的火药味。电视里有段床上戏，虽然不暴露，可是时间拖得很长，很无趣。周智慧叹气说，妈的，有什么好拖的，要干就干，说那么多话干什么。小周始终是不高兴。看完电视，各自睡觉，周智慧夫妇去一个空房间，这里的房间都没有门，灯一关，该干什么干什么。小周仍然是生气的样子，今天晚上她只能独自睡了。

小勇也是一个人睡，有些睡不着。到半夜，还没有睡意，反复在想大刘说的那个艳遇故事。这个故事自从那天进了他的脑海，就再也没有出来过。有一天晚上，也跟今天的情形差不多，周智慧跑去跟小周偷情，大刘说他抓住了这机会，利用晚上起来上厕所，偷偷摸到小花身边。在别人家干活，他们通常都是睡地铺。大刘脱光了，钻进了被子里。明知道来的这个人不是自己男人，但是小花将错就错接受了。她当然知道自己男人这时正和小周睡在一起，什么叫好刀用在刀刃上，这时候就是。大刘的成功经验就是，男人想勾引女人，最简便的办法是抓对方弱点。为什么周经理轻而易举俘获了小周，因为有大老板的背叛在先。现实生活中就是这样，得到一个女人，意味着你很可能会失去另一个女人。

夜深人静，小勇悄悄爬了起来，借着隐隐的月光，来到师傅夫妇的门口。一切正像预料的那样,他们完全处于熟睡之中。神使鬼差,他转身向另一头走去,在这套空荡荡的房子里,小周睡在最东面的一间。月光从窗户直射了进来,衣衫单薄的小周躺在地铺上,身上什么东西都没有盖,突然间,她轻轻地翻了一个身,又不动弹了。这时候,小勇的心激烈地跳动,他心慌意乱地回到自己的地铺,忐忑不安地重新睡下。不过,并没有睡多久,他突然很冲动,十分冷静地将自己的衣服脱了,赤条条地摸到了小周身边。

  小周几乎立刻就醒了。很显然,在一开始,她以为来的这个人是周智慧,十分厌恶地要推开他。她压低嗓子说,你滚走,死走,不要碰我好不好,你让我感到恶心。小勇犹豫了一下,不顾死活地从后面抱住她,小周还是不从,小勇不知道如何是好,只知道死死抱着。小周意识到有点不对,回过脸来,说你要干吗,要死了,是你!

  小勇立刻意识到事情要坏。一时间,他完全没了主意。小周说,你这孩子昏了头了,你要干吗。小勇不知道说什么好,伸手去摸小周,很轻易就摸到了要摸的东西,那是个根本不设防的区域。小周显然被这突如其来的举动弄晕了,让他粗鲁地摸了好一会,才缓过神来,狠狠地在小勇身上打了一拳。

  后来发生的一切十分严重。周智慧夫妇被惊动,他们跑了过来,灯光大亮。赤条条的小勇十分狼狈,所有的目光都不理解地看着他,瞪着他。一时间,小勇想一个箭步从窗户里跳下去算了。从十多层的高楼上跳下去,什么就都结束了。突然,周智慧走到小勇面前,像打贼一样扇了他七八个耳光,小周觉得还不解恨,又狠狠地在他光屁股上踹了一脚。

  接下来几天,刚满十八岁的小勇沉浸在没完没了的恐惧中,每

78 人类的起源

一分每一秒,都是巨大的折磨。农忙结束了,大家都要回来了,小勇不知道该如何面对,想到同伴会一次次取笑,笑他鱼没有吃到,倒惹了一身腥,笑他小小年纪,胆子倒不小,笑他胆子不小,荤还是没开成。这时候,小勇是连死的心都有了。周智慧成天骂骂咧咧,一次次扬言还要揍他。虽然师傅只有一米六几,根本不是身高一米八的徒弟的对手,可是小勇对他就像老鼠见了猫。当然,最让他坐立不安的,是小周已放出了狠话,要把他父亲从老家叫出来,要让他爹看看,自己的儿子干了什么好事。

小勇父亲是个最好面子的人。在他们村上,老板娘小周的名声并不太好,体面的父亲知道儿子这么丢人,他会怎么样呢。小勇的父亲一定会气得吐血。悔恨和恐惧交替折磨着小勇,像蚂蚁一样咬他的心。彻夜难眠,天好不容易亮了,他神色惊慌地跑去哀求小周,说老板娘我错了,我真的错了,不要告诉我爹好不好,你不要告诉他,我求求你好不好。小周根本没想到告诉,这种丑事传出去对谁都不好,她甚至已跟周智慧夫妇打过招呼,不要把这事告诉任何人。但是她不想这么轻易放过小勇,她还想再吓唬吓唬他,她要吓唬吓唬这个胆大妄为的孩子。

小周说:"你小子真不学好,竟然想吃老娘的豆腐!"

小周说:"你也不想想我多大了,我儿子都上中学了!"

小周说:"这事没完,没完!"

一起干活的人回来了,工地上立刻欢声笑语。那天晚上,小勇跑到了晾台上,用划墙纸的小刀,在自己的那坨意儿上深深地划了一刀。剧烈的疼痛让他大喊起来,大家闻声跑出来,立刻被眼前的惨烈吓呆了。很快,鲜血淋淋的小勇被抬到姚医生所在的那家医院,那天正好是他当班。手术的时间不长也不短,终于,姚医生戴着口罩从手术室出来，大家立刻围上去，小周很着急地询问结果。

姚医生摇摇头，摘下口罩，说："这事，现在还真说不好。"

2006年12月20日　河西

紫霞湖

1971年的夏天有些平静，暑假开始，刘潇和她母亲突然来我们家做客。刘潇母亲与我母亲当年一起学过戏，是非常要好的小姐妹。刘潇比我小一岁，两位母亲很乐意结成儿女亲家，虽然那时候我们还只是十三四岁的孩子。从一开始，两个孩子就显得没有缘分，我们都觉得大人太傻，太一厢情愿，经常开这种让小孩子难为情的玩笑。

刘潇母亲很快回上海，刘潇留了下来，她要在我们家住些日子。一起玩的伙伴来我们家，在背后偷偷地问她是谁，我告诉别人她是我表妹。那年头，表妹可以有多种含义和解释，法律上姑表亲姨表亲还没有禁止通婚，表兄妹仍然会让别人开宝哥哥林妹妹的玩笑，因此在小伙伴面前，我总是力图表现自己的清白，对这位表妹爱理不理。

我的父母已从牛棚里放了出来，父亲又开始写剧本，母亲每天还要去打扫公共厕所。让我想不明白的，为什么恰恰就是在这个时候，我们家又开始有了保姆，常听见母亲与保姆徐阿姨抱怨，说女厕所怎么样怎么样。有一次，她们在一起谈论，说有人倒了一锅白米粥，溅得到处都是。母亲想不明白为什么要这么做，徐阿姨猜测是天气热，粥馊了，不过就算馊了，也不能往那倒呀，这么做，要天打五雷轰的。

在我们家做客的刘潇更多时间与徐阿姨在一起，大清早爬起来，一起上菜场排队买菜。徐阿姨很喜欢刘潇，教她做菜，跟她讲自己家的故事。她年轻守寡，有个已结婚的儿子，三个孙子，每月都要给儿子寄钱。刘潇教徐阿姨做上海刚流行的西餐沙拉，那年头没有什么好东西吃，她做的沙拉味道怪怪的，结果我们家只有我父亲喜欢吃。

眼看着刘潇快要回上海了，父亲说也不能亏待人家，应该带这丫头出去玩玩，到了南京，玄武湖不能不去，中山陵不能不去。于是陪她出去玩成了当仁不让的任务，我喊上了自己的小伙伴曹承林，他跟我是同班同学，也是剧团大院的家属，父亲是拉二胡的。

我跟曹承林的关系谈不上最好，所以要拉着他，是不想让别人看见只有我和刘潇两个人一起出门。那年头，同一个班上的男生女生不说话，男孩与女孩在一起玩，会被看成是一种没有出息。曹承林很愉快地接受邀请，自从刘潇来做客，他动不动便往我们家跑。表面上找我玩，实际上是想多看几眼刘潇，用他后来的话说，那时候他就是一见钟情。不过我根本没想到他会看上刘潇，没想到什么一见钟情，毕竟我们还只有十四岁，毕竟那是个非常保守的年代。

我们一起玩玄武湖，玩中山陵，玩明孝陵，还专门去紫霞湖游泳。早在小学一年级，我就学会了游泳，曹承林很笨，游泳池里不知道泡了多少次，还是学不会，永远在浅水区扑腾来扑腾去，一换气就手忙脚乱。紫霞湖是男孩子们夏日里经常去的一个好地方，那里的水很深，曹承林水性不好，我们一般都不愿意带他去，即使跟去了，也不让他下水。老实说，他也没那个胆子敢下去。紫霞湖每年都会淹死几个人，有一次，我们正在湖里玩着，听见有人大呼小叫，一个人忽然失踪了，然后再也找不到，然后派出所来了公安人员，让人下去捞尸体。

刘潇在上海参加过少年游泳训练班，我们没有按照父亲的意思去游泳池，那里人实在太多了，还得花钱，为什么不把这钱省下来吃冷饮呢。事实上，去紫霞湖是曹承林的主意，所谓紫霞湖，其实是钟山风景区的一个小水库，景色很好，据说蒋介石生前为自己选定的墓址就在附近。水很深，呈锅底状，面积并不太大，也就一两百米宽。曹承林水性不好，去的时候说好了，他不下水，待在岸上帮我们看管衣服。

那天在紫霞湖游泳的人特别多，天气热了，很多南京人跑这来享受免费游泳。岸边没有换衣服的地方，刘潇早早地已在公共厕所将游泳衣换好。对于我们这些男孩子来说，换衣服从来不是问题，我们的泳裤侧面有排纽扣，只要将左边松开，右边用力一拉，湿裤子就扯下来了。刘潇的游泳技术确实是好，自由泳尤其精彩，一下水就成了大家羡慕不已的焦点。

跟在刘潇后面，我一口气游了好几个来回，游得快，觉着累了，便站在浅水区域休息。曹承林看我站在那，说我看你那个地方好像很浅，那一带是不是都不太深。我便嘲笑他，说水不深又怎么样，你又不敢下来。接下来有些说不清，反正曹承林胆子突然大起来，突然有了下水的念头。我也没有阻止，立刻表示欢迎，丝毫没意识到潜在的危险性。他说下水就下水了，在湖岸边来回瞎扑腾。刘潇自顾自地游着，我站在水里保护曹承林，不让他往水深的地方去，警告他千万别大意，这湖里可是经常淹死人。

就算这样小心翼翼，还是差一点出意外，过了一会，刘潇过来了，告诉曹承林应该如何换气，如何划水。曹承林十分认真地学，接下来，便在我和刘潇之间来回游。好像是有了一点进步，然而一

紫霞湖

个不留神，便滑向了深处，手舞足蹈，一连喝了好几口水。事实上，我和刘潇都没意识到危险，总以为他会站住，没想到竟然往水底下沉了，刘潇感到不妙，连忙过去帮助，曹承林慌乱中一把搂住了她。我也连忙赶过去，这时候，刘潇出于女孩子的羞涩本能推开了曹承林，这一推，他滑得更远，两只手在湖面上乱抓，我伸手去救曹承林，他用力一拽，手就从背后缠住了我的脖子，害得我根本没法换气。我努力想摆脱纠缠，他死死地抱住我，我们两个人便不由自主地往深处滑。

刘潇吓坏了，哭着喊起了"救命"，幸好不远处正在游泳的人中有两位退伍海军，一看情况不妙，他们飞快地游了过来，潜入水底，将我们托出水面。这时候，我当然还没有什么大事，只是吓得不轻，喝了好几口水。我们很快被送上岸，曹承林已处于半昏迷状态，过了好一会，才睁开眼睛，清醒过来。

紫霞湖的这次经历，事后想想太可怕，据说紫霞湖最深处有十几米，只要再耽搁几分钟，天知道会发生什么样的悲剧。我生平第一次遭到父亲的痛殴，挨顿暴打还不算，还要当众罚跪。曹承林的父母找上门来，兴师问罪，他们很气愤，说我差一点害死了他们的宝贝儿子。我父母很紧张，一个劲赔罪，说好话。曹承林的母亲不依不饶，一口咬定这是阶级报复，是有大人在背后唆使，她丈夫曾经检举揭发过我母亲。

这件事也让曹承林觉得对不住我，我为了他挨打，罚跪，还差一点陪着他把小命丢了。居委会和学校都把这件事看得很严重，当成了反面典型教育同学，明明是暑假里发生的事，跟学校毫无关系，我和曹承林却被安排在开学典礼上做深刻检讨。工宣队的徐师傅向我们发出严重警告，说以后谁要是再敢私自下河游泳，就罚他打扫半年的厕所。为了增加惩罚的力度，徐师傅还特地加了一句，说不仅打扫男厕所，连女厕所也要一起打扫。

在文化大革命中，打扫公共厕所是一个很严重的惩罚，让男孩子打扫女厕所，更是很严重很严重。同学们哄堂大笑，我和曹承林在大家的笑声中，红着脸从主席台上走下来。因为这件倒霉事，我与曹承林差不多有一个学期不说话，主要是不愿意理睬他，他不应该把过错全推在了我的身上。一起玩的小伙伴都笑话我，对于男孩子来说，去紫霞湖游泳并不是什么了不得的大事，你非要带一个不会游泳的笨蛋去，无疑大错特错。

这件事情很快被遗忘了，刘潇返回上海，再也没有什么消息，我母亲与她母亲很少通信，那年头也没有电话。曹承林似乎一直还在惦记刘潇，有意无意地便会问起，说你这表妹现在怎么样了。我说我不知道她怎么样，他脸上便露出一丝诡秘的坏笑，那意思好像是在说，别说谎别心虚，别以为我不知道你们的事。中学毕业，我们都没有下乡，进了不同的小工厂当工人，朝出晚归，虽然住同一个家属大院，基本上没有来往。恢复高考，我和他都考上了大学，他念的是大专，比我早一年毕业。

有一次在路上偶然遇到，曹承林又一次问起刘潇，这次有些一本正经。他知道我已经有了女朋友，连连叹气，说早知道你和刘潇什么事也没有，你把她介绍给我多好。说这话的时候，距离他和刘潇的第一次见面已经整整十年，我只当他是说笑，是调侃我和刘潇的关系，便笑着告诉他，自己与刘潇真的是没有任何瓜葛。曹承林十分意外，苦笑了一会，说我一直以为你们青梅竹马两小无猜，没想到你这家伙竟然是占着茅坑不拉屎。

紫霞湖 85

曹承林从来不是个有幽默感的人，这样冒冒失失开玩笑，让人觉得很意外，一时间无话可说，不知道说什么好。就在谈话的第二天，曹承林脸色沉重，出现在我们家门口，神秘兮兮地把我叫了出去，郑重其事问能不能帮他个忙，能不能给刘潇带话，就说过去的十年，他心里一直都在惦记她。他说那种惦记很强烈，一直憋在心里，过去不好意思说出口，现在眼见着大学要毕业，应该把心里话说出来。他希望我能转告刘潇，如果她还没有男朋友，能否考虑和他处个对象。

他的这番话不仅让我惊奇，甚至连我母亲也感到不可思议，一见钟情照例都应该发生在小说中，如果只是十年前陪刘潇出去玩过几天，曹承林就念念不忘地喜欢上了这个女孩子，也实在太够传奇。我的女朋友对这故事充满兴趣，当然，她更想知道我和刘潇的青梅竹马两小无猜到底怎么回事。我父亲在一边插嘴，说当年双方的大人确实有过那层意思，不过人家小丫头根本看不上我儿子。他这么说是想帮我撇清，结果只是添乱，女朋友疑窦丛生，我母亲听了不乐意，说我儿子也没看上她呀。

尽管我和刘潇之间没有任何故事，女朋友还是将信将疑，即使成为我的妻子后也仍然放心不下。她想不明白为什么曹承林会耿耿于怀，如果刘潇不是非常漂亮，不是个非常出色的女子，他又如何会一往情深地爱上她。我母亲拒绝帮曹承林传递消息，她说你就直截了当地告诉他，说人家刘潇早已有男朋友了，说她根本不会看上他。

"我可没脸去和刘潇她妈去说这个事，这种人家哪能打交道，"我母亲显然还不能原谅曹承林母亲，忘不了她当年凶神恶煞的样子，"那次你们去游泳，他差一点害得你一起完蛋，可他那个妈怎么说，居然说我们想阶级报复！"

曹承林毕业分配去了区教育局，很快争取到了去上海的出差机会，他找到我，打听刘潇的联系方式。印象中，我曾听母亲说过一次，刘潇中学毕业下乡当了知青，后来回城，通过熟人关系，在南京路上的一家药店当营业员，具体哪家药店也说不清楚，反正离外滩不远。结果就凭这一点点信息，曹承林居然找到了刘潇。功夫不负有心人，在上海的茫茫人海中，他如愿以偿地找到了刘潇，南京路上的药店差不多让他问遍了，最后终于看见有一位有些相似的女子，上前打听，没想到那女子回过头来，对另一位女子喊道：

"刘潇，有个外地人找你。"

上世纪八十年代初期的上海人，保持着很强烈的地域优越感，在他们眼里，上海之外的都是外地人，所有外地人又都是乡下人。曹承林向我描述与刘潇见面时的情景，我笑着向他祝贺，说人家还算给面子，总算没叫他乡下人。

曹承林不好意思，十分感叹地说："上海人确实傲气。"

我没想到曹承林会去找刘潇，更没想到还真的让他找到了。不过他并不高兴，也不激动，没有一点成就感，恰恰相反，显得有几分沮丧。刘潇已完全记不清楚他是谁了，早就不当回事地忘了，提起我这个当年的表哥，她也是一脸茫然。很显然，十年前在南京一起游山玩水的两个男孩子，早被她忘得一干二净。曹承林拐弯抹角，吞吞吐吐地表达了自己的思念，表达了对她的情感，表达了对她的爱慕之意，结果对方不无遗憾地告诉他，她早已有男朋友了，而且已经订过婚，马上就要办喜事。

接下来，又过了十年，曹承林才与一位中学老师结婚，说起自

紫霞湖　87

己的晚婚原因，还是与念念不忘刘潇有关。这十年里，我们有过好几次见面，每次在一起聊天，都是听他没完没了唠叨，话题始终围绕着刘潇。我似乎是唯一可以让他倾诉的人，他见了我，丝毫不掩饰对她的思念，心灵之门立刻大开：

"我以为时间可以改变一切，事实上，时间这玩意什么也没能改变。"

随着时间流逝，曹承林发现他的相思有增无减，思念情绪越来越强烈，越来越不可收拾。得知刘潇婚嫁后，曾经一度，他想到自己会为了她终身不娶。这当然只是想象，真到了新婚之夜，他也激动，也兴奋，可是事过之后，仍然会想到刘潇，而且充满愧意。他觉得应该一直为她守贞，只要自己还没有结婚，只要自己还是保持着单身，那一份希望就永远存在。曹承林总是摆脱不了空洞的幻想，幻想有一天刘潇的丈夫死了，或者别的什么原因失踪，或者跟她离婚，反正他的机会终于来临，于是有情人终成眷属。

这些不切实际的幻想一直伴随着深深愧意，恨不相逢未嫁时，他既觉得对不起刘潇，也更有愧于新婚的妻子，结果自己唯一能做的就是尽可能地对妻子好。曹承林妻子是一位英语老师，结婚不久，为他生了一个非常漂亮的女儿，见过的人都说这小丫头聚集了父母优点。熟悉他的人都知道，曹承林绝对是个好丈夫，绝对是个好父亲。有一次，朋友的孩子想上他妻子的那所中学，让我找曹承林帮忙。他一口答应，很热心地成全此事，曹承林的妻子已是副校长，有点搭架子，曹承林非常认真地帮我说话：

"这家伙自小跟我一起长大，他的事，你一定得帮忙。"

曹承林妻子觉得这种朋友的朋友关系，托来托去太复杂，太不靠谱，当着我的面就让自己男人下不了台。好在最后还是帮上忙了,那女人也是刀子嘴菩萨心,表面上看很要强,对曹承林很凶,实际上很听丈夫的话。他们结婚大约十年,我听说她得了红斑狼疮,传递消息的人便是当初托我帮忙的朋友,说这种疾病很麻烦,弄不好会有生命危险。事实也果然如此,此后不久,便听说病情加重了。我那朋友因为孩子上学她曾经帮过忙,一定要拉我去医院探视,在医院里,我看见曹承林忙前忙后,认真负责地照顾,确实也够尽心尽力。

曹承林的好丈夫名声传得很远,他妻子单位的同事一致认为,要找男人,就应该找像他这样能负责任的。他妻子的病拖了好几年,一直是在死亡线上徘徊,病危通知一次次下达,又一次次转危为安。差不多有一年时间,曹承林基本上都在单位和医院之间来回,白天单位上班,晚上睡病房。明知道已经绝症,明知道没有希望,他却不计任何代价,为了买一种不能报销的进口药,差一点将自己住房卖了。模范丈夫的名声从来不曾遭受过置疑,如果不是曹承林自己说出来,人们可能永远都不会知道真相,不会知道他在妻子病危时的真实想法,大家见到的只是他的兢兢业业,只是他的心急如焚,以及丧妻时的悲痛欲绝。

一直没弄明白他是如何得到刘潇离婚的消息,在信息发达的今天,也许一个人只要有心,只要肯用点工夫,真想获得自己需要的讯息并不太难。曹承林跟我描述了当时的复杂心情,仿佛茫茫黑夜中的一丝光亮,刘潇离婚的消息让他心智大乱,立刻神魂颠倒。就好像着了魔一样,对刘潇的思念又一次开始不可阻挡,一时间,在内心深处,他竟然希望自己的妻子早点过世。大家都看在眼里,曹承林确实是对妻子好,他的照顾也确实有口皆碑,然而眼看着她的生命之花一点点枯萎,他忽然意识到,这很可能是老天爷为了成全

紫霞湖 89

他的精心安排。于是负罪和内疚的恐慌开始伴随曹承林，让他透不过气来，让他寝食难安，结果将妻子送往太平间之后，如释重负的他坐在门前台阶上，痛痛快快大哭了一场。

由于事先买好了墓地，妻子安葬后的第二天，曹承林便去上海看望刘潇。这个疯狂举动很出格，好在也没什么人知道这件事。在一开始，刘潇显然被激怒，觉得这事匪夷所思，太过分，觉得他太没有人情味，妻子尸骨未寒，竟然跑到上海向她求婚来了。她对曹承林的为人一点都不了解，作为一个离婚的单身女子，一个被负心丈夫抛弃的妇人，对他的突然出现，不仅没有好感，而且非常愤怒。

曹承林态度很诚恳，一脸无辜十分纠结："我已经错过了一次，这一次，说什么也不能再错过。"

"好吧，我可以告诉你姓曹的，"刘潇斩钉截铁地说，"你怎么想我管不着，我的态度很明确，我们绝没有可能。"

接下来，有关刘潇的故事，基本上都是听曹承林在说。他说我们打小一起长大，你现在又是个大作家，我跟刘潇的故事，完全可以去写一篇小说。离婚后的刘潇很潦倒，早没有了当年上海女孩的傲气，她下岗多年，与老母亲一起住在老式的石库房里，条件非常一般。她前夫与她一样，最初也是商业战线的职工，上世纪八十年代下海做生意，靠卖服装淘到了第一桶金，后来专职炒股票，行情好时赚钱，行情不好就在大户室打麻将，轧姘头，与刘潇离婚的时候，只给了她很小的一笔钱。

曹承林没有详细描述刘潇如何就改变了对他的态度，当然有个逐渐的过程，这一次次去上海，他唯一的收获是拿到了她的住址和电话号码。回到南京，他开始不停地写信，动不动给刘潇拨一个电话过去。这样的骚扰持续了三年，她终于有点被他的痴情所动，终于下决心来南京与他会面。能下这样的决心，据说也与我母亲的一番话有关，她母亲与我母亲有一次通电话，无意中说起曹承林，问这人品行怎么样，我母亲的态度全变了，为他大打免费广告，对他的人品赞不绝口，一口气说了许多好话。

刘潇最初是住在我母亲那里，曹承林升任处长好几年，他利用手上的职权，在下属单位通过熟人关系，为她找了个说得过去的临时工作。不久，刘潇便搬到集体宿舍去住了，此时，他们双方的孩子都已成人，刘潇的儿子正准备结婚，曹承林的女儿考上了一所名牌大学，她在父亲再婚这件事上很通情达理。万事俱备，只欠东风，眼看着水到渠成，仍然让人百思不得其解，刘潇人都到了南京，在南京也找到了工作，可她还是搭足了架子，就是不肯下嫁。

曹承林为再婚做好充分准备，置换了一处新房，买了一辆车，一到休息日，便带着刘潇到郊外去玩。他表现得很绅士，对她一直彬彬有礼。刘潇说你喜欢我，对我这么痴迷，是因为不了解我，是因为距离产生了美，其实人生就这样，他如果真得到了她，也许就不稀罕了。这番话有某种暗示，同时也是一种无奈，她如今像一头迷路的羔羊，随时可以成为别人的猎物。曹承林如果现在把她带回家，或者去开旅馆，甚至就在车上，都可能成事，但是他似乎不愿意这样做，他告诉她，自己并不想随随便便，除了妻子，他没和别的女人发生过关系，他要很认真地娶她。

他的表态让对方隐隐地有些不快，刘潇说我也不是个随随便便的女人，我已经说了，我不想结婚，我不会嫁给你的，我这样的女人，不值得你那样。曹承林很严肃，很一本正经，说刘潇你难道感觉不到，感觉不到有个男人对你一心一意，感觉不到他的神魂颠

紫霞湖 91

倒，感觉不到他是多么爱你。

刘潇说："到了我们这个岁数，再讨论爱不爱，恐怕已没有什么意思。"

"这话什么意思？"

"没别的意思，我不过是想说，如今再讨论这些，又有什么意思呢，我们千万别把那点意思，最后弄得不好意思。"

虽然两人都不想随随便便，结果仍然免不了随便，他们很快就同居了，很快就不再遮遮掩掩，很快就把那点意思，变成不好意思。没有夫妻之名，却有了夫妻之实，那是曹承林一生中最快乐的日子，天天都跟做梦一样，他们游山玩水，从国内玩到国外。光阴似箭时间倒流，青春已经不再，曹承林却仿佛一下子又回到了青少年时代，很显然，世界上再也没有什么能比初恋的日子更美好。他非常满足，说自己现在终于明白了幸福这两个字的真实含义。

然而，美好的日子看来都是不长久，也必定会有不愉快，会有新的烦恼。刘潇始终都在避免他们何时结婚的话题，谈得更多的只是儿子的婚事，经常是和儿子的父亲在电话里唠叨。曹承林发现刘潇一直与前夫保持着联系，他们没完没了地讨论儿子的婚礼，讨论房贷，讨论儿媳妇家的种种是与不是。每当遇上这样的电话，曹承林都会有些尴尬，回避不是，不回避也不是。他不得不表现出一种宽宏大量，表示他们的通话情有可原。这样的交谈总是用吴浓软语的上海话进行，上海人往往以为外地人听不懂他们说什么，偏偏曹承林这个南京大萝卜，她说的每一句话都懂。

最后的结局不可思议，刘潇做了一个匪夷所思的决定，居然选择了要与前夫复婚，曹承林感到意外，她自己也意外。对于这个近乎戏剧性的决定，刘潇做出了解释，她觉得自己太对不起儿子，儿子结婚费用都是父亲出的，作为一名经济上潦倒不堪的母亲，她唯一能给儿子的礼物，就是与他父亲复婚。这当然也是儿子的愿望，在离婚这件事上，儿子始终坚定不移站在母亲一边，现在，即将进入婚姻殿堂的儿子，最美好的一个愿望便是母亲能够重新回到父亲身边。

曹承林与刘潇的分手多少有些让人不解，也让人感伤，他们一起驱车来到紫霞湖畔，坐在岸边，看着茫茫水面发怔。风景依旧，离他们不远处，竖着一块很大的"禁止游泳"广告牌，曹承林问刘潇是否还能记得当年情景，说要不是她出手相救，他早就淹死在这湖里，因此说她是救命恩人一点也不过分。刘潇笑而不语，她知道真相不是这样，真相是他差点为她丢了性命，如果不是为了陪她玩，不会游泳的曹承林不可能下水，如果他真淹死了，她会感到一辈子的内疚。

大家都不知道说什么好，刘潇看着闷闷不乐的曹承林，说我早知道我们会是什么结局，结局其实早就注定好了，我刘潇离开你曹承林，再也找不到像你这么好的男人，你离开我，还有太多的女人可以选择，现如今，你这样有房有车的公务员，不要太吃香，你也用不着太难过。

气鼓鼓的曹承林无话可说，他还是有些舍不得，心有不甘，嘀咕了一句：

"那为什么还非要跟我分手呢？"

该说的话都说了，真到了分手时，说什么不重要，也没什么意义。人生相遇，假如都是命中注定，那么分手也是。临了一幕出人意料，不是他们最后又说了什么，而是看见的一个画面，既让人目瞪口呆，也让他们哑然失笑。时间已深秋，黄昏时分，很有些寒意，在几十米远的地方，突然出现了一位三十多岁的女子，身材高大，很丰满，她回头四下匆匆扫了一眼，若无其事背对着他们，光天化日下换好游泳衣，然后下水，义无反顾地游向对岸。

2012年6月17日　河西

舟过矶

保洁员寒露在舟过矶公园巡视,她是这里的临时工。丈夫老魏是门卫,看守公园大门,也是临时工。夫妇二人到此安营扎寨,整整三年。三年前,老魏突然犯倔,决定不再跟堂弟魏明后面干了。他决定不再瞎奔波,不再瞎忙乱,反正挣不了钱,不如带着老婆来公园打工,毕竟这活轻松许多。

舟过矶是公园的核心景点,站在高高的矶头上,可以看见成片的厂房。烟囱林立,长江两岸都是化工园区,货轮在江面上排队,一艘接一艘。那些货轮巨大,长度快赶上一个小足球场,原料没完没了运过来,成品源源不断运出去。空气中流动着一股甜甜的腥味,高大的烟囱一直在冒烟。都说化工厂待遇好,寒露夫妇曾经十分向往,希望有朝一日,也能进入这样的国营单位,能够捧上铁饭碗。现在早已释然,早就不稀罕,化工厂有污染,挣得钱再多,不够日后给自己买药吃。

公园平时没人来,空气不太好。下午四点多钟,秋日的夕阳缓缓坠落。寒露有点犹豫,不知道该怎么跟眼前那位穿红皮鞋的女士招呼。这是个不太讲道理的女人,有些蛮横,开口就很霸道。大约三个小时前,为了阻止她摘公园里的菊花,寒露已被骂过几句。正是菊花的展览季节,红皮鞋女人在展区徘徊了很久,她东张西望,突然抬起腿来,用脚去踢盛开的菊花。

这行为莫名其妙,不可理喻,就看见两只红皮鞋不停交换,像水中游动的红鲤鱼，忽上忽下，一会左一会右，在菊花丛中穿梭，游过来游过去。

寒露看不下去，喊了一声："喂——"

她并没有停止的意思，两只鲜艳的红皮鞋，继续在糟踏菊花，同时，还不屑地对寒露翻了个白眼。

寒露只能对她再喊一声，稍稍加重了语气：

"喂！"

"喂什么，有什么好喂的！"

红皮鞋女人依然不屑，冷冷地回了一句，嫌寒露多管闲事。

公园里没多少游客，各种不文明行为，习以为常。发生也就发生了，寒露是保洁员，有些事可以过问，也可以装作没看见。没人把保洁员当回事，没人把保洁员放眼里。有一天，一个半大不小的男孩，在上山的台阶拐弯处拉屎，有个老太太旁边照应。寒露问为什么不去不远处的厕所，老太太一口谁也听不太懂的方言，骂骂咧咧，喋喋不休。仿佛不懂事的是寒露，犯错的是寒露，她是保洁员，打扫公共厕所理所当然，再给她找点事做又怎么了，难道还想拿钱不干活。

红皮鞋女人也像那个不讲理的老太太一样，开始数落寒露，开始讥笑寒露，说她拿的钱不多，管事倒不少。说话口音与寒露的家乡话很接近，很土，句句都能听懂。寒露知道自己不会吵架，犯不着这样做，与不讲道理的人，永远也没有办法讲道理。

现在，已经是三个小时以后，状况不一样，有些不同寻常。首先地点换了，红皮鞋女人离开了缤纷灿烂的菊花展区。寒露与她又一次在舟过矶上相遇。这时候，红皮鞋女人手上拿着一支黄色菊花，很大的一朵菊花，俗称"泥金九连环"，因为喜欢，寒露费很大的劲，才记住了"泥金九连环"这名字。显然是刚采摘的，红皮鞋女人眉头紧皱，心事重重地站在矶头上。

所谓矶头，就是江边突出的一块大岩石。万里长江滚滚而来，到舟过矶这里，江面突然狭窄，江水立刻变得湍急。如果红皮鞋女人很快离开，很快从裸露凸起的矶头上下来，寒露或许就不太会去关心，就不再多事。摘不摘菊花，与保洁员的职责，没什么关系。要罚款，也是公园保安出面。寒露犯不着为这事，跟红皮鞋女人发生口角，她根本犯不着。

寒露只是站在不远处，观察红皮鞋女人。如果不是行为古怪，如果不是举止诡异，她的神情不是那么忧郁，不是那么绝望。寒露真犯不着再多上一句嘴，然而，既然多了个心眼，就不能不过问。必须要对那个女人说些什么，必须要跟她打个招呼。寒露不知道怎么开口，不知道怎么称呼对方。明知道这么称呼并不合适，但是她已经这么称呼，后悔也来不及：

"当心从那上面掉下去，美女。"

眼前是位四五十岁的中年妇女，算不上是美女。若论外表形象，寒露年轻时才是不折不扣的美女。美女的称呼突然就流行，寒露也不得不跟着流行招呼别人。美女成了女人的代名词，只要是个女人，即使是老太太，虽然鹤发鸡皮，虽然蓬头历齿，她还是美女，她就是美女。

站在舟过矶上的红皮鞋女人，回过头来，十分木然地看了寒露一眼。

"真要当心，真有人从上面掉下去"，寒露意犹未尽，又接着再警告了一句。她告诉她，要是从矶头上掉下去，就没救了，小命就完了。上个月，有个男人用手机拍照，一不小心，就掉了下去。

红皮鞋女子说："掉下去也好，省得自己跳。"

舟过矶　97

没想到这个女人真会从舟过矶上跳了下去,第二天,有人在矶头的岩石上,看见一双红皮鞋,皮鞋上搁着那支"泥金九连环"。听说这事,寒露不由得懊恼和后悔,很懊恼,十分后悔,觉得自己不应该赌气,不应该就那么转身离去。被她骂几句又怎么了,寒露不应该在乎对方的态度,应该留下来,继续劝说红皮鞋女人几句。

事实上,红皮鞋女人没表现出强烈的自杀愿望。说有人用手机拍照跌入江中,不过是随口编造,寒露小心翼翼,故意避开了自杀这个敏感词。在寒露心头,在当时,或许只是猜测,只是觉得这女人可能要自杀,可能会寻死,这个想法像流星一样转瞬即逝。寒露已经含蓄地表达了自己的意思,让她当心别从矶头上掉下去,这就应该算是提醒,就应该算是暗示,就应该算是劝慰。

寒露觉得自己尽了责任,俗话说,好死不如歹活,俗话又说,人要死,谁也拦不住。虽然这么想,心里总还有一种说不出的滋味,毕竟是死了一个活生生的人,毕竟一个活生生的人就这么死了。世事难料,或许寒露多劝上一声,再疏导几句,也就将她救了下来,这个女人也就放弃了寻死的念头。

历史上的舟过矶,曾吸引过无数游人。这地方离江南考场不远,在古代,科举是读书人的绝对大事,江南学子十年寒窗,乡试失利,有想不开的,便选择来这投江,在这撒手红尘,了结余生。舟过矶仿佛拦腰冲入大江的船头,三面都是陡峭的悬崖,从上坠入长江,应该不会有生还的机会。当地老百姓称此处为"舟过矶头,一两一个",为什么有这个说法,解释不清楚。

有一种传闻,当年到这来轻生的人,照例会付给车夫一两银子。本来车钱只要十几个铜板,付这么多钱,表示自己生无可恋,去意已决,不会再回头。不过民俗学者并不认同这种传闻,他们根据本地方言特征,查找稀有文献,得出一个结论,所谓"一两一个",是"一仰一个"的讹传。这里的方言读"仰"为"两",意思是说你只要往后一"仰",一条小命就没了,跟一两银子毫无关系。

在民国年代,有个国外留洋回来的诗人,因为失恋从舟过矶上跳了下去。当时报纸上很为他惋惜,一是觉得这人诗写得不错,二是父母花么多钱培养,早知如此,还不如包办个媳妇,搞什么自由恋爱。结果引起一场新旧之争,很多人参加讨论,舟过矶名声大振,跑这来轻生的人,越发多起来,一时间,"到舟过矶去",成为寻死自杀的代名词。

再后来,几十年后,在舟过矶上游,建了一座大桥,轻生者开始换地方。他们更愿意选择跨江大桥,长江大桥因此变成一个承载死亡的漏斗,取代了舟过矶的功能,掩盖了它曾经有过的历史名声。寒露与老魏刚到公园上班,到管理处去办手续,就看见有个很大的办公室,挂着一块"心理危机干预志愿者中心"的牌子。工作人员在这办公室给新来的员工讲课,进行上岗培训,讲述舟过矶的历史掌故,解释"舟过矶头,一两一个"的本义。

寒露当时就有点不太理解,不明白为什么在公园里,会有这么个志愿者中心,会有这么个办公室。在长江大桥上试图跳江自杀,最后又被解救的幸存者,常常被带到这来继续进行疏导。世事难料,见多不怪见怪不怪,什么样的人物都会有,有个中年男人,坚信自己患了艾滋病,坚信大家都在隐瞒他的病情。他随身带着一份印有"阴性"的化验单,装进密封的塑料袋,贴身放着,希望别人发现他尸体时,能够看见这张化验单,证明他是健康的。这个人已经彻底绝望,不想再活在这个世界上,可是又希望,最后别人都相

舟过矶　99

信,他并没有得过艾滋病。

专家向听课员工解释自杀者的矛盾心情,人是世界上最复杂的动物,一个人若要被自杀情绪笼罩,除了感伤和绝望,他甚至会感觉到死亡的美好诱惑,他会把即将到来的死亡,想象得非常美好。被劝说下来的自杀幸存者,曾向专家描述了这种奇妙的感觉:

"水面离你越来越近,水面上的波纹,是静止的,好像柔软的皮毛,你一伸手就可以抚摸到。"

寒露听不太明白专家转述的这些话,也不太愿意去想象那些自杀者的复杂心理。她不太明白为什么会有这么一个"心理危机干预志愿者中心",那些被拯救下来的幸存者,有的就干脆成了志愿者。他们在这交流情感,抚摸伤痛,讲述自己的遭遇。在中心的大橱窗,陈列着两张名人题写的书法作品,一张是"关爱生命",一张是"善待生命每一天",字很大,很醒目。寒露去管理处,必定会看到这几个字,心里总觉得怪怪的,总觉得能从那几个字中,闻到一股接近死亡的腐朽气味。

寒露夫妇到公园来上班不久,舟过矶上游的长江大桥,被封闭起来全面大修。公园领导召集全体员工开会,又一次请"心理危机干预志愿者中心"的专家来给大家讲课。这一次,专家向大家直截了当地发出警告,言之有据,说得挺玄乎,说大桥封闭了,准备要自杀的人,上不了大桥,没别的地方可去,很可能再次选择舟过矶,作为结束自己生命的终点。

一本正经的警告,让公园员工觉得可笑,觉得不可思议。专家总是喜欢说几句过头话,这里的员工大都是新来的,就算工作很多年的老人,也从来没遇到过有人来这自杀。"舟过矶头,一两一个",早就成为遥远的历史,在大家心目中,"心理危机干预志愿者中心",是个不折不扣的摆设,是吃饱了饭没事做。

没想到专家的警告,很快被验证,很快成为触目惊心的现实。就在这次开会不久,一名白白胖胖的公务员,在公园里徘徊了半天,最后真从舟过矶上跳了下去。接下来,隔了并没有多久,又有两个轻生的人,一男一女,年纪很轻,从舟过矶的岩石上,一起携手跳了下去。

专家的预言变得不再可笑,专家说,自杀是生命之痛,自杀是人类之殇。专家又说,自杀还可以分为淡季和旺季,春花秋月,股市崩盘,快过年了,过完年了,都有可能是轻生和自杀的高发季节。有时候,只要那么一点点理由,只要那么一点点刺激,悲剧便不可避免地发生了。

就像专家预料的那样,短短几年,前后竟然有十几个人,从舟过矶上跳了下去。这数目有点吓人,一个人若想死,拦不住,寒露曾目睹过这样的场景,自杀者站在矶头上,去意已决,志愿者匆匆赶过来,派出所的警察也来了,公园在上班的领导也都来到了现场,怎么劝说都没用,怎么劝说都没效果。志愿者说得口干舌燥,自杀者完全不为所动,围观者越来越多,不止一个人在用手机拍视频,结果呢,还是没有救下来,众目睽睽之下,自杀者转身跌入了长江,拍摄的视频被当地电视台播放了。

公园领导对所有员工提出要求,人人都应该有份责任心,都应该有份爱心。一旦发现形迹可疑,不管男女,无论老少,都要立刻进行干预,进行疏导。人人都必须关爱和善待生命,你的干预和疏导,很可能就是一次生命的救赎。当然,一个人想自杀,并不是很容易就看出来,专家说得头头是道,实际操作中难以执行。有的自

舟过矶

杀者,来到舟过矶,二话不说,立马跳了下去,也有人磨蹭半天,又哭又笑,引来很多人,最后被劝了下来。

公园游客太少,除了寒露,没人注意到红皮鞋女人的异常。没人知道她跳下舟过矶的确切时间,等到发现留在岩石上那双鲜艳的红皮鞋,已经为时过晚。因为长期冲刷的缘故,在舟过矶下面,形成一个湍流很急,同时又非常深的水潭,尸体没被激流冲走,一旦沉入潭底,往往要过好几天才能浮上来。历史上,周围村庄有过专门打捞尸体的人,可是现如今,这门手艺早已失传,不会有人再乐意干这种活计,没人想靠这个挣钱。

好多天后,舟过矶下游的江滩上,发现了红皮鞋女人的尸体。家属来公园认领那双红皮鞋,死者女儿对着红皮鞋号啕大哭,口口声声她刚为母亲买的,为什么母亲要穿着这双红皮鞋离去。一共来了四个人,女儿女婿,前夫和后夫,出面交涉打交道,基本上都是死者前夫,一个脖子上挂着金项链的中年男人。气氛很沉闷,都不怎么说话,女儿一直在哭,三个男人一支接一支抽烟,办公室里烟雾缭绕。

"心理危机干预志愿者中心"的工作人员希望能够留下那双红皮鞋,准备将它搁在橱窗里警示后人。死者家属为此讨论了一番,一开始不肯同意,后来想想,又答应了。

死者家属在舟过矶裸露的岩石上焚烧纸钱,寒露为他们指认地点,也就是发现那双红皮鞋的具体位置。江风很大,燃烧着的纸钱,像一只红色的鸟儿,向江面上飞去。幸好刚下过雨,否则非常危险,秋天来了,到处都是干枯的落叶,很容易引发山火。

女儿在哭泣,那几个男人在抽烟,寒露拿着扫帚簸箕,在一旁守护。作为公园保洁员,有责任阻止他们,然而她没这么做,只是一次次提醒，提醒他们千万要注意火势。女儿一边焚烧纸钱，一边喃喃自语，说母亲是光着脚离开，应该把那双红皮鞋烧给她。

除了提醒他们小心，从头到尾，寒露没说过一句多余的话。她很可能就是最后的见证人，几天前，也是站在这个位置，寒露警告过红皮鞋女人，让她当心别掉到江里去。那时候，还不能确认她想自杀，只是想到了这种可能。红皮鞋女人态度很不友好，甚至带着一点敌意，正是这种不友好，正是这种敌意，让怀着一点疑虑的寒露，转身而去。

现在，寒露有些后悔，后悔自己的转身而去。她很想告诉家属，很想把死者留下的最后一句话说出来，这句话一直在寒露脑海回响：

"掉下去也好，省得自己跳。"

寒露最后还是没说出来，事已如此，说出来也没意思，又能怎么样，不如不说。

2019年3月5日　三汊河

舟过矶

人类的起源

暴跳如雷的晋玉玲从床上竖起来,一把抢过枕头,往陶路头上抡过去。陶路双手抱头,想笑,还没笑出来,枕头已经抡到了他头上。他伸手抢那枕头,晋玉玲恶狠狠地举高了,又一次抡下来。

"都深更半夜了,你怎么了,我的姑奶奶?"

"你个不要脸的!"晋玉玲抢了几下,把枕头扔向远处,翻身下床。她是个很矮小的小美人,穿着一条已有些破的乡镇企业加工的棉毛三角裤,上身是一件又长又肥的大衬衫,她光着脚丫站在地上,用力去掀被子。

陶路有些恼怒地按住被子:"好好的,你又怎么?"

"怎么了,你说我怎么了?"

晋玉玲用力拉,陶路猛地一使劲,把她拉跌在床上。他尴尬地笑着,息事宁人地想去搂她,晋玉玲挣脱开,继续要掀被子。两人僵持了好一会儿,陶路说:"你掀什么被子,我裤子都脱了。"

"你脱就是了,你光屁股的样子,我又不是没见过。不要脸的东西,除了会脱裤子,还能干什么有出息的事。"

"都深更半夜了,你睡不睡觉?"

"不睡,姑奶奶我今天不睡了。"晋玉玲说着,冷不防一用劲,将被子掀掉了。穿着那种款式极小的三角裤的陶路暴露在床上。

陶路无可奈何地叹了口气。

晋玉玲说:"你叹鸟的气。"

陶路的手在自己光溜溜的大腿上捋着，摇了摇头："好了吧，我是只能叹鸟的气，喂，你说，你究竟想干什么？"

"我让你把话说说清楚。"

"什么话说清楚？"

"什么话，你自己心里有数。"

时间已是第二天上午九点钟，陶路和晋玉玲头靠头地正呼呼大睡。陶路上半身赤裸着露出来一大截，晋玉玲显然也没有穿衣服，她的一个手勾着陶路的脖子。睡梦中的陶路觉得脖子卡得难受，伸手拉了拉，没拉开，继续睡。

咚咚咚有人敲门。敲门的是陶路的同事小李，敲了一会儿，没人应，小李有些急了，用力再捶，停下来，大声喊道："喂，陶路，你到底是在不在？"

陶路从梦中惊醒过来，大声说："谁？"

小李听到了陶路的声音，气不服地说："好家伙，都几点了，你还要不要上班？还没起床是不是？"

衣衫不整的陶路将门隙开一道缝："有什么事，小李？"

小李想推门进去，从门缝里看见晋玉玲还焐在床上，笑着轻声说："就算是老婆来了，你也不能到现在还不去上班吧？"

"我洗一洗，马上就去。"

"你快一点，人家印刷厂八点钟没到，人就来了，就等着你那校样，人家还要赶今天的火车呢。"

晋玉玲坐在床上开始穿衣服，敷衍说："谁啊，干吗在门口站着，进来坐坐就是了。"

小李又一次往门里偷看一眼，摆摆手，对陶路说："我就在这

人类的起源　　105

儿等你,你小子快一点,高原这一次可是真火了,一定要我亲自来把你押过去。"

陶路在卫生间里手忙脚乱,他胡乱刷着牙,满口白沫地对门外的小李叫道:"小李,我马上就好。"他仰起脖子漱口,然后捞过毛巾洗脸,洗完脸,往脸上抹珍珠霜,一边抹,一边打量镜子里的自己,随手拿了一把梳子,对镜子梳起头来。头上有一缕头发老是不屈地翘在那儿,刚梳过,又翘了起来。晋玉玲已穿好衣服,站在陶路身后看着他。陶路继续打量镜子里的自己,高声对门外的小李说:"喂,头儿真火了?"

小李正在门口走神,没听见。晋玉玲眼睛睁得挺大,不是很乐意地看陶路打扮,懒洋洋问:"谁火了?"

"我们领导。"

"领导,哪个领导?"

"高原。"

晋玉玲酸溜溜地说:"就那个你想和她睡觉的?"

"你瞎说什么?"

"我瞎说,是我瞎说吗?"陶路害怕这话让门外的小李听见,吓得连连摆手,晋玉玲追在他后面警告说,"这可是你自己招认的。"

陶路和小李走进《计划生育》编辑部,印刷厂的张师傅仿佛见了救星,向陶路迎过来:"哎哟哟,陶同志,你总算来了,你知道,我火车票都买好了。就等你了。你这三校样上,有几处我们实在有些不明白。"

《计划生育》编辑部的总编高原,正和一位编辑说着话,她三十岁刚出头，衣着时髦，更重要的是有风度，一眼看上去就是位女强人。陶路偷眼看她，正好遇上了她犀利的目光，连忙把眼睛转向别处。他的眼睛溜溜地在办公室转了一圈，又回到高原脸上。高原正在教训那位编辑。陶路对她看了一会儿，侧过头来，傲气十足地看着那位印刷厂来的张师傅："你们照着三校样改不就行了，有什么不明白的？"

"哎哟，陶同志，你看这儿，你看这儿。"

"这怎么了？"陶路接过校样，粗粗地浏览，"有什么不对的？"

"这，你看这儿。"张师傅指着校样的错误。

"噢，"陶路不当回事地说，"是划错了地方，"他从旁边的一张桌子上拿了一支圆珠笔，在校样上修改，那支圆珠笔写不出来，他又跑到自己的办公桌上去找，找了好一会儿，找不到，"喂，谁借支笔我用用。"

张师傅从上衣口袋上拔了一支钢笔出来："用我的。"

陶路将校样搁桌上，大大咧咧地修改："其实就这样，也行，改不改都一样。喂，看好了，就这样。"

"只要你标清楚了，保证就不会出错，"张师傅从包里摸出一包没拆封的香烟，打开，先递了一支给陶路，然后挨个地给办公室里的男人发烟，"不瞒你说了，现在这第一线的年轻人，你不写清楚了，任你是个最简单的错，你就是错到了天上去，也不会替你改过来。你们只要标清楚了，他们敢不改，我照扣他们的奖金。"他说着，抬起手腕，看了看手表，把校样往包里一塞，笑容可掬地打招呼告辞。临出门，又想起什么似的，特地回过头来，和高原招呼："高总编，以后多关照。"

高原一怔，毫无表情地点点头，说："你走好。"

陶路懒洋洋回到自己办公桌前，自言自语地说："就这么屁大的一点事，真他妈烦人。"他丝毫也没注意高原已走到了他身后，肆无忌惮地对坐他前面的小李说，"我看头儿那样子，不像发火。你小子吓唬我是不是？"

小李笑着回头，说："我吓唬你干什么——"一眼瞥见了站陶路身后的高原，把后面的话缩了回去。

陶路继续肆无忌惮地轻声往下说："我看她今天够花枝招展的，说什么也不像个会生气的样子，你看没看见她身上那套衣服，式样真不错，你信不信，肯定是进口货，不过呢，肯定也不是什么名牌，八成是打包的，跳蚤市场上买的……"

小李的眼睛不敢看陶路，也不敢看站在他身后的高原，忍不住吹了一声口哨。陶路也感到一些异样，回过身，高原板着脸，正对着他冷笑，不由得吓了一大跳。

快到下班的时候，办公室的人开始陆续打算溜，高原终于忍不住，喊住了正准备往外走的陶路："你等一等，我问你，这几天里，你怎么天天那么迟才来？"

陶路嬉皮笑脸地说："天天？哪是天天？"

"今天你总迟到了吧？"

"今天那当然。"

"那么昨天怎么样，还有昨天的昨天，还可以再往前数。"

一位同事笑着插嘴："喂，陶路，老婆这一来，弄得天天都迟到，也太那个了吧。你小子大概是实在饿狠了，你想想，你就在这楼上住着，这上班可是没几步就到了，你老是这么迟到，难怪同志们要瞎想了。"

办公室里一片哄笑，反正快下班了，也没人再干活，都凑了过来，拿陶路开玩笑。住陶路楼下的梁英一本正经地问道："陶路，昨天夜里，你们又吵架了是不是？"

"没吵架。"

"还没吵架，深更半夜的，乒乒乓乓地把我们都吵醒了。"

陶路还想抵赖，爱开玩笑的同事又在一旁敲起边鼓："你看看，陶路，说你是饿狠了是不是，深更半夜的，你就是办事，也轻一点呀，好歹也得为同志们想一想，这第二天，大家可都得为社会主义干活，为社会主义加砖添瓦，你说是不是？"

办公室里笑得更厉害，高原依然板着脸，看了看墙上的壁钟，挥挥手说："好了好了，时间差不多，该干什么，干什么去。陶路，你待会儿走，我先打个电话，然后有话跟你说。"

同事们锁抽屉的锁抽屉，整理包的整理包，开始有说有笑地往外走。高原拨通了电话，哇哇地和对方说着话："好，就这样。对，对，不，这不行，我跟你说，不管怎么说，这个月的二十六号，是最后限期。对，就这么定了，我跟你说……"

办公室里就剩下陶路和高原。陶路坐在那东张西望，突然很有兴致地看高原打电话。高原的电话给人的感觉是马上就快结束，可就是老不结束。陶路的眼光落在高原裙子下面穿着肉色丝袜的腿上，情不自禁地做了个鬼脸。

高原放下电话，向陶路走过来。陶路拎了拎气，做出正襟危坐的样子。高原走到陶路面前，说："事情是这样，这儿天我一直在想，为了把我们的刊物搞得更活跃一些，上次你提的那个建议，我看可以考虑。不过你说的那个名字不好，什么'人类的起源'，这有些不明不白，主要读者未必喜欢。我看就叫'人类性爱史话'，

人类的起源　109

怎么样？"

"这名字人家早用过了。"

"那就想一个别的名字，反正我觉得'人类的起源'，不好。"

"不好，那就换一个吧，"陶路没想到高原把他留下来就是为这事，显得非常轻松，"再找个名字还不容易，喂，每期你能给我多少字？"

"一千字。"

"就一千字？"陶路按捺不住失望。

高原很严肃而且没任何商量余地又说了一遍："就一千字。"

高原和陶路一起往外走，她奇怪陶路不是上楼回自己家，而是和她一起下楼。陶路向高原解释自己上街去买些东西。两人一起下楼，高原一边往下走，一边在找挎包里的钥匙。

高原漫不经心地问了一声："陶路，你们是不是又吵架了？"陶路笑着矢口抵赖："没有，哪能老吵架呢？"

高原笑了，不相信地又问了一句："真没吵？"

"你看像是吵架的样子吗，"陶路装着什么事都没发生一样，"不瞒你说了，你知道我上街买什么？我这是去给老婆买卫生巾，又快到日子了，你说说看，我这做丈夫的，够意思吧？"

"这么说，这一阵还不错了，"两个人已到了楼下，各人用钥匙开自己自行车的锁，高原随口说道，"好好地过日子，这最好了，你想想看，从你进了编辑部，你们可真是没太平过，先是你吵着要离婚，后来呢，又是你那老婆，你老婆闹起来，可真够厉害的。"

两个人在大街上骑车，一边骑，一边说。

陶路说："我当初要离婚，这哪能怨我，我们是包办婚姻，一点感情也没有,我要离婚,是为了自己的人格独立。可你们就知道用保护妇女的权力,来保护她,来吓唬我,你们就知道护着那个明摆着是不讲理的东西,死活要把我们捏在一起过。"

"你当初是不对,上了大学了,就不要农村的未婚妻了,像你这样想当陈世美的,我们当然不能答应。你别忘了,我们刊物是归妇联管。妇联是干什么的,不保护妇女,难道保护你们这些忘恩负义的男人?"

走到一个十字路口,正好遇上红灯,一位戴着红袖章的退休工人向他们用力挥舞手中的小红旗,陶路和高原不得不停下来。

"就算那次我让你们逮住理了,可是后来呢?"陶路一脸的委屈,"后来她和别人乱搞了,给我戴上了绿帽子,还吵着和我离婚,这一次你们总该皇恩浩荡,让我离了吧,我他妈都戴了绿帽子了,你们还不让我们离。"

陶路哇哇哇的声音引起了路人的注意,高原说:"你神经病呀,大街上哇哇哇叫什么?"

"我是他妈戴了绿帽子了嘛!"

"喂,你小声点,行不行。"

绿灯亮了,浩浩荡荡的人流向前涌过去。陶路和高原又像先前那样并排骑着车。陶路还喋喋不休:"我就不明白你们为什么那么怕人离婚。我闹,你们不让离,说是保护妇女儿童,她闹,又是不让离,说这是第三者插足,可以调解。反正死活就是要让我们凑合着过,死活就是不让离。我都戴了绿帽子了,你们——"

"你这人怎么这样,一口一个绿帽子,又不是什么光彩的事,老这么挂在嘴上,有毛病是不是?"

"我是有毛病嘛,我受了刺激了,再说,我是戴了绿帽子了嘛!"

高原已和陶路分了手,一个人在街上骑着车,她回头很匆忙地望了一下,突然拐弯,骑进了一个新村。

高原在上楼,她走到自己家门口,看见一个拎着一大包礼物的男人,正等候在那儿。当她掏出钥匙开门之际,拎礼物的男人凑上来问:"请问,张局长的家是不是在这儿?张局长,劳动局的张局长。"

高原有些不高兴,扫了一眼他手上拎着的礼物,说:"是在这儿,你找他有什么事?"

"没——什么事,"男人结结巴巴地说着,"找张局长也没什么大事。"

高原已把门打开,那男人哈着腰,也不等高原邀请,便往里面钻。高原脸色很难看地说:"以后你们要是谈什么工作,最好是到局里去找他谈。"

高原的丈夫张文翔闻声从书房开门出来,高原吃惊地说:"你在家?"

张文翔有些尴尬。

那男人也没想到会遇上这种局面,搭讪着说:"张局长,你忙。"

张文翔领着那男人往客厅走。这是一套很宽敞的住房,那男人东张西望,眼睛羡慕得瞪多大。张文翔在沙发上坐了下来,官气十足地说:"有个文件,必须赶快看完,局里面嘛,人太多,没办法,只好躲回家来看。怎么,你来了一会儿了?"

"来了一会,"男人随口接着,又连忙纠正,"噢,不,刚来,刚来。"

"你的事,我在局里面已和你说过了,问题是这样,调令嘛,是已经寄过来了,但是,事情也不是就这么简单。许多事情必须有个说法。你知道,关键是必须有个说法。有些事,合情,合理,但是不一定合法,这你明白不明白?所以,问题在于……"

高原耳朵里忍受着丈夫的高谈阔论,皱着眉头走进厨房。小保姆小丁是个一看就知道有心计的农村姑娘,白白净净有一双很活泼的眼睛,她正在炒菜,生菜倒进油锅,嚓的一声。高原情绪不太好地问:"小丁,今天吃什么?真讨厌,到这时候,还找上门来。"

小丁眼睛翻一翻说:"来找张叔叔的人,就是太多。高阿姨,你饿了吧?"

客厅里全是张文翔的声音。

高原的儿子张焰放学回来,他是一个九岁的很漂亮的小男孩子,站在门外咚咚咚地捶门,高原跑过去开门。张焰把书包往高原怀里一扔,钻进厨房,对小丁大声说:"小丁阿姨,我饿死了。"

客厅里,张文翔还在喋喋不休地说:"这事一定要有个说法,这说法很简单,就是要有个借口。搞人事调动,你知道,一定要有个说法。"

高原走到儿子面前,轻声对他说:"跟你爸爸说,说你饿了,要吃饭了,要不然他烦死了,永远也不会有完。"

小张焰冲着客厅怪声怪气大叫:"爸爸,我饿死了,我要吃饭!"

小丁忍不住扑哧一声笑了出来,高原也忍不住笑。小张焰又怪声怪气地叫了一遍。客厅里的男人再也坐不住,很尴尬地站了起来,说:"哎哟,时间不早了,张局长,影响你们吃饭。这是一点小意思——"他把那一大包礼物留了下来。张文翔连忙过去拎起来,追到门厅里:"这不行,我的规矩是从来不收东西。你赶快给我带走。"

"哎呀,这实在是点小意思,张局长你无论如何给个面子。"

人类的起源 113

"不行,不行,"张文翔十分严肃地要正准备溜的男人站住,"你把东西带走,这不好。"

男人坚决不肯将礼物收回去。

高原走到丈夫面前,一把抓过礼物,往男人怀里一放:"这是犯错误的,你知道不知道,要是不收你的礼,那就是公事公办,如果收了,这就有了开后门的嫌疑。你放心,你的事,张局长会给你放心上的。"

"哎哟哟,叫你这么一说,我实在有些不好意思了,"男人不知是福是祸地苦笑着,"你这么一说,可真叫我为难了,其实就这点小意思——"

高原很开朗地笑着,对他摆摆手,让他放心去。

"那张局长,我的事,就拜托了。"男人忐忑不安地往门口走。

"没问题,你放心好了。"高原把他送到门口,敷衍说,"那走好,不送了。"

"真讨厌,"张文翔坐下来准备吃饭,"这些人也是的,动不动就找上门来,我早就关照过的,不许把我的住处告诉别人,不知道又是谁说出去了,真正岂有此理。"

小张焰迫不及待地扒了一口饭在嘴里,老气横秋地说:"好了,别烦了,吃饭吧。"

晋玉玲在厕所里哇哇地叫着什么。

陶路正埋头看一本《人体摄影艺术》画册。他听见了晋玉玲的声音,怔了怔,决定不理睬她。晋玉玲继续大声叫,陶路侧过头,冲卫生间喊了一声:"怎么了,有什么好叫的?"

正坐在马桶上的晋玉玲恨得咬牙切齿:"我这么叫,你装死是不是?"

"谁装死了?"陶路放下手中的书,懒洋洋地向她走去,"有什么不能待会儿说的,坐马桶上乱叫。"

"我痔疮犯了。"

"你痔疮犯了也怨我?"

"你凶什么,帮我把痔疮膏拿来。"

陶路很不乐意地冲着卫生间的门问道:"你搁哪儿了?"

"我也不知道,你好好找找就是了,能搁哪儿,还不就是那么几个地方。"

陶路回到桌子面前继续看《人体摄影艺术》,胡乱翻了几页,大声说:"对不起,我找不到。你擦擦屁股,自己来找吧。"

"真他妈没用,叫你找个东西,就犯死相了,你到底找了没有?"陶路的眼睛还盯在《人体摄影艺术》上:"找了,没找着。"

晋玉玲拎着裤子怒气冲冲地走出来,走到陶路身边,伸手就要去抢他那本《人体摄影艺术》:"不要脸的东西,眼睛都看直了,成天地捧在手里,能当饭吃!不就是光屁股的女人吗,你有完没完?"

陶路像护什么宝贝似的,高举着那本《人体摄影艺术》:"这是我借来的,弄坏了,要赔的。"

"赔个屁,你看我敢不敢撕。"

"你敢,你敢,好了吧,我的姑奶奶。"

晋玉玲跳起来要去够那本《人体摄影艺术》,她的裤子没系好,一蹦,便往下掉,连忙用手去抓住。陶路忍不住笑起来。

吃饭时间,陶路吃完了一碗,将空碗递给晋玉玲。晋玉玲给他盛了饭,在递给他的时候说:"还嫌我这老婆不好,你看天天烧现

人类的起源　115

成的让你吃，大老爷一样地伺候着，还想怎么样？"

"你不在，我吃食堂，也挺省事。"

"省事，娶了我，你嫌费事了，是不是？"

"跟你没办法说话，一说，就要吵架。"陶路带着些赌气地大口吃饭。

"那就不说话好了，闭起你那鸟嘴，"晋玉玲又变得怒气冲冲，"我知道，你看见我就心烦。我走，我这就买车票走，让你一个人称心如意，好了吧？"

两人不说话，埋头吃饭。吃完饭，陶路很识相地要洗碗，晋玉玲抢着不让他洗。"我真走，我让你好了，"晋玉玲一边洗碗，一边嘀咕，碗碰得乒乓直响，"你就改不了那个陈世美的本性，不得了，现在是城里人了，在机关里待着，就嫌乡下老婆了，哼，你神气什么，要不是我爹，你能上屁的大学。"

"我忘恩负义，我对不起你们晋家，好了吧？"

"你就是忘恩负义！"

晋玉玲和陶路坐在一个被窝里看《人体摄影艺术》，她一边看，一边做出嫌不像话的表情。

陶路一本正经地问道："你真的要走了？"

晋玉玲眼睛盯在画册上："嗯。"

"那到底准备什么时候？"

"我现在就走，好不好？"晋玉玲又一次发威，"你干吗这么急撵我走，是不是有什么野女人，要紧等我走了，好来是不是？"

"你这人怎么不讲理？"

"我怎么不讲理？"

"我的意思是，我要开始写东西了，你什么时候走，我心里好有个准备。"

"你写屁的东西，撵我走就撵我走，你少拿写东西来吓唬我，"晋玉玲举起手中那本摄影画册，使劲扔出去，"我跟你说陶路，你小子少跟我来这套，姑奶奶我不怕你！"

陶路慌忙下床去捡那本《人体摄影艺术》："姑奶奶，我怕你好了吧？我就盼着你快走，好了吧？真是神经病。"

"你说谁是神经病？"晋玉玲也跳下床，向他扑过去，"我就是神经病，我就是神经不正常，今天我跟你拼了，我让你撵我走。我让你撵！"

陶路也火了，用劲一推，晋玉玲向后一仰，朝天跌在床上。

"你敢打我？"

"我打了你，又怎么样？"陶路对她挥了挥拳头。

陶路只是想吓唬吓唬晋玉玲，她岂是那种吓唬得住的女人，她开始乱砸房间的东西，床上的被褥掀到了地上，又走到唯一的那架小书橱前，把书抽出来往地上扔。陶路拿她毫无办法，只好在一旁赌气发狠："你就会撒泼，除了撒泼，你还会干什么？"

地上扔的到处都是书，陶路藏的全是裸体画册，要不然便是谈论"性"的著作，各种版本的《性心理学》、《性心理障碍》、《性的技巧》、《金瓶梅词话》、一本他自己抄的《肉蒲团》，还有几盘黄色录像带。

"你这个不要脸的东西，公安局怎么不把你给抓起来？"晋玉玲一边扔，一边破口大骂，"什么玩意，当我不知道，你要写东西，你写的什么东西，一天到晚就是做爱，怎么做爱，你他妈比流氓还要流氓。我真奇怪，公安局怎么会把你给忘了！"

人类的起源　117

"公安局抓我干什么?"陶路有些狼狈,心里害怕她真会去告发他,"那两盘带子,可是你从乡下带来的,你还不是看了吗?"

"我带来的,不是你要吗?你这个不要脸的,自己心里想要,又不敢自己去弄。不要脸的东西。"

晋玉玲抱着一个大拎包,出现在编辑部,编辑部的人很好奇地看着她。

她十分不友好地对四处看了看,说:"我要找陶路的领导。"

"哎哟,怎么了嫂子,"小李和晋玉玲有些熟悉,打趣说,"陶路又欺负你了?怎么拎了这么一个大包?"

"有什么欺负不欺负的,我一个农村人,他还不是想欺负就欺负。"

"嫂子,这话就不对了,我跟你说,你真不像农村人,"小李笑着和她继续打趣,把她往里面的一个小房间引,小房间是总编室。"小夫妻嘛,有点什么事,何苦闹到单位来?是不是嫂子?"

"我找领导,关你什么事,你怎么知道我们又吵架了?狗拿耗子,多管闲事,我们吵不吵架,关你什么屁事!"

高原和编辑部主任老马正在看稿子,抬起头来,有些惊奇地看着晋玉玲。

晋玉玲气冲冲往里走,走到沙发那里,带着赌气地一坐,手里仍然捧着那个大拎包。高原看她那气势,知道来者不善,因为自己已和她打过多次交道:"怎么了,气成这样子,又打架了?"

"打架?"晋玉玲突然做出什么事也没有的样子,"没,没打架。"

小李将门带上,忍不住伸了伸舌头。他回到自己的办公桌前,笑着对办公室的其他人说:"还说没打架,今天早上陶路来上班,一看那脸,我就知道,又挨打了。"

"陶路去哪儿了?"

小李头回过来,看看那边的小房间:"说是去大学里搞讲座了,不过也可能陶路这小子耍滑头,他知道老婆要来闹。这陶路,摊了这么个老婆,也真他妈窝囊。"

在一所大学的课堂上,陶路脸上带着几道明显的伤痕,神气十足地正在给一群学生上课。他身后的黑板上写道:

陶路先生主讲
人类的性主题

陶路的讲座非常生动,学生一阵阵地哄笑。有一个很漂亮的女大学生,瞪着一双大眼睛看着陶路。陶路有点陶醉于自己的演说效果,绘声绘色地说着:"性,的确是个永恒的主题。在过去,大家只是在私下里才谈,在床头谈,在没人的地方谈,甚至是在妓院里谈——"课堂上又是一阵哄笑,"如今,已经到了应该正经八百地,在大学的课堂上,堂而皇之地,理直气壮地可以畅所欲言地谈论性的时候了。"

课堂上有几位女学生正在那小声议论,显然是在商量什么,其中一个女学生唰地一下,从本子上撕下一张白纸,递给另一位女学生,那位接过白纸的女学生用笔在纸上飞快地写着什么。

"性爱是个不可回避的事实,因为性爱不仅仅就是为了繁衍后代,事实上我们知道,人类不是仅仅为了繁衍后代,才做爱。做

人类的起源 119

爱是人类的一种欢乐,它的那种快感,那种身心的愉悦,也只有人类才享有。试验证明,我们称之为性高潮的那个玩意,事实上也只有人类才有。动物只是在繁衍后代的季节里才做爱,而人类,人类,当然这也就不用我多说了。"又是一阵哄笑。"动物的试验证明,雌的动物虽然会发情,但是它没有描述我们人类的那种性高潮。性高潮是人类的专利,女人的性高潮虽然丝毫没有生殖意义,但是,它使我们感到快乐。"一张纸条从下面递了上来,紧接着是另一张,陶路有些分心地去接纸条,他一边打开纸条,嘴里继续振振有词,"性是上帝赐给我们的福音,当然我不是基督徒,我的意思是,如果有上帝的话,那——"他的眼睛落在纸条上面,念着,"陶老师,请问你脸上的伤,是怎么一回事?是否和'性'有关,能告诉我们吗?"

课堂上一阵笑,笑过之后,变得很安静。陶路的脸上有些尴尬,故作轻松地说:"让我看看另一张说了些什么,'陶老师,很冒昧地问,你当过第三者吗',没有,我没有当过第三者,起码是目前没有。"他仿佛又恢复了自信,"至于我脸上的伤呢,这很简单,是摔跤摔的。当然,如果你们不相信,那就把它想象成是我老婆抓的好了。"

课堂上又笑成一片。

晋玉玲还在和高原以及编辑部主任老马唠叨。高原和老马的脸上都显出了不耐烦的神色。

"他说他要写一本什么'人类的起源'的破书,什么人类的起源,他的意思说穿了很简单,就是人是人睡觉睡出来的。人原来是猴子,就这么睡过来睡过去,就变成人了。"晋玉玲十分气愤地说着,"他这人怎么这么无聊？成天就想着睡觉，就想着男人和女人睡觉。"

老马迷惑不解地听着，不时地对高原看。

高原只能劝解："陶路呢，当然是有他的毛病，不过他在大学里，学的就是这些，他读研究生不就是读的这个专业吗？"

"他读的就是男人和女人怎么睡觉？"晋玉玲不服气地追问了一句。

高原忍不住笑起来："不是，他是研究'性'，作为研究，当然这也没什么不可以，老马，你说是不是？"

老马说："我们这个刊物，有好几个专栏，都和性有些关系。"

"我不是这个意思，"晋玉玲叹了口气，"我找你们领导谈，就是要让你们多管管他。他这人思想不健康，思想有问题。既然领导上过去一直不让我们离婚，希望我们好好过，那就应该管好他。我反正已买了回乡下的火车票，我知道，他就盼着我走。我找你们领导，就是希望你们领导能对他提高警惕，不让他越滑越远。"

老马想不通地问："陶路他到底怎么了？"

"他怎么了，他真怎么了，还得了？我告诉你们，他那脑子里全是下流货色，成天就想和别的女人睡觉。"

高原觉得她说得有点太不像话："恐怕你也不能瞎怀疑人家陶路。"

"他是什么东西，我还不知道？从他穿开裆裤的时候，我就和他在一起。我会瞎怀疑他？不信你让他自己坦白。不说和别人吧，就说你，高总编，他就想和你睡觉。"

老马想笑又不敢笑，高原的脸顿时铁板。

"真的，我要瞎说，天打五雷轰。我要是有一句胡话，天打五雷轰。这可是他亲口对我说的，不信你们问他。他说，'别看我们

人类的起源　　**121**

头儿那么凶,其实,其实'……"

高原十分气愤地不许晋玉玲再往下说。

陶路的讲座已经结束,他的手很有力地在空中一挥,立刻一片热烈的掌声。

陶路把摊在讲台上的卡片,像扑克牌一样收拢起来,感觉良好地往课堂上看。同学们站起来,纷纷向门口走去。陶路跟同学们笑着点头打招呼。有几个同学走到讲台边,和陶路聊起来。

"陶老师,你是不是把性的作用,讲得太那个了一点?"

"怎么一点呢?"陶路似乎还未过完上课的瘾,情不自禁地弹了弹手上的卡片,"我作为老师,作为一个研究者,只是把自己的想法,把自己的发现,如实地说出来。"

"陶老师,你说得真够大胆的,"那位漂亮的女学生眼睛溜溜地瞪着陶路,"有些道理,你可能说得非常对,但是你敢在课堂上这么说,真让人想不到。"

"是呵,现实生活就是这样,"陶路和同学们一起往课堂外走,"人们常常私下里做许多让人想不到的事,可就是不敢把许多本来很正常的事,痛痛快快地说出来。"

"陶老师的思想可真够解放的。"

陶路有点飘飘然,按捺不住得意:"这也谈不上什么解放不解放,我就好比安徒生童话《皇帝的新衣》中,那个说皇帝没穿衣服的男孩子。皇帝本来就没穿衣服嘛,对不对?皇帝赤裸裸光着个大屁股,可人们非要口是心非地说皇帝穿了件最好看的衣服。"

一位戴眼镜的男生对陶路的观点提出置疑:"陶老师,我觉得你的有些观点,可能不一定站得住脚,你凭什么那么坚定地认为:

女人丰满的乳房只是为了在性活动中，起着缓冲男人冲撞的作用？你凭什么认为乳房除了这种反弹作用外，没别的用处？"

"这当然也许有点过分，不过乳房的反弹作用，恰恰是多少年来，大家所忽视的。你只要想一想，为什么大家都喜欢女人的乳房丰满一些呢？"陶路说到这，自己先笑了起来，"丰满的乳房并不有利于哺乳，事实是，女人的乳房太丰满了，反而不利于给孩子喂奶。这也就是女人做了母亲以后，奶头为什么会垂下来的原因。丰满的乳房，乳头是翘着的，喂奶的女人呢，乳头则是朝下的。你要知道，女人的乳房丰满，除了意味这个女人性感，没别的什么意思。"

陶路得意扬扬地出现在办公室里，他显然是来早了一些，办公室里空荡荡的，一个人也没有。他走到自己的办公桌前，嘴里哼着一首不成调的曲子。

陆陆续续开始有人来了。

有人和陶路打招呼："喂，今天怎么这么早？"

"陶路，是不是老婆走了的缘故？"

"没什么缘故，我想早，就早了，"陶路看见高原匆匆忙忙进来，兴冲冲地说，"头儿，你看，我今天提早来了，这一个个就觉得奇怪，都问我怎么了，好像我就不能早来似的，那好，赶明儿我还是天天迟到最好。"

高原瞪了他一眼，怒气冲冲往里走。陶路好大的没趣，莫名其妙地坐在那儿发呆，眼睛忪看着高原的背影："这是怎么了？"

大家都不明白高原为什么会不高兴。等她一走进小房间，七嘴八舌议论开了："今天头儿有点不对劲，陶路，你老实说，你怎么招惹了头儿？"

人类的起源

"那是，要不然大清早的，哪来的这么大的火气。"

"陶路，你小子是不是又犯了什么事？"

"你们这是什么意思？"陶路丈二和尚摸不着头脑，苦笑着说，"青天白日的，我招谁惹谁了。你们别拿我开玩笑，好不好？"

办公室主任老马出现在编辑部，匆匆忙忙的样子："唉，这一路上，车可真够多的。怎么，说什么呢？"

陶路说："没什么，没什么。"

"大清早的，陶路就从头儿那里，讨了个好大的没趣。"

陶路脸上显出那种带委屈的苦笑。

老马不怀好意地看了陶路一眼，狡黠地笑了。

陶路伏在办公桌上，心不在焉地看报纸。高原推开门，喊陶路过去。

总编室里，老马皱着眉头，正用一个电子计算器算账，陶路推门进去，他站起来，捧着一大堆账据就要走，高原拦住他说："老马，你就在这儿好了，用不着走。"

"头儿找我有什么事？"陶路鬼头鬼脑地往四处看，他瞥了一眼高原，见她的脸铁板，不由得有些心虚，"怎么了？"

"你的文章我看过了，不行，不能用。"高原很严肃地说，"我们的刊物不登这种玩意，我们这刊物是妇联办的，不是街头的小报，我们不会登你的那种下流文章。"

"下流文章？"陶路的脸上有些挂不住，"头儿，话可不能这么说吧，我的文章怎么下流了？"

"反正起码也是格调不高。"

"怎么格调不高了，就因为谈了性，说了几句真话？"

高原白了他一眼，不想和他多说，将他的稿子完璧归赵还给他。

陶路不服气地说："格调不高，成天谈理想，谈人生奋斗，谈助人为乐，这就高了，这就有格调了？"

高原摆摆手，说："好了，就这样，你去吧。"

陶路脸憋得通红，还想和高原理论。高原很不高兴地说："我现在没时间跟你多说。"

"可你也不能就这么算了，是不是？这是你叫我写的，你讲理不讲理？"陶路开始犯书呆子脾气，"噢，就你了不起，高兴了，就让人写，不高兴了，就说不行，连个招呼都不打。你就算是退稿，也不能这么随随便便吧？"

高原说："对不起，我没时间跟你说，你不走，我让你，行了吧？"她怒气冲冲推开门，出去了。

陶路想不明白高原今天怎么会这样，他发了一会儿呆，对还在那儿按电子计算器的老马说："她今天怎么变得这么蛮横不讲理？老马你说说看，这文章是她亲口让我写的——"

"你等一等，让我这最后一点点算完。"老马手在电子计算器上飞快地按着，停下来，将数据写在纸上。

陶路还在耿耿于怀："老马，你说——"

"我跟你说陶路，不怨人家高原，"老马回过头来，十分神秘地对门口看看，陶路也不由自主跟着他回头，"这难怪高原会发火，你知道你老婆跑来说了什么？你老婆那张嘴呀！"

"我老婆说什么了？"陶路有点忐忑不安，他知道自己老婆说不出什么好话来，晋玉玲可是什么都能说出口的女人，"她又跑来瞎说八道？"

"你老婆太可怕了，真的难怪高原要生气。"

人类的起源　125

"老马，你别绕弯子了，我老婆那张臭嘴，她到底说了什么？"

"你老婆说——"

"说什么？"

"说你成天想和别的女人睡觉。"

"她那是瞎说。"

"瞎说，你老婆指名道姓地说你想跟高原睡觉。"

陶路吓了一大跳，顿时急得直跺脚："她这不是坑我吗？老马，真的，这绝对捏造，这——"

"你老婆可是说得有鼻子有眼。"

"老马，你说，你说，我有多大的胆子，我敢和她睡觉？"

老马扑哧笑了。

陶路气急败坏地说："你说这不是给我吃老鼠药吗？"

陶路和高原冤家路窄，在空荡荡的楼梯上相遇。高原的脸上似乎还在生气。陶路想笑，但又不敢笑，想向她解释，又有点怕。他那滑稽的样子，高原看了又好气又好笑。陶路掉过头来，和高原一起下楼。

"头儿，我老婆找过你？"他十分心虚地问着。

"找过，怎么样？"

"我老婆那脾气，你知道，她一向是要瞎说的。"

"你老婆什么脾气，我知道。"

"知道就好，"陶路偷偷地看了看高原的脸色，继续试探，"她瞎说了什么？"

"她瞎说了什么，还是你瞎说了什么？"高原的脸又变得严峻。

"我没瞎说，我什么也没说。我发誓行不行？"

高原讥讽说:"你可没少发过誓。"

"头儿,你误会了。"

"我误会了什么?你干吗不把话说说清楚?"

高原心情很不错地在街上骑自行车,这是下班回去的路上。她锁上车,开始上楼,摸出钥匙开门。推门进去,客厅里的电视声开得非常大。高原一边换鞋,一边大声喊:"小丁,声音低一点行不行?"

小丁把电视声音拧小了,有些神色慌张地迎出来:"高阿姨,都下班了?"

"饭烧了没有?"高原看了看厨房里,厨房里乱七八糟,"这电视你昨天晚上不是看过了吗?你呀,一遇到这香港电视剧,就没命了。"

"昨天晚上和今天的不一样,我就是这两个电视剧同时放,才在上午看的,真好看,真的。"

"好看,好看得饭都不烧了。"高原走进厨房,看见厨房里乱糟糟无从下手,"喂,今天吃什么?"

小丁依依不舍地看了最后一眼电视,跑进厨房:"没关系,来得及。"她乒乒乓乓地忙开了,客厅里电视还开着,男主角正在大段地抒情。"我最讨厌两个好的电视剧互相冲突了,高阿姨,你说电视台他们互相之间,干吗不能商量商量。一碰就两个好的节目一块放,好可惜是不是,叫人看了这个,又舍不得那个。"

"好了,快点做饭吧,我们家电视,就你看得多。你看我和老张,哪有什么时间看电视。"高原往油锅里倒油,待油锅热了,将小丁刚洗干净的菜倒进去,嚓的一声,等油煎声弱下去,又说,"再说香港电视剧有什么好的,拖沓得要命,说穿了,就是给你们这些没事

人类的起源　　127

做的人看,谁吃饱了饭,有那么多的时间去消磨在电视上?"

小丁和高原背对背,脸上不服气做着鬼脸,小嘴叽叽咕咕地说着什么。高原突然发现盐瓶里没有盐,急得抓着铲刀直埋怨小丁:"你看,光顾了看电视。盐没了,也不买,菜烧到一半,这怎么办?"

张文翔和小张焰在门口相遇,张文翔掏出钥匙开门,正遇上小丁气鼓鼓地准备出去买盐。"怎么了,小丁?"

小丁头也不回地冲了出去,一路走,嘴里还在不服气。

晚上,高原和张文翔正在看电视《新闻联播》。小张焰在小房间里三心二意地做功课,小丁坐在小张焰旁边孜孜不倦看琼瑶的小说。

门铃忽然响了,小丁喊着"来了",懒洋洋地捧着琼瑶的小说去开门。一开门,小丁兴奋地叫了起来:"妈,姐,怎么是你们?"

小丁的母亲和姐姐专程从农村来看望她,小丁很出乎意料。高原和张文翔闻声迎了出来,笑着打招呼。

小丁埋怨说:"妈,怎么冒冒失失地就来了,也不事先说一声。"

"事先说什么,来看自己的女儿,还用打招呼。"小丁的母亲属于那种能说会道的农村妇女,表情丰富地说,"我就知道你在这儿不错。我就知道这家人会待你好。"她转向高原,"娃儿小,在这儿给你们添麻烦了。"

张文翔在一边插嘴说:"不,你女儿挺好。"

"哎哟,我听娃儿说了,说你可是大官。"大家已到了客厅里,小丁的母亲东张西望,客气地说,"耽误你们看电视了。"

高原连声说没关系。

小丁不当一回事地说:"他们也就看看新闻。"

高原说:"小丁,给你妈妈和姐姐倒茶。"

"妈,你们喝茶吗?"小丁去泡茶,"跟你们说,这可是好茶,泡了就得喝,不能浪费了,听见没有?"

小张焰在客厅门口探头探脑,高原挥挥手,让他做功课去。

小丁的母亲眼睛看着张文翔,夸不绝口地说:"想不到你们这么年轻,说是你在做局长,不得了,这么年轻,就当局长了。"高原忍不住笑了,张文翔也让她说得有些不好意思,连连摇头。小丁的母亲说:"我早就跟娃儿说了,就在这好好做,人家是局长,赶明儿在城里找个工作还不容易?再说,我家娃儿人长得又不丑,赶明儿再找个城里的对象——"

"妈,"小丁让她说得很难为情,"你瞎说什么?"

"妈怎么是瞎说呢?"

张文翔笑着说:"现在城里找工作可不容易,尤其是农村户口。"

"哎哟,有你局长,还不是一句话。我们家娃儿,以后就靠局长了。"小丁母亲像老熟人一样和张文翔聊开了,在她咄咄逼人的攻势下,张文翔疲于应付,哭笑不得。

门铃又一次响起来。这一次是高原去开门,她没想到站门口的会是陶路。陶路神情沮丧地看着高原,人有些发木。

高原说:"想不到会是你。"

客厅里,小丁母亲的声音还在回荡,陶路和高原两人不得不在卧室里谈话。陶路愁眉苦脸地坐在那,大祸临头的样子。

高原不住地安慰他:"你别急,慢慢说嘛!"

"我怎么知道这就叫非法出版物,"陶路慌里慌张地说着,"老实说,这本书,我早在写毕业论文的时候,就打算写了。能有机会出版,我当然求之不得。因此书商知道我手上有这么个东西,

人类的起源　129

就来找我，我就给他们了。"

"就是你平时经常吹的那本书，什么'人类的起源'？"高原看得出陶路是真急了，不想再用重话刺他，"问题有你说得那么严重吗？"

"你没看昨晚的新闻，这次扫黄，查封的书中，就有这本，镜头就在我那本书上停了好半天。这都是书商干的事，说是买的书号，现在呢，出版社也不认账了，说我这书是他们的退稿。"

高原有些听不明白陶路的话："买书号出书是可以的，出版社怎么能不认账呢？"

"唉，我跟你说，书商就是从出版社那知道我有这么一本书，最初这书是给出版社的，出版社不敢出，书商反正胆子大，说是稍稍删掉一些就行，结果你知道，我那书，根本没办法删的，我那是学术著作，我是很严肃地在探讨性，其实我的观点，根本就没什么错——"

"好了，好了，"高原觉得陶路的书呆子脾气又上来了，"没什么错，干吗要扫黄扫到它？你现在强词夺理有什么用？"

陶路感到十分窝囊地用拳头在手掌心上一捶："我倒霉就倒在是撞到了枪口上，那书商为了赚钱，在内容简要上乱写，而且你没看到那封面，谁见了都吓一跳，封面上是一个稍稍做了些变形的女人生殖器。"

高原听了，连连摇头："真无聊！"

张文翔推门进来，他和陶路点点头，用商量的口吻问高原："她们今天晚上看来是准备住这儿了，怎么睡？"

高原没想到会这样："住这儿？"

高原和陶路在办公室里谈话,这已经是第二天,高原已为陶路的书做了一些调查。"你也用不到吓成那样,我给你问过了,我们家老张有个同学就在公安局,他说这次打击的对象,主要是不法的个体书商,主要是那些黄书。你不是说你的书根本就不黄吗,你怕什么?"

陶路仍然有些惊魂不定:"可是我的书已经被查封了。"

"这你也用不到急,老张的那位同学说了,说刚开始反正也弄不清楚,那么多书,都来不及细看,你不是说你的书封面一塌糊涂吗?因此上电视镜头,说不定就是冲着那封面。你呀,以后老实一点,什么学问不能做,非要研究那个?我觉得你思想的确不太健康。"

"可我学的就是这个。"陶路经过高原的一番话,情绪已经有些稳定。

高原冷笑着说:"算了吧,就是学的这个,我问你了,是跟谁学的,你不是口口声声说是你自己的天才发现吗?"

陶路不服气地说:"是一个了不起的天才发现嘛。"

"发现什么?"高原这一次是真的笑了,"恩格斯早说过了,是劳动创造了人,你倒好,非要说是那种事,才创造了人。思想解放,恐怕你也不能乱解放吧,好了,你别再阐述你的观点了,我早听腻了,整个编辑部,谁没听你说过几遍?你知道大家背后叫你什么,都叫你'人类的起源',你看,你又忍不住了。"

"我不管别人背后叫我什么,"陶路又开始犯起书呆子脾气,"历史将会证明我的天才发现,我和恩格斯一样,坚定地认为,猿人直立起来,是猿人向人类过渡的关键。但是猿人为什么会直立起来,我并不认为仅仅是因为劳动。我认为更重要的是猿人面对面性行为造成的,也就是说,人的直立,首先是为了更有利于做爱。"

高原看着陶路一本正经的样子，又好气，又好笑。

"我不认为这有什么好笑的。但是我相信这的确是一个天才的发现，不管人们认为这是多么可笑。当我和未婚妻第一次在麦地里做爱时，当我准备扑到她身上的时候，我突然得到了灵感，我想我已经找到了通向迷宫的钥匙，我无意之中，走进了真理。你笑什么？"

"我笑你昨天晚上吓得那腔调，怎么这会儿又神气活现起来。"

陶路仿佛被泼了一盆冷水，顿时垂头丧气。

一位衣着很时髦的女人走了进来，她很漂亮，看上去有些光彩照人，穿着一条极短的迷你裙。她是高原的老同学徐利红，进了办公室，大大咧咧坐在沙发上。陶路情不自禁地被她那两条性感的大腿迷住了，眼神有些发直。他的失态落在高原的眼里，高原暗暗摇头，拿他没办法。"喂，什么风把你吹到这儿来了？"她一边向老同学询问，一边扫了陶路一眼。陶路缓过劲来，识相地走了。

"高原，我这次可要找你们家老张帮忙了，这次老张要是不帮忙，我饶不了他，我跟你说……"

半个月以后，几位联合国妇女组织的外宾，由一名年轻的翻译小姐陪着，参观《计划生育》编辑部。外宾都是女的，有一个高高大大的黑人，有两个日本人和三个金发蓝眼的欧洲人，在编辑部里转了一圈以后，大家把办公桌拼成一张简易的大桌子，开始座谈。老马买了不少瓜子水果招待客人，笑容可掬地往每个人面前发放。

那位年纪最大的日本人显然是代表团的负责人，她说的英语可能有些不标准，翻译小姐老是语塞："我们很高兴地、和妇女界的朋友，聚集一堂。我们很高兴、很高兴——"

编辑部的人都看着翻译小姐，翻译小姐有些着急："山本小姐的意思是,她很高兴和大家进行女权方面的交流,她说,女性是世界性的,走到哪个角落里,都会有女人,有伟大的女性,有……"

山本小姐很激动,她似乎也明白自己的英语有些糟糕,因此说话时,不时地夹杂几句日文。翻译小姐不得不偷工减料,山本小姐情绪激昂地说了半天,她只能半猜半蒙地翻出几句。

山本小姐说了一个什么词,她的咬音大约是太不准了,连和她一起来的外宾也不知道她说什么。大家都目瞪口呆地看着她,她也明白自己的话大家都不懂,急得乱做手势。

陶路终于憋不住了,把她那话的意思翻了出来。大家的目光唰地都集中到了陶路脸上。山本小姐兴高采烈,终于找到一位能听懂她的话的人。于是,她哇哇哇对陶路说起来。

陶路有机会大显身手,他告诉山本小姐,自己的英语不行,只能看却听不懂,但是日文还能凑合着替她翻译。这正中山本小姐的下怀,她高兴得直拍手。接下来,山本小姐说几句,陶路便翻译,刚开始,他还有点紧张和不自然,很快就适应了。翻译小姐为自己得到解脱大为庆幸,坐在那悠然地剥橘子吃。高原想不到陶路的外语这么棒。

编辑部在一个很豪华的餐馆里设宴招待外宾。陶路因为发挥了出色的外语才能,被邀请坐在主席上。宴会开始前,外宾中最漂亮的那位欧洲小姐,和陶路悄悄地说着什么。欧洲小姐一字一句说得很慢,陶路很吃力地听着,不时地点点头,他说了个词,欧洲小姐不明白,又说了一遍,还是不明白。陶路没办法,只好从口袋里拔出笔来,写在餐巾纸上。欧洲小姐一看,大笑,连声说:"OK,OK。"

宴会开始,每上一道菜,几位外宾都要盯着陶路追问。一桌

人类的起源

子上就他一个男人,偏偏他是不怎么会喝酒的,高原频频向大家敬酒,大家看见高原酒量不错,也频频向她举杯。

吃得差不多了,开始娱乐活动,大家一起起哄要高原唱一段京剧。高原已喝了不少酒,脸红耳热,连连摆手,但是大家不肯放过她,纷纷鼓掌。坐在高原身边的山本小姐拍手拍得最厉害。高原站了起来,走到话筒那儿,接过话筒,先轻轻地吹了一下,然后引颈高唱,唱了一曲《苏三起解》。

高原这一唱,整个气氛大为活跃。大家一起邀请外国朋友表演节目。率先登台表演的是那位又高又大的黑人,她唱得好极了,一边唱,一边轻松自如地扭着,同时示意大家为她拍手打节拍。

陶路低着头,和那位欧洲小姐说着什么,又用笔在餐巾纸上写。

陶路、小李、老马,还有高原,同坐在编辑部的面包车里。高原连声说自己今天喝多了。老马说没事,把车窗打开,风一吹,就好了。

车窗外黑乎乎的,风哗啦啦地吹进来,吹乱了高原的头发。高原将头送在车窗外,看了一会儿夜景。

"我今天真喝多了,"高原趁着酒劲,说起大话来,"你们这么多人加起来,也没有我喝得多。"

小李笑着说:"这喝酒,女子上阵,必有妖法,我们什么胆子,怎么敢和你斗酒。你那海量,还不把我们都打到桌子底下去。"

"不能喝就不能喝,"陶路仍然处于一种兴奋状态,"你说这种软话干什么,头儿的酒量,未必就能把我们大家都打倒了,怎么样,什么时候大家舍命陪君子,喝他个你死我活?"

"你小子神气起来了，喝酒的时候，你干什么了？"老马说。

"陪外国妞说话呀，"小李在陶路的肩膀上重重地拍了一记，吓了他一大跳，"你小子今天可露了脸了。"

高原将头从车窗外缩回来，用手梳了梳满脸的乱发："陶路，看不出，你还真有一手。你在大学里学的日文？"

"我那时候上大学，也没别的事干，就只好在外语上下下功夫，反正闲着也是闲着。后来读研究生做学问，外语这玩意又特别有用，因此我也一直没敢放松，也没什么，只要能坚持住就行。外语有什么难说的，就像中国话一样，搁那合适的环境里，时间一长，自然而然地就会了。"

车子猛地拐弯，车上的人东倒西歪，高原一下子跌到了陶路身上。大家都笑，陶路也笑，高原笑着对司机喊道："喂，你怎么搞的，好像是比我的酒喝得还多。"

车已到高原该下车的地方，车减速停稳了，老马随手帮高原拉开车门。高原大笑着和大家告别，下了车。面包车已走出去了一截，老马从车窗里探出头，对高原喊道："噢，我想起来了，厦门会议到底谁去，对方已经来长途电话问了，还有一个名额到底给谁？"

高原站在那想了一会儿，说："就让陶路去吧。"

高原在熄了灯的楼道里摸索，楼道里堆放着乱七八糟的东西，她的膝盖不小心撞在什么上面，嘭的一声，吓了她一跳。一个粗壮的小伙子闻声出来，一边厉声问着"谁呀"，拉开了过道上的路灯开关，高原正弯腰咧着嘴在揉自己的膝盖，她不好意思地笑了笑，一瘸一拐继续往楼上走。

高原已到了自己家门口，她掏出钥匙开门，门锁从里面上了保险，她怎么拧也拧不开。卧房的门被轻轻打开，小丁衣衫不整地跑了出来，往自己的房间溜。开不开门的高原大声喊了起来。张文翔神色紧张地从卧房出来，镇定了一下，一边过去开门，一边没事一样地说："怎么到现在才回来？"

高原跌跌撞撞地进了门，丝毫也没察觉出什么异常，她满嘴的酒气，直往张文翔脸上喷。张文翔很严肃地说："喝酒了？"

高原伸了伸舌头，不好意思地说："文翔，你不知道我今天喝了多少酒。把那几个外国女人全震住了，我今天总算给中国的女人争了脸了。"

"你喝了多少？"

"你猜猜看？"高原摇摇晃晃地换鞋子，随口问道，"你把门的保险放下来干什么？这才几点，再说，我不是还没回来吗？"

张文翔神色慌张地做着解释："小丁可能以为你已经回来了。我给你倒杯水吧，喝了酒，口最渴了。"

"我没事，没事，这会的酒劲差不多已经过去了。文翔，你不知道，今天我真喝多了，他们好几个小伙子想灌我——"张文翔到客厅里去倒水，高原追到了客厅里，张文翔手忙脚乱，一走神，水倒多了，漫出来许多，"你看你，好像是你酒喝多了似的。"她有些失态地大笑起来。

"今天请的是什么人？"张文翔终于恢复了自信，"外国人，哪个国家的？"

"哪个国家的都有，你想人家是联合国一个什么妇女组织，这联合国也真有意思，竟然也有个什么妇女组织，就跟我们的妇联似的。"高原表现出了一种难得的兴奋，恢复了自信的张文翔做出很有兴趣听她说的样子，"领头的是一个日本老太太，翻译称她是小姐，大概是老处女吧。"

"那也不一定，外国人的事，弄不清楚，也可能是离过婚的。"张文翔一本正经地说，"是不是老处女，这很难说。小姐并不一定就是处女。"

"我也没说她一定就是处女，"高原的兴奋突然有些抑制，她最不喜欢张文翔说话时，那种一本正经的官腔。

"是你说的，你说她是个老处女。"

"你这个人真没劲，我也是随口说说，你——你这是什么意思！"

"我没什么意思呀？"张文翔仍然是一本正经的腔调，"我难道有什么意思了？"

高原喝了酒的兴奋似乎一下子全没了，她有些赌气地站了起来，向儿子和小丁住的房间走过去。张文翔的面部顿时又变得紧张，他跟在高原后面，察言观色。高原走进了小房间，开了灯，小房间里有两张小床，分别睡着小丁和小张焰。小张焰的半个肩膀露在外面，高原过去给儿子盖了盖被子。小丁脸朝里睡着，很显然她一直在听动静，她的眼睛张开了一下，立刻闭上。高原关了灯出去，自言自语地说："怎么今天晚上，小丁倒不看琼瑶的小说了？"

张文翔神色紧张而又故作镇静地指了指墙上的壁钟："喂，你看看都几点了。"

壁钟的时针指着十二点。

高原换了睡衣从卫生间出来。

张文翔已经坐在了床上，很严肃地看着报纸。

高原走进卧室，准备上床，她突然想到地对丈夫说："对了，下个星期，我要去厦门出差，有个什么年会。"

人类的起源　137

"你要去厦门？"张文翔脸上按捺不住的欢欣鼓舞，他怕高原察觉到自己的兴奋，关心地问，"去几天？买飞机票没问题吧？"

高原根本没去看丈夫的脸色，她掀开被子上了床。张文翔暗笑着扔下手中的报纸，伸手关了灯。在黑暗中，他嘀咕了一句："今天，你那老同学徐利红来找过我。"

黑暗中，高原打了个硕大无比的哈欠。她对丈夫刚刚说了句什么，毫无兴趣，一翻身，裹着被子，背对张文翔闭上了眼睛。

徐利红坐在高原家的客厅里咯咯咯笑，她已经换了一套时髦的衣服，仍然是很短的裙，和张文翔面对面坐着。张文翔正襟危坐，眼睛不时地到处看，就是不敢偷眼看徐利红向他展露的性感的大腿。

小丁和高原在厨房里，高原系着一条围裙，很像个家庭主妇的样子。小丁噘着嘴，很反感地说："你和张叔叔好不容易有个星期天，都让你这个同学给搅了。天都这么凉了，你那老同学穿这么短的裙子，也不怕冻着。"

高原想不到她会说这些，笑着说："要漂亮，人就得受冻，懂不懂？怎么了，好像你很不喜欢我这个老同学？"

"我干吗要喜欢她，我看她那样子，也不像正派人。"

高原有些吃惊："小丁，今天怎么这么大的火，我的同学可没惹你呀。"

小丁背对着高原，做出非常厌恶的样子，嘴噘得更厉害。

徐利红在客厅里大叫高原，高原解下围裙，走出厨房。徐利红不满意地埋怨说："你忙什么呀？老同学来了，也不陪人家说会儿话。别忙，我可把话说清楚了，我不在乎今天吃什么。一来，我是麻烦你们家先生，另外呢，也为了我们老同学可以聊聊天。别老是躲在厨房里，就让你先生陪着我，你不怕我把你先生勾搭走？我的脾气你高原又不是不知道，我跟你说，真遇上了好男人，我可是不愿意放过的。"

高原笑着说："你呀，怎么一下海做生意，把个嘴皮子给练出来了？"

徐利红笑着说："让你说对了，我呀，下了这做生意的海洋，别的一样没学会，就练出了个嘴皮。噢，还有脸皮，高原，我现在脸皮特别厚。"

高原笑着连连摇头，张文翔坐在那，也忍不住笑。

"真的，我跟你说，这脸皮厚，真得练。"

"你现在这脸皮，可真够厚的。"高原把小丁刚才在厨房里说的话，当笑话讲给徐利红听，"你知道我们家小阿姨怎么说，她说你这天穿这么短的裙，不怕冻着。"

徐利红笑着说："哟，你们家小阿姨不错，还怕我冻着。"她说这话时，目光正对着张文翔，张文翔有些失态的脸色全落在她眼里，她不由怔了怔，回过头来看高原脸上的表情。高原什么也没注意到，还在那儿笑。

开始吃饭了，徐利红谈笑风生，同时在偷偷地观察不时端菜过来的小丁。她似乎发现了什么异常之处。

高原送徐利红出门，下楼，徐利红笑着说，"喂，再送我一截，有一阵没见面了，在你们家也没机会聊，我们一边散步，一边说会儿话，怎么样？"

徐利红一路和高原说着什么，已走到了大街上。

"高原，你们夫妻感情怎么样？"

人类的起源　　139

"怎么突然想起来问这事？"高原一时不明白她这话是什么意思。

徐利红不容商量地说："我这人就这毛病，喜欢干涉别人的私事。你说你们之间到底怎么样？你们到底和谐不和谐，平常过日子什么的，当然也包括那方面的配合。"

高原哭笑不得地说："徐利红，你这是什么意思？喂，你究竟是来找我们家老张办事的，还是想干别的什么？你怎么干上间谍了？"

"这你别问，高原，我们是老朋友，我胡乱说一句，你们家老张有点不对劲，真的你别急。"

"你怎么知道他不对劲？"高原笑着摇头。

不远处两辆自行车撞到了一起，骑车人各不相让，吵了起来。

"高原，我跟你说，我有特异功能，男人不对劲，我看得出来。他是不是已经不像当年追你那阵那样——当年他追你，我就觉得他看中的是你的高干家庭出身，你爸那时候在人事局，他做了你丈夫，你看这才几年，不就是已经成了劳动局的副局长。他外面是不是有什么别的女人？"

高原一怔，肯定地说："绝对没有。"

"你就那么自信？"

"你说得也许有点道理，他是一块想当官的料。就冲这一点，他恐怕也不敢搞别的什么女人。徐利红，你干吗总是把男人想得那么坏？"

"那也不一定，我可是遇到过好的男人。"徐利红十分得意地笑了，路边的风很大，骑车人相撞吵架已经吸引了一大堆观众，"你也别往心上去，我这是提醒提醒你。事实是越是不敢勾搭女人的人,心里就越这么想。你知道,有些事,越压制越厉害。这事真要有了,你拦都拦不住。"远处开来一辆出租车,徐利红举起了手,"你们家干吗找那么年轻的保姆,找个老太太不好吗?"出租车里已经有客了,从她们身边急驰而过。后面又来了一辆出租车,这一次高原和徐利红同时扬起了手,出租车速度慢了下来。徐利红临上车,匆匆忙忙地说:"高原,男人外面有点什么事,也没什么大不了的,真要是跟小保姆什么的勾搭上,这可就丢人了。好好好,算我没说,再见了高原。"

出租车开走了。高原站在大街上发怔,怔了一会儿,心里觉得徐利红的话完全不可能,暗笑着摇摇头,转身回家。

高原去厦门出差的行李已经准备好了。

是第二天一早的飞机,高原走进了儿子和小丁的房间,小张焰已脱了衣服上床。"妈妈,你什么时候能够回来?"小张焰躺在被窝里问着。

"一个多星期,也可能是半个月。"

小丁坐在床沿上看琼瑶的小说,她显然有点注意力不集中。

"张焰,你每天的牛奶可一定要吃,听见没有?"高原回过头,看着小丁,"他要是不吃,小丁,你就不让他去上学!他不是见老师怕吗?那好,他不听话,就让老师收拾他。喂,张焰,你听见没有?"

"听见了!"

"你要是听话,我就给你带一个掌上游戏机回来。"

"真的?"小张焰从被子里爬出来,在高原脸上很响地亲了一下。

人类的起源 141

卧房里，张文翔老一套地坐在被窝里看报纸。高原进了卧房，看了看自已收拾好的行李，掀开被子上床。张文翔无动于衷地继续看报。

"喂，人家明天都要出差了，你倒好，老这么捧着一张报纸，有什么好看的，也不陪人家说会儿话。"

张文翔放下手中的报纸，却又拿起了床头柜上的一份红头文件看起来。

高原说："你存心气我是不是，这会怎么又突然想起看文件来了？"

张文翔不得已放下文件，刚要张口解释，高原拦住了他："你别多说了，我知道你是个大忙人，局长嘛！"她说着，赌着气，自顾自地钻进了被窝，不一会儿，又坐起来，冷笑着说："喂，张文翔，我也觉得你这段时间是有点不对头，你是不是外面有了什么女人，否则干吗这么对我冷冰冰的？"

"你瞎说什么？"张文翔急了。

高原笑着说："这也没什么，真要是有了，你只要告诉我就行了，我不会把你怎么样，你放心。"

高原、老马、陶路三个人坐在飞机上，陶路和老马随便说着什么，高原想着心思，看着窗外的白云。广播里报告飞机已到了厦门上空，让大家系好安全带，飞机很快就要着陆。

飞机在厦门机场着陆。高原一行三人走出飞机，向出口处走去。老马踮起脚来看，指了指一个举牌子的姑娘。那牌子上写着"'家庭和人'研讨会"。

老马奔过去，和举牌子的姑娘身边一位穿西装的中年男子热烈握手，高原和陶路走了过去，老马大声地做着介绍。穿西装的男人热情洋溢地欢迎他们。

面包车开进厦门市区，陶路和高原都是第一次来厦门，兴致勃勃地看着窗外，穿西装的中年男子指着新盖起来的楼房做介绍。面包车在一家宾馆前缓缓停下，车门拉开，穿西装的中年男子率先跳下车，把客人引进接待大厅。

电梯门打开，穿西装的中年男子手上拿着钥匙，领客人去自己的房间。他走到一扇门前，核对了一下门牌，用钥匙打开门，对高原说："你就住这儿，记住了，是617，钥匙给你。"

高原临进自己房间，忽然想到地问："你们住哪个房间？"

穿西装的中年人亮了亮手中的钥匙牌："619，就在你隔壁。"

陶路和老马走进自己的房间，房间的规格似乎不低，陶路放下包，跑过去开冰箱，怎么也拉不开门。老马笑着说："锁着呢，现在开会议都精明得不得了，就怕大家乱喝饮料，吃完了账也不结，就溜了，结果费用都算在会议上。对不起，陶路，你待一会儿，让我先上厕所，我憋坏了。"

会议室正在开会，主席台坐着几位贵宾，贵宾的上方悬着巨大的横幅：第二届"家庭和人"研讨会。

高原和陶路坐在一起，小声地议论着："我们那刊物的名字，明年一定要改，你说得对，叫《计划生育》太难听。你想想看，改什么比较好？"

陶路指着主席台上的横幅说："现成的名字，就叫'家庭和人'。"

"'家庭和人'，这恐怕不行，不行。"

人类的起源

"'现代生活'。"

"这名字好像有了吧？"

"那就叫'家庭生活'。"

"这名字好像也有。"

"那干脆就叫'人'，这名字好，或者叫'人类'。"

高原在动脑筋想："刊物的名字必须考虑到读者喜欢，不能太文绉绉的。"

陶路十分激动地脱口而出："就叫'女人'，这绝对好，你想，我们这不是妇联的刊物吗？这名字太好了。"

高原也觉得这名字很不错。

一位工作人员从外面进来，手上拿着一封电报，到处打听老马在什么地方。有人指了指高原，工作人员蹑手蹑脚走到高原面前，问她老马在哪儿。高原前后左右看，找到了老马的位置，指点给那位工作人员。

老马跟着工作人员离开会场，神色慌张往外走，高原和陶路很吃惊地看着他，不知道出了什么事。老马突然又折回会场，告诉高原他母亲突然病故，自己不得不立刻赶回去。

高原湿漉漉地从浴室里出来，用梳子梳着自己的头发。她打开电视，胡乱地揿着频道，把声音开低了，上了床，拿起电话，往家里拨。电话铃响了好一会儿，没人接。

电话铃滴铃铃地响着，张文翔和小丁睡在一张床上，脸部表情有些紧张。张文翔的手指按在嘴唇上，示意小丁千万不要作声。他拿起电话，一本正经地问："喂，谁呀？"

"你说我是谁？"高原心不在焉地看着电视，"怎么到现在才接？"

张文翔大惊失色："是你！"

"你怎么，已经睡觉了？"

"嗯，"刚嗯完，又连忙改口，"不，我在看报。"

"你在看报，那你怎么这么长时间才接电话？"

张文翔已开始镇定下来："我刚从厕所出来。喂，你怎么样？"

"我挺好，家里怎么样？"

"家里也挺好。小张焰早就睡了。"张文翔越来越镇定，"喂，你什么时候能回来？"

"怎么了，你想我啦……"

小丁伏在张文翔的肩膀上，将耳朵伸过去，想听高原在说什么。张文翔向她摆摆手。小丁不高兴地噘起嘴来。"那边伙食怎么样？嗯，东西嘛，就别买了，无所谓的，好吧，就给张焰买个游戏机。给小丁买什么？我看就算了，什么，那好，你看着办吧。不，我不是这个意思，你别发火嘛！你听我说，你干吗不让我说呢，"电话的那一头，高原显然为什么事生了气，"我的意思是，好好，我不说，不说，那就这样。就这样。"

张文翔将电话挂了，头一歪，在小丁的耳朵根上亲了一下。小丁像个纯情少女那样搂着他，矫情地说："你刚刚和我说的话，都是真的？"

张文翔把头埋在她的那一头浓密的黑发中，口齿不清地说："当然，当然是真的。"

参加"家庭和人"研讨会的会议代表游览石狮。

高原和陶路以及新结识的会议代表在石狮的街上走，不时地有

人类的起源　　145

人上来兜生意。一位相貌很丑的青年妇女,拉住了陶路,问他要不要好看的录像带。

"什么录像带?"陶路兴致勃勃地问。

青年妇女立刻紧盯着陶路:"哎呀,自然是好看的了,要什么,就有什么。很原版的黄带,要不要啦?价钱绝对优惠。"

陶路摇摇手,青年妇女在他身后跟了一阵,看看实在没有做成生意的可能性,又去纠缠别的游客。陶路轻声对高原说:"主要是怕路上不好带,要不然,弄两盘原版的黄带回去看看,也挺好。"

"你不要发神经病好不好?"高原警告他说,"这种下流的事,你可别往自己身上沾。"

一起开会的代表听了都笑。陶路解嘲地说:"你们看,我们的头儿,对下属管得多严。其实弄两盘黄带看看,当真人就会变下流了?那没黄色录像带之前,还不是一样有坏人。"

又有人形迹可疑地迎上来,很神秘地问陶路:"全毛的大衣,三十块钱一件,要不要去看看?"

陶路笑着摇手,说:"我要全毛大衣干什么?再说三十块钱能有什么全毛大衣?"那人一定要拉陶路去看货色:"去看看好了,不中意,又不要你的钱啦,去看一看嘛!"

一起开会的代表慎重地说:"不能去,千万别跟这些人走。"等那兜生意的走了,过去来过石狮的会议代表告诉陶路和高原,说这些兜生意的,很可能就是为暗娼拉皮条的,"上次我们来,东北的一个作家,胆子特别大,被这些人拉去了,什么几十块钱一件全毛大衣,那是叫你去看姑娘。一溜站了好几个,说是二百块钱接次客。那东北的作家开玩笑说,二百块,太贵了。你知道老鸨怎么说?二百块,不多收你的。一百块,算是姑娘的辛苦钱,另一百块,要付请的保镖钱,还有万一染上了性病的医疗费。东北作家说,我几乎和童男子一样纯洁,哪来的性病?说了便要走,老鸨死活不让走,说聊了这么半天,能不花点钱吗?东北作家没办法,只好在那儿买了两盒春药。"

陶路听得津津有味,高原知道一帮男人凑在一起,讲不出什么好话来,便走进一家店铺看衣服。陶路走出去一截,发现高原不在了,连忙回头找,很快便找到了她。两人在店里看了一会儿,出来又遇上了另一批会议代表,大家笑着打招呼,然后继续在街上漫无目的地乱逛。他们走到一个卖照相机的柜台,其中两个打算买照相机的会议代表,和店主砍起价来,终于谈成了一个数目,一手交钱,一手交货。高原正好也想买个相机,便问这价格到底能便宜多少。已经付了钱的会议代表说,这价格起码比北京的价格便宜一半,高原听了有些心动,犹豫着想买,陶路笑着劝她,说这地方人心不古,别上了当。

店铺前,就剩下高原和陶路,高原犹豫着打不定主意,老板悄悄地说,可以再便宜一些。陶路听了,拉了高原就走,走出去几步,陶路说:"千万别上当,是好东西,绝不会这么求着你买。"

载着会议代表的大巴士奔驰在回厦门的路上,有人正好带着一台在北京买的那种同样牌子的相机,把新买的相机和北京买的相机做比较,一比较,就可以肯定所买的相机是假货。不怕不识货,就怕货比货。种种毛病都发现了,大家立刻怀疑这相机恐怕根本不能照相,买相机的两位会议代表坐在车上懊悔不迭。

幸亏陶路的及时提醒,高原庆幸自己没有上当受骗。

高原和陶路笑着对看了一眼。

人类的起源　147

"家庭和人"研讨会的告别晚宴,这一次是西式的自助餐,气氛热闹。

高原躲在一个角落里,和家里通长途电话。

电话通得很不愉快,高原脸铁板,在忍受电话里张文翔的语调。

"喂,你说完了没有?别跟我打官腔好不好?你,我说的就是你。怎么每次打电话,都是这种不阴不阳的?我什么地方得罪了你是不是?对,你说对了,你是得罪我了。我有什么错的,我打长途电话问问家里的情况,怎么,这就占用了你宝贵的时间?不是这个意思,就是这个意思。这回来买不到飞机票,我有什么办法,我又不是不知道火车得好几天。"

陶路端着盘子,嘴里一路啃着鸡大腿,向高原走过去。他看着她的严肃表情,吓得不敢走近。高原又在听电话里的唠叨解释,越听越不耐烦:"好了,就这样吧。我奇怪我们之间怎么到了这一步,谁听见了对方的声音,都烦,你不烦,那好,就算我听了烦吧,你说完了没有?"

陶路想偷偷溜走,高原已挂上电话,一脸不高兴地走过来。"什么时候了,"陶路笑着说,"早都开吃了,打什么电话。"

高原就像没听见他说什么一样,往冷餐桌那走。"嗨,跟你说,今天有烤乳猪,就那个,对,就是它。"陶路追在她后面指点着。高原往盘子里搛菜,她的情绪似乎突然好了起来,笑着问:"还有什么好吃的?"

"这个,这个也不错。虾,这可是厦门的海鲜,够了,拿多了你吃不了。"

高原有些失态地大笑，陶路不明白地看着她。

一位已经喝得差不多的男子，拎了一瓶白酒，出现在高原面前："好，我总算找到你了，高原，你说过，你能喝，今天我不和别人喝，就跟你喝。"

"谁说我能喝酒。"高原嗔怪地看着陶路，陶路顿时发誓，说这话绝不是他说的。高原笑着说："谁说我能喝酒，你就和谁喝。要不，你把说我能喝的人叫来，让他跟我喝。"

"有你这句话就好，不瞒你说了，这话就是我说的，是我瞎说的，行不行？快，把啤酒喝了。咱们一人半杯，你看我这腔调，已多少酒下去了？"

咕嘟咕嘟，一倒果然就是半杯。高原兴冲冲接过杯子，也不等对方祝词，一口干了。"高原，好样的，你看，我也让它下去。不行，咱们还得喝。"

又咕嘟咕嘟倒了半杯，陶路插嘴，说少倒些，倒酒的立刻和他急："你别急，要是心疼高原，你替她喝。"手抬高了，半杯酒已变成了大半杯。

"行，这可是最后一次了，"高原很爽快地又一次拿起杯子，"我们必须说话算话，否则我不跟你喝。"

"算话，来，干！"

这一位拎着酒瓶去了，一转眼，又有另一位拎着酒瓶来，也是喝得差不多了，一说话，舌头就打架。高原推让了一会儿，和他喝起来。几杯酒喝下去，高原自己的话也多起来，说着说着，就咯咯咯傻笑。陶路怕她喝醉，一边劝她少喝些，她走到哪儿，他就跟到哪儿。

高原已经不知道听劝了，有几个男的成心想灌她，陶路急了，

人类的起源　　149

大声地和人家红起脸来。高原说:"怎么样,你们别出坏点子,我可是有保镖的,而且就是喝,我们一对一,我也不怕你们。"

高原喝醉了,在浴室里对着洗脸池呕吐,吐了半天,难过地直喘气。陶路在一旁忙。高原缓过气来,抱歉地说:"对不起,吐你一身的。"

"没事,我换件衣服,反正要洗澡。"陶路给她一杯清水,让她漱嘴。

高原接过杯子,不好意思地笑着,刚想说什么,又一阵恶心,连忙把脸转向洗脸池。

"你也是的,怎么一沾上酒,就那么兴奋?"陶路想起上一次她也是差一点喝醉,埋怨说,"你的确是能喝,可也不能往死里喝。"

"下次,再也不喝了。"高原说。

陶路又一次去倒水,高原同房住的人正斜躺在床上看电视,关心地问他高原怎么样了。"差不多了,反正吐得够呛。"陶路倒好一杯水,又匆匆进卫生间。高原的难过劲好像也过去了,正在那儿照镜子,一边照,一边对陶路说:"对不起,你去吧,我洗个澡,就没事了,你放心去好了。"

陶路仍然有些不放心:"你真没事?"

"没事,真没事,"高原走到房间,打开自己带的皮箱,拿替换衣服,手忙乱着,一个胸罩没抓好,抖散了开来,"我要洗澡了,这你帮不上忙,谢谢了今天,回你房间吧。"

陶路回自己房间洗澡。老马回去了,房间里就陶路一个人住。不一会,洗完澡的陶路穿着三角裤,走了出来,他随手打开电视,拿起电话,往高原房间里拨。电话接通了,高原的同房说高原还在浴室里。

"她还在浴室，你问一下，她有没有事。"陶路真有些不放心。

高原的同房走到浴室门口，对正在里面洗澡的高原大声嚷道："高原，没事吧？没事？没事就好。"她回到床上，眼睛盯着电视，抓起电话："喂，没事，挺好的。"把电话挂了。

高原湿漉漉地出来，筋疲力尽地倒在床上，越想越觉得自己好笑。"今天我真出洋相了。"

"怎么样，没事了吧？"同房的眼睛不离开电视，"你喝了多少？"

"也没喝多少，可能是喝得太快了。"高原笑着说。

"刚才在这的那男的已经来过电话，对你有些不放心，这人还挺会照顾人的，对了，你给他挂个电话，要不然，过一会儿，又有电话来。"

高原春意盎然地拿起电话，往陶路的房间拨。

列车呼啸着驶进车站。

陶路拖着大包小包，和高原在站台上匆匆奔走，一路走，一路核对列车上的号码。他们终于找到了自己的车厢，陶路急吼吼地便想上车，列车员一把拦住他们，检查他们的车票。

他们在软卧车厢的过道里挤着走，陶路手上的一个包太大，走起来很碍事。

陶路说："我们是六号，你我上下铺。"

六号厢房里，已经有一对老夫妻先到达了，一看见他们，十分客气地打招呼，老太太很自觉地站了起来："这是你们的床。"

"没关系，你坐好了，"高原让她用不着起来，"陶路，东西能放下吗？放不下，就搁床底下好了。"

人类的起源 151

老太太抱歉地说:"我们带的东西太多了,要不然,我们拿点东西下来?"

"不要紧,拿上拿下的也麻烦,就搁床底下一样。老人家去什么地方?"

一直不吭声的老头子报了个地名。看得出老头子曾经是个不小的官,穿着一身笔挺的中山装,十分威严地坐在那。

列车狠狠地晃动了一下,开始踏上旅途。

"你们去哪儿?"老太太热情地反问。

"我们,到底。"陶路已经忙完了,头上直冒汗,往老头子身边一坐,示意高原也坐下来,"好家伙,这一路上时间可真不短,你说要是坐飞机多好。吭哧吭哧地坐回去,太可怕了,幸好是软卧。"

"你过去坐过软卧?"

"没有,我们哪够级别,我这可是沾你的光,卅一次洋荤。"

列车飞奔,陶路和高原各人拿自己的杯子泡茶,热水瓶里没热水,陶路自告奋勇打水去了。不一会儿,水打来了,陶路又兴冲冲地问高原中饭怎么吃。高原想了想,说去餐车吃饭。

陶路和高原从餐车吃了饭回自己厢房,那对老夫妻正在那一边喝水,一边啃面包。"吃过了?"老太太笑着问,"这火车上的饭,是不是特别贵?"

"是不便宜。"高原随口答道。

"你们是出差的?"老太太又问。

高原笑着点点头。

"你们是一起的?"老太太话里有话地问,"我是说你们是一个单位?"

"是一个单位,她是我们的头儿,我嘛,是跑腿的。"陶路神头鬼脸地说。

"怎么样？"老太太对自己的老伴说，"我说他们不是夫妻吧？"

陶路和高原对看了一眼，大家都有些不自然，想笑又没笑出来，无话可说。

坐了一会儿，高原说："反正没事，睡一会儿吧，这样，我们都睡上铺，你老太太年纪大，省得再爬上去。"

张文翔坐在床上看报纸，小丁走进卧房，轻轻地咳了一声，张文翔丢下手里的报纸，示意小丁上床。小丁有些赌气地看着他。张文翔尴尬地笑起来。

"有什么好笑的，"小丁走到一张凳子前，坐下，"她已经在路上了，你就不怕她知道？"

张文翔强作镇定地说："知道就知道，我干吗怕她？"他翻身下床，向小丁走过去，走到她身边，弯腰亲她。台灯把他的身影投射在墙上，像一个笨拙的大熊，小丁看着墙上他的黑影子说："你不怕，我还怕呢。"

"你干吗怕她？"

"你说我干吗怕她？"

"你不用怕，难道我们不能什么都不让她知道吗？"张文翔既像是在安慰她，更像是在安慰自己，"你放心，她什么也不会知道。"

"我知道你更怕她知道。我不管，反正她一回来，我就走，我不想再看见她。"小丁很像琼瑶小说上的人物，她的语调也像是香港电视剧上学来的，"我知道你很喜欢我，但是你绝不会因为喜欢我，而娶我。你怎么会放弃已经很有地位的高原，而娶个什么都不是的农村女孩子?"

张文翔哭笑不得地哄着她:"我比你大太多了,我娶了你别人会怎么想?别人会觉得这不道德。你不是一直叫我叔叔吗?"

"可是我们现在已经不道德了。"

列车在黑夜里奔驰,高原和陶路已经入睡。

老太太爬上去拿行李,高原和陶路全被弄醒。"怎么,你们到地方了?"

"就快到了,早点拿下来,免得待会儿来不及。"

"那好,我帮你们拿,"陶路将一个个包裹取下来,"这么多东西,到时候有人接你们?"

"哎哟,谢谢了,这种事,还非得小伙子才行,"老太太连声致谢,"不要紧,到时候老头子单位有人来接,他们单位的驾驶员会来接的。"

"谢谢,谢谢。"不怎么喜欢说话的老头也向陶路和高原致谢。

列车到站了,陶路将两位老人送下车,又从车窗那里,将高原递给他的行李一件件放在站台上,刚忙完,开车的铃声已经响了,他连跑带跳地回到火车上。厢房里就剩下他们两个人,高原看看表,是深夜一点半。陶路问高原,她要不要睡下铺,高原说:"算了,上铺下铺一样,懒得再换被子了。"

"换被子不换人呀,这真有点想不开了,你把被子抱下来,不就行了。"

高原想想也对,把上铺自己刚刚睡过的被子拿了下来,又把老太太睡过的被子往上铺一扔,上了床,脸朝里自顾自地躺下了。

列车在茫茫黑夜里穿行,高原和陶路似乎意识到厢房里就他们两个人,都有些不自在,时不时地翻个身,东方鱼肚白了,高原和陶路终于进入熟睡的梦乡。列车又一次到站。高原在梦中甜滋滋地笑了起来。

他们去餐车吃早饭已经很晚了,服务员正在收拾,高原和陶路走到一张刚收拾干净的餐桌前,坐下来,陶路问高原吃什么。高原说吃什么都行。

"就吃面条怎么样?"

"好,面条就面条。"

服务员算了账去了,临走说:"恐怕要等一会儿,下面的水已经倒了,得重新烧。"

"不着急,等一会儿好了。"

餐车里就陶路和高原两个人。两位服务员站餐车的另一头聊着天。高原突然想到地问:"喂,昨晚上睡得怎么样?"

"很好,你呢?"

"我不好。"

"怎么了,"陶路笑着问,"是不是想到当时就只有你我两个人?"

"也许吧,"高原丝毫不觉得陶路的话冒昧,她笑起来,自己也奇怪她竟然会顺着陶路的话继续玩笑,"你是有贼心没贼胆,不过我不能不防。"

"谁说我有贼心了。"

两个人毫不介意地说笑,不一会儿,服务员端来了冒着热气的面条。陶路和高原都饿了,狼吞虎咽吃起来,吃完,两人抹着嘴回自己的厢房。列车穿过一道山路,那山崖离车窗很近,好像一伸

人类的起源　　155

出手去就能摸到。陶路伏在车窗玻璃上,看外面的风景。他回过头来,发现高原正冲着他笑。

"你笑什么?"

"我在笑你这个人。"

"我有什么好笑的?"

"你知道,陶路,你这人刚开始给人的印象很不好,"高原说了大实话,"你想,你研究生毕业,一分到我们单位,就闹离婚,就想当陈世美,就想抛弃乡下的未婚妻,其实你还真不是那样的人。"

"我老婆的话,你们哪能相信?说我当陈世美,头儿,你说我能当得了陈世美?我老婆那张嘴,一向会胡说八道。"

"你老婆也不一定都胡说八道。"

两个人同时想起了晋玉玲曾经说过的一句话,顿时有些尴尬。晋玉玲说陶路想和高原睡觉,这话老马已经传给了陶路了,因此现在即使高原不点破,陶路也有些坐立不安:"我知道她和你瞎说了。"

"她瞎说了什么?"高原装作什么事也没有一样。

"她说我想和你睡觉,"陶路说完这句话立刻后悔,他注意到高原的脸变得通红,结结巴巴地说,"她完全是瞎说。"

"你没说,不就行了吗?"高原做出不在乎的样子,她不想让陶路太下不了台,"我知道她是瞎说。"

"事情是这样,老实说,刚开始,我对你印象也不好,"陶路弄巧成拙地解释说,"我离不离婚,关你们什么事?你们保护妇女,可谁保护我?你那时候也太神气十足了,我就对玉玲说,说你有什么了不起的,上了床还不就是个普通女人,还不是一样被男人操。我当时也急了,只是随口说的。我跟你说,男人不是动不动就喜欢把操你妈挂在嘴上吗？我要说，最多也就是那意思。"高原冷笑着看着他，陶路的思路突然出现障碍，说不下去了。

高原说："说呀，怎么不往下说了？你们男人心里怎么那么脏？"

"我真的没说那句话，真的，你说我就是真的敢心里想，我也不敢对玉玲说，我又没吃错药，我又不是不知道她那张嘴。"陶路真急了。

高原相信他这次说的是真话。这些话多说多解释也没意思，再说，她已经早就不生气了。为什么不能谈些别的什么，漫漫长途走了刚一半路，剩下的时间还很长。高原说："好了，别老说这无聊的事了。有一事我始终没弄明白，老实说你和你老婆，到底是怎么一回事，你干吗口口声声说你们是包办婚姻？"

列车停在一个不小的车站上，显然要停不少时间。陶路和高原下了车，在站台上休息。一位工人拿着个小锤，挨个地敲着火车轮子。陶路的话篓子被打开了，他喋喋不休对高原说着，高原心平气和地听着，不时地点一下头。"这当然是有些滑稽，我从小就没父亲，玉玲他爹就玉玲这么一个宝贝女儿，你知道，他那时是大队书记，我不能说没良心的话，他对我的确不错。没有他，也就没我的今天。"

开车的铃声响了，陶路一边上车，一边继续说："玉玲从小就喜欢欺负我，后来我就上了大学，那时候，我在小学里代课，当然我们的事，的确早就定下来了，我从一懂事，就知道玉玲将来是我的媳妇。"

高原忍不住地笑起来，陶路也忍不住苦笑。汽笛长鸣，列车

人类的起源　157

又动了起来。陶路继续说:"自从我上大学,她就没停过和我闹。刚开始是怕我毕业了不回去,后来又怀疑我会和别的女孩子好。有一回我回乡下,她把我带到了麦地里,我一时冲动,就和她有了那事。事后,她说,上有天下有地,她已经是我的人了,以后我若变心,就不得好死。我回到大学没几天,她就追了来,到处和人说,她已经和我结了婚了,说我不安好心,想甩了她。"

高原插嘴说:"你当时肯定变心了,要不然她干吗跟你闹?"

"我变什么心,她认定一个死理,只要一闹,我就是想变心也变不了。你知道,她根本不在乎把我搞臭,用她的话就是,反正你再臭,我也要。你简直想象不出她闹起来有多厉害,她一会儿说自己怀孕了,一会儿又说为我流过几次产,搞得什么人都同情她。"

高原看见陶路是真伤心了,不想让他再说下去,打断了他的话头:"不说了,陶路,你老婆的脾气,我们打过交道,多少也知道一些。现在反正已到了这一步,大家好好过日子吧。不管怎么说,她心不坏,是不是?"

"她的心是不坏,这不错,"陶路不肯就此把话打住,"就算是她给我戴了绿帽子,我也不是太恨她。"高原让他别说了,他偏要说,"她和那家伙好上的时候,你不知道我多庆幸。真的,你不知道现在的乡下是怎么一回事,我们老家,那真的是富得流油。玉玲她爹如今有多少钱,多得恐怕连他自己都绕不清,乡下人现在根本不在乎钱。我知道玉玲当初是真跟那家伙,要不然,打死她也不会主动提出和我离婚。那家伙是厂里的技术员,绝对不是个东西,先是看中她老子的钱,后来自己有钱了,也就不要她了。"

一列车呼啸着迎面而来,掩盖了陶路的声音。高原站起来倒水,自己加满了,又替陶路倒,陶路神色恍惚地说:"她闹离婚的时候，你们又不肯成全我，等到这事过了，玉玲缓过劲来，发现还是我好，这就麻烦，你们就是打死她，她也不会放过我了。她短暂地爱上别人，这是我唯一的机会，这机会不抓住，我知道我全完了。"

高原笑着，说："你看你，神气的，好像自己是什么宝贝似的。"

列车全速前进，天又开始逐渐黑下来。厢房里仍然只有高原和陶路两个人，这一次是高原在说着什么，一边说，一边笑。

陶路早从家庭烦恼中解脱出来，他笑着听高原说话，很有兴趣的样子。他们已经吃过晚饭，一路上，该说的话，好像都说完了，漫漫旅途还有一个晚上便要结束。

"想不到，这儿竟成了我俩的包厢，我老婆要是知道了，还不知道会怎么急呢。"陶路打趣说。

"你别神经病，又去跟你老婆说，到时候你老婆跟我急，我可吃不消。陶路，我警告你，不许瞎说。"

"你放心，谁都知道我有贼心没贼胆。"

"又要瞎说了。"高原笑着再次警告他。

"不过也难说，只要有贼心，说不定哪次就有了贼胆。"

高原急了，作势要打他，陶路连连往后躲。

到他们真准备休息的时候，列车停靠在一个小站上，列车员领了一位采购员模样的人走进他们的厢房，那人把行李往空床上一扔，从兜里掏出香烟，追出去给列车员敬烟，然后两人站在过道里聊天。

高原和陶路看着床上的行李，情不自禁笑起来。陶路开玩笑地说："完了，我就是有贼胆，也不行了。"

人类的起源

张文翔和小丁的事,显然已经让高原知道了,高原情绪极坏地在哄小张焰睡觉,小丁的床被铺盖卷了起来,一看就明白她已经走了。

"妈妈,小丁阿姨还会再来吗?"小张焰孩子气地问。

"不知道。"

"妈妈,你说好玩不好玩,我叫小丁阿姨,小丁阿姨叫你也叫阿姨,那你是我的阿姨的阿姨了。"

"喂,你烦死了,赶快睡觉好不好。"

小张焰终于睡着了,高原怒气冲冲地走进卧房,张文翔仍然是坐在床上,心神不定地看着报纸,见高原进去了,想放下手上的报纸,又觉得报纸抓在手上,多少也是个掩饰。高原怒气冲冲地看着他,在等他说话。他偷偷地看了一眼高原,想笑,没办法笑出来。

"你起码得把话说清楚。"高原不得不先开口。

"我,高原,我知道是我不好,"张文翔按照事先想好的话说,"是我对不起你。"

"你对不起我?"高原愤怒至极,"你有什么对不起我的?你对不起你自己。我想不到你会这么不要脸!"

张文翔认罪一样地低下头,双手抱着自己的脑袋。

"说呀,你干吗不吭声?"

"我说什么呢?"张文翔抬起头来,"事情已经这样了,我还能说什么?反正她也走了,我们以后绝不会再来往。"

高原气愤到了头,冷笑着说:"你们只管来往,你们照样来往,别装模作样的,你不是都安排好了,连工作都给她找好了,什么现在工作难找,你是大局长,找个好单位还不容易?别人求你点事就那么难,那官腔打得——"

张文翔委屈地说:"我也是没办法,你干吗还要逼我?"

"我逼你?"

"高原,我知道事到如今,你不会原谅我,"张文翔明白这事不会轻易就蒙混过关,"我这人,你多少也总知道一点吧,你说我是不是那种见女人就喜欢的男人?我在局里又不是没机会,我,我勾搭过谁?"

"你别涂脂抹粉,你那是怕丢了乌纱帽!"

张文翔也顾不上掉身价,把责任一股脑儿地往已不在的小丁身上推:"你说现在农村的小女孩,说是出来当小保姆,有几个能干长的?小丁所以能到我们家来,还不就是看中我能帮她找工作?不管怎么说,我也是个男人,她钻到了我床上,我呢,就意志不坚定,明知道她用心不良,我知道我是错了。"

"是她主动钻到了你床上?"高原根本不相信他的鬼话,"这种送上门的好事,竟然让你遇到了。"

"小丫头有主意着呢,你别看她年纪还小,早就不是处女了……"

"不要脸,你真不要脸!"高原对他的解释感到恶心,随手捡起手边的一个长毛狗熊,向他狠狠地扔过去。

高原在编辑部为一点小事大发雷霆。

起因只是在新出的一期刊物上发现了几个错字,大家都觉得她没必要这么暴跳如雷。刊物上有错字这已经是老问题了。

"头儿今天又怎么了?"小李从总编室出来,想不明白地说。

"什么怎么了?"大家七嘴八舌议论。

高原板着脸从总编室走出来,大家赶紧住嘴。

"陶路,你进来一下。"她很严肃地叫陶路。

陶路不知道出了什么事,对大家做了个鬼脸,向总编室走去,一进房间,大大咧咧地说:"今天什么事这么不高兴?"自从一起去了趟厦门,他和高原之间的关系已经大为改善,"大清早的,发什么火呀!"

"没你的事,你别起哄,"高原似乎也觉得自己的情绪有些过火,"我们谈一下明年期刊改名字的事,你能不能写个材料?"

到下班时间了,大家接二连三地往外走。高原谁也不理地下楼,她气鼓鼓的,没人再敢和她说笑。她开了锁,跨上自行车。冲出了院门,差一点撞到一位老太太,老太太追在后面恶狠狠地骂了一句。

高原一边骑车,一边想着心思。一辆小吉普按着喇叭,速度很快地从小巷里钻出来,骑自行车的都放慢速度让小吉普过去,高原走着神,继续向前骑,只听见一声急刹车的声音,砰的一声,高原重重地摔了出去,自行车的后轮压在小吉普车的前轮下面。高原一动不动地躺在那儿,好多人围了过去。

陶路拎着一大包水果,愣头愣脑地出现在医院的过道上,他向一位穿白大褂的护士打听高原住在哪个房间。

高原头上缠着纱布,斜躺在病床上,她没想到陶路会来。

"头儿,这是怎么搞的?"陶路笑着说,同时向病房里高原的邻床点头敷衍。

"你怎么会来?"

"头儿病了,我们还不该来看看吗?"

"你以后别'头儿,头儿'地乱叫,你就叫我高原。"

陶路傻笑着说："叫顺口了，这一改，反而别扭。"

高原的邻床做出很识相的样子，离开了病房。陶路看着她离去的身影，不知道她是在干什么。"怎么样，没事吧？"

"已经拍过片子了，总算没有脑震荡。我也不好，谁叫骑车时开小差。算我活该。"高原苦笑着，"哎，你坐呀，你也是的，买什么东西。"

陶路从装水果的塑料口袋里拿出一本书："头儿，送你一本书吧，就上次倒霉的那本书，出版社换了个封面，这次可是正式出版，还印了不少册。"他把书递给了高原。

高原不相信地接过书："你那书，竟然还真出了？"

陶路感觉良好地耸了耸肩膀，事实证明，他的书是正式出版了。他知道高原压根就看不上他的这本书。高原拿着书随便翻着，一边翻，一边不停地笑着喷嘴："什么呀，全是性，现在出版社，真是什么都敢出了。"

"我可是很严肃地在探讨性，性是个严肃的主题……"

高原赶紧打断他："好了，好了，我不跟你探讨这个，一说起来就没完，我可吃不消。"

陶路依然是感觉良好地傻笑。

高原突然有了心思，事实上，陶路的出现，只是暂时使她忘却了心中的烦恼，她对陶路看了一会儿，很认真地问他："陶路，你学的是心理学是不是？我问你，是不是所有的男人，内心里都很下流，都不要脸，男人的内心世界永远是脏的，是不是？"

陶路不明白她干吗要问这段话，他不明白应该怎么回答。

高原的表情说明她绝非是在开玩笑。她十分严肃地看着他，等待着他真诚的回答。陶路除了傻笑，没别的话可以说。这是个没办

人类的起源

法回答的问题。

"喂,你怎么不吭声?"高原说着,看见了张文翔,他正隔着门上的玻璃,往房里看。他知道高原已经看见他了,推门进来,陶路还坐在那儿发傻发怔,他看了看陶路,笑着和他招呼。陶路连忙站起来告辞。

"没关系,没关系,"张文翔和他敷衍客气,"你坐一会儿好了。唉,开一个会,想早点走,可实在没办法。高原,对了,我忘了告诉你,中央党校办一个学习班,点名要我去,你说我都这年纪了——"

高原的脸难看得让陶路坐立不安,他不明白怎么了,觉得自己还是早走为妙。

"那好,你走好。"张文翔没事一样地笑着,送陶路出病房。

两个星期以后,早过了下班时间,高原在办公室里埋头看稿子。外面的天已经黑了,她看了看手表,准备离开编辑部。锁上门后,她没下楼,突然心血来潮地往楼上走,来到了陶路房门前。她犹豫了一下,敲门。

陶路很吃惊她会来:"头儿,怎么会是你?"高原说:"我饿坏了,你这儿有什么好吃的?"

"好吃的没有,能吃饱的倒是有的,你是吃面包还是方便面?"

"面包吧,"高原第一次来到这,到处看,"你这房子小了点。"

桌上地上都是书,房间里虽然乱,却很有些做学问的气氛。陶路把面包递给她,问她要不要抹点果酱。高原爽快地说:"好,要抹,就多抹一些。怎么样,又要动脑筋想写什么书?"

"头儿,今天有什么事?"陶路不得不问。

"没什么事,下班了,心里烦,不想回去,可肚子呢,偏偏不争气,饿得咕咕直叫,因此只好到你这来找点吃的。"

"干吗上我这找吃的,我跟你说,外面去找个馆子,再弄两杯酒——"

高原一边啃面包,一边说:"吃了你的面包,舍不得了,是不是?"

陶路很快活地笑了,看得出他非常高兴高原的到来:"要不要给你来杯咖啡?不过这咖啡搁的日子可够长的,都一年多了,你喝不喝?不喝,怎么,不敢喝了,那就来杯茶?"

高原继续参观陶路的房间,她吃完了面包,用手绢擦了擦手,胡乱翻书看。

"头儿,到底有什么不痛快的,我怎么觉得,好像这一段你有什么心事似的。这是跟谁呀?"陶路为高原的异常举动感到奇怪。

"你怎么知道我有什么不痛快?我告诉你,我心里很痛快。"

"痛快,痛快就好。"

"我干吗心里不痛快?"高原说这话的时候,自然是不太痛快。

"可是是你自己说的你心里很痛快。"陶路觉得她在胡搅蛮缠。高原是他的领导,他觉得她这么闹一些小别扭的样子,比一本正经地当领导可爱。

"那是因为你说我心里不痛快。"高原似乎也知道自己有些太不讲理了,她知道自己今天有些任性。陶路说得对,她心里不痛快,很不痛快。她不想回自己的家,起码是暂时不想回去。张文翔昨天起程去中央党校学习,时间是半年,她知道自己这刻即使

人类的起源

回去，也不会再见到丈夫装腔作势的样子，但是她仍然不想很快回去。她想到自己家的那张大床就气愤。这张新买的席梦思大床，老让她想起丈夫和小丁躺在一起的情景。

高原翻了一会儿书，将书用力合上："陶路，你和我说老实话，当年你妻子背叛你的时候，我是说当你知道她让你戴上了绿帽子的时候，你是怎么想的？"

陶路不知道她的葫芦里卖的是什么药："你想听真话，还是听冠冕堂皇的假话？你挑一个。"

"当然是真话。"

"我很高兴，因为我早就不爱她了，既然是不爱，我就不觉得她应该是我的专利。你知道，我当时最想知道的，是她和别人做爱时的感受，我老是情不自禁地想起她会有些什么样的生理反应。"

"你这个人真无聊，"高原不相信陶路说的是真话，如果是真话，那他就不是人，不是一个正常健全的人，"鬼才相信你说的是真话。要是说你真有点高兴的话，无非是你找到了一个摆脱她的机会。你别演戏了，口口声声说自己戴了绿帽子，这并不是喜欢当王八做乌龟，你不过是借此来掩盖自己的耻辱。"

"难道你不觉得我的做法有些悲壮吗？你想，我和她的感情，都到了这一步，你们做领导的，还让我和她凑合着过。头儿，你想想，你所说的那些所谓我想掩盖的耻辱，对我来说，对一个男人来说，都算不了什么，你说，还有比这更悲壮的事？"

"反正我不相信你就一点不吃醋，你不可能像你所说的那么冷静，那么有理智。不管怎么说，我还是不相信。"

陶路想了一会，笑着说："这是我的私事，我干吗要你相信？你相信不相信，又和我有什么关系？那好，我告诉你，我醋意大发,我恨不得立刻到街上去找一个野女人回来睡觉,我恨不得掐死我那个使我戴上绿帽子、而我一点也不爱的老婆,好了吧?这你满意了,这你就觉得我讲的是真话。对不对?可惜我不得不告诉你,我恰恰是说了假话。"

高原发现陶路有些急了,安慰他:"好了,你说的话,我也不是全部不相信,从理论上来说,也许是这样,如果是不爱,那对于对方的是否忠诚,可能就很无所谓。换了我……"高原怔了怔,自言自语地又说:"换了我,可能也一样。"

"不。人和人,不可能都一样,而且你作为一个女人,不可能有一个男人那样的气量。这种气量,必须很好地训练才会有。"

高原和陶路的谈话至此告一段落,时间不知不觉过去,高原几次有意无意地看表。他们漫无目的地又说了些别的话。陶路看着高原心烦意乱的样子,心里七上八下,不明白她磨蹭着不肯走的本意是什么。他想问她,又不太敢问。高原在他心目中,已经越来越不像是一位领导,他觉得她越来越像一个可爱的女人。她的身上越来越有那种正常的女人味。茶越喝越淡,高原已去了好几趟卫生间。陶路问高原是不是为她换杯茶,高原说:"好吧,喝就喝。"

高原的爽快让陶路有些心猿意马,他抓住机会,说了句比较轻薄的话,高原顿时有些不高兴,瞪了他一眼。陶路并没有因为她瞪了自己一眼,吓得缩回去,他突然变得更大胆。

"喂,你是不是想勾引我?"想不到高原比他更直截了当,冷笑着问他。

"有那心,可没那个胆。"

"你也许就有那个胆了。"

高原的脸色严肃,陶路犹豫着,不知道她的严肃意味着什么。

人类的起源　　**167**

他想自己这时候再退缩,也就太不像男子汉了,他继续调情:"就算有那个胆,也是你给我的,今天——"

"今天是我自己送上门的,"高原勃然大怒,两个眼睛里冒着火,"你们男人怎么都那么没出息?都喜欢说别人送上门,真是不要脸。"她站了起来,拂袖而去。

桌子上新沏的茶还在冒热气,陶路对着那杯茶做鬼脸。高原的拂袖而去,房间里仿佛还残存着她愤怒的气息。时间已是十点半了,陶路想到高原就这么气鼓鼓一个人走了,很有些不放心。他毫无意义地追下楼,站在空旷的大街上发傻。一辆救护车车顶上闪着耀眼的蓝灯,从他身边疾驰而过。

陶路转身上楼,他掏出钥匙,打开编辑部的大门,开了灯。空旷的编辑部里东一张办公桌,西一张办公桌,显得有些荒凉。陶路走到电话机旁,查看贴在墙上写得乱糟糟的电影画报上的电话号码。他希望在那上面找到高原家的电话号码,然而他很快就失望了。他毫无意识地抓起电话,又笑着把电话挂上。

陶路开始在每一张办公桌的玻璃台板下寻找高原的电话号码,终于被他找到了,他面露喜色地奔向电话机,拨通了电话。

高原家的保姆已换成一个老太太,已上床睡觉,滴铃铃的电话铃声吵得她不能不起来接电话,她不高兴地对电话嚷道:"喂,你找谁?找高原,好,你等着,张焰他妈,喂,张焰他妈,"老太太放下电话,去敲卧房门,然后又回来拿起电话,"喂,还没回来呢!"

陶路很失望挂了电话,看了看手表,随手捞起桌上的一张报纸看起来。他完全是消磨时间地浏览报纸,匆匆看了一遍,又回过头来看第二遍。报纸已经被他颠来倒去看了好几遍,他再一次看手表，再一次往高原家挂电话。

高原已经到家，正在门厅换鞋子，不间断的电话铃声，使她想到这电话很可能是自己的丈夫从北京打来的。她不想听到他的声音，有些赌气地走到电话机前，抓起电话，立刻又挂上。

陶路吃了一惊，他想高原准是真生气了，自己更有必要向她解释清楚。他毫不犹豫又拨通了电话，高原不耐烦地又一次抓起电话挂上，陶路再接再厉继续拨。高原无可奈何地把话筒搁在耳朵边。

"喂，头儿，是你吗？"

高原出乎意料地说："你是谁？"

"我？你说我是谁？"陶路害怕她又把电话挂上，可怜巴巴地说，"哎，对不起，你可千万别再把电话挂了，你听我说——"

高原忍不住笑了："刚刚一直是你在打电话？"

"不是我，还能有谁？头儿，你听我说，我觉得我必须和你解释，我知道我惹你生气了，也知道你是真火了，当然我说话是不对，你可千万别生气，你跟我，和我这样的生气，不值得。"

"你怎么知道我生气了？"高原不住地暗自好笑，"也许我没生气呢？"

"没生气最好，头儿，你若是没生气，你就是开大恩了，真的，我呢，就是有时候说话没谱，想怎么说，就怎么说了。有时候，甚至不想怎么说，可结果呢，也就莫名其妙地说了。其实说了些什么，我连自己都忘了。"

高原说："你忘了，我可没忘。不过，你忘了最好，喂，你是不是因为自己说了些什么，害怕了？我跟你说，你用不着怕——"

"我不是怕。"

"你就是怕。"

"我真的不是怕,好好,就算是我怕,就算我怕了行不行?我跟你说——"

"你别跟我说了,"高原尽量忍住,不让自己笑出声来,"我不想听你再说,你当然不怕,害怕的应该是我,所以我要逃走呀。"

"这真是完全没必要,你说我,我有那个胆子吗?"

"你没有,我知道你没有,喂,不早了,我告诉你,我没生气,行了吧?你也不用再怕了,别吓得觉都睡不着。好,我不管你怕还是不怕,我可要睡觉了,你知道现在是几点?"

高原和陶路就像什么事也没发生过一样在编辑部里说笑。小李坐在办公桌上,正对着几个听众说一个传闻,说得眉飞色舞,跟真的似的。

晋玉玲拎着一个很鲜艳的大包出现在编辑部门口。陶路一看见她,顿时像瘪了气的皮球。高原也感到有些不自然,尴尬地笑着,对她点点头。晋玉玲的情绪似乎还不算太坏,向陶路发出指示:"还傻站在那儿干什么,也不帮人家把这么大的一个包送上去。"

陶路垂头丧气地向她走过去:"带这么多东西干什么?"

"多又怎么样,我又没麻烦你接!"

陶路走到她面前,轻声说:"别嚷,现在是上班时间。"

"上班时间怎么样?"晋玉玲嘴里嘀咕着,跟在陶路后面出了门,"我又没要你接,要你接了,还不知道怎么不得了。再说,我偏要这么突然地来,我告诉你,我对你不放心。"

"你小声点。"

几天以后,印刷厂的张师傅,又在编辑部里丢魂失魄地找陶路。

大家都在那自顾自地谈话,没人理睬张师傅。张师傅跑到小李面前说:"这位同志,你帮忙找找陶同志,怎么样?"

"你急什么?"小李不高兴有人打断他的谈兴,"今天是不是又买好了火车票?没买?没买你急什么?人家陶同志最近老婆来了,你想想,人家是夫妻分居,老婆好不容易来一趟,稍稍迟到一些,算什么大错吗?"

张师傅示意小李看手表:"这都快十点了,事定下来,我就可以给家里挂个长途过去,这他老婆来了,跟我有什么关系?"

"跟你有关系还得了,"小李笑起来,"谁叫你这么不巧呢,你偏偏是在他老婆来的时候,才来,你说,不怨你怨谁?"张师傅哭笑不得地摇头:"他老婆来了几天了?"

"几天?"小李转身十分严肃地问其他人,"陶路老婆来了几天了?有一星期了吧?这次好像还好,没什么动静是不是?"

话音刚落,晋玉玲一推编辑部的大门,威风凛凛地站在那儿,一看那架势,就知道又有事了。编辑部的人都看着她,她也毫无拘束地看着编辑部的诸位。

"陶路躲哪儿去了?你们叫他出来,我有话要和他当着大家的面说。"晋玉玲气呼呼地说,"我要让大家评评理。"

事情到了这一步,有人赶快到总编室里去报信。陶路脸上好几处抓破的痕迹,苦着脸,正躲在总编室里,向高原和老马诉说情况,进去报信的人一看见陶路,吃惊地说:"陶路,你老婆来了。"总编室里立刻一阵混乱,还没拿出主意来,怒气冲冲的晋玉玲已经破门而入:"好哇,你正好在这儿,你别走!"

老马冲过去拦住了她:"有话好说,有话好说。"

"陶路,今天你把话给我说清楚,"晋玉玲人生得矮小,胖墩墩的老马往她面前一拦,她被堵在了门口,什么也看不见,只好跳脚

人类的起源　171

大骂，"你个忘恩负义的东西，如今有了那么点出息了是不是？你个狗杂种，要不是我们晋家，你也不撒泡尿照照自己，你会有今天？"

高原很严肃地提醒她："喂，请你注意一点，这是工作单位，别在这无理取闹，有话慢慢说，不要影响别人的工作。"

老马也说："你们的家庭矛盾，不能到单位来打来闹。是人，就得讲道理，是不是？好了，大家都回去干自己的事，这儿没什么热闹可看。"

张师傅听说陶路在总编室，也顾不上吵不吵架，从晋玉玲身边便想往总编室里挤。"马主任，我找陶同志有点事，"他奋不顾身地对陶路喊着，"陶同志，对不起，我又得麻烦你了。"

晋玉玲在总编室里和诸位领导谈话，除了高原和老马，还有工会小组的负责人老李。晋玉玲眼睛瞪得多大，根本不把领导们放在眼里。

"我必须让他把话说说清楚，不能就这么不明不白算了，不是我老要提他对不起我们晋家，我也不想提，事实就是他对不起我们家嘛。你们说我的要求错不错？我说我们夫妻哪能老这么分居，要不然，就让他把我调到这来，要不然，也就干脆和我一起回家，在农村又怎么了，要钱有钱，要房有房，就他那几个臭工资，还没我爹一天挣的多呢。"

工会小组负责人是一个快退休的老太太，只要晋玉玲一停下嘴，便见缝插针地劝她不要再闹："夫妻嘛，有话好商量，怎么能动不动就打呢？看你把陶路那脸上给抓的。"

"打了他，我也心疼，"晋玉玲说的是真话，"可我一看到他那种做缩头乌龟的样子，就来火。"

"你也不想想，真要打起来，男的总比女的厉害，你哪是他的对手？"老李替她担心地说，"陶路真还是不错，换到那种凶的，有理无理揍你一顿，你也就老实多了。"

"我情愿他还手，我就看不惯他那种装老实的样子。他真要是个男人，也动手呀。读了几天书，别的没学着，酸溜溜的架势都有了，说什么好男不跟女斗，你不跟我斗，我偏跟你斗。"

高原早觉得晋玉玲太不像话，她想开口教训她几句，话到嘴边，又咽了回去。她不得不承认这样的女人，对于陶路来说，真是一场噩梦。这个女人显然是以丑化和糟蹋自己的男人为快乐。这是口袋里不缺钱的新派农村妇女，优裕的环境使她变得有些病态的畸形。她揪住了曾经对陶路有恩这一点死死不放，用忘恩负义这把钝刀子不停地在陶路身上割来割去。

"你到底想干什么呢？"高原想不通地问。

"我想干什么？"晋玉玲气势汹汹地反问道，"你说我想干什么？"

陶路和晋玉玲正襟危坐在一辆噪声震耳的机动三轮上，机动三轮车在拥挤的车道上，蛇一样地钻来钻去，晋玉玲不时回过头来，对陶路说着什么。

陶路拎着大包小包，和晋玉玲一起，挤在准备检票的人群里。他的脸上伤痕依然，心急得踮起脚往前看，晋玉玲就跟什么事也没有发生过，像孩子似的贴在陶路身边。终于到了检票口，晋玉玲慢吞吞地把票递给检票员，挤在她身后的旅客连声喊："快一点，快一点。"

"抢死呀，好像火车不等你上去，就会开走似的。"晋玉玲嘀

人类的起源　173

咕着。

"你是应该快一点。"陶路拉着她在站台上走。

晋玉玲不乐意地说:"你当然急了,你当然希望越早把我送走越好。我还不知道你的心思,这几天乖得跟猫差不多,就望着我早走早好。"陶路已找到了车厢,急匆匆爬上去,伸过手来拉晋玉玲。晋玉玲一甩手,陶路拉了个空,列车员不耐烦了,让他们快一些。

行李架上早已放满,陶路举着包站在座位前发怔。晋玉玲指了指行李架上的一个箱子,让陶路把包放在箱子上。箱子的拥有者立刻发话说不能放,晋玉玲火冒三丈地便要跟人吵架。陶路劝也不是,不劝也不是,急中生智地把包往座位底下一塞,这时候开车的警铃已经响了,广播里提醒送客的人赶快下车。陶路连招呼也顾不上打,掉头朝车门口奔去。

陶路脸上毫无表情地站在站台上,晋玉玲脸贴在车窗玻璃上向他摇手,而他似乎什么也看不见。汽笛长鸣,列车缓缓起动。看着逐渐离去的列车,陶路摇了摇头,重重舒了一口气。他有点不怀好意地笑起来,人显得十分轻松,扬扬得意走出火车站。

衣着时髦的小丁浓妆艳抹,领着一位西装笔挺然而看上去很猥琐的中年人,出现在《计划生育》编辑部。他们走进了总编室,见到高原,小丁很亲热地叫了一声:"高阿姨。"

很难用笔墨描写高原的脸部表情,她吃惊,气愤,当然也有些慌张:"怎么会是你?"

"高阿姨,我就知道你会在,"小丁的脸一下子红起来,她强作镇定地对身边的中年人说,"这就是我说的那个高阿姨,高阿姨,这是我们老板。"

中年人和高原热情敷衍,高原冷淡地问:"你们有什么事?"

"我们呢,想登一个广告,可是外面呢,要价太高。我们也不知道你们登一个广告,要多少钱。小丁说了,她和你们很熟,这年头不是有熟人就好办事吗?我们做生意的,该花的钱,不心疼,该省的钱就得省,是不是?"

"要谈广告,这样吧,你和我们的办公室主任谈,"高原一推门,把在外面的老马叫了进来,"老马,来了个想做广告的,你跟他谈吧。"她自己走到办公桌前,埋头干自己的事。老马和那位送上门的客户谈起有关广告的事项,小丁十分尴尬地偷眼看高原。高原显然是在克制自己的感情。

"高阿姨,你在这儿是不是很忙?"小丁找话跟她说。

"忙,也谈不上。噢,小丁,你现在在什么地方做事?"

"'白鸟公司',反正也是跑跑腿。"

"是正式工?"

"什么正式工。现在都是合同工,先凑合着干干再说。"

"我们公司可是国营的,"中年人还在那和老马摆谱,"我们是地质局办的公司,能赚钱最好,不能赚,你也知道,我们局可不是没钱的主。"

"高阿姨,张叔叔去北京了?"小丁突然这么冒冒失失问了一句。

高原的脸铁板,气得发青。小丁并不在乎她是否生气,仍然跟什么事也没有一样。看得出她是个很厉害的角色。

"你是不是想张叔叔了?"高原再也控制不住,真想把她立刻给轰出去,"你是不是想问你张叔叔什么时候回来?"

正在谈广告的老马和中年人,不知道发生了什么事,都回过

人类的起源 175

头,有些吃惊地看高原,高原的脸色全白了,嘴角直哆嗦。小丁不当回事地还在那儿冷笑。

天刚黑,编辑部的人都下班回去了,陶路轻松自在,哼着小调,一个人在编辑部里看报纸。他突然将报纸一扔,起身跑到那张玻璃台板下压着高原家电话号码的办公桌前,伏在上面看了一会儿,跑到电话旁,给高原拨电话。高原心情很坏地刚到家,气鼓鼓地拿起电话。

"喂,头儿,吃了吗?"陶路问。

"陶路,又怎么了?"

"没怎么,我跟你说,今天是我的好日子,一是把老婆送走了,另外,是拿了一笔稿费。"

"老婆走了又怎么样?拿了稿费又怎么样?今天是你的好日子,可不一定就是我的好日子。怎么,是不是想请我吃饭?"高原觉得自己没必要这么酸溜溜地刺陶路,还是忍不住要说,"怎么老婆刚走,就不老实了?"

"你放心,我绝对老实,"陶路很认真地说,"你说对了,我真是想请你吃饭。一下子拿了笔稿费,不上次馆子,对不起自己。可一个人也没劲,你就赏个脸吧。"

"我不想吃你的什么饭,你还是一个人去吧。"

"头儿,别当真不赏脸好不好?我跟你说,再过三天,是我的生日。本来我想到生日那天再请客,可我也突然想通了,干吗还等三天?"

"你真想请我吃饭?"

"当然是真的。"

"你真想请我，那我就谢谢你了。"高原推辞说，"今天我心情不好，改天行不行？真的，我真的心情不好。"

陶路说不出的遗憾："改天当然也可以，其实你心情不好，不是正好散散心吗？对不对？那你说改到什么时候？今天正好是星期六，这日子多好。"

高原想了一会儿，很干脆地说："好吧，今天就今天，在什么地方？"

半个小时以后，陶路和高原一起坐在离高原家不远的一家小餐馆里，环境挺优雅。漂亮的服务员小姐送来了一大罐扎啤。陶路被服务员小姐的美色所吸引，偷偷地对高原说："这小姐真漂亮。"高原笑着摇头，不过她觉得陶路这么有话直说也没什么不好。

"我们今天不喝白酒，"陶路举杯祝词，"你今天心情不好，别待会又喝醉了，说我存心灌你。"高原也举起杯子，充满豪气地说："凭你的酒量，能灌醉我？"两人一饮而尽。

陶路又添酒，又拿起酒杯："头儿，我知道我这人真没出息，老婆这一走了，就跟过节似的。"高原听了直笑，陶路自己也笑。"好，为我老婆走了，干，再干。"

高原好像已忘了自己的不快，笑着说："干就干。"

两杯啤酒下肚，陶路的脸便红了，他不是能喝酒的人，率先讨饶说："头儿，这下来，你想怎么喝，就怎么喝，我没你那个量。好男不和女斗，我不是你的对手。我归我慢慢喝。"

"今天我也不想多喝，"高原刚忘了自己的不快，忽然又有了心思，"你今天是高兴喝酒，我呢，恰恰是不高兴才喝酒。我不多喝，我可不是那种借酒浇愁的人。所以今天只喝啤酒，其他什么也不喝。"

人类的起源　177

"那好,为你的不高兴,再干一杯。"

到他们两人准备离去的时候,桌子上放着两个大空啤酒罐。陶路的酒已经到量,脸红得像是正在跟人吵架。"头儿,我送你回去。"他付了账,猛地站起来,有些摇晃,口齿不清地对高原说。高原笑着要去扶他:"算了,还是我送你回家吧。"

"不,哪有女的送男的这道理!"陶路坚决要送高原。

两个人站在小餐馆门前推来推去,不少行人停下来,看着他们。高原拗不过他,更不愿意让别人看热闹,便说:"也好,干脆去我那儿坐坐。"

高原领着陶路,已经到了自己家门口,她掏出钥匙开门。陶路依然有些晕乎乎的。老保姆连声问高原吃了没有,高原说吃过了,让她赶快洗个杯子,替客人泡茶。"陶路,你怎么样,怎么喝点啤酒,就到了这地步?"

"没事。我这人喝酒上脸,其实离醉还有一段路。"陶路舌头都大了,他往沙发上一坐,好像什么事也没有似的说:"你们家的房子,可真够规格的。"

"什么叫真够规格?"

陶路自己也说不清什么叫真够规格。老保姆沏好了茶,陶路也顾不上烫,拿起来就喝,一边喝,一边咂嘴。喝了没几口,他又大大咧咧地问高原:"头儿,真不好意思,这上头口渴,下面呢又尿急,对不起,我得上个厕所。"他站起来,跑出客厅,乱找厕所。高原在客厅里指点着,他像没头的苍蝇,在门厅里乱窜了一会儿,才摸到厕所门。从厕所里出来,他仿佛一下子清醒了许多。

"对了,头儿,我忘了告诉你,我那书,出版社通知我,说是还要再版。"

"还要再版,那说明你的破书,还真有人看。"

"什么叫破书?你不要这样损我好不好?那可是正经的学术著作,"陶路的酒劲正在逐渐过去,按捺不住地扬扬得意,"不过,你说得也对,我知道这书为什么能再版,当然不是因为它的学术性,而是因为它谈的是性,谈性有什么不好,说不定我的书正在深入人心。只要你的书有人看,这有什么不好?"

"不管你吹得如何天花乱坠,总之一句话,你那书,我可看过,反正够无聊的。你为什么不能写点别的什么?"

"别的什么?"

"'人类的起源'和我们有什么关系?人类都发展到了今天这地步,你有什么必要去研究人类的起源?而且老实说,你的观点要我说根本就是错的。除了标新立异,你的观点没任何意义。你别说了,今天我不想听你高谈阔论,我的意思是,你为什么不能写一本书叫'人类的现在'?我觉得更应该写的是'人类的现在'。"

"人类的现在不是我的研究范围,人类的现在跟我有什么关系?"

"当然有关系。那你为什么研究人类的起源?你研究人类的起源,难道不是为了人类的现在?人类的起源因为离我们太遥远,我们也许可以不予考虑,可是人类的现在却不容我们回避。"

"头儿,今天怎么了?"陶路第一次发现高原居然也会这么雄辩,"你又没多喝?干脆你写一本叫'人类的现在'的书算了。"

"我跟你说陶路,你别以为我不能写,"高原有点被陶路的话激怒,"我上大学时,也是有名的才女。别以为就你能写书,我不过是把一个现成的好题目送给你罢了,你别狗咬吕洞宾,不识好人

人类的起源　179

心。你想想看，像你这样的，老婆一走，就高兴得像过节似的，你说就凭这一点，写出来，就够有意思的。又譬如说我，丈夫是劳动局的副局长，现在又去北京中央党校镀金，明摆着升官发财的日子就在后面。可是我们的婚姻又怎么样呢？"

高原一肚子的话终于找到了发泄的机会，陶路的酒全醒了，吃惊地看着变得十分神经质的高原，看着她口若悬河地说话。

"我绝不是吃醋，我绝不是因为他和别人乱搞了，就心理失去了平衡，并不是这么一回事。恰恰相反，就像你意识到了自己戴了绿帽子一样，我首先感到的是庆幸，我庆幸他给了我一个想干什么就干什么的借口。真的，既然已经到了这一步，我可以非常坦白地向你说真话。我没感到任何被自己男人欺骗了的悲伤，也许我心里根本就不在乎他这么做。我几乎立刻就想到自己去找一个男人，我要在那张他和别的女人做爱的床上，和别的男人做爱。我首先想到的就是你。真的，我现在是在说真话，你千万别打断我。我对自己说，我必须报复我的丈夫。可是，我感到害怕了，你知道我为什么害怕？"

陶路不知道她为什么害怕，他觉得现在真正感到害怕的是自己。

"我发现自己其实并不只是想报复自己的丈夫，报复只是一个小小的借口罢了，真实的目的，是我自己非常想堕落。你也许要问，我为什么选中你，那是因为我觉得你也堕落，觉得你很下流，和我一样的下流。对不起，你让我把话说完。我觉得你是想勾引我，真的，也许你根本不这么想，也许你根本看不上我，那只是我的错觉，只是一个下流女人的错觉。我记得你曾表达过一个意思，那就是因为你恨我，所以你才对你妻子说，你要操我一下。你别急，我不管你是不是这意思，但是你如果真是这意思，也是对的，我就是那样的女人，我想我有时候太傲气了，太把自己当回事，也许我只有被那种男人不当回事地操一下，我才会变得像个真实的女人。"

这一次陶路真的感到害怕了，他从沙发上站了起来，想逃跑。高原平时给人的印象太一本正经，虽然这印象已经逐渐改变，但是他仍然感到太突然，太戏剧性。他讪笑着说："我……还是走吧。"

"你不能走，话都说到这一步，你不能走，你走，我跟你急。"

"我不知道你今天的心情会这么不好，"陶路不知道自己现在是应该向她解释，还是安慰她更好。高原不让他走，他也不敢走。

"陶路，我把该说的话，都说完。你根本用不到怕，我只是把想说的话，痛痛快快说了出来。我今天是心情不好，是不好，所以我要痛痛快快地说。我说了，我已经说过了，现在我心情已经好了。陶路，一个人能把想的东西说出来，这不容易。你说你敢吗？你敢当着我的面，说你想和我睡觉？"

"我不敢。"陶路在她咄咄逼人的进攻下，狼狈不堪。

"你当然不敢。也许你敢想，可是你不敢说，更不敢做。陶路，我说得对不对？你放心，我比你好不了多少，我也只是敢说说而已。我们都不是那种轻易做傻事的人，我们想放纵我们自己，可我们也许永远不会这么做。我们都是有文化的人，不是吗？可我们差一点做了傻事。"

陶路看见高原正在平静下来，说："我们没有做傻事。"

"我们玩了一场很危险的游戏，这场游戏已结束了，这就是我们的现在。我们的未来会是什么样子呢，也许一切都结束了，也许一切刚刚开始。也许我们从此成陌生人，就好像过去什么都没发生过一样。也许我们会成为情人，会相爱，会爱得死去活来。反正我们之间还缺少一个过程，一个必要的过程，你明白吗？我们已经随随便便到

人类的起源　181

了今天这一步，我们不能再随随便便地忽略了那个重要的过程。好了，你明白也好，不明白也好，今天就说到这儿，现在你去吧，我的话到此为止。如果你说我是想勾引你，我已经勾引完了。如果你还想等下去碰碰运气，那么我郑重地告诉你，你就是等到明天天亮，也不会有任何机会。你现在唯一的选择，就是立刻滚蛋。"

尾声

时间不知不觉地过去，秋去冬来，转眼又到了春天。《计划生育》编辑部的同人，并没有察觉高原和陶路之间有任何不正常的地方。一切似乎都和过去一样。高原的丈夫已从中央党校归来，正等待着新的提升。他依然官腔十足，天天临睡觉前，正襟危坐在被窝里看报纸。晋玉玲也和过去一样，隔一段时间，便拎着大包小包，风尘仆仆地去看望陶路。打架吵架和疯狂的做爱自然是免不了的，陶路还是把晋玉玲的离去当作节日。

陶路开始写一本叫作《人类的现在》的书。这本书已被出版商看中，相信它会有很好的销路。

在一个月色明亮的夜晚，陶路扔下手中的笔，下楼去了编辑部，拨通了高原家的电话。这是他们自那天晚上分手后，第一次通话。高原好像已经料到他会去电话，毫不吃惊地问他有什么事。

"没什么事，"陶路十分平静地说，"我正在写上次你所说的那个过程。高原，你知道，我正在写。你明白我的意思。"

"我明白。"高原也十分平静。她微笑着把电话挂了。

1993年1月5日

陈小民的目光

1

陈小民呆呆地看着法官，目光黯然。这是一次走过场的开庭，庄严的法庭上空荡荡的，没有一个旁听者。先前还有一个绿头大苍蝇在半空中遨游，飞累了，便大大咧咧地歇在法官的头顶上，引得一脸严肃的法官不得不挥手去轰赶。苍蝇突然向陈小民飞过来，法官也突然站了起来，他示意仍在走神的陈小民跟着站起来，很庄严地做出了判决。法官宣布支持闫连姣的离婚申请，宣布自即日起，陈小民与闫连姣的婚姻关系不复存在。这位法官口音中带着浓重的方言味道，有几个词的咬字十分滑稽，多少有点破坏法庭的严肃性。陈小民自始至终保持沉默，他不停地东张西望，完全像个旁观者。法官宣读完判决，看着陈小民，他表情呆滞，好像还不明白。他确实有几个字没听明白，不过，这已经不重要。

从法院出来，闫连姣满脸歉意地对陈小民说，他们本来可以不上法庭，但是他也太固执了，非要逼着她这么做。这年头，闹离婚上法庭，已经显得有些愚蠢和多余。对于现代人来说，离婚应该是件非常简单的事情，他们既没有财产分割的问题，在女儿的抚养权上也没什么争议，根本用不着到法庭上来丢人现眼。他们已经分居了许多年头，在一起早已形同陌人。

闫连姣说："我知道你不愿意离婚，可是我觉得，我觉得我们已经没办法再做夫妻了。"

陈小民呆呆地看着她。

闫连姣说:"早就不是夫妻了。"

陈小民还是呆呆地看着她。

闫连姣说:"我们事实上已跟离婚差不多了,不是吗?"

陈小民发呆的眼珠子终于转了起来,他很认真地看着闫连姣,说:"差不多,干吗还要到这来呢?"

2

陈小民回到家还要忍受母亲何萃芬的唠叨。陈小民的父亲陈功当了二十年的市委组织部长,自己没什么官架子,然而老婆却成了一个十足的官太太。官太太的最大特征,就是什么都自以为是。早在陈小民与闫连姣谈恋爱的时候,何萃芬就持坚决的反对态度。她反对的理由,不是嫌闫连姣个子太矮,太瘦,而是看不上人家的资本家出身。那时候,文化大革命结束已经快十年了,何萃芬的脑筋还是转不过来,她不愿意小儿子与一个出身于剥削家庭的人结婚。何萃芬的印象中,那些做生意的资本家,没一个是好东西。

陈小民对此很不服气,他的哥哥姐姐,还有嫂子和姐夫,还有熟悉的童年伙伴,差不多都开始陆续下海做生意,而且都赚了钱,有的还赚了大钱。八十年代是干部子弟们先富起来的年代,陈家除了陈小民,个个都成了暴发户。在何萃芬眼里,她的孩子当公司的经理总经理,与旧社会的小老板完全两回事,因为经理总经理仍然属于国家干部。她讨厌自己的子女在一起成天谈论生意,对全民经商的风气非常反感。关于这一点,闫连姣的想法与何萃芬有惊人的相似,大约吃够了家庭出身不好的苦头,闫连姣与陈小民结婚以后，对陈小民哥哥姐姐的发财并不眼红，她最大的理想，就是能在官场上混出些名堂。她觉得自己是块很好的女干部材料。

然而何萃芬对闫连姣根本看不入眼，她气鼓鼓地说：

"她小闫有什么了不起的，不就是一个小得不能再小的中层干部，还是靠了你爸老陈的招牌，要不然，谁会选中她。"

这话已经说过无数遍，接下来就是唠叨无奸不商，何萃芬相信闫连姣与陈小民结婚，说到底只是商人的一次投资，她始终认定她不是想做陈小民的老婆，而是为了要当陈小民他爹的儿媳妇。何萃芬对几个儿媳都有敌意，最不喜欢的就是这个小媳妇。闫连姣与陈小民结婚没多久就闹离婚，她的理由是陈小民太没出息，不上进，像个家庭保姆。陈家众多的子女中，谁最没有出息，谁就应该责无旁贷地照顾父母。闫连姣觉得自己在陈家太压抑，谁都用一种异样的目光看她。陈小民是陈家的骆驼祥子，家里的重活杂活，换煤气，日常买菜买杂物，购彩电修冰箱，修门铃换电灯泡，大大小小的事情都是他一个人承包。陈小民家务活干得越多，上上下下越不把他当回事。通常情况下，对父母的照顾越多，意味着沾父母的光也越多，随着父母的年龄越来越大，陈小民越来越没法摆脱照顾二老的责任。离婚是一场漫长的拉锯战，陈小民黏黏糊糊的，始终不肯离婚，他并不觉得闫连姣这个老婆好得不得了，也不是舍不得幼小的女儿，只是觉得自己好不容易结婚独立，在外面好歹有一个属于自己的家，一旦离婚，他又要不得不回到父母身边来。除了父母身边，陈小民无处叮去，这是他感到最窝心的地方。

何萃芬愤愤不平地说：

"你们又不是什么电影明星，闹什么离婚。要我说，当初就不该结婚，既然结了，就不要离。我们陈家这么多人，哪出过什么离婚

陈小民的目光　　185

的，真是丢脸，我们陈家的脸，都让你们丢光了。她为什么要离婚，为什么，还不是你爸离休了，人老了不值钱了。资本家的女儿就这样势利眼，她知道你爸退了，老头子退了，这一退，没权没势了，人家也就不买账了。当初我要反对你们，你不肯听，就是不肯听话，结果自己吃苦头了。好，怎么样，结果离婚，搞得像电影明星一样。"

何萃芬在吃饭桌上不停地唠叨。陈小民的三姐和三姐夫碰巧也回来吃饭，大家习惯了何萃芬的没完没了，由她去唠叨。她总是越说越来劲，陈小民忍不住嘀咕了一句，说现在离婚不是什么电影明星的专利，普通老百姓离婚的要多少有多少。

"她小闫有今天，还不是全靠你爸的招牌，你说说看，她又有什么本事，要是不从工厂调到防疫站，早下岗了。小民，我跟你说，一点也不要舍不得她，这种女人啦，不值得你去喜欢。你想想看，她有什么好的，生活作风还有问题……"

一直不吭声的老干部陈功示意何萃芬不要往下说了，虽然这几乎是公开的秘密，有些隐私还是不让保姆知道为好。何萃芬觉得儿子已经离婚，再也犯不着为闫连姣保全面子。陈功在家一向没什么说话的机会，他本来就沉默寡言，这是长年当组织部长养成的习惯，离休回家以后，他差不多就是个哑巴，每天说的话通常不超过三句半。何萃芬继续发泄着对闫连姣的不满，这个家里现在到处都是她的声音，她的话颠来倒去无非那么几句，无非是陈家的人从来没离过婚，陈家的人从来不犯生活错误，闫连姣她不应该让陈小民戴绿帽子。

3

陈小民生于一九六二年底，他的出生完全是个意外。陈家当时已经有了三男三女，无论是陈功，还是何萃芬，都不准备再要孩子。孩子多已成为很严重的家庭负担，正是三年困难时期最困难的年头，陈功虽然当上了组织部长，因为何萃芬没有正式工作，全靠一个人的薪水养活一大家人。那年头，不仅普通的老百姓挨饿，就连陈功这样的市委干部，也常觉得吃不饱。春节期间，一支外国著名的芭蕾舞剧团来这城市演出《天鹅湖》，虽然大家还饿着肚子，一个个面如菜色，但是想观看芭蕾舞艺术的激情不减，都去排很长的队购票。市委拿到了一大堆招待票，分配给那些够级别的领导，看完演出回去，何萃芬问陈功戏演得怎么样，他怔了半天，没头没脑地憋出了一句话：

"都跟没穿裤子一样。"

幸好带回去了演出的说明书，何萃芬仔细研究那印得不是很清晰的图片，一边研究，一边发表议论。没穿裤子一样显然与没穿裤子不一样，那年头，大家还都很保守，免不了少见多怪。与陈功出身农村不同，何萃芬是在城市里长大的，不过她的记忆中，也只是在解放前才有过这样的表演，她不明白的是，在共产党的天下，竟然也会出现这种纯粹资产阶级的东西，而且是表演给党的领导干部看，她因此有些愤愤不平，不断地提出置疑。陈功是个闷葫芦，何萃芬嘀咕了半天，他死活不接茬，最后，何萃芬气鼓鼓地说：

"老陈，你总不能让我老是自言自语，像个神经病一样。我就算是对着一堵墙说话，说呀说呀，也会有些回声。我就算是对一条狗说话，这么一句一句，狗也会汪汪叫两声。难道你老陈除了一句'就跟没穿裤子一样'，就什么话都没有了，就什么下文也没有了。难道一晚上就这么一句话，喂，不要咧着嘴傻笑，要笑也给我笑出声来。我知道你的心思，没穿裤子才好呢，没穿裤子不是正合适吗,什么受党的教育多年,你们这些出身农村的土老冒,最容易让资产阶级的糖衣炮弹击中,就恨不得开开洋荤,就恨不得人家不穿裤子。我说老陈,你应该知道我的脾气,我这人最受不了你这种三棍子打不出一个闷屁来的不说话,我求求你,你说句话,老陈你倒是给我说句话呀。"

陈功只会偷偷地乐,他有一种能耐,就是无论何萃芬怎么唠叨,他都可以坚决不生气,坚决不说话。何萃芬一直唠叨到上床,肚子饿得咕咕叫,陈功却来了劲儿。何萃芬说,我是饿得一点精神都没有了。陈功这时候也饿,但是精神饱满,饱满得就像过量容器里的液体一样要溢出来,饱满得就像气球充足了气,打气筒还在上下忙乱。何萃芬老大的不情愿,说你真是个癞蛤蟆,才看了《天鹅湖》,就想吃天鹅肉了。陈功一声不吭,不由分说地爬到了她身上。何萃芬说,我又不是那些不穿裤子的天鹅,你这么急吼吼地干什么。他们已经很长时间没有过夫妻生活了,忙中出错,光顾着图省事,忽略了避孕,于是便有了陈小民这个直接后果。何萃芬只记得自己当时真是一点情绪都没有,事情草草地结束了,她叹着气,说老陈我跟你说老实话,我真的饿得不得了。

4

出生在困难时期里的陈小民,注定了先天不足,陈家的子女中,个个人高马大,就数他最矮最瘦小。唯一能够胜过哥哥姐姐的,是一双明亮的眸子,陈小民有一双水汪汪的眼睛,清澈透亮炯炯有神,他看人的样子十分特别,很专注地盯着你看,好像一定是要把你的心思看明白似的。从七十年代到八十年代,女孩子谈恋爱选对象,经历过几个时髦阶段，最初喜欢当兵的，然后是国营大工厂，最后才是大学生。有一段时候，尤其讲究身高，像陈小民这种不到一米七的小伙子被戏称为三等残废，闫连姣的两个姐姐谈起陈小民，对他的家庭出身羡慕不已，此外，就只能夸奖他那双美丽的眼睛。闫家一共四姐妹，闫连姣是老三，老四姣月在广告公司做事，她不止一次说，陈小民该了那双漂亮的眼睛，不去拍广告真可惜了。

陈小民的哥哥姐姐都有学历，大哥是学物理的，大姐是中专生，其他的几个，清一色的工农兵大学生。偏偏他最没有出息，干部子女的种种好处，到了陈小民这里，基本上结束了。陈小民高中毕业那年，高考已经恢复了，他的成绩考大学不行，于是只好开后门去当兵。当了三年炮兵，复员回来，陈功刚从组织部长的位置上退下来，余威还在，由何萃芬亲自出面，将他分配进一家军工厂当工人。陈小民当工人的时候，认识了闫连姣。他那时还改不了干部子弟的习气，动不动就说我爸怎么样怎么样，谁谁谁是我爸提拔的，谁谁谁一听到我爸的名字，连大气都不敢出一声。有能耐的人正纷纷从工人阶级的队伍中分化出去，国营军工厂是老牌的铁饭碗，但是效益不好的苗头已经暴露出来。闫连姣和陈小民在一个车间，渐渐地熟悉了，她受不了他开口闭口"我爸"，调侃说：

"陈小民，别老是'我爸我爸'地挂在嘴上，你一说'我爸'，别人就会不自在，就会想起自己的父亲，我们的父亲可都不怎么样，不像你爸，是高干，是高干又怎么了，也不用老挂在嘴上。"

从谈恋爱开始，闫连姣就努力想离开工厂。恋爱不久结婚，结婚后经历了两件困难的事情。一是难产，折腾了三天三夜，才把女儿青青生下来。那三天里她痛得鬼哭狼嚎，仿佛处于地狱之中，到后来把嗓子完全喊哑了。守候在产房外等待的陈小民吓得够呛，

陈小民的目光   189

为此何萃芬一直犯嘀咕，说她当年生陈小民的时候，只是感到好像要大便，稍用了点力，就将他生下来了。闫连姣经历的另一件困难是工作调动，早在谈恋爱时，陈小民就吹牛这种事易如反掌，可是直到女儿青青都快一岁了，调动的事仍然没有着落。闫连姣同样也有爱吹牛卖弄的毛病，不止一次放出风去，说她马上就要调动成功，甚至和同事连告别酒都喝过了。从预产期开始，她就再也没去工厂上过班，用她的话来说，是自己实在没脸去上班了。大家都把她当作已经调走的人，她现在宁愿失业，也不愿意回工厂当工人。闫连姣的工作调动成了陈家的一块心病，她十分固执地赖在家里，一天调动不成功，陈家的上上下下就都觉得欠她一份人情债。

何萃芬气鼓鼓地对陈小民说："小闫本来就是个工人，怎么再回去上班，就变得好像是我们对不起她一样。我就不懂了，她凭什么就不能再当工人，工人阶级领导一切，这工人有什么不好。"

陈小民无可奈何地说："妈，这话你跟小闫说。"

何萃芬说："我说就我说，你媳妇难道还能吃了我不成。"

何萃芬最终也没敢对闫连姣说。闫连姣想调到事业单位，何萃芬也觉得不是个什么大问题。她只是生气，生气媳妇认死理，不达目的誓不休，生气陈功不当市委组织部长了，办点事情竟然会那么困难。瘦死的骆驼比马大，陈功毕竟还没有咽气，何萃芬生气归生气，临了还是把她弄到区防疫站。在何萃芬眼里，一个小小的区防疫站算不上好单位，防疫站的站长是陈小民大哥国民的中学同学，见了何萃芬，一口一声阿姨叫得十分亲切。何萃芬不免想起当年的荣耀，感叹说现在办事太难，你陈伯伯退下来了，人一老，就不值钱了。

站长说："何阿姨你真会开玩笑，陈伯伯若要跺跺脚，市委大院里还不跟擂鼓一样，谁敢不理睬。"

这话说到了何萃芬心里,她这一辈子,就喜欢这样的虚荣。何萃芬最受不了的,就是人家不把她丈夫陈功当回事,她立刻故作谦虚地说:

"唉,落水凤凰不如鸡,都离休了,谁还会买他的账呀。"

陈小民陪着何萃芬一起去了防疫站,从头到尾,他瞪着一双大眼睛,一句话都没说。在这种场合里,陈小民插不上嘴。陈家的许多事情,最后都是何萃芬站出来摆平。除了在居委会管过一些零零碎碎的琐事,何萃芬一辈子也就是个家庭妇女,家庭妇女和官太太的双重身份,让她干起什么事来,多少都有那么一点点有恃无恐。

5

区防疫站长叫李国民,与陈小民的大哥陈国民只是姓不同。这家伙是个好色的小人,闫连姣去上班没几天,就发现他是个无孔不入的家伙。李国民觊觎着防疫站所有的女性,好像一条好色的公狗,见了女人就想试试运气,不放过任何一次可以调情的机会。男人能像李国民这么公开地好色也是一种奇迹。更荒唐的是,李国民的老婆潘护芳就在防疫站工作,这夫妻俩天生的一对,一个注重进攻,一个注重防守,于是共同创造了防疫站内部的一道奇特风景线。李国民拼命接近讨好女人,潘护芳拼命嫉妒排挤女人。

李国民对闫连姣调情的时候,永远重复那句单调的话:

"前组织部长的儿媳妇,我们怎么敢碰!"

这话听多了,让人心里极不舒服。问题在于李国民怎么也想不出第二句话来,两个人单独的时候,他这么说,当着别的女人的面,也还是这么说。潘护芳永远像防贼一样,用一种虎视眈眈的目光看着闫连姣。闫连姣回去对陈小民抱怨，说原来以为事业单位的人都是知识分子，都有文化，素质会高一些，思想品德应该像雷锋，事实上却和工厂的大老粗一样，甚至比工人更没有品格。陈小民说，好端端的工人不当，现在后悔了吧。闫连姣说她才不后悔，她从来不吃后悔药，不过是觉得好笑，觉得李国民没品位：

"吊膀子就吊膀子，也用不着这么酸溜溜的，好像吊膀子还要吊出点文化才好。"

闫连姣对防疫站很失望，她开始积极向上，打报告要求入党，上夜校读干部班，学法律，学行政管理。防疫站有一个年轻的副站长叫张坤，很看不惯李国民急吼吼的腔调，常常在背后说他的不是，说他腐败，说他道德水准太低，说他根本就没有什么业务能力。张坤在大学里是学医的，应该算是科班出身。他对闫连姣的积极向上大加赞赏，说防疫站的风气太不正常，又说自己如果提升为站长，将如何如何改革。防疫站是个很肥的单位，李国民把最肥的一个差事交给自己老婆分管。潘护芳手上捏着一枚公章，辖区内任何一家餐馆开业，不经过她这道关就是非法经营。

在张坤的策划下，防疫站掀起了颇有声势的倒李运动。上级部门接到了不止一封的匿名告状信，李国民在上面也有人，知道是张坤捣鬼，撕破了脸与他公开较量。李国民说，你张坤还是我培养的，现如今竟然翻脸不认人，想跑到我头上拉屎撒尿，也不掂掂自己的分量，称称自己是几斤几两。尽管大多数人对李国民不满，然而在权力斗争的较量中，只要局势还没有最后明朗，就没有几个人敢公开地站出来。张坤于是明显地处于劣势，他突然想到闫连姣的老公公是前市委组织部长，因此决定打这张牌，希望她能够见义勇为，利用老公公的人际关系，置李国民于死地。

闫连姣在吃饭桌上，傻乎乎地把这个意思说出来，何萃芬立刻有些不高兴，她板着脸教训闫连姣说：

"要是没有人家李国民，你也进不了防疫站。人不能忘恩，你到那才几天，就胳膊朝外拐，人家好歹是小民大哥的同学，你怎么能帮着别人整他呢。"

婆媳俩心头都不痛快，何萃芬私下里警告陈小民，说你媳妇与那个副站长是什么关系，怎么会这样不知轻重，我看是关系不太正常，你千万要多个心眼。闫连姣悻悻地对陈小民说，什么你大哥的同学，这样的色鬼同学，叫我说，还是没有的好。陈小民无话可说。闫连姣说，你爸按说也是老革命，可是在你妈的控制下，一点正义感都没有了。闫连姣说，为什么现在会腐败，因为太多的人都是对腐败现象，采取了放纵的态度，无论多么不合理的事情，都能睁只眼闭只眼。

防疫站的权力斗争越来越白热化，张坤不屈不挠，闫连姣因为帮不上忙，多少有些内疚。张坤情绪低落的时候，极其悲壮地说，大不了这个副站长不当了，这么一个区防疫站的副站长，芝麻绿豆官，当不当无所谓。他越是这么说，闫连姣越是觉得对不起他。防疫站的人都相信闫连姣在上面有关系，都相信她有很厉害的后台，她自己也这么认为，觉得张坤肯定会怪罪她不肯帮忙。不久，闫连姣被提升为一个部门的负责人，也就是个小小的副科级干部，为什么会被提升，她也莫名其妙。同事们更相信她有来头，而张坤则认定她与李国民沆瀣一气，认定这提升显然与李国民有关。李国民是单位的第一把手，提谁不提谁，当然是一手遮天的他说了算。闫连姣觉得自己是跳到黄河里也洗不清，她越想证明自己清白，别人就越觉得她心里有鬼。张坤看到她只当作不认识，和别人谈笑风生，但是眼光从她脸上扫过的时候，仿佛看到陌生人一样毫无表情。这让闫连姣感到很沮丧很伤感，她自认与张坤是一个战壕里的战友，现在却被人看成了叛徒，心里乱七八糟不是滋味。

闫连姣采取了一个最愚蠢最极端的办法来证明自己无辜。张坤的老婆是他的大学同学，工作了若干年以后，也是因为在单位里不顺心，又考上了研究生。张坤因此在办公室牢骚满腹，说自己当个副站长没什么意思，还不如去读书更好。闫连姣在一旁插嘴说："考上研究生好哇，你应该请客。"

张坤当着一大堆人的面，说："有没有搞错，是我老婆考上研究生，又不是我考上。"

闫连姣说："还不是一样，出了这样的喜事，当然应该请客。"

张坤说："要请客，也不能这样不择手段。"

闫连姣说："我就是不择手段。"

张坤不近人情地说："请客也不会请你。"

闫连姣有些下不了台，红着脸说："你不请我，我自己去。"

张坤冷笑了一声，说："怎么说都没用，你想让我请客，我还想让你请客呢。"

一旁的人附和说，对对，要请客，应该让闫连姣请客，她好歹是提升了一个副科级。闫连姣趁机下台，爽快地说，请客就请客，说请就请，今天在场的人都别走，我们就近找个馆子。于是中午在附近找了个馆子，胡乱地点了些菜。张坤不肯参加，大家又是拉又是劝，他也不好意思硬拒绝。吃到一半，张坤无意中说了一句，怎么没有把李国民喊来，他知道了，肯定要不高兴的。大家都不作声，闫连姣不在乎地说，不就是随随便便吃顿便餐，有什么高兴不高兴。

一起吃饭的人当中，有李国民的心腹，大家好像突然想到餐桌上的每一句话，都可能传到他耳朵里，不免有些拘谨起来。事后不久，李国民果然半开玩笑地问闫连姣，说你请客怎么也不招呼我一声。闫连姣笑着说，我是想喊你的，可是找不着人呀。李国民于是说，下次千万不要把我落下了，我可不想脱离群众。闫连姣把这番话，原封不动地告诉了张坤，张坤心领神会，与闫连姣的关系，立刻又恢复到原来差不多的状态。

到这一年的秋天，有一天，闫连姣与张坤一起在市防疫站开会，回来的途中路过张坤家。闫连姣说，听说你家的装潢非常不错，我们也要装潢了，去你家参观参观。因为是闫连姣主动提出来的，张坤也就没有拒绝，两人爬上七楼，是顶楼，闫连姣气喘吁吁，说住这么高，都用不着再锻炼了。进了房间，也没什么特别可以参观的，房子不算大，最普通的那种装潢，闫连姣装着很有兴趣的样子，到处看了看，最后对着墙上的照片说："你老婆挺漂亮，尤其是那双眼睛。"

张坤客气地说："照片嘛，当然要比本人漂亮。"

"怎么可以这样说自己老婆。"

"这也是实事求是。"

闫连姣后来见过张坤的老婆，确实像他说的那样，要比照片上逊色不少。两人找不到什么别的话可以说，就谈张坤在外地读研究生的老婆，闫连姣对她十分羡慕，她越是羡慕，张坤就越做出不以为然的样子。当时，那一带的高房子还不算多，他们从七楼的窗户里看出去，已差不多有极目远望的意思。在他们窗户下，是成片的矮房子，熙熙攘攘有些人声。说着说着，闫连姣感慨起来，说你有了一个那么好的老婆，也不知道爱惜，男人都是这样的。

张坤说，谁说我不知道爱惜，我爱惜得很呢。

闫连姣做出不相信的表情。

张坤于是一伸手，将闫连姣搂住了。因为没有什么前奏，闫连姣吓了一大跳。在防疫站，李国民是个众所周知的好色之徒，而张坤却是个十足的正人君子。李国民是护校毕业的中专生，张坤是名牌大学的毕业生。会咬人的狗从来不叫，张坤只不过用了一招，就将闫连姣完全制服了。

6

陈小民的二哥为民分配了一套新房，原来的旧房给了陈小民。为民是陈家混得最阔气的人，他的那个公司可以称为高干子弟连锁公司，八十年代改革开放，这样的公司最神通广大，市场上缺什么，公司就倒卖什么。有了自己的房子，陈小民夫妇如愿以偿搬出去单独住，结婚之后，陈小民和闫连姣一直生活在老人身边，对于小夫妻来说，这是很别扭的一件事情。何萃芬的唠唠叨叨，早就让闫连姣感到不耐烦。

没拿到房子之前，闫连姣借了一大堆装潢的书籍，准备大张旗鼓折腾一番。临了却只是最简单地收拾了一下，就匆匆搬进去住。陈小民发现闫连姣的精神面貌有了很大变化，她变得有些喜怒无常，常常无端地大发脾气。陈小民是个性格极好的男人，他并没有去细想她为什么会发生这样的变化。离开父母不久，何萃芬洗澡不小心摔了一跤，把大腿骨活生生摔成了骨裂，痛得天天在床上叫唤，到晚上没办法睡觉。她早就开始发胖了，加上个子本来就高，生得矮小的保姆根本搬不动她，只能让陈小民陪夜。何萃芬每天晚上要翻无数次身，陈小民因此睡不踏实，两个星期下来，人整整瘦了一圈。

陈小民这一陪夜，就是一个月。一个月以后，为民和二嫂王颖回来看母亲，何萃芬说，今天晚上应该让为民值班，小民已经辛苦了一个月，他媳妇背后肯定在抱怨，要怨我让她守活寡了。在何萃芬眼里，小儿子陈小民是个怕老婆没出息的男人，而闫姣连则是四个儿媳妇中间，出身和教养最差劲的一个。何萃芬从来没有明说过必须与干部子女联姻，但是她确实看不上闫连姣这种小家子气的出身，始终认为陈小民是自毁前程。

陈小民吃了晚饭，看了一会电视，教为民一些基本的护理方法，然后兴冲冲回自己的小巢。为了让闫连姣吃一惊，陈小民事先并没有打电话给她。他沿着黑漆漆的楼道往上摸，一边爬楼，一边哼着当时最流行的一首歌曲。摸出钥匙开门，因为一直是在黑暗中摸索，眼前出现的光线显得十分明亮。卧室的灯大开着，闫连姣赤条条四脚朝天，正全力以赴与一个男人在做那种事，正做在兴头上。他们不到两岁的女儿已经睡着了，就睡在一旁的大沙发上，对正在发生的事情全然不知。

陈小民做梦也不会想到这样的场景。他记忆中，闫连姣是个矜持的女人，即使和自己丈夫做那种事，也不愿意脱得一丝不挂。那个陌生的男人自然就是张坤了，陈小民曾听闫连姣无数遍说过这名字，今天第一次相见，竟然以这种独特的方式。接下来的一幕难以用笔墨描述，时间一下子静止了，大家都怔在那里，谁也不知道该做出什么样的反应，谁都在等待别人做出反应。陈小民冲了上去，他没有直接去碰那两个裸体的男女，而是以最快的速度，抱起散落在地上的衣服，跑到窗前，像天女散花一样全部扔到了楼底下。愤

陈小民的目光　　197

怒的陈小民回过身来，拿起床头柜上的台灯，朝那对狗男女扔过去，闫连姣惊叫着跑进厕所，啪的一声将门锁上了，张坤抢了一个枕头，扭身就走。陈小民追在后面，朝他屁股上踢了一脚，张坤跌跌撞撞往大门那边跌过去，他回过身来，将枕头扔向陈小民，然后随手拉开大门，沿着黑漆漆的楼道逃之夭夭。陈小民听见他在楼道上摔倒的声音，听见邻居惊讶的声音，隐约还能看见那白乎乎的身影，陈小民想操件家伙追下去，张坤已经在跌倒的地方爬起来，消失在陈小民的视线之外。

闫连姣在厕所里像小孩子一样抽泣着。陈小民走到窗前，他看着楼下，看见张坤在地上胡乱捡了一件衣服，一边手忙脚乱地往身上套，一边抬头对楼上看，然后往黑暗深处走去。怒不可遏的陈小民对着厕所门猛捶，门并没有被捶开。厕所里的闫连姣停止了抽泣，经过一小段的寂静，她带着哭腔说："陈小民，我对不起你。"

陈小民说："什么对不起，你太对得起我了？"

"陈小民，我不想伤害你。"

"你没有伤害我，你一点也没有，你他妈是给我脸上增光，我觉得我现在实在是太光荣了。"

"我真的不想伤害你。"

"你真的没有伤害我，一点也没有，我明天就到厂里面去乱喊，我要大声宣布，我一点也没有被伤害，我好端端的，好得不能再好。我要在厂里面大声宣布，我陈小民的老婆偷人了，我老婆给我戴了顶绿帽子，她给我戴了一顶伟大光荣的绿帽子，我光荣得不得了，因为戴绿帽子是世界上最光荣的事情，我是全世界最幸福的人。"

闫连姣知道陈小民痛苦得不行，可是她还是不敢将厕所门打开，怕他冲进来暴打自己。

陈小民说:"闫连姣,我他妈真会杀了你,你信不信?"

闫连姣不吭声了。

"我杀了你,再去找那个男的算账。"

闫连姣又哭起来,她说:

"陈小民,我是个坏女人,你不值得为我这样。"

7

陈小民明澈的目光开始变得黯然起来。给他带来巨大烦恼的,不仅是闫连姣的失贞,而且还包括她坦然地向公公婆婆交代了自己的丑事。陈小民觉得在短短的时间内,被又一次伤害了,如果说闫连姣与张坤的私通,是用小刀子在陈小民的心口捅了一刀,母亲何萃芬的喋喋不休,就仿佛往刀口中撒盐。陈小民从母亲的眼光里,看到了那种发自内心深处的鄙视,闫连姣的所作所为,正好证实了何萃芬平时对她的判断。从此何萃芬一提到闫连姣,嘴角边就更加要流露出不屑。

闫连姣和张坤的关系很快画上了句号。当然不是因为内疚,闫连姣发现张坤与李国民其实是一路货色。在权力的斗争中,具有年龄优势的张坤终于占上风,取代了李国民原先的位置,很体面地让李退居二线。两人化干戈为玉帛,和平共处互不侵犯。说这两个人就此狼狈为奸有些过分,然而闫连姣绝对相信,张坤会把这事作为卖弄的资本告诉李国民,会有意无意地出卖自己,会说是她主动找他的。男人在这方面都很坏,男人在这方面都他妈的不是东西。现在,陷入权力斗争旋涡的是闫连姣与张坤。老的矛盾关系已不复存在,代替的是刚提升为副站长的闫连姣向张坤的挑战。自从进了防疫站之后，闫连姣一直官运亨通，从副科升为正科，又迫不及待升为副处，虽然区里的处级干部，行政级别按例应该要低半级，但是闫连姣一朝权力在手，羽翼已丰满，大有尾大不掉的意思。闫连姣与张坤终于从同一个战壕里的战友，演变成你死我活的对手，闫连姣现在看张坤不顺眼，就像张坤当年看李国民不顺眼一样。张坤扶正以后表现出来的腐败，与前任相比有过之无不及。他在玩弄女性方面，也比李国民更有水平更见功夫。李国民通常还只是口头腐化，成功率并不高，不像张坤，仗着年轻帅气，仗着深知女人的弱点，攻城拔寨，攻无不克战无不胜。

自从闫连姣坦然认错以后，陈小民在父母面前总有一种抬不起头的感觉。何萃芬谈到闫连姣，动不动就搬出这件事。闫连姣的本意是想表示歉意，然而有时候的认错，往往代表着认了就认了，错了就错了，如果陈小民还要计较，就好像反而是他的不对。闫连姣的认错理直气壮，她觉得陈小民如果不能原谅她，那么就离婚好了。偏偏陈小民既不能原谅她，又不想离婚。

闫连姣说："陈小民，我是真的对不起你。"

闫连姣说："我们离婚算了。"

在一开始，闫连姣也不想离婚。她只是这么说说而已，仿佛是孩子犯了错误，自己挑了一种受惩罚的方式。渐渐地就真的想离婚，她忍受不了陈小民的沉默，忍受不了何萃芬的唠叨。何萃芬说，你当然要离婚了，水往低处流，人往高处走，当年你看中我们陈家的势头，这才委屈自己嫁给了小民，现在陈家不行了，你当然要另择高枝。你是凤凰，陈家的树枝已经栖不下你了。你是个骚货，小民那种老实本分的孩子，怎么能满足你的欲望。我们陈家什么时候出过这种不要脸的事情，我们陈家的脸早让你给丢光了。你是狐狸精,你是江青,是江青又怎么样,迟早都有粉碎"四人帮"的一天。

闫连姣发誓再也不要见到何萃芬。她确实对不起自己的丈夫陈小民,但是并没有什么对不起何萃芬,轮不到她一次次跳出来指桑骂槐。打人不打脸,骂人不揭短,闫连姣千错万错,老是这么念经一样的唠叨,天大的罪名也抵消得差不多了。况且这件事与何萃芬本来没有多大关系,就是有那么点牵连,也不能老是这么死抓着不放。要允许别人犯错误,更要允许别人改正错误。何萃芬不就是一个自以为是的家庭妇女吗,过去大户人家的官太太,多少还有些教养,知道掌握分寸,不像何萃芬这样穷凶极恶,得理不饶人,非要把人置于死地,非要把人打进了十八层地狱,才会心满意足善罢甘休。

陈小民明亮的充满活力的眼珠子,失去了往日的光泽。他的目光变得茫然,迟疑,犹豫不决。陈小民仍然改不了喜欢盯着别人看的习惯,他的眼睛还是那么大,还是那么专注,从别人的游移不定的眼神里,他不止一次看到了暧昧。在工厂上班,同事之间谈天说地,性永远是一个津津乐道的话题,而戴绿帽子则代表着一种最大的羞辱。男人是可忍,孰不可忍。由于闫连姣原先也是这个厂的,总有些人忍不住会问起她的情况,工厂的状况越来越不好,经济效益越来越差,别人谈起闫连姣,免不了流露出羡慕的神情,都说她走得好,走得对。有人听说闫连姣已经升了官,热情过度地想上门做客,陈小民的脸色因此很不好看。

同事说:"我们到你们家,是去看闫连姣,你板什么脸?"

同事又说:"闫连姣升了官,搭点什么架子倒也罢了,你陈小民脸上这么难看干什么?"

陈小民的目光　201

工人阶级领导一切的黄金时代已经一去不返。早在陈小民刚开始决定要当工人的时候，工人阶级的境遇已经开始走下坡路。从部队转业时，二哥为民就觉得选择去工厂的想法有些愚蠢。为民说，什么军工厂，什么全民所有制，说到底，不就是生产鞋吗。陈小民说，人家生产的是军用球鞋，全国差不多有一半的军用球鞋，都是这个厂生产的。为民说，跟你说不清楚，你这是受妈的老观念影响，我告诉你，有些老观念会过时的。在一旁忍着没吭声的何萃芬不乐意了，气鼓鼓地说，天塌下来，当工人也不会错到什么地方去，你爹在市委当干部，文化大革命中还不是照样受工宣队的管。为民知道与母亲更辩不清楚，背地里对陈小民说，我把话先撂在这，你要去当工人，保证后悔也来不及，你以为还是文化大革命啦。

陈小民刚当工人的那几年，工人的经济状况差不多是有史以来最好的。除了工资之外，每个月都有奖金，加班费与过去相比也翻了倍，动不动就分东西，一会分箱柑子，一会分箱苹果。一家人聚在一起吃饭，谈到各自收入，二嫂王颖眼红地说，还是小民夫妻好，当个普通工人，比我们大学毕业的人拿的钱还多。二姐乔红和三姐文红都有大学文凭，也是一肚子牢骚，感叹说现在一点也不重视知识，研究导弹的还不如倒卖鸡蛋的。当时闫连姣拼命想离开工厂，除了二哥为民，都觉得她的想法很怪，好端端的国营大工厂的工人又有什么不好。然而事实却证明她的选择太英明了，闫连姣离开不久，形势便发生了激烈变化，陈家的子女除了当工人的陈小民，个个都是时来运转，做生意发大财，不做生意的移居去国外，二姐去了加拿大，三姐去了日本，三哥全民去了美国。

当工人的开始遭遇下岗，果然如为民预料的那样，什么军工单位，什么全民企业，说不景气，立刻不景气。何萃芬不相信自己的儿子会下岗，几十年了，还从未听说过铁饭碗也会打碎，她找到儿子工厂的袁厂长兴师问罪，说你这个厂长怎么当的，竟然弄得手底下的工人要没饭吃。袁厂长被她不可一世的官太太脾气镇住了，连忙解释说工厂败落到了这一步，实在是迫不得已。袁厂长诉说了自己当领导干部的种种难处和苦衷，说着说着，眼泪都快流出来，何萃芬因此也有些感动。陈小民所在的车间，是全厂最不景气的一个车间，袁厂长多少有些忌惮何萃芬的威胁，在采取果断措施之前，先将陈小民调到了厂工会。

陈小民从一名生产第一线的工人，摇身一变，成了坐办公室的机关科室人员。他先前的同事，百分之九十五下了岗，几乎是一刀切，没下岗的都是最重要的技术骨干，或者是他这样有些来头的。大家都说，陈小民运气实在是好，毕竟是上面有人，老婆闫连姣先一步调走了，自己又在关键时刻去了工会。工会本来就是厂里的摆设，那些已经下岗的工人，对陈小民没有任何不服气，都觉得像他那样出身的人，仍然当工人本来就有些委屈。事实上，在第一线当工人的，稍稍有些能耐的早离开工厂。对于那些不得不当工人的人来说，下岗是没办法的事情，下了岗就只好认命。当然也有不认命的，觉得陈小民既然已经到了工会，就要为工人说几句话。

对原来在工会的那些人，大家都没有信任感，认定他们只不过是厂长手里的棋子，是没有灵魂的傀儡，上班除了喝茶和看报纸，心目中不可能有工人的利益。到过年前夕，厂里对下岗的人没有任何表示，本来就有一股怨气的下岗工人，聚集起来请愿，跑到工会办公室去掀桌子。正好工会从大市场批发买了一批啤酒，分发给没有下岗的工人，这一做法引起了下岗工人的不满，觉得这厂本来是

陈小民的目光　203

大家的，他们虽然下岗了，没有功劳也有苦劳，过年发啤酒竟然没有他们的份，说明厂里已经不把他们当作自己人了。没有下岗的人也有意见，因为那啤酒的质量显然有问题，一喝就知道是过了期的，购买的人无疑拿了回扣，否则不可能把这种劣质产品买回来蒙人。工会主席里外不是人，就和来闹事的下岗工人争起来。

工会主席说："又不是我让你们下岗的，有能耐你们找袁厂长去闹。"

这句话成了爆炸的导火索，愤怒的下岗工人将办公桌掀了。陈小民的师傅朱荣德一把揪住工会主席的衣领，将他顶在墙上，然后手上用劲一拧，工会主席的脚便离了地。朱荣德说，我们都是些没能耐的，今天这些没能耐的人，要揍你一顿，你信不信。工会主席的眼镜跌落在地上，他这时候也顾不上面子了，求饶说，有话好好商量嘛，其实我也挺同情你们。朱荣德气鼓鼓地说，我们不要你同情，你他妈成天像一条狗一样，不要自以为了不起。工会主席的两只脚总算有一只够着了地，他继续求饶，说：

"好吧，我就是一条狗，今天算我倒霉，今天我根本就不该惹你们。"

事情平息以后，袁厂长到工会来询问究竟发生了什么事情。工会主席将下岗工人的情绪，添油加醋地描述了一番，袁厂长的脸色顿时不好看。陈小民插嘴说，也不能完全说人家是来闹事的，下岗了心情都不好，工会应该为下岗的人说话，应该为他们办点事，不应该火上浇油，进一步激怒他们。袁厂长说，什么叫激怒他们，难道我还会怕他们不成。袁厂长根本就不是那种能听见意见的领导，他很霸道地说：

"工会怎么了，逢年过节，能发点啤酒，不错了。按现在这生产形势，惹火了我，明年什么都不发。"

8

陈小民与闫连姣很长一段时期都处于若即若离的状态。住在同一套房子里，刚开始，都觉得别扭，渐渐地也就习惯了。闫连姣离婚的决心越来越坚定，最初只是因为内疚，觉得愧对陈小民，很快弄假成真，真心地想与陈小民分手。在正式离婚的那一年，混得最阔的二哥为民出事了，出了大事。

与兄弟姐妹不一样，为民所结交的朋友，父母来头个个都比他厉害。陈小民的哥哥姐姐，包括陈小民自己，与别人谈话难免我爸怎么样怎么样地卖弄。为民从来不这样，他觉得提起自己父亲是最没有面子的事情。他更习惯说谁谁谁的父亲或者爷爷怎么样怎么样，谁谁谁的姑父或者姨妈是什么人。为民的朋友都是一些真正的高干子弟，本市干部子弟根本不入他的法眼，他呼风唤雨的时候，没人知道他的本事有多大。他的公司什么都做，地点常设在本市一家最高档的酒店里。为民身上有七个国家的护照，去香港澳门比回家看望爹妈还要频繁。刚开始，公司主要是转手批文，什么商品紧俏，就转手倒卖什么。短短几年工夫，暴富的为民已经算不明白自己积累了多少资产。来得快，去得也快，花钱如流水，一段时间内，只要有能耐到为民的公司去玩，吃喝嫖赌，各种人生享受统统免费。该付的小费，客人想怎么填就怎么填，最后统一由公司埋单。为民靠了一批朋友，生意越做越大，也因为这批朋友，闯的祸越来越离谱。

为民的公司很快成了一个真正的皮包公司。公司的钱糟蹋完了，便不择一切手段的弄贷款。陈小民印象最深的，不是为民吹嘘自己如何有钱，而是那些贷款给他的银行，不敢跟他要钱。为民最牛气的一句话，就是如果我陈为民倒了，银行也得跟着一起完蛋。一直到为民的案子东窗事发，陈小民才知道自己文质彬彬的二哥，不仅在本市有两个固定的情人，在深圳和海南的三亚，还包了二奶与三奶。更不像话的，是为民在北京竟然与一个铁哥们合养了一个维吾尔族姑娘，据说他们这么做不是为了省钱，而是为了表示特殊的友谊。

刚被公安机关抓起来的时候，大家并不知道为民的情况有多严重。二嫂王颖也不清楚，她只是一次又一次地回来哭诉，丈夫女色方面的事情她自然不是一无所知，但是现在既然闹得公开化了，闹得全世界都知道了，正好趁机向公婆告状。二儿子在女人方面的毫无节制，让一向自以为家教好的何萃芬大为光火，她暴跳如雷地对媳妇王颖说：

"陈家怎么会出这样不要脸的东西。"

何萃芬一生最津津乐道的，就是自己相夫教子有方。她觉得自己这个家庭妇女，和一般没文化的家庭妇女完全不一样。何萃芬是有知识的家庭妇女，她当家庭妇女是大材小用，是人才的浪费，是为陈功和七个子女做出了应有的牺牲。她的儿子本来是好的，是环境和社会风气把他弄坏了。何萃芬恨不得将为民从拘留所叫回来，痛痛快快地教训他一顿。虽然儿女已经长大，根本不会把她的话放在心上，何萃芬仍然相信自己还是权威。她相信，儿女只要肯听她的话，就不会犯什么错误，尤其不会犯生活错误。"发财发财，真发了财，又有什么意思。要我说，还不如像小民这样，就这样普普通通，穷一些更好。"何萃芬认定为民出事就是因为钱太多,钱多了,挥金如土,不出事也要出事,"待这件事情过去,我一定要让为民知道这个道理,钱够用就行了,挣那么多钱干什么?"

陈小民提醒母亲,现在二哥为民的问题,并不是钱挣得太多,而是亏空太严重。要是赔钱的话,陈家倾家荡产,连人一起卖了,也堵不上那个漏洞。何萃芬说,钱又不是为民一个人用的,凭什么让他一个人来赔。她根本就不打算弄明白儿子闯的祸有多大,还是按照过去办事的惯例,既然事情已经临头,就由她亲自出面找熟人把事情摆平。现任的市委书记是陈功的老部下,他的仕途平步青云,与陈功的热心推荐分不开,何萃芬想陈功不好意思出面去相求,自己撕下脸皮去求他,恐怕不会一点面子也不给。

在接待室等候市委书记出现时,坐在宽大的皮沙发上,看着周围的豪华的布置,何萃芬感叹地对陪她一起去的陈小民说:

"现在当官,只要运气好,升得真快,想当年你爸当组织部长,一当二十年,这官怎么也没有再做上去。"

市委书记果然很给面子,他热情地接待了何萃芬,并且在短短十几分钟的谈话里,几次回忆起当年在陈功手下工作时的快乐情景。他充满感情地说,没有陈功对他的关心,他显然不会有今天的地位。这地位既是党和人民给予他的,也是陈老关心和栽培的结果。关于陈为民这个案子,市委书记显然一点也不了解,但是他毫不犹豫地表示,只要有一点可能,就尽可能地给予照顾。市委书记强调说,共产党人是大公无私的,大公无私,并不意味着一点人情都不讲。他许诺等何萃芬走了以后,将和法院的同志一起讨论陈为民的案宗,他相信会给她一个满意的答复。

何萃芬做梦也没有想到儿子会被判死刑。在判刑前,她已经知道为民的罪行是严重的,如果没有什么背景,被枪毙也不是不可能,然而即使是这样,她也没想到儿子真会被判死刑。结果等到宣判出来,何萃芬差一点晕过去。由于她事先过于盲目自信,过于盲目乐观,陈家上上下下都被一种虚无缥缈的假象所蒙蔽。一向沉默无语的陈功终于忍不住了,老头子跺着脚,气喘吁吁地责怪何萃芬,说就是因为她的盲目自信和乐观,已失去了营救儿子为民的最好机会。现在,大家知道了宣判结果,众目睽睽之下,再要想咸鱼翻身,推翻已经做出的定论,几乎没有一点可能。

何萃芬哭得死去活来,说:"老头子你这是什么意思,难道还是我害死了为民不成?难道我会想害死自己的儿子?"

陈功也是老泪纵横,他不是个情感外露的人,眼见着儿子要被拉上刑场枪毙,想不流泪也不行了,但是他不愿意与何萃芬争辩,到这时候,无意义的口舌之争只能是浪费时间。

何萃芬哭着说:"无论怎么样,我难道还想加害为民不成呀。"

一旁的人都苦苦相劝,说陈功不是这个意思。

何萃芬仍然是哭着说:"我跟你们爸爸这么多年,他什么意思,我还能不明白。我再糊涂,还能不懂他的意思。你们的爸爸说得对,事情一到了这一步,生米都煮成了熟饭,就什么都完蛋了。就都完蛋了。我知道他心里是在怪我,他在怪我,我是罪该万死了,我害死了老二。为民呀,妈对不起你,妈以为是救你,妈怎么知道会是害你。"

陈功一晚上没有睡觉。他睁大着眼睛,看着天花板,吧嗒吧嗒落眼泪。到第二天天亮,他起来刮胡子,找衣服,试了一身又一身,然后要陈小民陪他出门。何萃芬问他准备去什么地方,他板着脸,根本不理睬她。陈小民扶着父亲上了大街,走出去一截,陈功要儿子拦一辆出租车下来。陈小民觉得很奇怪，父亲平时要车，随手打个电话就行了，像他这个级别的老干部，随时随地会有一辆奥迪准备着。上了出租车，陈功报了一个地名，出租车朝那个方向开过去。陈小民一时还不明白父亲的用意，快到目的地的时候才恍然大悟。陈小民终于明白父亲要干什么，陈功选择出租车，显然是不想让别人知道他要去什么地方。

陈小民跟着父亲去了省里更大的一位领导家里。这位领导是陈功的老上级，已经退下来很多年。他的年龄实际上要比陈功还大一些，但是看上去要精神许多，见面之后，老上级并没有什么热烈的敷衍，而是开门见山地说，你儿子的事情，我已经全知道了，我说陈功，你怎么养了这么个不争气的东西。陈功无话可说，只能一声接一声地叹气。老上级大多数的时间里，都在教训陈功。陈小民自有记忆以来，第一次看到有人这样毫不顾情面地痛斥他父亲。老上级说，你现在叹气又有什么屁用，早干什么了，我告诉你陈功，教育下一代，这是很重要的事情。毛主席就说过，我们共产党人的子女，千万不能成为大清朝的八旗子弟。想想你那宝贝儿子吧，都干了些什么，还有你那个老婆，竟然跑到市委去开后门，给人家市委书记施加压力，我说陈功，你是不是昏头了，人退下来了，思想也退下来了，共产党的法律，难道是你想怎么就怎么的儿戏不成。你今天跑来干什么，难道想让我也出来说情，难道是也想开我的后门，难道还不服气，还想与法律较量一番不成。你说话呀，哼，我谅你也不敢，我谅你也不是个对手。老上级的书房里到处挂着自己写的书法作品，他把陈功痛痛快快地训斥了一顿，仿佛小学老师教训自己的学生一样。陈功心服口服，这一顿教训就好像按摩一样，疲倦不堪的身心立刻舒坦了许多。老上级说到最后，嘴也干了，火也发得差不多了,说陈功你今天来,我话说得太多,太重,该你说几句了。

陈功无话可说,他看着墙上的书法作品,让老上级给自己写几个字。老上级说,我是半路出家,这字拿不出手的。陈功让陈小民磨墨,老上级说用不着磨,用墨汁就可以,你来得巧,这纸和笔都是现成的,那我就胡乱写了,你别笑话,我知道你也好这个。他铺开纸就写,写的是"宁静致远"四个字,一连写了几张都不满意,最后也不想写了,让陈功随便挑一张。

陈功说:"张张都不错,小民你挑一张吧。"

陈小民随手挑了一张,拿在手上,不知如何处理。老上级说,你别急,让我盖个印,字这个玩意,是"一印遮百丑",白纸黑字上有那么点红,趣味就完全不一样。

然后是告辞,由警卫员一路送出来。出了大门,陈功脸上的笑意全没了,他呆呆地看着大街,一声不吭。在老上级面前,陈小民发现自己父亲年轻了不少,可是现在的情况突然全变了,陈功一下子又恢复了苍老,变得老态龙钟,变得迟钝木然。他成了一根木桩子,站在人行道上,像受了委屈的小孩一样,两行眼泪正在往下落。

陈小民说:"爸,怎么哭了?"

陈功仿佛根本听不见陈小民的问话。此后一连几天,陈功没有说过一句话。过了一个星期,陈功在卫生间撒尿,尿完了,手抓着自己的那玩意,站在那不动弹。家人连忙将他送到医院,医生的诊断是中风,抢救了一个星期,性命是保住了,可是话也不会说了,路也不会走了,人也不太认识了,看见护士小姐就笑,像小孩子一样的笑,笑得天真无邪,笑得心花怒放。

9

陈功病重,远在加拿大的二姐和二姐夫两人飞了回来。待父亲病情稍稍稳定了一些,二姐夫妇加上陈小民和大哥国民,一起去看望穿着囚服戴着脚镣手铐的为民。为民听说父亲的情况,不由得落了泪,感慨说,我知道爸是因为我的缘故。为民说,我混得好的时候,也没有想到照顾你们,现在出事了,还要麻烦你们。大家让他说得有些伤感,眼圈都红了,说都是一家人,说这些话有什么意思。为民说,我是该死,二姐和二姐夫远在国外,也没办法照应,我的老婆和女儿,就拜托大哥和小民了,我是对不起她们,也对不起你们几个。说完,号啕大哭起来,哭了一阵,擦干了眼泪,为民又问起陈功去见老上级的事情。

陈小民说:"别提了,爸就为这事气病的,不帮忙也算了,把爸从头骂到尾,那个官腔真是厉害。"

为民说:"官场上的事,你不懂,人家姚伯伯参加南昌起义,也不是什么人都配他骂的。爸爸也是,跟姚伯伯生什么气,要是早一点去见他就好了。姚伯伯一句话,情况完全不一样,唉,真是不会办事。算了,现在说什么也来不及,我是早就认命了。算了,说些别的吧,对了大哥,你现在还在规划局,还是当那什么副处?副处就副处,官是小了些,可是保险,省心,我那时候要送辆小汽车给你,你不敢要,现在看来还是对的,幸好你没有要。"

与为民见面的时候,差不多都是他在说话。回去的路上,二姐乔红说,为民还是那么话多,真不像死到临头的人。二姐夫说,为民肯定在牢里憋久了,平时没有说话的机会,逮着机会自然要猛说一气。大哥国民一直不吭声,陈小民问他是不是还在想那辆小汽车

陈小民的目光 211

的事情。国民说，小民我告诉你，我才不会要他的车呢，人是不能贪心的，你看我现在用车，不要太方便，过去是局长才有车，现在我们出去，哪次不是照样有小车接送。你说我要车干什么，还得自己开，像今天用车，我只要事先和小王打个招呼就行了，小王，我说对不对？

司机小王一边开车，一边说："陈处要车还有什么话说。"

为民的一条性命临了还是保了下来。就在大家已经绝望的时候，为民由死刑突然改成了死缓。何萃芬不知轻重，说反正是死，这等死的滋味更不好受。兄弟姐妹们都为这事感到高兴，也懒得与母亲争论，许多事情与她是说不清楚的，去说给陈功听，陈功光知道眨巴眼睛，告诉他等于没告诉。经过这次事件，大家都深切感觉到了家庭的败落，虽然为民最后保住了性命，陈家往日的那种威风已不复存在。风水轮流转，天下没有不散的宴席，为民早在得意的时候就宣布过，好日子要想到倒霉的那一刻，丰收年头别忘了还有灾荒这档子事。陈家现在可是背透了，陈功病入膏肓，何萃芬越来越固执，为民坐牢，陈小民离婚，三姐文红据说也在闹离婚，大哥国民的儿子没考上大学。

工厂里效益越来越不好，下岗工人越来越多，工会的人也越来越多。那些有能耐会开后门的，都塞到工会里来了。袁厂长说，我也没什么好办法，这几年年年亏损，可总有些人是惹不起，惹不起怎么办，只好往工会里打发，等到工会人满为患，再也混不下去了，只好让你们也统统下岗。庙里面养一个和尚是养，养一群和尚也是养，僧多粥少，终有养不了的一天。事实上，工会早已经人满为患了，原来是一人一张桌子，现在除了工会主席，其他的人只能三个人一张办公桌。工会的房子与过去相比，没有任何增加，相反还少了一间，因为这个当年风光无限的军工企业，已到了不得不靠出租门面房子弄点小钱的地步。

陈小民的师傅朱荣德刚下岗的时候，与厂方交涉讲理，总是冲在第一线。朱荣德属于性格刚烈的那种男人，吃软不吃硬，宁折也不弯，凡事最讲究一个脸面。他老婆陆玲玲是同一个车间的工人，夫妻两个双双下岗，生活费顿时成了问题。偏偏几件事情还凑在一起了，所谓屋漏偏逢连夜雨，船迟又遇打头风，越是应该省钱之际，越是需要用钱。一儿一女都在上学，一个大专，一个中专，都是分数差一点，必须要缴钱，一缴就是一大笔。经济上好不容易喘点气，一折腾又是一屁股债。朱荣德是那种不怕干粗活重活的人，下岗以后，换来换去都是力气活，替公司送煤气包，替商场送冰箱彩电，要不就是干脆去搬家公司，一天赶好几家，吃苦耐劳，一点也不输过那些专干这些活的农民工。

朱荣德是在安装空调的时候出的事。国营大工厂待久了，受工人阶级领导一切的熏陶，很容易养成了那种当家做主的傲慢。既然他的脾气是不怕吃苦，只怕受气，听不得一点不同意见，因此无论是为谁打工，都注定干不长。这个城市居民购买空调的心理，常常是临时抱佛脚，平时无论商家怎么打折，钱早已经准备好了，可就是习惯按兵不动，非要等到天实在热得不行，才一窝蜂地冲向商场。这种消费习惯让商家头痛不已，因为明显的淡旺季差别，不仅在备货的多少上有难度，而且吃不准应该保留一支多大规模的安装队伍，多了开支太大，少了应付不过来。到了空调销售的旺季，商家不得不临时招兵买马，胡乱招些工人加入到安装空调的队伍中来。失业在家的朱荣德正是在一个突如其来的旺季中，成了空调安装大军中的一名成员，照理必须经过严格的专业培训，然而他只是

陈小民的目光　213

跟在后面看了两天，连上岗证都没有拿到，便匆匆上了阵。

结果就出了意外，朱荣德从三楼上摔了下来，原本很结实的一个人，一下子摔成了残废。陈小民闻讯去医院看望师傅，只见他身上到处打着石膏，直挺挺躺在病床上不能动弹。当时还不知道情况有多严重，朱荣德见了陈小民，平时的英雄气焰已经少了一大截，苦笑着说：

"我当师傅的，真愧对你这个徒弟。"

陈小民确实没跟朱荣德学到什么技术。他们所在工厂虽然大，名气也响，技术含量却不高，第一线的工人，认认真真学个十天半月，基本上就没什么大问题。师傅带徒弟只不过是个形式，厂领导把你领到车间，交给车间领导，车间领导再把你领到师傅面前，交给师傅，这就算是正式的拜师仪式了，从此师徒关系就确定了，终身都不会改变。虽然没有签订什么协议，在工厂里，这种师徒关系得到所有人的认同，就像封建时代的包办婚姻一样神圣不可侵犯。朱荣德一直为徒弟的家庭出身感到自豪，感觉好的时候，忍不住就会卖弄说，市委的干部又怎么样，看人家养的公子哥儿，还不是照样当我朱荣德的徒弟。

然而，现在的工人老大哥早没有了当年英雄气概。

朱荣德叹着气对陈小民说："唉，我们工人阶级的好日子，算是到头了。想当初，谁会想到下岗，就是刚下岗那会，谁会想到今天这一步？"

陈小民无话可说。

朱荣德眼圈红了，说："我若是像你一样，索性离了婚，没家没小，多好。"

陈小民不知道如何安慰师傅才好，因为陈功就住在医院的高干病房，他三天两头地顺便过来看师傅一眼，也不多说一句话，表示个心意就行了。有一次捞到机会，跟师娘陆玲玲在病房外面谈话，陆玲玲心直口快，告诉陈小民朱荣德这次是彻底完了，瘫痪几乎是肯定的，以后大小便能不失禁就算不错。陈小民听了，心不由得紧起来，呆呆地看着师娘，陆玲玲显然已被突然的不幸击垮了，脸色苍白，嘴唇没有一点血色。她愁眉苦脸地告诉陈小民，说朱荣德欠的医药费根本报销不了，厂里说这应该由让他安装空调的商家负责，商家说朱荣德是违规操作，应该责任自负。

现在能做的，是赶快让朱荣德出院，病没好也得走，因为实在付不起昂贵的住院费。陆玲玲说，医药费用这还只是刚开了个头，以后的日子怎么过呀。她让陈小民不要多心，自己绝不是要跟他借钱，到现在这地步，借多少钱也抵不了什么事。人怎么着都得活下去，怎么着都能活下去，陆玲玲只想找个人倾诉倾诉，一下子出了这么大的事情，可怜连个说话的人都没有。难得陈小民还能老惦记着他师傅，陆玲玲说两个小孩读书要钱，说你师傅看病要钱，这也要钱，那也要钱，天知道还要多少钱，都是一些无底洞。天不会塌下来，天要是真塌下来也没办法，陆玲玲说我是还好，无病无灾，可是我到哪去弄那么多钱。

10

大约一年以后，陈小民看电视新闻，无意中看到本市扫黄打非的专题节目，有一个很长的镜头，竟然定格在自己的师娘陆玲玲脸上。节目的内容是说本市市委大门前广场，晚上八点过后便成了流莺猖狂活动的场所，由于镜头是偷拍的，被拍的人一点防备也没有，仍然是肆无忌惮地拉客。记者冒充嫖客出现在镜头上，并非什么稀罕事，妓女在荧屏上曝光也常见，然而是自己的师娘就太出乎陈小民的意料。这样的节目照例会受到观众欢迎，因为太真实，太具体，比电视剧还电视剧。陈小民首先想到所有认识师娘的人，都会大声地惊叫起来，自己就惊呼了一声：

"天哪，这不是陆师傅吗！"

陈小民接着就想到了师傅朱荣德的感受。像师傅这样要脸面的人，发生什么样的后果都是可能的。朱荣德在厂里上班的时候，就是有名的醋坛子，陆玲玲长得很漂亮，是全厂的三大美女之一，据说当年为了把师娘弄到手，他差不多和所有追求她的人都干过架。朱荣德人高马大，有一把蛮力气，打架是天生的好手。在过去的一段时间里，陈小民曾几次去他家看过师傅，情况自然是一次不如一次，家里能卖的东西，已卖得差不多了。他那个儿子已大专毕业了，可是根本不像有出息的样子，工作找不到，就知道一味地嫌家里穷。陈小民希望师傅能穷得把电视也卖掉，如果真这样，他起码不会在电视上看到自己老婆的镜头。

陈小民的想法当然是一厢情愿。中国人已离不开电视，像朱荣德这种瘫痪在床上的人，更离不开电视。朱荣德看了电视的第一反应，就是要将陆玲玲活活掐死。他觉得这样的事都出了，自己再也没有脸面活在这个世界上。陆玲玲在拘留所被关押了两天，她回到家，刚进家门，朱荣德捞起床头柜上的热水瓶，对准她扔过去。陆玲玲出于本能地低头，热水瓶从脑袋上方飞了过去，打在墙壁上碎了，碎玻璃和热水溅得到处都是。

朱荣德说："你这个骚货去死呀，你为什么不去死？"

陆玲玲奔进厨房，拿了一把菜刀出来，递给朱荣德，说我是想死了,我活着还有什么意思。陆玲玲说,人都要一层皮的,我出丑出到了这份上,还活着干什么。陆玲玲说,朱荣德呀朱荣德,你要是个男人,就一刀劈了我吧,千万不要手软。你当然是男人了,朱荣德,你狠狠心,劈死我算了。我怎么这么不要脸呀,我做什么不行,居然这么不要脸,居然这样丢人现眼。我不配活在这世界上,我已经五十岁的人了,还做这种事,我不该死谁该死。陆玲玲哭天抢地。陆玲玲悲痛欲绝。陆玲玲的眼泪像水一样哗哗哗地流了出来。

朱荣德决定与陆玲玲一起去死。他们视死如归,他们平静如水。两个人认真地讨论如何去死的各种细节,吃安眠药,吃氰化钾,在肉汤里拌灭鼠灵,或者在身体上绑裸露的铜线,然后通电,或者去本市最高的一家饭店,大吃一顿,然后从楼顶上跳下来。死亡的讨论一度很认真,很热烈,死亡是一种解脱,死亡是一种升华。对死亡的向往分散了对痛苦的注意力,在庄严的死亡面前,一切都变得不太重要。生死有命,富贵在天,朱荣德原谅了陆玲玲,朱荣德也原谅了自己。人之将死,其言亦哀,都到了这个份上,朱荣德十分平静地说:

"玲玲,想想天底下的夫妻,又有多少是一起死的!"

最后决定把安眠药和灭鼠灵与芝麻糊拌在一起吃。最后时刻,陆玲玲犹豫了,求生的欲望像雨后的竹笋一样破土而出。她自作主张地放弃了剧毒的灭鼠灵,只是往芝麻糊中掺安眠药粉。整整一瓶的安眠药磨碎了,一切都在朱荣德的眼皮底下进行,陆玲玲不停地往芝麻糊里对白色的药粉。朱荣德的眼睛瞪得多大的,看着陆玲玲的一举一动,嘴角上洋溢着一丝苦笑。拌好的芝麻糊香味扑鼻,陆玲玲开始打摆子,像风中的芦苇一样剧烈地抖动着,她尝了一口已经拌好的芝麻糊,用很凄楚的声音说:

陈小民的目光　217

"老朱,我们既然已经把什么都想明白了,干吗还要死呢?"

朱荣德知道她是害怕了,很平静地说:"玲玲,你不用害怕,把东西给我,我先吃。"

陆玲玲以商量的口气说:"我们非要死呀?"

朱荣德说:"是呀,为什么非要死呢。"

"不死又怎么样?"

"活着又怎么样?"

朱荣德示意陆玲玲把芝麻糊碗递给他,他接过碗,开始大口大口吃芝麻糊,不一会就吃了一大半。陆玲玲注意到他已经在吃应该留给她的那部分,便试图阻止他。朱荣德说,算了,干脆我一人吃了吧,你身体好好的,何苦与我一起去死。陆玲玲依依不舍地说,老朱,要是我们不想死,现在还来得及。朱荣德笑起来,说都到了这时候,木已成舟,还开什么玩笑,我知道你是害怕了,人嘛,谁还能不怕死,你放心,我们夫妻一场,也不容易,我不会逼你的。说完,继续大口地吃芝麻糊,转眼之间,竟然将属于陆玲玲的那一份全吃完了。

陆玲玲盯着朱荣德的眼睛,足足地看了三分钟,然后发疯似的奔出门去,跑到最近的一家小卖店,慌慌张张地打急救电话。因为抢救及时,陷入沉睡中的朱荣德又苏醒了过来,刚开始,他似乎不明白发生了什么事情,不明白自己为什么又会躺在医院的病床上。护士在他身边忙碌着,医生过来了,掀开他的眼睑,用手电筒照了照,满意地点了点头。这时候,朱荣德看清楚身边都是些什么人,有陆玲玲、儿子、女儿,有陈小民,还有厂里的一位领导。朱荣德一声不吭,他默默地沉思着,想着,就这么又过了二十四小时,只剩下陆玲玲一个人的时候,他冷冷地说了一句:

"你又一次让我成为了笑柄！"

一连多少天，朱荣德不说一句话，两眼冷冷地望着天花板。有时候默默地流眼泪，陆玲玲手足无措，把能想到的人都找来了，求他们劝劝他，想方设法做些说服工作。可是朱荣德谁的话也听不进，他现在谁也不想见，尤其不想见熟悉的面孔。陈小民去看他，连续三天，他甚至连眼睛都不愿意睁开。师徒两人没话可说，陈小民不甘心，胡乱地找话茬。他告诉朱荣德，说自己也离开工会了，也下岗了，换句话说，他们师徒现在已经完全一样。厂里已经全面停止生产了，陈小民说，他现在才算彻底明白，工人阶级为什么是无产阶级，无产阶级就是突然什么都没有了。陈小民从来不是个能说会道的人，朱荣德老是不开口，他只能试着信口胡说，想到哪说哪。为了让师傅心里好受一些，陈小民用略带些夸张的口吻，喋喋不休地描述自己的处境，他只希望朱荣德能相信一点，这年头，大家的境遇其实都差不多。

朱荣德终于开口了，他感叹说："小陈，我们不一样，你有一个高干的爹。"

陈小民说："我是有个做官的爹，他就躺在这医院里，已经老年痴呆了，而且连肾功能也没有了，每个星期要做两次透析，你说这样的高干父亲，还能指望多久。"

陆玲玲在一旁插嘴说："可是你爹看病不要花一分钱。"

朱荣德听见陆玲玲的声音，刚睁开的眼睛又闭上了，冷冷地对陈小民说："你还是走吧，我们师徒其实也没什么多深的交情，你犯不着天天来看我。"

陆玲玲说："人家小陈反正是顺带的，他不是天天要来看他爹吗？"

陈小民的目光　219

朱荣德不吭声。

陆玲玲又嘀咕了一句:"怎么好坏都不分的?"

朱荣德突然大怒,十分厌烦地说:"男人之间说话,你少插嘴好不好。"

陆玲玲的眼睛顿时就红了,哽咽着说:"小陈,你和你师傅谈吧,他不想看见我,不愿意听到我的声音,你不知道他有多恨我,我现在已经不配出现在他的面前了。"

"陆师傅,你别走,我天天来看师傅,不光是看他,也是来看你师娘的。"陈小民拦住了她不让走,憋了一肚子的话,滔滔不绝地涌了出来,"师傅,你也别光想着自己委屈,光想着自己是没用的,你为什么不想想师娘的委屈。师娘是对不起你,可是你是不是就对得起师娘呢?有些话,我做徒弟的不该说,你不就是觉得丢人吗,你不就是个大男子思想在作怪吗。我也觉得丢人过,有一天,我回家,看见小闫一丝不挂地和一个男人在一起,我女儿就躺在一边,你说我这是什么滋味。师娘是让生活逼的,是没办法,小闫呢,小闫她还不是什么都不因为,就莫名其妙地让我戴上了绿帽子。要说丢脸,我这才叫丢脸,更丢脸的,是我都原谅小闫了,我都原谅她了,可是结果,结果她还是把我一脚蹬了。我又能怎么样,我又怎么样了?"

陈小民的一番话让朱荣德和陆玲玲都感到震惊。有些事情虽然早有耳闻,但是由他这样直截了当地亲口说出来,效果完全不一样。他们目瞪口呆地看着陈小民,听他继续滔滔不绝。陈小民慷慨激昂,觉得今天能这么淋漓尽致地说一次话,很痛快:

"多少年来,我一直觉得自己和别人不一样,一直有优越感,我不说自己是干部子弟,别人也都知道。可是干部子弟又怎么样,干部子弟没出息,更让人瞧不起。我现在是什么,是家里的男保姆,是家里的勤杂工,我在为父亲送终,也是在为自己送终。我爸人活着,差不多跟死了一样,我还不是一样,人活着,与死了又有什么区别,你说我们家谁像我这样窝囊过,就是那个判了死缓的二哥也比我强。如今,再说句丢人的话,就连我们家的小保姆,一个农村来的姑娘,她都看不上我,在她眼里,我是一个连自己都养活不了的废人。师傅,千万不要以为天底下就你一个人倒霉,不顺心的事情,就你一个人能遇上。要知道这天底下,谁都有一肚子委屈,谁都有一肚子不痛快。"

11

下了岗的陈小民成了父亲的全职护工。他和小保姆夏俊花轮流倒班,照顾生命已经走到尽头的陈功。像陈功这种级别的干部,病重期间,公家可以配备两个服务员,何萃芬就让陈小民与夏俊花占了这两个指标。肥水不流外人田,这笔费用给谁也是给。夏俊花原来是二哥为民家的小保姆,她从十六岁开始做,一直做到二十七岁。为民得志的时候,二嫂王颖曾许诺要为她弄个城市户口,再找一份正式的工作,为民一出事,许诺自然就泡了汤。陈家上上下下因此觉得有些对不住她,尤其是王颖,她是看着她成长起来的,看着她从一个土气的农村女孩,怎么变得越来越洋气,变得比城里人还城里人。

陈小民离婚以后,王颖曾动过让夏俊花嫁给自己小叔子的念头,然而她根本看不上陈小民。一来不愿意嫁给一个离过婚的男人,二来在陈家这个干部家庭中,独独他太没出息。大家都觉得陈小民不争气，夏俊花受主人的影响，也跟着瞧不起他。水涨船高，夏俊花已开了眼界，太知道有钱有势的男人是如何威风，发誓要嫁就嫁个有钱有势的。她不愿意与陈小民谈朋友，陈家的人反倒更看中她，夏俊花算不上是什么绝色美人，可是白白净净，身材苗条匀称，健康而且充满活力，比闫连姣强得多。

为民的出事是个重要的转折点。首先夏俊花明白事了，终于明白自己说到底，也就是个小保姆，过高的种种想法都不实际。她虽然已干了十一年家务，熟悉的城市生活无非是一个暴发户。这种暴发户家庭充满了一种虚无缥缈的不真实，仿佛美丽的肥皂泡一样说破就破。夏俊花如果想成为一个城里人，嫁陈小民还真是条捷径。其次，何萃芬观念也发生了变化，刚开始，让夏俊花嫁给陈小民至多是个玩笑，陈家的公子怎么可能娶一个小保姆，为民下狱和陈功中风，总算让何萃芬明白了一些实际情况。现在，何萃芬开始为自己的命运担心，她毕竟是个没有任何固定收入的家庭妇女，这么多年来，她从来不想丈夫死了以后怎么办，可是陈功将死在她前面已不容置疑，现实让她不得不想，不得不预先做好准备。何萃芬知道自己不仅在经济上要有保障，生活上也必须有人照顾才行，而后面一项也许更重要更困难。她突然意识到在自己的晚年，如果能有夏俊花这样一个来自农村的媳妇照应，显然不是什么坏事。

朱荣德很快又出院了，陈小民闲着无事，与夏俊花换班后，回家的路上常顺便去看师傅。陆玲玲对陈小民说，你师傅憋得难受，难得有你这么一个好徒弟，别忘了经常来看看他。出院后的朱荣德情绪渐渐稳定起来，有一天，陈小民发现家里新添了一辆轮椅，一问，才知道是刚买的，朱荣德与陆玲玲的结婚纪念日，儿子和女儿凑钱买给他的礼物。朱荣德一直觉得儿女不是很争气，这辆轮椅让他感到不少安慰。他让陈小民推自己出去，说想到外面去散散心，显然是有什么话要对陈小民说。

外面正在酝酿大规模的拆迁，墙上到处用白石灰水写着"拆"字。这附近的矮房子在几个月内将全部拆光，朱荣德脸上洋溢着一些即将要搬进新房的喜悦。陈小民知道住新房是要付一些钱的，可是师傅似乎并不为这费用担心。街上人来人往，陈小民将师傅推到一棵大树下，自己拣了一个石阶坐下来，与朱荣德面对面，抽着烟。

朱荣德说："小陈，你有没有发现，你师娘的脸上现在越来越有光彩了。"

陈小民说："陆师傅一直很漂亮的。"

"漂亮是一回事，脸上有光彩却是另外一回事。"

"什么叫有光彩？"

"样板戏《智取威虎山》中有句台词，你还能不能记得，座山雕问杨子荣，'脸红什么'，杨子荣说，'容光焕发'，这'容光焕发'四个字，就叫光彩。"

陈小民不知道师傅为什么要对自己说这些。有人从他们身边走过，是一对年轻的情侣，朱荣德不作声了，将手中的烟头往远处扔去。沉默了一会，朱荣德继续说下去：

"有些事我也不瞒你，小陈，那种事情，你师娘肯定还在做。你师娘已五十岁了，也真难为她，都这么大岁数，还做这种事情，也真不容易。你不要拦我，你让我往下说，我不是怪罪你师娘，有些话，你师傅我是不会与别人说的，我只和你一个人说。小陈，你知道我心里一直有个疙瘩，我不明白你师娘都这么大年纪了，为什么还要做这种事情？"

陈小民的目光　　223

陈小民耸了耸肩膀,不知如何回答。

"我也问过你师娘,你师娘说,有的人就喜欢老女人,老女人看上去好,安全,那些上了岁数的男人喜欢,那些年轻的民工喜欢,还有考试前的大学生也喜欢。上了岁数的男人,在自己老婆身上,多少年来老一套,已找不到感觉,年轻的民工,还有年轻的大学生,身强力壮,憋得难受,只想找个地方轻松轻松,他们都喜欢直截了当,喜欢你师娘那样的,不像是要讹人钱的样子,钱又不多……"

陈小民不想听师傅再说下去,他看着朱荣德,摆了摆手,但是朱荣德意犹未尽,非要继续往下说。

"你师娘做那事很来劲的,三十如狼,四十如虎,你师娘快到五十,那也就差不多是头狮子了。我不是在背后糟蹋你师娘,她真的是很厉害。你不要以为我瘫在床上,就不能做那事了,就不是男人了,我别的不行,那玩意还没有问题,我还没有糟到那一步。我告诉你,你师娘她就好这个,她的服务绝对周到。"

陈小民现在是真的不愿意朱荣德再说下去。他想到陆玲玲对师傅无微不至的关心,想到她这几年来流的那些眼泪,想到厂里拖欠的工资,想到那些报销不了的巨额医药费,觉得朱荣德太过分了一些。对师傅的病情,陈小民有着充分的了解,他知道对于一个男人来说,半身瘫痪是一个很残酷的打击。但是,一个人既然已经遭遇不幸,已经成为弱者,就不应该再去伤害别人,伤害自己最亲近的人,因为他们往往只能伤害到自己的亲人。他想到自己每次去看望师傅,陆玲玲完全是出于内心地表示着感激,她希望陈小民能陪师傅说说话,为他解点闷,她显然做梦也不会想到朱荣德会这么说她。

陈小民说:"师傅,我送你回去,今天还有点其他的事情。"

陈小民不由分说,将师傅推着就走。朱荣德没想到会这样,有些尴尬，一路无话，只是快到家门口的时候，将脑袋移了一点过来，叮嘱陈小民：

"今天说的话，千万不要对别人说。"

陆玲玲正站在门口看着他们。

陆玲玲远远地问着："去什么地方了？"

朱荣德讨好地说："我让小陈推着我随便走走，这地方再不多看几眼，以后就看不到，东头的房子好像已经开始拆了。"

陈小民与小保姆夏俊花的关系，一度似乎有了明显的进展。陈小民从来没有当过真，陈家的人也仍然只是把这件事当作玩笑讲，夏俊花却开始往心上去。因为共同照顾陈功，两人天天交接班，在一起说的话多了，多少也擦出了一些火花。刚离婚那阵，陈小民还想到去看看女儿，可是不久就发现，女儿竟然和闫连姣一样不欢迎自己。闫连姣现在又和手下的一个刘科长有些不明不白，这情形就仿佛当年一幕戏的简单翻版，在权力纠缠之中，刘科长老是在暗中助她一臂之力。陈小民有一次碰上了退休的李国民，提起闫连姣，李国民口若悬河说了一大堆故事。说完了，连声说陈小民实在是太应该离婚，因为权力欲太强的女人，绝对是变态的。

夏俊花一直有种错觉，好像只要她愿意，就随时可以嫁给陈小民。她现在在陈家非常辛苦，跟劳动模范一样，每天上午要做饭烧菜，吃过午饭，洗了碗，稍稍歇一会，就要去医院换班，然后一直到第二天清早陈小民跟她换班。然后在回去的途中买好菜，然后回家做饭烧菜，天天如此重复。她一个人起码干了两个人的活，因此常有些傲气，傲气得大家都不敢得罪她。陈小民每次与她交接班，都不是说走就走，一定要留下来陪她说会话。高干病房也分级别，

陈小民的目光 225

大部分是宾馆标准间那种规格，两个人合住一间，陈功住的病房是单间，有卫生间，有彩电，有冰箱，二十四小时供应热水。夏俊花来了以后，要洗澡，要打扮，要放松一下忙了一上午家务的疲惫。如果陈功那天正好要做透析，陈小民必须一起陪了去，因为上上下下这些力气活非他不行。

有一天，夏俊花很认真问陈小民，如果陈功真咽气了，他怎么办。陈小民想了想，便用同样的问题反问她。夏俊花也是想了想，说我和你不一样的，我不是你们陈家的人，说走就可以走的，可是你走不了，陈老死了，何奶奶还要你照顾，你得为他们一个个送终，都送得差不多了，你自己差不多也老了。夏俊花的语气中带着深深的同情，这让陈小民很感动。夏俊花说，陈老的时间是不会太长了，何奶奶可是有的活呢，再活个几十年不成问题，你的苦日子不知哪天才能熬到头。夏俊花的一番话不仅让陈小民感到亲切，而且很感动。从来就没有人会这么设身处地地为他想一想，陈家的子女都觉得陈小民照顾二老是天经地义，都觉得他沾的光最大，他从来就没有独立生活过，一辈子吃住都依靠父母，离了婚又和父母住在一起，下了岗之所以不至于挨饿，还不是因为照顾陈功，可以拿一笔看护费，有了这笔看护费，陈小民吃多大的苦也应该。

陈小民心中的疮疤仿佛叫人揭开了。他平时并不太去想自己是否活得冤枉，并不太去想自己的未来会怎么样，不管怎么说，他好歹也是比上不足，比下有余。厂里拖欠工资他不太在乎，因为在父母那里，他有一张长期的免费饭票。医药费更不在乎，他平时从不生病，就算是有些不适，以陈功的名义开什么药都不成问题，只要能报出药的名称。陈家上下谁有伤风感冒小毛小病，把药当饭吃也吃得起，甚至夏俊花远在乡下的父母，也时常写信来托女儿弄一些不花钱的公费药。在陈小民心目中，夏俊花一直是个没心没肺的乡下姑娘，他记得她刚到为民家做事的时候，看上去完全像个小孩子。随着为民的暴富，做小保姆的也跟着威风起来，她送为民女儿姗姗到奶奶家，从来都是打的来去。穿的是王颖淘汰下来的衣服，有一些还是香港的名牌，她穿在身上比女主人还神气。陈小民想难怪她要看不上自己，往深处想一想，他自己都要看不上自己了。夏俊花此时突然表现出来的关心，让陈小民感到一种从未有过的茫然。

12

夏俊花有一段时候，存心给陈小民一个机会。她再也不是那个刚十六岁的小姑娘，夏俊花现在已经二十七岁，这是个不小的年龄，而且更糟糕的是，她没有机会接触其他男性。陈小民离过婚，陈小民下岗了，陈小民比她大十几岁，这些都是不足之处，没有这种不足之处的男人，又怎么可能看上她。夏俊花利用每天的交接班，尽可能地与陈小民多说些话，有时候甚至放出一些不高明的小手段来引诱他。孤男寡女本来就容易有故事，陈小民是过来之人，她的那点意思全懂，故意装着什么都不明白。夏俊花胆子越来越大，陈小民的贼心蠢蠢欲动，已经没办法装糊涂。

有一天，就在病房的卫生间里，夏俊花刚给陈功换过尿布，用肥皂洗手，陈小民在她身后突然很冒昧地问，可以不可以抱抱她。因为问得突然，她自然要吓了一大跳，慌乱中把肥皂沫都弄在身上了。陈小民于是试探着抚摸她，开弓没有回头箭，两人挣扎了一番，夏俊花不再拒绝。陈小民偷袭得手，立刻把她浑身上下都摸了一遍。夏俊花软软的，像中了邪一样动弹不了，由他放肆，唯独那个地方坚决不许碰。这一来，两个人的关系便有了质的飞跃，夏俊花说，不到洞房花烛夜，她是绝不会让男人得逞，现在的女孩子，有不少都已经不在乎了，她却是特别在乎，因为她是从农村出来的，因为男人其实也最在乎这个。夏俊花绝不会轻易把女孩子最珍贵的东西给别人。她在这方面表现出来的理智，让陈小民感到震惊。有好几次，都差不多了，可以隔着一层布抚摸，可以手伸进去碰一碰，然而怎么哄都不让完成最后的一步。

夏俊花没上过学。刚从农村出来的时候，认的字不到一百个，这以后，所有的教育，所有的知识积累，都是通过电视屏幕上的肥皂剧完成。辛辛苦苦挣的工钱几乎都寄回家了，她的哥哥和弟弟正是靠她的资助才读完中学，在她的老家，能把中学读完，已经是很不错的知识分子，夏俊花因此也感到十分自豪。老家每次来信，最初是王颖帮着念，后来是姗姗，与陈小民关系进了一层以后，这差事便落到了他身上。最新的一封来信内容非常简单，无非是希望夏俊花再寄一些钱回去，如果手头不够，可以先跟主人预支一些工钱，因为她弟弟订婚，对方是一定要彩礼的。此外，夏俊花哥哥叫人打伤的腰还时时疼痛，干不了农活，而小侄子的学费还拖欠着呢。

出门在外，夏俊花希望能知道家里的消息，可是每次来信都让她感到窝心。陈小民问她哥哥的伤是怎么回事，夏俊花的回答是让村长夏光阳打的。陈小民说，既然是让人打的，为何不找他算账。夏俊花说，夏光阳是村长，打了还不是白打了，又能怎么样。夏俊花跑到卫生间里去伤心了一会，她知道来信就是这么回事，又知道如果跟何萃芬预支工钱，肯定会听一大堆废话。在夏俊花的父母眼里，女儿在城市里的日子，就跟天堂一样，吃喝都不要花钱，一点也不会想到她的难处。他们把她当作了摇钱树，能惦记到的就是问她要钱，再要钱。陈小民在外面等着，一直不见她出来，便进卫生间找她，看见她眼圈红红的，也不问为什么，傻乎乎地上前搂她。他们之间所有的调情，差不多都在卫生间里进行，因为病床上躺着的陈功虽然神志不清，但是只要还有一口气，就是个障碍。

接下来是老一套，陈小民重复着无谓的探索活动。夏俊花不说话，过了好半天，突然红着脸问陈小民，能不能借点钱给她。陈小民怔了一下，从小到大，他还没有借钱给人的习惯，因此完全是出于本能地说，我哪有钱借给别人。夏俊花不过随口问问，并不当真的，他回答得这么干脆，顿时让她很尴尬。陈小民还在顺着惯性抚摸她，手脚越来越不老实，她想如果这时候不让他碰自己，他显然会认为她只是为了钱，才拒绝他的，她不想给他有这种错觉。夏俊花的脑海中一片混乱，竟然忘却了防御，她的不抵抗让陈小民也感到为难起来，他本来还有些后悔，后悔不该一口回绝她，然而这时候再改口，好像有些趁人之危。如果夏俊花拿了他的钱，又让他做成了那件事，或者顺序颠倒一下，是先做成了那件事，然后再借钱给她，他们之间的关系又成了什么。

陈小民突然感觉到了恐惧。陈小民在关键时刻，找了一个借口，离开了夏俊花。他知道再不走开，就什么都来不及了。陈小民的欲望简单直接，就是赤裸裸地想做那事。他现在需要的是师娘陆玲玲那样的女人，是直截了当的皮肉交易，事后大家拍拍屁股走人。陈小民并没有真正做好娶夏俊花的准备，直到这时候，他似乎才突然明白，原来夏俊花的坚决抵抗，虽然多少有些可笑，有些可怜，也是迫不得已。男人都靠不住，夏俊花想找的，是一个可以托付终身的人，她的机会并不多，江湖险恶人心叵测，她必须珍惜，珍惜，再珍惜。陈小民突然自惭形秽，意识到他根本就配不上夏俊花。

陈小民的目光

夏俊花不明白陈小民的态度,为什么会发生一百八十度的大变化。她的感情是复杂的,或多或少地被伤害了一下,既有些依依不舍,又有些庆幸。依依不舍的是,毕竟陈小民是她亲密接触的第一个男性,她发现自己其实是有些喜欢他的,那种朦朦胧胧的东西,说没有就没有了。庆幸的是,他们虽然有亲密接触,毕竟不算真正的失贞,亡羊补牢还来得及,男人果然像电视剧上一样忘恩负义,她的贞操还没有给他,已经这样了,真要是阴谋得逞,她把肠子悔绿了也没用。接下来,交接班变得一点故事都没有,陈小民来接班,夏俊花扭头就走。夏俊花来接班,陈小民磨磨蹭蹭不肯离开,她一句话也不跟他说。陈小民知道自己对不住她,感到很狼狈,找话搭讪,她只当没听见,甚至都不看他一眼。夏俊花还真是有那点小脾气,最让陈小民受不了的,是她赌着气替陈功换尿布,有时候屎和尿拉得到处都是,夏俊花端了一盆水过来,不声不响地替陈功洗屁股,洗那已经没有任何生气的玩意。陈小民感到一种说不出来的别扭,他觉得自己也就像父亲的那玩意。

两个月以后,夏俊花突然决定要和高干病房的一位病人结婚。那人是司法局的一位副局长,年龄比夏俊花大了一倍,老婆已经死了两年,两个小孩都在美国定居。这个副局长最大的好处,喜欢把什么话都说清楚,他把自己的情况如实地告诉了夏俊花。副局长说,自己虽然年龄大了,身体绝对没有问题,他急着找一个老婆,是害怕自己犯生活错误。副局长说,他的孩子在国外,在国外的人思想都开通,绝不会回来与她争夺遗产。副局长说,他已经五十六岁,到这个年龄,再往上升官已不可能,因此也无所谓官场得失,也不在乎别人会怎么议论,说他娶了个小保姆,说他娶了个比自己女儿还小的姑娘,说做官做到他这个级别上的官员,有谁能像他这样还对爱情感兴趣。

副局长来医院手术切除胆囊，胆既然被摘除掉了，比胆大更敢有所作为，他直截了当地发起了进攻。夏俊花这种涉世不深的女孩，很快就被俘虏，毕竟人家是一心一意要娶她做新娘。

副局长与夏俊花一起拜访了何萃芬。何萃芬说这怎么可以，我们家老陈谁来照顾呢。她仍然还是自以为是，不明白别人只不过是礼节性地通知她一声，给她一个面子。陈小民有些伤感，总觉得夏俊花选择副局长，自己有不可推卸的责任。到这个时候，他不由得想起她的种种好来。他想对她表白，说她与其嫁个老家伙，还不如嫁给他。但是转念一想，明白自己一点也不比那个老家伙强，人比人，气死人，只有没脑子的女孩才会选择他，能够住高干病房的副局长要比陈小民强一百倍。好东西只是在快失去的时候，才会觉得珍贵，陈小民无限感慨，去百货公司买了一条两千多元钱的白金项链，偷偷地送给了夏俊花。夏俊花看着发票，看发票上的价格，看发票上的日期，有些感动，不明白他为什么要这么做。地点还是在卫生间，夏俊花第二天就要正式离开医院，她已经与副局长正式登记了，领了结婚证书。

夏俊花说："这么贵重的东西，我是不能收的。"

陈小民说："我没什么钱，如果有钱，我会买更贵的。"

"你花这钱干什么？"

"我愿意花。"

夏俊花相信他说的是真话。真话总是感人的，夏俊花热泪盈眶，夏俊花心潮澎湃，当然不是因为送了自己这么贵重的礼物，而是对自己的那份真情。这根白金项链证明陈小民是真心地喜欢她，真心比什么都好，真心比什么都重要。她笨嘴笨舌地不知说什么好，情不自禁扑倒在陈小民怀里，紧紧地搂住了他，这是她第一次

陈小民的目光　231

主动这么做。在过去，夏俊花总是很被动，夏俊花从来没有勇气主动。这时候陈小民要她做什么都可以，这时候陈小民可以为所欲为，只要陈小民说一句话，她可以现在就成为他的新娘，她可以废除与副局长的婚约，与陈小民白头偕老。

陈小民笨手笨脚地将白金项链挂在了夏俊花的脖子上，像一个长辈那样端详着她白皙的脖子，深深地吻了一下，然后衷心祝福，祝她婚姻美满幸福，祝她有一个美好的未来。

13

已经奄奄一息的陈功，表现了顽强的生命力。他已经失去了与人正常交流的能力，甚至都不认识什么人了，大小便失禁，吞食困难，然而就是不死不活地活着。夏俊花出嫁以后，连续找了几个保姆，都做不长，都是干了没几天就走人，因为谁也无法接受要她们两头奔忙的要求。又要做家务，又要照顾病人，这根本就是不可能的事情。而且要忍受何萃芬的唠叨也不容易，何萃芬的毛病，永远要说前一个保姆如何不好，别人听她没完没了唠叨，忍不住就会想，她以后一定也会这样说自己。

最后只好请师娘陆玲玲来帮忙。陆玲玲听陈小民说起自己的烦恼，爽气地说，我去暂时帮个忙好了，等你们家什么时候找到合适的人，我再找别的活干。陈小民说，陆师傅肯帮忙当然太好了，只是照顾我爸，辛苦不用说，恐怕也太脏了，拉屎撒尿，他现在整个就跟小孩一样。陆玲玲说，就这样定了，我又不准备干多久，不就是帮个忙吗，有点脏怕什么。朱荣德在一旁说，别跟你师娘客气，有些话多说，反而把那点意思，弄得不好意思。

陈小民回去与何萃芬说了，说好只顾一头，不做家务。何萃芬说，凭什么不做家务，别人都能做，凭什么她就不行，难道我们不是一样的出钱，难道是你师娘，就要和别人不一样。你的用心我还不知道，我才不会在你们心上呢，我饿死了活该，累死了是报应，你爸一死，我就跟着一起走，绝不拖累你们。我辛苦一辈子，养大你们七个小孩，老来又怎么样，一个比一个没有良心。陈小民不想与母亲纠缠，板着脸说，这样吧，谁也别请了，就我一个人顶着，我就住在医院，也不回来了，你爱怎么就怎么，二十四小时我一个人顶着，忙死了算。他对何萃芬一直是逆来顺受，现在已忍无可忍，何萃芬看他样子是真急了，就不再说话。

厂里的情况越来越不像话，下岗工人的那点生活费，越来越没有保障。全面停产以后，当年赫赫闻名的一个军工企业，现在只能靠出卖地皮过日子。有个香港商人进行了全面的考察，忽发奇想地要把工厂改成一个航空母舰级的吴宫美食城。他将所有的厂区都租了下来，原有的车间全部改成大小不等的包厢，两个遥遥相对的车间，在空中架起巨大的钢架，经过富丽堂皇的装潢，变成全市最大的餐厅大堂，可以同时放下两百张桌子，服务员全穿着溜冰鞋送菜。袁厂长摇身一变，竟然置全厂几千号人的生活不顾，成了这家美食城的中方总经理。

十二月十二日是陈功的八十四岁生日，民间有"七十三""八十四"是道坎的说法，大哥国民请客为父亲做寿，地点就选在吴宫美食城，参加的人有何萃芬，国民全家，二嫂王颖母女，陈小民以及他女儿青青。青青已上小学二年级了，平时与父亲很少见面。何萃芬觉得今天七个子女中，只有国民和小民两个人到场，不免有些失落，而陈功还神志不清地躺在医院里。她怏怏地

陈小民的目光　233

说，为你爸做寿，他又不能来，真是没意思。从一开始，她就不是很高兴，今年她已经八十岁了，过八十岁的生日，没人给她做寿，说明在子女心目中，仍然是只有那个当官的老子。陈小民说，你又不提起这事，我们怎么会记得你的生日在哪一天。何萃芬耿耿于怀地说，你们怎么可能把我放在心上，我当然只有做牛做马的份了。大家都不想把气氛搞坏，由何萃芬去说，点完了菜，何萃芬拿过菜单一看，说这里的菜倒不贵。

王颖知道是弄错了，告诉她所看到的，只是每份的价格，一人一份，加起来就厉害了。何萃芬听了吓一跳，大有站起来立刻走人的意思。

国民连忙安慰母亲："妈，你不要紧张，我这里有好几张优惠券，吃不了多少钱的。"

"什么叫优惠券？"

"只要在这吃，结账的时候，按百分之二十给你优惠券，下次再来吃，这券就可当钱用。"

"你哪来的优惠券？"

国民笑而不答，这地方他来过好几次，当然都是别人用公款请客。请完了，又用优惠券拍他的马屁。国民今天存心想让家人开开眼界，便把这座美食城的种种传闻，说给大家听。国民告诉大家，这里包厢选的小姐，个个花容月貌，据说都是按空姐的标准择优录取出来的，又说这里的装修绝对第一流，用的都是最好的材料，不说别的地方，就说卫生间吧，每个小便池前面，还放着一台小彩电，你可以一边撒尿，一边看足球赛。陈小民听了惊奇不已，想了一会，突然觉得这么看电视，多少有些别扭。周围的环境早就让陈小民感叹了，他不敢相信这里就是他过去天天上班的地方，他在这里领了第一笔工资,在这里拜师学技术,在这里认识闫连姣,在这里参加政治学习,在这里与同事谈天说地打扑克,在这里下岗。

来的时候比较早,大堂里人还不多,渐渐地人多起来,人声鼎沸,人满为患。一眼望过去,热火朝天,就仿佛置身于一个大的百货商场之中,大家要说话,得扯开嗓子叫才行。送菜的小姐衣着暴露,脚蹬溜冰鞋,一手高举托盘,在人海中像鱼一样穿梭往来。

国民以很熟悉这里行情的口气说:"真是邪了门,天天都是这么多人。这只是大堂,包厢还要火,不要看这有那么多间包厢,你要来,必须事先预订,迟一点都不行。"

陈小民想不明白:"这么贵,怎么会有这么多人?"

"现如今做餐饮就这样,越贵,人越多。"

"钱又不是偷来的,贵了,干吗还来?"

"人气,你懂不懂,这就叫人气!"

何萃芬叹气说:"我就不懂了,现在的人哪来这么多钱?"

一直不开口的青青,突然老气横秋地说:"奶奶,现在的人,钱不要太多!"

陈小民想说他就没什么钱。话到嘴边,没有说,怕说了,女儿更看不起自己。离开的时候,借上厕所的机会,他到处走了走,试图在富丽堂皇之中,找到一点往日的痕迹。一切都面目全非,见不到一点点的旧影子。离圣诞节还有十多天,到处都是预订餐位的电话热线号码,显然吴宫美食城非常看中这一天,一位当红的香港歌手已经说好到时将到场助兴。在过道上,贴了一长串来用过餐留影的明星照片,从那些大小不等的照片里,陈小民突然看到了袁厂长。在陈小民的印象中,袁厂长永远愁眉苦脸,他不是在呵斥谁,就是被谁指着鼻子痛骂。厂里很多资格老脾气大的老工人,他们见

陈小民的目光   235

证了这个军工厂的辉煌历史,并不把这个年轻的袁厂长放在眼里。想当年,工厂直属后勤部领导,当地的省市领导都管不了他们。

　　如今照片上的袁厂长,确切地说,应该是吴宫美食城的中方总经理袁彪,脑满肠肥,红光满面,一头一脸的功成名就。当年的几千号工人,像沙漠中的一潭死水,突然就全部蒸发了,一点痕迹也不剩下。厂里的一位老师傅在临咽气的时候,曾对自己一位已五十多岁的徒弟说,我已经老了,七十多岁了,死了也就死了,你们怎么办,都熬不到退休,你们的徒弟又怎么办?陈小民知道,自从最初的下岗开始,下岗的人就没有停止过抗议,永远是刚下岗的工人在闹事,这一拨闹得差不多了,便轮到新的一拨下岗,再闹,再闹得差不多了,又是新的一拨。永远是有人在幸灾乐祸,你方唱罢我登台,闹的人闹,不闹的人看笑话,结果,到最后,谁也不能幸免下岗。袁彪正是靠这种小刀子割肉的办法,慢慢地将全厂的工人一批批都给打发了。

　　在回家的路上,陈小民想,自己的二哥被抓起来判了死缓,这种事也未必就不会轮到袁彪的头上。善有善报,恶有恶报,老天爷不会瞎眼,不是不报,时辰没到。从吴宫美食城出来,陈小民用自行车送青青去闫连姣那里。美食城门口有一个巨大的停车场,陈小民带着青青从停车场穿过,去取自己的自行车,青青看着停在那的各式各样小汽车,问走在前面的父亲,他们家什么时候也能够买一辆,陈小民头也不回地说:

　　"要车干什么,你二伯当年倒是有车,而且是宝马,那车这个城市里都没几辆,可现在呢?青青,我告诉你,我们不要那什么小汽车!"

14

十二月二十四日这天,一千多号下岗工人将吴宫美食城围了个水泄不通。陈小民是第一次参加这样的示威活动,他不仅自己去了,还把师傅也用轮椅推去了。朱荣德不愿意抛头露面,陈小民做他的思想工作。陈小民说,我们要让那个姓袁的家伙明白,人心齐,泰山移,不要以为我们当工人的,就一定奈何不了他。朱荣德说,我才不怕那个姓袁的鸡巴厂长,他算什么东西,我是觉得没脸面见大家。陈小民说,师傅,要不是袁厂长把个好端端的工厂,糟蹋成这么惨不忍睹,你又怎么会像今天这样。

袁彪做梦也想不到会出现这样的场面,这一天,他不仅请了当红的香港歌星,而且还请了市里的有关领导。这个城市的人对圣诞节并不热心,袁彪希望从吴宫美食城开始,每年都搞盛大的狂欢活动。前来赴宴的客人,和浩浩荡荡的下岗工人挤成了一片,现场很快失控了,有人打110报警,不一会好几辆警车气势汹汹赶到,可是面对越聚越多的工人,只能束手无策,只能停在一旁看热闹。几个女工围了上去,向公安人员控诉袁彪的罪状。袁彪派人出来说话,刚露面便被愤怒的工人一顿暴打。新闻记者在现场开始采访,有好几位记者本来是今晚的客人,有的则是在电台和电视台当班,听到消息火速赶过来。

袁彪仗着请了市里的几位领导,扬言说要把带头闹事的人抓起来。他们来到美食城的最高点,推开窗户往下看,只看见四处都是黑压压的一片人头。有关领导立刻有些发怵,打电话请示市委书记,先是电话怎么也联系不上,终于联系上了,市委书记一听这里情况,听说有几千号的人在闹事,立刻指示先稳定局势,绝对不能让事态扩大和激化。有关领导请示如何稳定局势，市委书记很不高兴地说，你既然人在那里，为什么不知道怎么做。口气显然是责怪有关领导，怪他不应该冒冒失失参加这种来自民间的宴请，出了事怎么办，出了人命怎么办。据说市委书记对吴宫美食城的做法并不是很赞成，在挂电话前，市委书记撂下了一句话，说我就知道会出事。

　　有关领导因此如坐针毡，外面的工人拼命地在喊让袁彪出来。袁彪也意识到事态的严重，说无论怎么样，总得调一些武警来保卫有关领导和香港歌星的安全吧。有关领导立刻生气了，说武警是你姓袁的说调就能调的，又说你这不是明摆着要坑我吗，早知道如此，我根本就不应该来参加你这个什么圣诞节活动。过了大约半个小时，外面的形势越来越紧急，有关领导再次打电话请示市委书记，市委书记的秘书说，市委正在为这件事召开紧急会议。有关领导凭直觉，就知道事情不妙，果然不多久，市委书记亲自赶到了现场，他根本就没有通知有关领导，而是直接接见工人，让工人选出代表来进行对话。市委书记一席话，就轻易地平息了众怒，他接过110车上的话筒，用纯正的普通话大声说：

　　"工人同志们，你们放心好了，我们会给大家一个满意的答复。首先，我想说，市委对于今天这个局面，是有一定责任的，是我们的责任，我们绝不推卸。我们对不住大家，工人阶级是我们的财富，我想说，把一个好好的工厂，就这么卖了，就这么不顾广大工人死活地卖了，是不对的，是错误的……"

　　晚上回去睡觉，市委书记嘹亮的声音一直在陈小民的梦中回响。他感到一种从未有过的兴奋，第二天天刚亮，陈小民匆匆赶到医院去换班，要紧把昨天晚上的事情都说给师娘听。他觉得这是一个很好的信号，觉得袁彪很可能会因为这件事彻底完蛋。陆玲玲并不像他那么激动，说厂都已经卖了，连个尸首都见不着，你师傅也已经那样了，已经残了，已经废了，成了一个废人，就算是错，就算是说一声错了，又能怎么样？小陈，我告诉你，我们那个厂已经没救了，我们也没救了，就好像你爸现在这样，躺在床上，今天这插一根管子，明天那里打一针，人还有一口气，可是跟死人又有什么区别，人要死，谁也拦不住的。陆玲玲现在对什么都不抱希望。或许是昨天晚上没睡好，或许是陈小民来得太早，来不及收拾，陆玲玲看上去老态毕现，好像突然之间变苍老了。在陈小民的印象中，她从来就不像一个五十岁的人。女人打扮不打扮完全不一样，陈小民好像突然发现她眼角间的鱼尾纹，突然发现她嘴唇是那么干涩，那么没有血色，陆玲玲现在就好像一朵已经枯萎的花，再也不见往日的美丽。

事情的最后发展，果然如陈小民希望的那样。袁彪说完蛋就完蛋，什么香港护照和长期定居证，什么加拿大和澳大利亚的绿卡，根本没有任何作用。他的罪名太容易认定，所谓五毒俱全，要贪污有贪污，要行贿有行贿，用假发票做假账偷税漏税，嫖娼养小秘包二奶，在澳门豪赌，在瑞士银行中有自己的秘密账户。有关领导跟着他一起受累，据说也双规了。树大招风，袁彪的手段太歹毒了一些，吴宫美食城那种航母式的经营方式，差不多把全市餐饮生意的风头都盖过。现在，他这棵树终于倒下来，大家无不拍手称快。

15

可惜陈小民没有看见袁彪被绳之以法。如果他能看到，一定会很高兴。在那次大规模示威活动的第三天，也就是十二月二十六日下午，陈小民见义勇为，为了捉拿持刀抢劫的歹徒，不幸被刺身亡。事情的发展非常突然，出乎所有人的意料。

这天下午阳光灿烂，陆玲玲比平时早了一个多小时来接班。她又一次和朱荣德吵了嘴，也不为什么，两个人拌嘴是经常的事情，陆玲玲一赌气，就提前来医院换班。陈小民看她脸色不好看，问了几句，已经知道是和师傅闹不愉快，胡乱地劝了几句。陆玲玲笑了，说小陈你用不着劝的，我们两个人的事，吵过就完，他已经那样了，我不会和你师傅真生气的。她说完了，便去卫生间打扮，她是个极爱漂亮的女人，只要有可能，就把自己收拾得干干净净。今天出门因为匆忙，她的头发没梳好，到了卫生间里，将头发弄湿，又抹了一点摩丝，用手托着，让头发定定型，然后对着镜子横照竖照。

磨磨蹭蹭从卫生间出来，因为来早了，陆玲玲没有来得及吃晚饭，便让陈小民去医院门口小卖部买两包方便面。她刚收拾完毕，打扮得有些光彩照人，当然不会想到这次差遣，会送掉他的性命。陈小民欣然从命，转身下楼，脑海中保留着对师娘的美好印象。从陆玲玲身上，陈小民明白了上年龄的女人打扮的重要性。他想起自己刚到工厂报到那阵，那时候的师娘不过刚三十岁出头，那时候的师娘不用打扮，那时候的陆玲玲是一个十足的美人，像熟透的水蜜桃一样，轻轻地撕掉一层皮，甜甜的汁水就会流出来。经过差不多二十年的时间，师娘的美丽已染上了一种岁月的沧桑，正是这种沧桑感，才使得她在夜色中悄然出没，别有一种特殊的韵味。陆玲玲与陈小民现在每半个月倒一次班，陈小民有充分的理由相信，师娘做白班的那半个月里，仍然在兼做皮肉生意。陈小民相信师娘是以一种非常认真的态度，从事着这种古老的职业，他相信她在拉客的过程中，有一种独到的经验和手段。陈小民相信师娘市场行情会很不错,她的魅力绝不比那些年轻的女孩子差。

在小卖部,陈小民买了两包方便面,买了一包榨菜。小卖部在医院的大门口,紧挨着公交车站。陈小民从小卖部出来的时候,一辆无人售票车正好到站,就听见一阵叫喊声,车门打开了,一个身穿皮夹克的小伙子跳下车,往陈小民这边跑过来,从车窗里同时探出好几个脑袋来,大喊抓小偷。很显然那个穿皮夹克的小伙子就是小偷,陈小民出于本能地张开双手,想拦住他,那人一看苗头不对,扭头就跑,陈小民便跟在后面追,这时候还不到五点钟,医院门口有很多人,一时间抓小偷的声音很响亮。小偷像受惊的兔子一样犹豫了一下,转身跑上了过大街的天桥,陈小民跟在后面紧追不放。另外还有一男一女紧跟在他身后追,陈小民将手中的方便面向小偷扔过去,小偷抱着脑袋躲了一下,陈小民一个箭步蹿上去,拉住了小偷的皮夹克,那小偷脸上顿时露出非常恐怖的样子。后面的一男一女也追到了,陈小民以为他们会过来帮自己,没想到那女的上前将他抓住,往边上一送,要不是陈小民手上抓住那小偷,他很可能被她扔到天桥底下去。

陈小民想说弄错了,想说他抓的那个人才是小偷,可是当他回过身的时候,发现那女的手上突然冒出来一把寒光闪烁的小刀。原来这些人是一伙的,那女的是个小头目,事后才知道,她曾经是省柔道队的队员,难怪一出手会那么刚武有力。她长得还算漂亮,头发染成了棕色,用嘶哑的声音说,老板,大家无仇无怨,麻烦你放一马,我们各走各的路。陈小民紧抓着穿皮夹克的小偷不松手,从天桥两边,分别有看热闹的人,有的人甚至还不明白发生了什么事情。那女的见求饶没用,上来在陈小民的大腿上就是一刀,看热闹的群众立刻尖叫起来。陈小民还是不肯松手,那女的不由分说,对准他就是一阵猛捅，然后拉着那个穿皮夹克的小偷，挥舞着手中带血的小刀，在人群中冲下桥，众目睽睽之下，一路狂奔，最后消失在茫茫的人海中。

  虽然离医院很近，虽然进行了全力的抢救，虽然后来陈小民成了大家纪念的英雄，两个小时以后，陈小民的心脏停止了跳动。陈小民始终没有跌倒，他趴伏在天桥的栏杆上，脸上闪烁着夕阳的余晖。因为站得高，他能够更清楚地看见那三个小偷奔跑的身影。那三个小偷跑出去几十米以后，突然分开了，分别往不同的方向跑去。这时候，陈小民已经说不出话来，他的目光炯炯有神，闪闪发亮，用手指着捅他的那个女子跑的方向，像一座塑像一样再也不能动弹。

2002年8月10日

余步伟遇到马兰

1

余步伟在火葬场的表演,足以证明他是个还算不错的好演员。他差一点就要按捺不住丧妻的喜悦,余步伟现在心花怒放,余步伟现在情不自禁。喜悦像一对在巢穴里叽叽喳喳嬉闹的小鸟,扑打着欢快的翅膀,随时随地要飞出去。妻子的突然逝世简直就是天赐良机,是人世间一件称心如意的事情。余步伟的两个眼睛直直地盯着妻子的遗像,长时间一动不动,由于戴着一副很大的墨镜,人们看不太清楚他的表情,只知道他很严肃,非常悲伤。他的嘴唇一个劲嚅动,仿佛念台词一样默默私语,别人都以为他伤心过度,正在痛苦地诉说什么,其实颠来倒去就一句话:

"很痛苦,我真的很痛苦。"

余步伟的妻子祁瑞珠是在替老母亲擦玻璃窗的时候,失足掉下去摔死的。是跌巧了,有人从三楼四楼掉下去都没事,她不过是从二楼,后脑勺落地,当时还清醒,跟没事一样,送到医院好一会才昏迷,昏迷了以后就再也没有醒过来。余步伟知道喜悦这种情绪是不对的,知道这时候幸灾乐祸会遭到众人指责,为此不得不在心里反复念叨"我很痛苦"。他必须用这句话来掩饰自己的喜悦,结婚二十多年,余步伟一直试图喜欢祁瑞珠,可是所有的努力都徒劳。祁瑞珠似乎更不喜欢对方,他们同床异梦,形同马路上遇到的陌生人。余步伟感到幸运的,是妻子的死与他毫无关系。

　　火葬场很乱,人满为患。死人多得来不及烧,告别仪式一个接一个。终于轮到祁瑞珠,大家排队站好,由死者的弟弟站出来主持仪式。余步伟知道接下来要轮到他说话,他继续用眼睛死死地盯着妻子的遗像,因为瞪眼睛的时间已经很长了,他的眼部神经早就极度疲劳,眼泪已开始源源不断往外淌。终于轮到余步伟说话了,他走到众人面前,缓缓地摘下墨镜,看着他满脸的泪痕,人群中不由传出了叹息声。这一招还是他在刚进滑稽剧团时由老演员传授的,舞台上遇到要流眼泪的场面,最简单的办法就是事先对着灯光看,要将眼睛瞪大,尽量瞪大,千万不能眨眼,这样很快就会热泪盈眶。

　　余步伟出色的表演让妻子的一家人感到满意。满脸的热泪,已让夫妻不和睦的传言不攻自破。现在感到深深内疚的是祁瑞珠的老母亲,她是个有些洁癖的女人,或许太勤劳的缘故,两个女儿和三个儿子一个比一个不能干,都养成了衣来伸手饭来张口的坏习惯。七十多岁的老母亲做梦也想不到大女儿会在擦窗子的时候掉下去。祁瑞珠实在是太不能干了,老太太非常后悔,后悔不该让已五十岁的女儿去擦玻璃窗。女儿笨手笨脚往窗台上爬的时候,她就预感到要出事,嘴上喊着"当心,当心",正说着,女儿已经不见了身影。现在,面对着女儿涂脂抹粉的遗体,她又一次流起了眼泪,流泪是因为看到女婿竟然也会那么伤心,不管怎么说,女婿的痛苦是由她一手造成。

　　祁瑞珠的娘家人浩浩荡荡站了一大排,孤儿出身的余步伟因此显得很孤单。今天到场的,属于他的熟人就只有一个雷苏玲。胖胖的雷苏玲是鹊桥仙婚介公司的女老板,也五十多岁了,对余步伟的夸张表现感到很吃惊。余步伟伤心了好一会,开始念悼词,手上突然有了一张稿子,是小舅子递给他的,但是他并不打算照本宣科一字不差地念。悼词照例要说死者生前的种种优点,余步伟觉得这似乎不够,流着眼泪又添油又加醋,近乎奢侈地滥用好词汇,结果他说的人无所顾忌,听的人忍不住要笑出来:

"祁瑞珠是一个伟大的人,她生得伟大,死得可惜。不过,我想她是怀着美好记忆离去的,她爱她的母亲,爱她的兄弟姐妹,爱她的那一对可爱和出色的双胞胎女儿,她是一个有着伟大爱心的女人,当她像只小鸟一样从窗台上摔下去的时候,怎么会想到就此和亲人告别呢……"

在滑稽剧舞台上,余步伟从来不是一位好演员。他总是有太多的即兴发挥,动不动就把剧本忘到脑后。好在时间比较紧张,后面的告别仪式一个接着一个,这场戏想不结束也得结束。祁瑞珠的双胞胎女儿对父亲的夸张表演开始不满,她们因为学习成绩优秀,目前都在北京上大学,是三年级的学生,匆匆赶回来,急着要赶回去,已买好今天的火车票,准备从火葬场直接去车站。接下来的一切都很仓促,祁瑞珠的遗像刚拿下,别人的遗像已迫不及待挂了上去。前面的人还没有退场,后面的人已涌进来。接下来,祁家的人都坐一辆大面包车走了,只剩下祁瑞珠的弟弟留下来取骨灰。余步伟搭雷苏玲的小车送女儿径直去火车站,一路上大家都绷着脸不说话。到了火车站,仍然没有什么话。雷苏玲有些看不过去,与双胞胎姐妹随口敷衍,姐妹俩却懒得搭理,问一句,只肯答半句。

双胞胎中的姐姐余青突然很冒昧地对余步伟说:"爸,你现在是彻底地自由了,你不就等着这一天吗?"

余步伟吃了一惊,雷苏玲听了也有些目瞪口呆,没想到更厉害的一句还在后面。

余步伟遇到马兰　　245

"你这种男人要不找女人是不可能的，不过也不要太快噢。"

余步伟想申辩，妹妹余春看看手表，对姐姐说进站的时候已经到了。

余青说："急什么，检票不是还没开始。"

检票说开始就开始了，人群一窝蜂向前拥。余青余春姐妹头也不回地向检票口挤过去，检完了票，姐姐余青仍然不回头，妹妹余春回过头来，看了父亲一眼，挥挥手，姐妹俩便消失了。余步伟怅然若失，本来不错的心情现在全被破坏了。回去的路上，雷苏玲感叹地说，你女儿可是真够厉害的，我后悔不应该跟过来，她总不至于觉得我们会有什么吧。余步伟无话可说，摇了摇头，从兜里掏出墨镜，一本正经戴上。

雷苏玲侧过身来看他，说："余步伟，你知道不知道，今天的戏，你演过了。"

2

余步伟被熟悉的人誉为师奶杀手。滑稽演员出身的他舞台上没演过什么重要角色，现在剧团解散了，却在婚姻介绍所找到了位置。余步伟扮演着对女性有魅力的各式人物，马不停蹄地与前来征婚的人见面。这样的见面照例不会有结果，那些女士心甘情愿地缴了报名费，与看中的照片上这个男人见面，到茶馆里坐坐，一起看场电影，有时上馆子吃一顿，故事便就此结束。最常见面的对象，是人到中年的成功女性，成功当然是指经济上的成功，这包括那些有钱的寡妇，当上女干部的老姑娘，失意了又不想安分守己的二奶，对付这些女性他得心应手游刃有余。

余步伟没想到会在一个叫马兰的女人身上遇到麻烦。在祁瑞珠葬礼过后的第三天，那个叫马兰的女人来到了鹊桥仙，指名要找一个叫潘天乐的男人。工作人员见她来者不善，说你如果是来征婚，请先填个表。马兰说她过去填过表，而且与那个潘天乐见过面。工作人员在电脑里搜索了一下，说对不起，没你要找的这个人。马兰说，我不管你现在有没有这个人，我只要他过去的资料。工作人员说，我们客户的资料是保密的，不能随便给你查，要查就得缴钱，得缴报名费。马兰说我又不是来征婚，凭什么要缴报名费。说了半天，工作人员只认死理，不缴钱，说什么都没用。马兰没办法，只好缴钱，一问价格，脱口说：

"怎么涨价了？"

工作人员笑起来："这年头要不涨价，你不觉得奇怪吗？"

缴了钱，开了收据，接下来，还是在电脑里查。将潘天乐几个字输入进去，显示没有这个人。马兰不甘心，说我缴了钱，不能这么就算完事。工作人员说，谁说完事了，把你要找的男人条件说出来，一输入电脑，立刻有一堆合适的好男人跳出来。马兰说她今天只想找人，不是征婚，如果找不到这个潘天乐，就退钱。工作人员立刻翻脸，说我告诉你，收据都开了，想退钱没门。马兰气得想投诉这家婚姻介绍所，转念一想，这种场所根本不是吵架的地方，传出去一点面子都没有。自己反正是钱也缴了，总不能这么白白地来一趟，于是坐在电脑前，按照工作人员的指示，一张接一张翻阅供选择的男人照片。这样的照片也并不多，突然，余步伟的肖像笑容可掬地出现在荧屏上，马兰心里咯噔一下，一看那名字，已不叫潘天乐，职业也改变了，原来是大学的教授，现在却是政府机关的公务员，是即将退休的副局级干部。

余步伟遇到马兰　247

马兰冷笑着说:"这个人条件倒不错?"

工作人员说:"怎么样,好男人多得很呢,你何苦非要在一棵树上吊死?"

马兰说:"那好,就是他吧!"

显然是工作人员的失误,从技术上来说,余步伟完全有可能避开与马兰的再次见面。余步伟隔一段时候就换个假名字,工作人员可以保证他绝对不会与同一个女人见上两次。但是,在一个相同的地点,几乎是同一张桌子,余步伟与马兰就这样又一次尴尬见面了。在一开始,衣冠楚楚的余步伟并没有任何察觉,他经历的女人太多,不可能都记住。他只是觉得脸熟,觉得马兰看自己的目光有些异样。马兰面带羞涩地向他如实介绍情况,告诉他自己是一所重点中学的副校长,已经40岁了,说她是一位耽误了婚姻的老姑娘,在40岁以前,对结婚没什么兴趣,现在思想认识已有了变化。余步伟表现得很优雅,非常专注地倾听马兰说话,不时地点点头。马兰希望她的叙述能唤醒他的部分记忆,但是说什么都是白说。

到最后,马兰只好把话锋一转:"那么该你谈谈了?"

余步伟开始侃侃而谈,他很欣赏自己的即兴能力,自信他的天花乱坠,足以让眼前这个看上去还算漂亮的女人晕头转向。在这种场合,余步伟永远信心十足,既然身份是副局长,他的言辞难免得带些官腔。偏偏马兰对他的吹嘘没有丝毫兴趣,面带讥笑地看着他,给他的情绪造成很大的干扰。隐隐地,余步伟觉出了一些问题,意识到情况不太妙,说话也有那么点语无伦次。

余步伟试探问了一句:"我们是不是曾经见过面?"

"你说呢?"

"那就是见过?"

马兰不动声色地说："恐怕还不止一次。"

"你是——"

"怎么，全忘了，我们不就是在这，不过应该是那张桌子，就那边那张，那时候，你是大学的教授。"

余步伟显得很狼狈。

马兰乘胜追击："还有前几天，在火葬场。"

余步伟大惊失色，差一点要从座位上弹起来："火火葬场——"

余步伟怎么会想到出这样的差错。他怎么能想到，会与同一个叫马兰的女人约会两次，结果让她像小丑一样地戏弄一番。他怎么能想到，自己的老婆死了，马兰的姑姑也死了，而且两个人的遗体告别仪式，恰恰紧挨在一起。正是因为这种巧合，余步伟在火葬场的表演，全落在了马兰眼里。余步伟一下子找不到北，余步伟狼狈不堪，不过，他很快又恢复了自信。余步伟仰起头来，很认真地听马兰说话，他现在必须以守为攻，让马兰把所有的炮弹都发射完毕。

马兰冷笑着，说："你戴一副墨镜，墨镜一摘下来，全是眼泪。当时那样子真的很帅，表演得也不错，真像个好演员，对了，顺便问一下，那个死去的女人，总不至于不真是你的老婆？"

3

余步伟早在两年前，已开始脱离雷苏玲偷偷地单干。雷苏玲是启蒙老师，余步伟的表演天才，正是在她的培养下发扬光大。刚到鹊桥仙做事的时候，余步伟多少有些提心吊胆，他并不在乎自己说假话，对于滑稽演员出身的他来说，说假话要比说真话容易得多。

他担心的是自己兴奋过度,会把话说过头,这是舞台上养成的坏习惯,余步伟不知不觉地就把戏演过了。刚出道的时候,雷苏玲规定余步伟每次与客户见面,时间不能超过五分钟,因为时间长了就容易出洋相。他必须速战速决,在最短的时间内,将对方的信心完全击溃,然后迅速鸣金收兵。由于余步伟扮演的是那种最炙手可热的成功男人,他既是女人们倾心向往的对象,同时也很容易让女人觉得自己配不上他。余步伟自忖在打发女人方面已是久经沙场,他可以很快地从黏糊糊的调情中,迅速翻脸,突然来个一百八十度的大拐弯,让对方防不胜防措手不及。

通过在鹊桥仙的几年磨炼,余步伟羽翼丰满,再也不能满足那种由别人安排的五分钟见面。守株待兔妨碍了他才能的发挥,余步伟开始研究报刊上的征婚广告,开始偷偷地物色狩猎对象。主动出击要比被动防守有趣得多,没完没了的匆匆约会早就让他感到厌烦,他希望把戏演得更深入一些。妻子祁瑞珠已不幸身亡,余步伟成了真正的王老五。他现在是不折不扣的单身汉,没有理由不抓住这个机会风流快活几年。在经过马兰的一番羞辱之后,余步伟以最快的速度从失利阴影中走出来,这毕竟是个小小的插曲,今天除了与马兰见面之外,他还有更重要的事情要做。

余步伟今天要带蔡丽芬去福利院。与马兰分手的时候,他发现已经严重超时。通常只是五分钟的约会匆匆见一面,现在超过的时间大大出乎意料。马兰并不想轻易放过这个机会,得理不肯饶人,像教训自己学生一样,把他的道德品质好一顿数落。她希望余步伟像明白道理的学生一样认错,能够知错就改,改邪归正。余步伟的表情终于从极其真诚,发展到不耐烦和不想听,他知道蔡丽芬最讨厌别人迟到了,奇怪她为什么还不打电话过来。由于他一直心神不宁地看手机上显示的时间，言犹未尽的马兰有些生气，悻悻地问他是不是急着去和别的女人见面。余步伟反问她是想听真话，还是听假话。马兰说你如果肯说真话，她当然要听。

余步伟叹气说："那你是猜着了，还真有这么个约会。"

马兰没想到他会这么无耻，而且是一种天真的无耻，一种与年龄不相符的无耻。面对这样的无耻之徒，马兰已经没什么话可说。这时候，余步伟的手机响了，他如获救星，十分兴奋地接听手机，连声说"喂，我就来，就来"。蔡丽芬在电话里的声音很响，余步伟故意在歉意中表现出一种亲热劲，表现出他现在正被一些并不情愿的事情耽误了脱不开身，马兰见此情景，只好草草结束这次谈话。一辆出租车远远地开过来，余步伟伸手拦下，问马兰是不是要先走。马兰摇摇手，他于是伸出手来，想与她握手告别，马兰没有反应。余步伟也不介意，临上车前，绅士气十足地致告别辞：

"过去的事情，我感到很内疚。"

马兰说："我看不出有任何内疚。"

"如果有把刀，我会把自己的心挖出来给你看，"余步伟指着自己的心脏，有些做作地说，"到那时候，你就知道我说的是真话了。"

几分钟以后，余步伟已和蔡丽芬在一起了。蔡丽芬是个白白胖胖有钱的女人，年纪已不小，离婚许多年，一直想找个称心如意的郎君。和余步伟见过几次面，印象不错，但是总有些放心不下，她这样的有钱女人，最担心别人算计她的财产。余步伟与她交往，最有效的方法，是尽量不把钱当回事。这一次他扮演的角色，是一位会两国外语的大学教授，而且是位农艺专家，因为蔡丽芬只是初中文化，余步伟玩弄她易如反掌。从出租车上，远远地看见蔡丽芬抱着哈巴狗小白站在小区的路口,他下了车,说今天带着狗出门,怕是不合适。他们这是去福利院,去看望饥寒交迫的少年儿童,牵着一条又白又胖的哈巴狗,很容易给人带来不好的联想。

蔡丽芬立刻想到自己也是又白又胖:"喂,你是说小白呢,还是说我?"

"当然是说小白。"

"好吧,你看我们小白生气了,不带我们去,我们就不去了,噢,小白真的生气了。"

蔡丽芬像哄小孩一样地哄那条狗,哄了一阵,以商量的口吻问他,是不是真的不能带它去。余步伟耸了耸肩膀,表示这种事毫无办法。蔡丽芬于是拿出手机,让小保姆下来将小白接走。不一会,小保姆来了,那哈巴狗小白依依不舍地挣扎着,蔡丽芬又是哄又是骂,终于把狗交给了小保姆。两人拦了一辆出租车直奔福利院,进了福利院,一大群孩子瞪着眼睛看他们,蔡丽芬大大咧咧地说:

"喂,你认养的那三个孩子在哪?"

余步伟眼花缭乱,这些孩子穿着差不多的衣服,表情也有些差不多。幸好院长走了过来,她显然是认识余步伟的,而且对他印象深刻,笑容可掬地向来宾问好,然后点了三个孩子的名,让他们赶快站出来,走到前面来。两个女孩一个男孩应声而出,看上去都有点脏兮兮,带着些胆怯地看着蔡丽芬。蔡丽芬和蔼地问他们几岁了,三个孩子依次回答,两个女孩一个十岁一个十一岁,男孩也是十一岁。回答完了,蔡丽芬笑着问那个小男孩:

"你怎么会比人家矮那么多呢?"

小男孩有些不好意思。

余步伟解围说:"急什么,人家以后就高了。"

接下来，仍然是提问题，三个孩子中，那个小一岁的女孩比较活跃，所有的问题都抢着回答。蔡丽芬很开心，她自己从来就没有过小孩，对应该怎么样向少年儿童提问毫无经验，但是她很喜欢提问。她的一些问题显然是不合适的，刚提出来，在一旁的余步伟和院长便忍不住笑起来。问答游戏结束以后，院长将余步伟和蔡丽芬带到办公室，叫人为他们沏了两杯茶，然后开始介绍这段时间的"爱心认养计划"进展。这个计划是本市媒体发起的一个活动，就是让社会上有爱心的人，到福利院去认养孩子，每人每月一百块钱。由于余步伟一下子认养了三个孩子，他自然成为福利院的明星了，大家都认识他。院长说到后来，很感激地说：

"如果大家都能像张先生张太太这样，能够关心和爱护这些不幸的孩子，其实根本不要拿出多少钱，情况就会不一样，完全不一样。福利院的各种困难，都能克服了。因此，对于张先生和张太太的这种爱心，我们真的很感激！"

从福利院出来，蔡丽芬似乎也被余步伟的爱心有所感动，她模仿院长的口气喊他张先生，笑自己已经成为张太太了。余步伟当然不会白带她到福利院去，他要向她证实自己确实认养了这三个孩子，要向她证实自己确实是个有爱心的男人。他要她相信，自己只不过是一时间遇到了些小困难。余步伟告诉蔡丽芬，作为一名农学院的教授，他在江心洲投资了一大片葡萄园，现在，葡萄园丰收在望，由于当地政府换了领导，决策发生了变化，原来签订的合同形同废纸，他将不得不陷入到该死的官司中。余步伟说，自己在葡萄种植方面，是个不折不扣的第一流的专家，可是在人际关系上，就显得经验不足和容易被别人算计。余步伟让蔡丽芬放心，虽然遇到了麻烦，他对打赢官司充满信心。

余步伟说他现在担心的，是自己的经济一旦真出现问题，当然是短时期的，这三个认养的孩子会拿不到应得的每月一百块钱。事实上，经济问题已经出现了，因为打官司要花钱，他的积蓄差不多都投入到了葡萄园上。蔡丽芬好奇地问余步伟，是不是法律规定每月的认养费必须要拿出来，如果不拿，又会怎么样。余步伟立刻生气了，说我难道像一个赖账的人吗？蔡丽芬看他脸色难看，连忙解释不是这意思。余步伟依然做出生气的样子，仿佛自己的人格受到了伤害。蔡丽芬犹豫一下，表示这区区三百块钱，她可以出的。余步伟不领情地说，他并不在乎她出这钱，她钱多是她的事情。

　　"好吧，那就别说钱了，"蔡丽芬的心情很不错，笑着说，"一提钱就俗气，我们还是考虑怎么花钱吧，你想吃什么，我请客。"

　　他们去了本市一家最豪华的馆子，然后又去做美容。余步伟说他这样年纪，再做美容，小姐恐怕要笑话的。蔡丽芬说谁敢笑话，这年头只要出钱，干什么不行。于是两个人先洗澡，然后一起做海藻面膜，两张床紧挨着，做到一半，蔡丽芬起来上厕所，看见余步伟脸上的面膜狂笑起来，说他涂着那黑乎乎的海藻，活像美国的海军陆战队员。余步伟说，你不用笑我，自己还不是一样。蔡丽芬便照镜子，看见镜子里的自己，又一次狂笑。做完了脸又做按摩，还是在原来那个房间，还是原来的那两位小姐，蔡丽芬问余步伟是不是经常到这种地方来，他瓮声瓮气地说，自己要经常出现在这种场所，也当不了教授。蔡丽芬说，别跟我一本正经，教授嫖娼玩小保姆，这种事情报纸上又不是没有。

　　折腾完了，两个人肚子又有些饿了，到街上随便吃一些点心，就去蔡丽芬家。吃点心的时候，蔡丽芬的心情特别好，问他打赢手头的那场官司，大约还要花多少钱。余步伟说，你问这个干什么。蔡丽芬说，我随便问问还不行。余步伟做出不要她管的样子，随口报了个数目，说至多一两万吧。蔡丽芬觉得没多少钱，暗示如果有困难，她或许可以帮助。余步伟根本不接她的话茬，蔡丽芬因此更认定他是不在乎钱的。断断续续的，她也和不少男人有过接触，因为自己没什么文化，她很少找知识分子，来往的人中，不是吃软饭的小白脸，就是做生意的大款。从余步伟身上，她终于发现文化人的品格就是不太一样，心里不由得添了好几分喜欢。

到了蔡丽芬家，她很矫情地说："和你张先生在一起，我真的觉得变年轻了。"

余步伟说："什么叫变年轻了，本来就年轻。"

"不许用好话哄我，我都五十岁了。"

"对于已经快六十的男人来说，你永远还是年轻的小妹妹。"

蔡丽芬让余步伟哄得春心荡漾，脸上一阵阵发烧。她不知道怎么突然想到了自己的肥胖，顿时有些不自信，说男人才不会喜欢我这么胖的女人呢。余步伟告诉她，说唐玄宗为什么喜欢杨贵妃，就是因为她有一身白肉。蔡丽芬被这么一说，浑身的骨头都要酥了，细声细语地说，你太坏了，不可这样挑逗人家的。余步伟立刻得寸进尺，说我就是唐玄宗，你就是杨贵妃。杨贵妃和唐玄宗在一起，谁挑逗谁，真还说不清楚。蔡丽芬笑成一团，将小保姆打发出去买东西，将宠物狗小白关进客房，然后与余步伟携手走进卧房，稍稍扭捏作态了一番，便彻底缴械投降。她脱光了所有的衣服，白晃晃地将自己横放在了床上，任凭余步伟放肆，随他怎么处置。结局却有些狼狈不堪，到了真枪真刀的时候，余步伟完全控制不住局势，发现自己竟然什么也做不了。什么样的努力都无济于事，即使

余步伟遇到马兰　　255

蔡丽芬要过来帮忙也没用。余步伟不得不自我解嘲,用调侃来掩饰尴尬。他说这爱情的力量也太伟大了,它能将一个已失去青春的老人,重新变成生气勃勃的年轻人,又在转眼工夫,把年轻人随手变成了天真孩子。

"我现在只是一个孩子,对不起,亲爱的杨贵妃同志,看来你是不能指望一个孩子做成什么事了。"

4

马兰和王俊生的关系,断断续续已经十多年了。或许内心深处并不愿意这样,可正是因为有了这个男人,马兰一直到四十岁都没嫁人。王俊生最初是马兰的同事,那时她刚大学毕业,分配在他所在的教研室。故事在不知不觉中开始,在风风雨雨中发展,年轻美丽有很多男人追求的马兰,偏偏爱上了有妇之夫的王俊生。这种事自然会闹得沸沸扬扬,结果棒打鸳鸯,王俊生不得不调离这所学校。经过十几年的奋斗,王俊生事业有成,成了一家律师事务所的负责人。据说他最初对法律的兴趣,只是为了研究如何离婚,多少年来婚没有离成,法律条文倒让他弄精通了。王俊生经办过几个有名的案子,在同行中很有些声誉。

马兰把自己征婚受骗的事情说给王俊生听,他听了,忍不住想笑,又不敢笑。这些年来,毕竟是他对不住马兰,心中有愧,因此必须处处让着她。马兰说,这事是不是很可笑。王俊生很严肃地说,事情并不算可笑,根据他的保守估计,什么婚姻介绍所,什么电视上的爱情速配,十有八九都是蒙人的。换句话说,遇到骗子,是正常的,遇不到,反而有些不正常,好端端的人,怎么会去那种地方。马兰说真让你说对了,我是自取其辱,谁让我要去征婚呢,谁让我要不安分呢,放着好端端的人不做,去出那个洋相,去丢那个人。王俊生知道她这话已是冲着自己来了,怪自己说漏了嘴,连忙摆摆手。每次见面都会闹些小别扭,这已经是老一套,他知道现在最好的办法,就是不要吭声。马兰从来不是那种喋喋不休的女人,王俊生知道只要他不接茬,危机很快就会过去。

幽会的地点是在离王俊生事务所不远的一家宾馆里。有这样的好条件还是近几年的事,在过去的十几年,他们在无数个地方相会,将就着一切机会,在朋友房间的沙发上,在电影院的黑暗中,在王俊生的办公桌上,在野外,在树林里,在江边,他们享受着偷情的欢悦,也忍受着种种不方便。马兰为她的爱付出了惨重代价,她一次次为他堕胎,有一次还被纠察人员捉住,带到派出所去仔细盘问,害得她当时连一头撞死的心都有。这么多年,马兰对王俊生痴心不改,明知道他是不会离婚的,明知道他心目中有另一个女人,明知道他的儿子已经考大学了,她还是傻傻地爱着他。倒是王俊生觉得对不住她,内疚地让她赶快找个人,说你这年龄,再不找人就真的太晚了。马兰为了他这句话,狠狠地伤心过,经过这么多年的磨合,他们之间的爱情经过种种磨难,已经像好酒一样醇厚,马兰相信他是因为真爱她才这样说的。

幽会的最终结果,不外乎要做那件事。王俊生事业上越来越成功,做那事的能力越来越差。他开始寻找各种各样的借口,接手的案子太紧张,夜里没睡好,感冒了,甚至坦白说昨天晚上刚跟老婆做过。他的头顶开始发亮,完全靠周围的头发来掩护中间的秃顶。不过今天的情况有些特别,马兰突然约王俊生见面,本来只是谈谈征婚时受到的欺骗,她说起与余步伟第二次约会的经过,说到了余步伟的狼狈，也说到了他在火葬场的表演。总之一句话，马兰虽然被欺骗了，并不是很愤怒，或许她觉得自己已经出过气了。

马兰最后说："这家伙一把年纪，看上去还是蛮帅的。"

"难怪像你这样的女人会上当。"

"喂，把话说清楚了好不好，我并没有上当。光明正大地在婚姻介绍所登记征婚，我想见一面应该算是很正常，不就是见一面，你吃什么醋。"

"谁说我吃醋了。"

"你当然不会吃醋。"

王俊生上前搂住马兰，用身体语言表示他的确是吃醋了。他说我吃醋又怎么了，喜欢你才吃醋呢，告诉你，我真的很吃醋，醋坛子已经打翻了。他的手开始不安分，直奔要害，马兰半推半就，有些勉强，因为她的情绪一下子还调节不过来。今天既然已经见面了，她知道自己不会真正拒绝他，因此悠悠地说，她是怕他吃醋，所以才会和一个年龄更大的男人约会，没想到年龄大的男人更坏，看来男人真没有一个好东西。

王俊生肉麻地说："我坏吗？"

"你当然坏。"

"我怎么坏？"

"就是坏。"

王俊生今天表现得十分出色，远远超出马兰的意料。她想这或许就是嫉妒的原因，嫉妒是最好的春药，王俊生一边干活，脑子里很可能一边在想与她有关的男人。这个男人当然就是余步伟了，马兰心猿意马，想到余步伟大言不惭说谎的样子，忍不住要笑起来。王俊生说你笑什么，马兰于是就真的笑起来，她笑是因为知道自己这时候是不应该笑的，更不应该想到那个余步伟。为了掩饰自己的真实想法，她表扬了王俊生一句，夸奖他的神勇。王俊生顿时更加得意，说你现在知道我是怎么坏了吧，我就让你看看我是怎么坏的。马兰受到他的感染，也逐渐来了情绪，两个人越来越投入，越来越合拍，颠来倒去，突然王俊生的手机响起来，马兰随手拿起来，打开，抹了抹头上的汗珠，正想问是谁，对方的声音已经先响起来，是一个女人的叫声，她赶紧把手机递给王俊生。

  天下就是有这样巧的事，是王俊生老婆打来的。王俊生躺在那听电话，马兰趴在他身上不敢动弹。王俊生老婆问他现在在什么地方，又说谁谁谁要找他。马兰弄明白是谁，吓得直伸舌头，王俊生神定自若地回答着，盼望他老婆能赶快挂电话，在对方喋喋不休的时候，对马兰做了一个很不耐烦又没办法的表情。马兰心里酸酸的，想不听这场对话却不得不听，很快就不耐烦了，一赌气，龙在下凤在上自顾自地游戏起来。王俊生继续听电话，不时地插一句嘴，他越是要挂电话，老婆就越要聊下去。他心里要惦记配合马兰，又要听老婆唠叨，有些应付不过来。马兰奇怪自己饱满的情绪并没有受影响，于是又笑起来，当然不敢笑出声。王俊生忍不住也笑了，他老婆在电话那头觉得奇怪，说：

  "你干吗要笑？"

5

  马兰正在给高三的学生上化学课。是暑假里，楼道里空荡荡的，只有几个毕业班在补课。余步伟出现在楼道里，挨个教室往里看，突然看到了马兰。马兰正在黑板上写算式，回过头来，无意中发现余步伟。余步伟很严肃地对她点点头,她不由一怔,镇定自若继续上课。正上着课的学生也发现了教室外的余步伟,目光齐刷刷地转向他。余步伟一本正经,一头一脸的深不可测,给人的感觉好像他是上级部门派来检查教学的领导。马兰让同学们注意听讲,要注意力集中,她自己却难免有些分心,在黑板上连连写错。

终于响起了下课铃,学生们涌出教室。有两个女生跑到马兰面前提问,马兰耐心地做着解答。余步伟仍然是一本正经等在外面,同学们从他身边经过的时候,都回头看他。马兰终于从教室走出来,余步伟笑容可掬地迎上去:

"想不到马校长还亲自上课。"

马兰审视着他,不说话。

"你肯定觉得意外,我自己也觉得意外,"余步伟带着明显地讨好说,"你肯定在想,这个谎话连篇的家伙怎么跑这来了。"

马兰不想让他们的对话被学生听见,便把余步伟带到办公室。副校长办公室装修得很豪华,余步伟东张西望不说话,马兰也不说话,等待他的下文。好一会大家都不说话,两个人似乎在比耐心,马兰将自己桌子上的东西,略略收拾了一下,做出要离去的样子。余步伟张开双手想阻拦,马兰很不客气地让他有话快说。

余步伟说:"好吧,你马校长叫我说,我就说了。"

余步伟说他有个熟人的孩子,想进马兰所在的这所学校,可惜分数差了一分,听说要缴四万块钱才能入学,来找马兰的目的,是希望她这个副校长能高抬贵手,帮个忙,少缴些钱。马兰听了,想这人的脸皮真够厚的,冒冒失失说来就来了,也不仔细想想,别人究竟会不会帮忙,不想想别人凭什么要帮他的忙。余步伟最大的优点是自信,自信就是不管别人会怎么想。他像找到救星一样地对马兰大念苦经，把那位熟人描述成一位极需同情的对象。他说那是一位很不幸的下岗女工，丈夫生病死了，女儿平时读书如何用功，考试前夕因为母亲被汽车撞伤，为了照顾母亲，结果考试成绩受了影响。余步伟一旦开讲，立刻口若悬河，立刻滔滔不绝。说多了，破绽也就不断地露出来，前言有些不搭后语。

马兰说："能不能问一问，这到底是你的什么人？"

"就算是个亲戚吧。"

"什么叫就算？"

"应该说就是。"

马兰笑起来，停顿了一会，说："不会是你约会见面的对象吧？"

余步伟不好意思地笑了，显然，马兰的提问一针见血。

马兰不依不饶地又问了一句。

余步伟摇摇头，认输了："见鬼，真让你马校长说到了。你看，骗谁都行，就是骗不了马校长。我告诉你，就是这么回事，还真是这么回事。不错，是我的一个客户，老实说，我和她也没什么关系，不就是一面之交吗，平平常常地见了一面，我这也是良心发现，是同情她，是做好人好事。"

马兰笑而不语，一脸不屑。

余步伟委屈地说："难道我说得不对？"

"说得比唱得还好！"

余步伟并不介意马兰这样说他。

马兰想不明白地说："那种缺德的把戏，你们竟然还在继续做，难道就不怕媒体曝光，不怕人家上法庭告你们。"

余步伟理直气壮地反问："告，谁告，你会去告吗？"

"那也说不定。"

"没人会去告的,这种事不值得上法庭。"

"可是这种事太下流。"

"我跟你说,跟你说老实话,人心都是肉长的,这种骗人的把戏,有时候也确实让我不安。我都这把年纪了,该明白的事也都明白,有些女人,你是真不应该欺骗她们,比如你,比如今天跟你说的那个下岗女工,怎么说呢,有时候,我这人也会内疚,也会良心不安。你想,人家下岗了,为什么要征婚呢,肯定是日子过不下去,过日子难啊,没办法了,这也是让生活逼的。你想都到这一步了,所以说我来找你,那是为人民服务,是为下岗的姐妹服务,真是做那好人好事。碰钉子就碰钉子,挨几句骂又怎么样。我并不后悔骗人,骗人算什么,对我来说只是业务,做业务有做业务的规矩,老实说,我和客户见一次面,也就提成十元钱,就十块钱,所以你们要恨,不要恨我,恨我也没用,要恨就恨婚姻介绍所。你看我这人其实一点也不坏,把那点秘密毫无保留地都告诉你了。"

马兰说:"你是不是觉得骗人很好玩?"

余步伟兴高采烈,仿佛被马兰说到了痒处,大言不惭地说:

"不瞒你说,还真是很好玩。"

学校新生录取分数线比最初公布的降了两分,余步伟要马兰帮忙的那位女生,实际上不打招呼就可以录取。开家长会的时候,马兰多了一个心眼,想看看那位不幸的下岗女工究竟什么模样。结果却是一个很时髦的女人,年龄与自己不相上下,长得不漂亮,在家长会上能说会道。马兰不知道余步伟是怎么向人家描述自己的,因此也不敢冒昧与她搭腔。后来终于有机会了,找那个女学生谈心,假装无意中问起她家中的情况,才发现余步伟所说的大部分情况都是假的。什么下岗,什么丈夫病故,全是信口胡编。

马兰当时就准备打电话把余步伟骂一通，转念一想，和一个骗子计较毫无必要。开学以后，繁忙的教学工作按部就班，马兰根本没心思再去想余步伟。转眼到了十月黄金周，本来说好与王俊生要见一面，到时候，又说要出差，其实是港澳六日游，律师事务所的人都去，算是对大家平时辛苦工作的犒劳。马兰心里空落落的，看见别人回家的回家，出去旅游的旅游，便主动要求值班。她一连值了三天班，最后一天实在无聊，无意中在抽屉里看见余步伟留下的一个电话号码，便拨过去，电话好不容易接通了。是一个不搭界的公用电话号码，余步伟显然又玩了一个滑头，马兰又好气又好笑，想天底下真会有这么不要脸的男人。

百无聊赖的马兰又拨王俊生的手机，竟然也接通了，他此时正好在澳门，可以收到珠海的手机信号。马兰说，你玩得开心吗。王俊生支支吾吾，马兰突然想到他很可能与老婆孩子在一起，顿时不是滋味。想让他多说几句话，那边已经借口信号不好，将手机挂了。十一长假结束，又到了见面的时候，王俊生送给马兰一根意大利金的项链，说是在香港买的，说现在香港人就流行这个。马兰早听人说过，所谓意大利金就是18K的项链，并不值钱，不过是用来蒙大陆人，好在马兰并不在乎，觉得男人买东西上当也属正常，能想到自己已经不错，但是还是忍不住要问，他是不是把老婆也带去了。王俊生一怔，说你想到什么地方去了，要是能带人，我肯定带你去。马兰想这种对话再说下去就没劲了，两人好不容易见一面，说什么都别当真，还是不清不楚不明不白为好。不过心里多少有些悲哀，她发现其实是希望他欺骗自己的。

在三十五岁之前，马兰一直住单身宿舍，当了副校长以后，分给她一个小套。因为她是个老姑娘，很少有人来拜访，这一天，马兰与王俊生分手以后，在自己家门口，突然看到有个男人正等在那。她没有想到会是余步伟，显然已等了一会，而且和邻居聊了半天，马兰一出现，邻居先招呼起来。余步伟显得很稳重大方，马兰的脸顿时红起来，邻居都是学校的同事，心里咚咚直跳，不知道这家伙已经胡扯了些什么。

马兰不准备让他进自己的房间，邻居已知趣地走开了，她于是板着脸问他有什么事。余步伟笑着说，难道没事就不能到马校长这来玩吗。如果不开口，他是帅气的成熟男人，可是一旦开口，轻薄相便露了出来。马兰气鼓鼓地说，你是我见过的脸皮最厚的男人，满嘴谎话，满嘴胡说八道，我根本就不想见到你，而且也根本不认识你，你是谁呀，我连你的真名字叫什么都不知道。

余步伟有些不好意思，解嘲说："我确实有过好多名字。"

"你真不要脸！"

余步伟向四周看看，涎着脸说："你这样教训我，人家要误会的，想想人家会怎么想呢，你知道，我们现在这样子，就像打情骂俏。真想骂我解解气，也换个地方好不好，你要怎么撒气都行，别就这么站门口说，让人家胡思乱想多不好。其实什么都没有发生，或者准确地说什么还没有发生，我们不能让人家产生误会，你说是不是？"

马兰愤怒地掏出钥匙，开门，然后重重地将门碰上，把他关在了防盗门外面。余步伟死皮赖脸按门铃，按了半天，马兰将门隙开一道缝，警告说：

"你要是再不走，我立刻报警打110！"

余步伟一脸无辜："打110，你现在就打，我犯什么罪啦，我是强盗？我是流氓？"

马兰索性将门打开："你不觉得扮的角色太年轻了一些，不觉得自己的表演肉麻吗?"

"年轻?不,我早就不年轻了。我想,年龄既不是我的优势,也不是我的缺点。"余步伟抓紧时间,为自己今天的目的做解释,"你知道,我是专门来认错的,我一而再,再而三地欺骗你,真是不好意思,俗话说事不过三,既然已经三次了,我就想,应该给人家赔礼道歉,应该给人家一个说法。"

"现在不要你赔礼道歉,我只要你立刻滚蛋!"

"赔礼道歉完了,我立刻滚蛋。"

"你的脸皮也太厚了!"

"我这人就是脸皮厚。"

马兰又一次将房门碰上,余步伟继续死皮赖脸按门铃。又是按了半天,马兰住在一楼,不时有路过的人,好奇地看着余步伟。他若无其事地按着,没有一点反应。终于铃声停止了,房间里的马兰惊魂未定,脑子里还混乱着,过了不一会,门铃又响起来。她吃不准会不会又是余步伟,从猫眼里往外看,果然还是他,所不同的是,这时候他手上抱着一大捧鲜花,显然是在小区门口的花店里刚买的。马兰还是不开门,余步伟按了一会门铃,绕到后窗口,对着房间里的马兰大声喊着:

"马校长,马校长。"

马兰真的生气了,她早就想发作,一直忍着,气得浑身打颤,可是对付这么一个不折不扣的无赖,还真不知道怎么办才好。

6

余步伟也不明白自己为什么会真的对马兰感兴趣,过去的一段时期里,他春风得意,艳遇没完没了。把他引上这条道的雷苏玲不止一次发出警告,希望他不要玩火玩得太过,害得整个公司的业务都受影响。凡事要有游戏规则,在鹊桥仙婚介公司做事,绝对不允许与客户走得太近。雷苏玲对他的一些过火行为早有所耳闻,她自己并不喜欢那些吃软饭的男人,但是为公司的利益着想,必须留住余步伟这样的人才。在婚姻市场上,上岁数的余步伟出奇地受女人欢迎。男人大一些和女人年龄大完全不一样,男人的岁数有时候也是资本,越老越值钱,越老越让女人放心。余步伟如鱼得水,把女人们一个个玩得晕头转向。他现在成了真正的花花公子,在差不多一打与之周旋的猎物中,什么样经历的女人都有。

　　这是余步伟最幸福的一段生活。他周游在异性的世界里,天天都在演戏,做梦也不会想到单身女人竟然都那么好骗,都那么缺心眼,而且骗了也就骗了,很少会产生真正的麻烦。毫无疑问,余步伟现在是个不折不扣的婚姻骗子,他骗财,也顺便骗点色。然而,他觉得自己最大的成功,并不是财色兼收,而是喜欢的演艺事业达到了前所未有的辉煌。一个演员梦寐以求的美好目标也不过如此了,早年舞台上不能扮演主角的遗憾,如今正从现实生活中得到了巨大的弥补,他成功地扮演着不同的角色,惟妙惟肖地体验着各种人物的心态。余步伟有一大堆的假名字假身份,这些名字身份实在太多,以至于自己也会弄错,不止一次被对方看出了破绽。好在每一次都能从困境中走出来,余步伟从来不在同一个女人身上骗太多的钱,他知道要适可而止,要让那些女人自认倒霉,吃了苍蝇自己恶心,打碎了牙齿往肚子里咽。余步伟擅长速战速决,一旦差不多了,立刻找借口逃之夭夭。为了摆脱那些痴迷的女人,他已经假装出了无数次国,死过好几回。

对于这个城市的女人来说，余步伟太像是一个外地的男人，差不多就是语言大师了，他会说广东话，会闽南话，会山西话，会山东话，会四川话，会一口非常地道的绍兴话，这些都是年轻时学徒打下的基本功，滑稽演员在舞台上会的方言越多，越能让观众开心。在现实生活中，余步伟总是情不自禁地模仿别人说话，党和国家领导人的说话特点，只要听过几遍，立刻可以惟妙惟肖地表演给别人看。对于那些认识不久的女人来说，这种表演可以带来很大的快乐。余步伟属于那种能在最短时间内为女人带来欢乐的男人。他看中的猎物都是些内心深处十分寂寞的女人，余步伟想征服她们，就像当年共产党打败国民党一样容易。

有一段时间，马兰不断地接到不同口音的骚扰电话。余步伟像个调皮捣蛋的小男生一样，没完没了地玩这种恶作剧。他并不掩饰自己的真实身份，只是千方百计想和她说话，抓住一切机会调情。由于他的口音不时在变，马兰真有些哭笑不得，她并不喜欢他，但是也谈不上非常恨他。余步伟向她发起了疯狂进攻，或许是别的女人太容易上手了，他根本不相信自己啃不下马兰这块硬骨头。十个女人九个肯，女人身上总有薄弱的环节，只要男人愿意下功夫，只要能找到突破口。余步伟是那种愿意将全部精力都投入在女人身上的男人，他不止一次拿着一支红色的康乃馨在学校门口等候，西装笔挺地站在那，绅士风度十足。马兰的拒绝看上去似乎很坚决，然而他显然吃准了她不会真正撕破脸，在学生面前，要注意师道尊严的马校长不可能太失态。她至多只是假装不认识他，故意在办公室里磨蹭，然后在下班的时候，在校门口拦了一辆出租车就跑。马兰不想玩那种电影上常见的游戏，可是多少也有些禁不住这种死缠烂打。从办公室的窗户里，可以看到校门口的情景，有一天，余步伟又久久地等候在那儿，快下班之际突然下起雨来，马兰不由得动了恻隐之心，想他要是还傻傻地站在雨里，今天就不管三七二十一地见一次面，和他把该说的话都说一遍。

雨很快下大了，从办公室望下去，已见不到余步伟的影子。马兰忽然有一些失落，雨下得那么大，他离开本来也在情理之中。下班时经过传达室，余步伟笑眯眯地突然蹿了出来，这很出乎马兰的意料，心跳不由得加快。因为她打着伞，雨又下得大，他非常自然地就钻到了她的伞下。余步伟个子高，马兰个子矮，个子矮的撑着伞，自然有一种别扭，于是余步伟将康乃馨递给马兰，另一只手想把伞拿过来。马兰接过康乃馨，随手就扔到了雨地里，余步伟连忙冒雨追出去，将那支康乃馨重新捡回来。

余步伟说："花是美丽的东西，怎么可以这样对待它？"

马兰说："喂，我根本就不想理你，请走开好不好？"

余步伟又钻回到了马兰的伞底，说这么大的雨，你还真忍心让我走开。马兰又好气又好笑，余步伟已将伞夺过去了，屁颠颠地打着伞，一副讨好的样子。接下来，余步伟约马兰一起吃晚饭，马兰说男人吊女人膀子，是不是除了请吃饭，就不会来点别的。余步伟于是很正经地说，那今天你请我吃算了。马兰不理他，自顾自往公共汽车站走去，余步伟打着伞追在后面。正好一辆公交车过来了，马兰拿出月票，刷卡上车，余步伟跟在后面，又要收伞，又要掏出钱包找零钱，忙作一团。他将那支康乃馨咬在嘴上，看上去显得十分滑稽，后面还有人要上车，已经不耐烦了，一个劲地催他快一些。

同乘车的还有马兰的同事，还有学校的学生。大家都当作没有看见，马兰往车厢中间挤，余步伟追了过去。或许她是老姑娘的缘故，谁都有些敏感，从别人暧昧的眼光中，马兰看到了一种不怀好意。有两个小女生竟然失态地笑出声来，一边笑，一边捂嘴，马兰顿时愤怒了，等车子行驶稳了，若无其事地从余步伟嘴角边将康乃馨拿下来，故意做出与他很熟悉的样子。余步伟配合得天衣无缝，非常自然地替她掸了掸头发上的水珠，马兰有些吃惊，用手中的康乃馨打他的手。这动作别人当然更要误会，那两个小女生竟然做出不忍看的吃惊表情，在她们的心目中，马校长只是一个独身的老处女，是一个没有情感生活的老古板。

只要两站路就到了。马兰下车，余步伟还是跟在后面。马兰知道有好几双眼睛正盯着自己，大家都在看西洋景，心里不知怎么胡思乱想，怎么虚构她的故事。她头也不回地走在前面，余步伟打着伞在后面追。雨已经小了，也不知为什么，马兰突然产生了一种恶作剧心理，她想为什么就不能让同事大跌眼镜呢，他们要误会，就让他们彻底地误会好了。马兰才不在乎他们要编什么样的故事。眼看着要到自家门口，马兰突然取消了坚决不让余步伟进自家大门的想法。她想，就让别人大吃一惊好了，有什么大不了，天塌不下来。

7

接下来的故事没有出乎大家意料。马兰自信能控制住局面，她对余步伟并没有太大的好感，但是很想弄明白他究竟是怎么样一个人。女人有时候也愿意玩玩火的，马兰的生活太贫乏，真出些什么事也引发不了世界大战。余步伟的表现再正常不过，他进门以后，第一件事就是找个小花瓶将那支康乃馨插好，然后一本正经地问马兰，知道不知道为什么要选今天这日子送花。马兰想了想，摇摇头。余步伟说,今天是你的生日,看,生日忘了都不知道。马兰笑起来,说你胡扯什么,今天还不知是谁的生日,真是连讨好拍马屁都不会。余步伟说,今天是你的阴历生日,你看我连阴历都记住了,难道还会把阳历生日给忘了。他说自己在阳历生日那天,曾捧了一大捧鲜花在学校门口等候,可惜她乘出租车跑了。马兰于是找了张报纸出来,一查日期,果然日子是对的,心情顿时好了许多,笑着说你今天为什么不再捧一大捧鲜花呢,是不是舍不得了。

余步伟似乎很愿意满足马兰的好奇心,他知道她很想验明真身,突然掏出了自己的身份证,递给她,说今天这样的好日子,我们不能说谎,不能让谎话坏了我们的好事,看仔细了,你可能是第一个知道我真实身份的女人。马兰没想到他会这样直截了当,接过身份证,说是不是想让她也记住他的生日,又说身份证其实也有假的。嘴上这么说,却很认真地研究起来,看完了,故作轻松地说:

"原来你姓余,也不知是不是真姓余?"

余步伟叹气说:"人真不能说谎的,你看,连我姓什么你都不相信了。"

"好吧,那你就姓余。"

"什么叫'就姓余',是千真万确姓余。"

接下来,余步伟开始源源不断地为马兰说自己的故事。这一次是如实汇报,他已经习惯于谎话连篇,说起真话来,连自己都有些疑惑,好像是另一个他在说话。他说起了自己不得志的演艺生涯,说起了自己不称心的婚姻,以及在鹊桥仙扮媒子的种种可笑。马兰对他的叙述不全信,也不是全不信。他既然滔滔不绝要说,她就一言不发很有耐心地听。说到后来,大家肚子都饿了,马兰说我这只有面条,我们随便下点面条吧。说着便立刻动手,她一边忙乱,余步伟跟在她身后,继续说自己的事情。马兰是不太会做家务的,余步伟终于看不过去,说怎么可以这样,又说怎么可以那样,于是越俎代庖,亲自动手。等面条做好,马兰尝了一口,不得不承认确实比她做的好吃。

在吃面条的时候,余步伟继续介绍自己。马兰听着听着,有些不好意思,说你老是这么介绍自己,就跟来应聘似的。余步伟说他就是来应聘的,现在他已经说得差不多,该轮到她说几句了。马兰说她没什么好说,说自己去婚姻介绍所本来就是件很勉强的事情,经过与他这种骗子见过面,已经一点兴趣都没有了。余步伟连声说自己罪孽深重,真是害人害己,马兰刚动了一点点凡心,叫他活生生地给吓回去。马兰被他又一次逗笑起来,说他太油嘴滑舌,余步伟说自己是滑稽演员出身,油嘴滑舌也是童子功,不把人引笑,就说明功夫没有到家。

马兰那天晚上笑了无数次,有几次笑得非常开心,时间渐渐晚了,她抬头看了看钟,刚流露出一些迟疑,余步伟便很识相地告辞。由于担心邻居的闲言碎语,住在一楼的马兰连窗帘都没有拉。她是故意不拉的,像她这种岁数的女人,带一个陌生男人回来,再拉上窗帘,别人不知道会如何想入非非。余步伟与她分手的时候,预约下一次见面,马兰脸上毫无表情地说,看来再见面已没什么必要,他们之间的故事已经结束了。

余步伟很认真地说:"怎么能说结束,应该是刚开始。"

"当然是结束。"

"不能你说结束就结束。"

"也不能你说开始就开始。"

余步伟走了以后,马兰的心头有些乱。她很少有单独和男人在

余步伟遇到马兰   271

一起的机会,三十岁以前,还有人不断地张罗介绍对象,后来就再也没人管她了,大家认定她铁定要做一辈子的老姑娘。当了副校长以后,更是连开玩笑的人都没有,唯一的来往是与王俊生,马兰一直觉得这段爱情不容易,这么多年来,痴痴地与他偷情,忍受着道德的谴责,忍受着分离的折磨。她一直觉得他们的关系能维持那么多年,完全是因为爱情的缘故,要不是因为爱,早就分手了。然而在今天晚上,余步伟带着他的油嘴滑舌走了以后,马兰突然开始怀疑起这段感情来。事实上,她与王俊生在一起的机会并不多,而偷情说白了,就是匆匆忙忙地做那件事。他们或许并不是为做那事才幽会,可是每次幽会又差不多都是老一套。爱情并不像想象的那么纯粹,她一直以为那爱像空气一样确实存在,现在,突然感到非常渺茫。

这是一个秋雨连绵的夜晚,马兰失眠了。她感到孤单,感到冷,感到一种难以启齿的需要,甚至想到要不计后果地给王俊生打电话。感到孤独和寂寞其实是经常的事情,马兰感到震惊的,是今晚竟然会这么强烈,强烈到了几乎要失控的地步。她自信是个自制力非常强的女人,但是这天晚上却是一个大大的意外,如果余步伟硬要留下来的话,接下来会发生什么真的就很难说了。马兰做梦都想不到自己竟然会这么脆弱,自以为强大的防御能力竟然如此不堪一击。想到她不过是接受了别人的一支康乃馨,听了几句变着法子的讨好话,就这么方寸大乱,真是太丢脸了。

在以后的几天里,马兰一直在等余步伟的电话。她想他会打电话过来,可是偏偏就是没有消息。余步伟像露水一样蒸发了,想到自己竟然是在痴痴地等电话,马兰脸上开始一阵阵发热。她后悔当初不应该取消他的预约见面,取消了,实际上是明确表示她已经拒绝他。既然拒绝了,余步伟当然不会再打电话过来。到第五天,余步伟的电话突然来了,马兰接电话的时候,语无伦次,心口咚咚直跳。他在电话里意味深长,说自己也许根本不应该打电话过来,可是世界上很多不应该的事情,人都厚着脸皮做了,因此他也就冒昧再试试运气。

余步伟发现自己的运气很不错。

8

马兰与余步伟结婚的时候,并没有什么太隆重的仪式。两人先出去旅游了一个星期,因为一本婚姻家庭的小册子上写着,旅行是对情侣的最好检验。第一天还有些扭扭捏捏,很快俨然像夫妻一样坦然,大家感觉都还不错,回来后立刻登记结婚。等到王俊生知道,木已成舟,也无话可说。马兰说,你不是希望我嫁个男人吗,现在我真嫁了,你可以了却一桩心事。王俊生酸溜溜地说,这人一把年纪也就算了,不过你别忘记,他可是个骗子出身,曾经骗过你的,当心别再让他骗了。马兰说,他要是不骗我,我们也就没这个缘分,我又不是三岁小孩,你以为你就没有骗过我。

很多人都认为马兰的结婚将是件很隆重的事情,她自己也一直这么认为,结局却是出奇的潦草,潦草到了有过于马虎的嫌疑。化学教研室清一色的女教师,其中的宋老师是个文学爱好者,平时喜欢在报纸上写些小文章,因此特别关注社会新闻。她没事的时候,免不了要议论最新的话题,同时不忘记发表酷评。今天有篇文章报道说某个男大学生做家教,不到一星期就和大自己十多岁的女主人有了事,有事也就有事了,那大学生竟然还敲诈女主人。宋老师对这件事的评价,是女主人欲壑难填,三十是条狼,四十像老虎,女人和男人一样身上也会起化学反应,也会有那些健康或不健康的欲望,但是偷鸡摸狗的结果并不一样。不管怎么说,吃亏的永远是女人,女人永远是受害者,如果这事换成男主人和女大学生,吃亏和受害的自然就是女大学生了。

每当议论这些社会新闻的时候,马兰都会感到不自在。宋老师比马兰小一岁,儿子已经上初中,说话大大咧咧,动不动就以过来人的口吻说露骨的话,说着说着会突然停下来,好像要忌讳马兰的未婚身份,内容既然属于少儿不宜,未婚当然也不合适。马兰为此感到很窘,作为学校领导,赴宴的机会增多,男人们喝了些酒,黄段子会接二连三冒出来,赤裸裸地说了,大家听了都笑,笑着笑着,说的人突然又要请她原谅,因为照例不该让一个未婚女人耳朵里听到这些下流的东西。马兰非常在意那些突然停顿之后的潜台词,她知道别人根本不相信她真是老姑娘。

马兰和余步伟结婚以后,并没有停止与王俊生的幽会,相反频率明显增加了。过去幽会为了抓紧时间,差不多都是直奔主题,现在却显得从容和悠闲。王俊生醋意之外,多多少少有些好奇心,马兰因为没什么人可以谈,憋着一肚子话,正好与他倾诉。话题围绕着余步伟打转,甚至在云雨巫山之际,王俊生也要让马兰做出比较。马兰说你无聊不无聊,王俊生说我怎么无聊了,别忘了当年你也这么问过我的,怎么样,难堪了吧,你也知道这话问得不是时候。

马兰说:"真想知道,我就告诉你,他不比你差。"

王俊生不太相信。

马兰成心要气气他:"人家说不定比你厉害。"

"他怎么厉害?"

"就是比你厉害。"

"怎么厉害？"

马兰不说话了，只是笑。

王俊生便有些气鼓鼓的："既然厉害，干吗还要找我。"

马兰继续笑。

赌气中的王俊生别有一种可爱，他徒劳地努力着，白花了许多力气。马兰想自己其实是真的爱这个男人，她为他付出了全部青春，为了他，甚至失去了生育的能力，这是医生在为她做最后一次流产时告诉她的。如果不是爱，马兰绝不会与他保持这么多年的偷偷摸摸。因为爱，她对他的缺点根本就视而不见。现在，她的生活中开始有了两个男人，马兰觉得这种感觉很好，有很多事情是不能比较的，但是有时候恰恰通过比较才有趣。马兰发现自己现在很幸福，既有情人，又有丈夫，这让她感到一种从未有过的充实。

余步伟最大的好处是能说会道，能把死人说活过来，他永远甜言蜜语嬉皮笑脸，和他在一起大多数时候都会很开心。他能把一些非常尴尬的事情化解掉，不像王俊生那样死要面子活受罪。譬如面对床笫之间的私事，无论成功和失败，余步伟都把它与爱情紧密联系起来。成败都是因为爱，因为爱，他阳痿了，因为爱，春天来了，阳痿也治好了。事实证明，马兰是一个容易被欺骗的女人，余步伟说什么话，都能让她深信不疑。她不知道余步伟和任何一个女人，最初的几个回合都是做不好的，欺骗女人方面他是个第一流好手，但是一旦到真实的短兵相接，他不是阳痿就是早泄。

马兰深信枯木逢春是爱情的缘故，深信是自己让余步伟起死回生。女人对这样的事情有时候会很得意。余步伟一开始的表现太狼狈，他把这种无能为力，归罪于长期没有正常的性生活。他告诉马兰,自己与妻子早就貌合神离,一块干涸的土地,如果长期没有雨露的滋润,多好的禾苗都会枯萎。再好的枪不用也会生锈,再好的马不骑也会忘了奔跑,而且他也到了应该安分守己的年龄,人就是这样,因为收心,最后难免就会死了心。余步伟表示如果马兰因为这个与他分手,他绝对无怨无悔,毕竟她还年轻,应该得到正常的人生乐趣。马兰为他的真诚打动,她告诉他,只要大家真心相爱,她倒并不真的在乎这个。

余步伟的状态渐渐好起来,有时变得出奇的神勇。马兰最初告诉王俊生,说余步伟比他厉害,本来只是说着玩玩,是想气气他,没想到弄假成真,还真培养出来一个伟丈夫。马兰按捺不住有些满足,毕竟独身了很多年,她身上有不少老姑娘脾气,譬如不会做家务,不会收拾房间,从米不叠被子。她喜欢一边看电视一边睡觉,看看睡着了,醒过来接着看。什么时候吃饭也没有一定,吃什么也没有一定,等到肚子饿了,打开冰箱,有什么就吃什么。刚结婚的时候,马兰还幻想着把自己变成一名称职的家庭主妇,可是很快不耐烦了。余步伟处处显得比她能干,她做的事情差不多都看不入眼,都觉得做得不对做得不好。能者多劳,余步伟既然能干,家务事便让他独自一人包揽下来,马兰坐享其成,充分享受有家有男人的快活日子。

马兰决心与余步伟谈一下王俊生。她觉得一个待在明处,一个躲在暗处,这有些不公平。当然,她还不至于傻得把事实真相都说出来,只是告诉余步伟,自己曾喜欢过一个有妇之夫。既然是结婚以前的事情,马兰相信余步伟不会太吃醋,没想到他的反应十分强烈。余步伟说,他生气的并不是她已经不是处女,生气的是竟然还有王俊生这样的男人。马兰觉得余步伟说的处女两个字眼非常刺耳,这两个字总让她想到尴尬。有一次学校去医院体检,医生看体检表上写着未婚,竟然很无礼地问她是不是处女。那是马兰经历过最糟糕的一刻,不远处还有人在排队等待体检,医生脸上露出不屑的神情,憋了一会,说算了,就不要查了吧。当时马兰恨不得要夺路而逃,她相信医生说的话已让别人听见了,而且当她离开以后,天知道还会怎么议论。

马兰于是后悔对余步伟说这些,她板着脸说:"别忘了,你也是结过婚的。哼,男人的思想就是封建,是不是现在已经有些后悔。"

余步伟说:"我当然后悔,很后悔哇。"

马兰冷冷地看着他。

余步伟说:"我后悔当初你喜欢的那个有妇之夫不是我。"

"这有什么好后悔的,我们当时又不认识。"

马兰事后对余步伟做出的反应十分欣赏。如果他不在乎,说明并不是真的爱自己,太在乎了,又会影响以后的夫妻关系。余步伟的反应恰到好处,马兰也是投石问路,试试深浅,她并不想从此就和王俊生彻底断绝关系,他们之间的关系要能断,早就断了。有了这次谈话,她知道只能让王俊生藏在暗处了,王俊生还愤愤不平,马兰说你省些事吧,要吃醋也轮不上你。余步伟仍然蒙在鼓里,有一次忍不住问她是不是和老相好一点关系都没有了,马兰说,你想让我有,也不难,只要打个电话,人家说不定屁颠颠就来了。她又责问他这话是什么意思,是不是还不放心。

余步伟连声说:"我放心,一千个放心,一万个放心,千万不要打电话。"

马兰很喜欢男人有些吃醋的样子。

余步伟说："我一把年纪了，怎么会是人家小白脸的对手。"

马兰扑哧一声笑起来："你心可不老，你是老白脸。"

"什么叫老白脸？"

"你难道不觉得自己骗女人很有一套。"

"我骗谁了？"

"骗谁我不知道，反正我也不知道是叫谁骗了。"

每次发生小口角，都会有个不错的喜剧结尾。余步伟赋闲在家，度完了蜜月，便说不能老这么赋闲下去。国家领导人年纪那么大了，还在发挥余热，他说什么也得再拼搏几年。去婚介公司当媒子已不可能，虽然这是份很不错的工作，法律不允许，马兰也不会答应。男子汉大丈夫，退休在家当男保姆，靠老婆在外面挣钱，活得一点尊严都没有。他提出要去一家房产公司做事，说有个朋友是老总，看中了他的能说会道，要他去做销售经理。马兰对这话深信不疑，觉得自己没理由不让他出去做事。余步伟于是摇身一变，成了房产公司的什么经理，皮包里全是要销售的房子图纸，每天西装笔挺地出去，很晚才回来，说话的腔调完全变了，三句话不离本行，到家就大谈某地房子新开盘，大谈什么房子最有升值潜力，大谈自己今天又做成了几笔生意。马兰学校里的事情很忙，看他春风得意的样子，真还有几分佩服，佩服他那么快就能适应一份新的工作。

到了春节前，余步伟拿出一套房子的图纸给马兰看，是一个跃层房，差不多二百平方米。他说这是公司专门照顾自己职工的，这么大的面积，实际上只收一半的钱，因为楼上的高度低于国家标准，属于违建性质，只允许收三分之一的费用，也就是说，楼上的面积，几乎是白送。这真是一块送到嘴皮的肥肉，马兰听了立刻表态，说我们把它买下来。余步伟一本正经地说，不，不应该说是我们买，是我来买。马兰不明白他为什么要这样抠字眼，余步伟说他现在住的是她的房子，已经很没面子了，因此他想完全凭借自己的能力，买一套像样的好房子，当然，一旦房子买下来，也就属于他们两个人的共同财产。马兰被他哄得甜滋滋的，她并不知道他有多少钱，虽然已经是正式的夫妻了，各人的经济账目仍然是个小秘密，不过她相信他一下子拿不出这么多钱来。

马兰很干脆地说："你缺多少，说个数，我给你。"

"我不要你的钱，说不要就不要，"余步伟做出要发急的样子，好像他根本就不在乎这个零头，"其实也就差二三万，要不这样，我给你写张条子，算我借，不行，一定要写，是借，亲兄弟明算账，是夫妻也得算清楚，没看见人家外国人都ＡＡ制，一五一十全说清楚，不管怎么说，反正这房子你最后不能出一分钱。"

9

马兰从银行取了两万块钱交给余步伟，他二话没说，往皮包里一扔，拉练一拉，也不提借据的事，匆匆走了。这一走，就是一去不返。马兰到晚上等他不回来，打他的手机，总是关机。一直到深更半夜，他还是不回来，马兰有些担心，怕他在外面遇到什么意外，会不会给汽车撞了，或是有歹徒见财起意劫持了他。第二天，学校里很忙，她抽空给余步伟打过几个电话，有一次竟然接通了，他支支吾吾地说着，似乎信号不太好，说什么听不清楚。马兰因此也放心了，知道他没什么事，问他在什么地方，让他声音说大一些，然而电话说断就断了，到晚上，余步伟仍然不见人影。

三天以后，马兰才对余步伟的行踪产生怀疑。她只知道他在房产公司做事，具体是哪一家，也弄不清楚。这个城市中有着太多的房产公司，马兰往几家耳熟的公司打电话，都说根本不知道余步伟这个人。情急之中，她开始翻余步伟的东西，可是翻来翻去，根本找不到有价值的线索。由于是上门女婿，余步伟也没带什么东西来，只在一件换下来的脏衣服口袋中，找到几张名片。马兰按名片上的电话打过去，接电话的人感到很奇怪，说不认识什么余步伟。有一个人很恼火，恶声恶气呵斥马兰，希望她以后弄清楚再打手机，他现在人在外地，是要按长途电话收费的。

马兰于是给王俊生打电话，王俊生听说后，想了想，果断地说："这家伙骗了你。"

马兰不相信地说："他干吗要骗我？"

"干吗，不干吗，他就是个骗子，骗子骗人天经地义。"

"不可能！"

"不可能？"

"就是不可能。"

"为什么不可能？"

马兰无话可说，沉默了一会，问王俊生她应该怎么办。王俊生让她报案，马兰有些犹豫，他说你还犹豫什么，即使这人不是骗子，失踪了这么多天，也应该去派出所说一声。马兰觉得他说得有道理，心里并不愿意，过了一个星期以后，还是去了派出所。派出所同志接待了她，很认真地问她的底牌是什么，因为毕竟不是一个不懂事的小孩没有了，一个大男人不回家，自然有不回家的道理。如果只是夫妻吵架，派出所的工作很忙，没时间帮她去找赌气出走的丈夫。马兰说他们并没有吵架，对方又问她丈夫是不是外面有别的女人。

　　从派出所出来，马兰气鼓鼓地给王俊生打电话，为自己的遭遇抱怨，说派出所的人真不像话。王俊生说，跟警察同志计较什么，我告诉你，这家伙没骗你十万二十万，算你运气了。马兰从王俊生的口吻中，感到一种幸灾乐祸，怒气顿时按捺不住，说你凭什么说人家是骗子，在你眼里，什么人都是骗子。王俊生不想与她争辩，连声说好好好，是我说错了，你是不见棺材不掉泪，不到黄河心不死，我是骗子，是我错了好不好。

　　马兰气冲冲挂了电话，眼泪不知不觉地淌了下来，后悔不该去派出所，后悔不该再跟王俊生诉说。闷闷不乐地回到家，肚子有些饿了，又懒得弄，往床上一躺，感到一片茫然。想到余步伟要在就好了，说一声饿，立刻去厨房忙，然后做了好吃的端过来。明知道他确实是骗了自己，明知道自己现在人财两空，马兰仍然不死心，希望他能突然又出现在她面前。心里仿佛有一大堆蚂蚁在爬，乱得理不出一个头绪，于是把电视打开解闷，屏幕上出现的第一个镜头就是大吃大喝，气得她连忙换频道。

　　经过一夜的胡思乱想，马兰相信自己有能耐找到余步伟。她再一次来到鹊桥仙公司，直接找雷苏玲。雷苏玲好像料到她会来，轻描淡写地说，这苦果你大概只好自己吞下去了，哑巴吃黄连，打落了牙齿往肚子里咽，明知道这男人是骗子，你还跟他结婚，还把钱借给他，你说你傻不傻。马兰不想听她的指责，只希望能有找到余步伟的线索。雷苏玲说，我还要找这个人呢，天知道有多少个女人来打听过他了。马兰不死心，隐隐地觉得她是知情不说，显然是因为余步伟后来不再为鹊桥仙干活记恨自己，毕竟他曾经是她公司的一棵摇钱树。雷苏玲的态度一点都不友好，马兰继续盘问，她很不

余步伟遇到马兰　　281

客气地说：

"告诉你，公安局来问，也是这话，就三个字，不、知、道。"

马兰一点办法也没有，她看着雷苏玲胖胖的身体，看看那一脸不准备讲道理的样子，觉得自己根本不可能是她的对手。落到这一步尴尬境地，马兰做梦也不会想到，时间不知不觉地过去，转眼又到春天，春天过了是初夏，余步伟仍然没有任何消息。一个大活人就像水泥地上的水迹似的蒸发了，说没有就没有，说无影无踪就无影无踪。派出所的同志只能把此事记录在案，帮不了实际的忙。根据户籍关系，证实余步伟确有其人，他对马兰交代的个人历史也基本正确。死去的妻子确实叫祁瑞珠，他曾经所在的滑稽剧团虽然早就解散，还有些档案可查，通过这些档案，马兰竟然看到了余步伟年轻时的演出剧照。既然身份是真实的，一个最简单的事实就不容置疑，那就是马兰和余步伟的婚姻完全合法，现在可以认定的只能是他已经出走了，说余步伟骗钱骗色毕竟是夫妻一方的一面之词，想真相大白，说什么也要等余步伟出现以后再说。

马兰真心希望余步伟这个人根本不存在。如果确实不存在，所有身份都是伪造的，他和马兰的婚姻便不合法。不合法就好办，按照王俊生的说法，解除一个非法婚姻像脱一件外衣那样容易。如果真这样，马兰就当自己是吞了一只苍蝇，就当自己在公共汽车上遇到了一个流氓，就当是做了一场噩梦，一了百了快刀斩乱麻，立刻摆脱这次无效的婚姻。现在却仿佛深陷在沼泽地里，是湿手伸进干面粉口袋，有苦诉不出，有力气用不上，虽然余步伟确凿无疑是大骗子，但是他仍然是马兰合法的丈夫。要解除这个婚姻的死结，必须要等若干年，要等到了法律认定的失踪年限。

六月里的一天，马兰突然接到雷苏玲电话，告诉她一个地址，说在某某地方可能会找到余步伟。她将信将疑记下了地址，吃不准是真是假，更不明白为什么会突然有这么一个信息。对于雷苏玲，她多少有些戒心，怀疑他们是一伙的。马兰和余步伟的关系仍然不明不白不清不楚，大家背后在议论，越传越离谱，越说越不着边际。她为了这事心中一直隐隐作痛，现在突然有消息，即使有再次上当的危险，也不肯放过机会，当即把手头的工作搁下，拦了一辆出租车，直奔目的地。到了地方，核对清楚门牌号码，按响了门铃，一位长得很白净的女人开门，马兰冒冒失失地问起余步伟这个名字。那女人想了想，摇摇头，说不知道。马兰把余步伟三个字拆开来，一字一顿地读给她听，对方仍然没有反应。

那女人笑着说："你肯定找错了地方，我们也是刚搬来不久。"

马兰也相信自己找错地方，很抱歉地说了一声对不起，在转身要走的那一刹那，通过迎面墙上的大镜子，她看到了一张崭新的结婚照。马兰不敢相信自己的眼睛，虽然通过镜子折射，那照片离她有一定的距离，还是一眼就认出来，照片上的男人是余步伟。结婚照上的新郎是余步伟，新娘是站在马兰面前这个白白净净的中年女人。

10

马兰与余步伟再次见面，是在法庭上。这一次他栽了个实实在在的大跟头，起码有两项罪行不容抵赖，一是重婚，一是诈骗。因为有王俊生在背后出谋划策，马兰很顺利地打赢这场官司，余步伟被判处五年徒刑，与她的婚姻也被宣判无效。最后结果虽然让马兰难堪，也还算令人满意。王俊生与法院的人都认识，余步伟极力狡辩，凭借着三寸不烂之舌，在法庭上滔滔不绝，甚至慷慨陈词，但是没有人同情他，更没有人相信他的鬼话。原告和证人都是受害者，她们对他说谎的才华早有领教。

余步伟的外形发生巨大改变，几乎变成了另外一个人，原来很酷的成熟男人帅气没有了，代替的是一种无可奈何与意志消沉。很显然，过去那头黑发是染的，现在的一头花白短发，才准确无误地暴露他的实际年龄。在法庭上刚看到他的时候，马兰情不自禁地想到了大学毕业回家见父亲的情景，父亲好像突然之间变苍老了，仿佛一下子变了一个人，反应开始迟钝，说话明显缺乏层次。马兰的父亲是位颇有名气的中学校长，在女儿的心目中，父亲就像一本大百科全书，上知天文，下晓地理，什么学问都知道，父亲的白发第一次让马兰感觉到了时间沧桑，第一次明白了岁月不饶人的确切含义。

只有当余步伟滔滔不绝诡辩的时候，马兰才在他身上感到她曾经熟悉的东西。余步伟承认他说了谎话，说了很多谎话，是个不折不扣的骗子，然而坚决不承认自己重婚。婚姻在他心目中具有神圣不可侵犯的一面，他强调自己只有与马兰的婚姻才是合法的，因为在这个婚姻中，他的身份是真实的，是受国法保护的。至于其他，只能用逢场作戏来解释。一夫一妻制是人类最美好的东西，在其他的婚姻中，余步伟只是扮演了一个角色，是剧情发展的需要，是可恶的诈骗。换句话说，余步伟并没有重婚，余步伟仍然是马兰合法的丈夫，他的身心只属于马兰一个人。与另一个女人假装结婚的叫马长龄，这不是真正的余步伟，他只是余步伟扮演的一个角色，是一次投入的演出，是一场无耻的骗局。

尽管法官一次次中断余步伟的演讲，但是他不放过任何展示口才的机会。他知道适当地制造一些矛盾，有利于瓦解原告阵营。在被问到为什么要以假结婚行骗的时候，他故意做出很为难的样子，好像这是一个不能说出口的秘密。检方认为抓住了要害，就这个问题进行紧逼，一定要他做出回答。

"就是说我为什么要以马长龄的名义假结婚？"余步伟沉思了一会，叹气说，"这其实是很容易回答，当然是为了钱。人为财死，鸟为食亡，我想还是因为爱情的缘故，因为我爱马兰，我太爱她了。"

如此直白的表露，让法庭上所有人的目光，不约而同转向马兰。马兰仿佛置身于探照灯之下，立刻感到浑身的不自在。余步伟进一步做出解释，暗示他这么做，只是为了与马兰能有一个幸福的晚年。在今天这个社会里，谁都知道钱不是万能的，也知道没有钱是万万不能。以行骗的手法弄钱固然不对，不道德，可是他毕竟老了，除了演技方面有些才华之外，并没有别的好办法挣钱。再说了，骗钱是一种很古老的职业，余步伟行骗也是不得已的事情。男人都希望让心爱的女人过上幸福的好日子，男人嘛，为了女人，都会犯些不大不小的错误，犯错误乃人之天性。

余步伟的话在法庭上引起一阵混乱。辩护律师找到了反击机会，开始向马兰讯问："请问马兰女士，我知道，许多和你一样的女性，都是在不知情的情况下受骗的，请问你与他结婚的时候，知道不知道他是个骗子？"

这似乎有些难以回答。

辩护律师说："好像你曾经已被他骗过。"

马兰如实回答。

辩护律师立刻抓住这条线索不放："也就是说，你们结婚的时候，你已经知道他是骗子，或许知道他有过一系列的诈骗嫌疑。也就是说，你与一个骗子结了婚，当然，你相信你们的婚姻能够让他

余步伟遇到马兰　285

不再去骗人。"

马兰陷入到了被动中。那些前来做证的女人，脸上立刻露出了不屑。辩护律师显然还是给马兰面子，并没有进一步紧盯死逼，没有明确暗示她和余步伟有合伙欺骗的嫌疑。接下来又问到两万元买房子的钱，余步伟承认确实拿了这两万块钱，说只是手头一时不方便，是借，并且写下了字据。辩护律师问马兰究竟有没有写字据，马兰斩钉截铁地说没有。余步伟立刻狡辩说他准备写的，因为匆忙，没来得及写。辩护律师又问马兰，他是不是说过要写。马兰顿了顿，说是，辩护律师于是要求她把当时的话重复一遍。

"他说买房子不能花我的一分钱，因此这钱只能算借我的。他说男人为老婆买房子是天经地义。"

余步伟的表情很有些得意，似乎在向大家宣布，其他方面他都说谎了，唯有对马兰是诚实的。他存心要让她更难堪，在接下来的滔滔不绝中，余步伟大谈对马兰的爱情。证明这种爱情忠贞的最好证据，莫过于已把他所有的真实情况都告诉了马兰，一个经验老到的骗子绝不会这么做。虽然不时地把戏演过火，但是他想达到的目的，差不多都巧妙地达到了。余步伟说他为了马兰，连去死的心都有。爱是一种太伟大的力量，能让一个完全成熟的男人，做出非常孩子化的举动，他说自己之所以失踪，是想将房子真弄到手以后，给马兰一个意外的惊喜。同时，也正是因为手头没钱，觉得自己暂时还没脸见她。在说到爱这个字眼的时候，余步伟绝不脸红。不光是爱，他甚至还冠冕堂皇谈起了性，毫不含糊地扔出一颗重磅炸弹。

"我绝不是那种玩弄女色的花花公子，在性方面，我并不随便，只有和心爱的女人在一起，我才是一个真正的男人。"

今天到法庭做证的女人，都是被欺骗的受害者中的一部分。她们已从最初对马兰的不屑，发展到有深深的敌意，开始后悔根本就不应该来，因为她们显然是被利用了。对余步伟的仇恨，转移到了马兰身上，一个反对她的统一战线正在自发形成。大多数女人对于被骗，抱着骗也就骗了的心态，毕竟不是光彩的经历，无论思想怎么解放，被骗失身总不至于兴高采烈，更没有必要嚷得让全世界的人都知道。从骗子那里讨回公道并不很容易，法律只认字据，遇上余步伟这种擅长矢口抵赖的人，还真没什么好办法。余步伟以经济上的窘迫来解释自己并没有骗多少钱，他理直气壮地看着法官，看着庄严的国徽，信誓旦旦地说：

"如果真像你们想的是骗了那么多女人的钱，姓余的早成了一个富翁，要知道，所有的悲剧就在于，我根本没钱。贫穷才是一切罪恶的根源，你们已从我身上看到了最好的答案。"

法官宣判以后，余步伟表示不服，要上诉。同时，他又很做作地宣布，如果上诉驳回，将无怨无悔地去坐牢，因为这是一个他爱的女人所希望的。他的话立刻引起了一片嘘声，马兰窘得恨不能挖个地洞躲起来。离开法庭，王俊生开车送马兰回家，看到她脸色苍白，便安慰她，说不值得为这种人渣气成这样。他说这种无耻的小人，说出什么无耻的话都可能。马兰很伤心，说想不到余步伟竟然会无耻到这种地步。

11

女人的心真捉摸不透，王俊生一再强调，马兰恨余步伟的时候，连杀掉他的心都有。王俊生一再强调，余步伟判刑五年，他的熟人关系起了不小作用。这年头是事都得依靠朋友，王俊生告诉马兰，根据他的办案经验，像这种涉嫌诈骗，罪名可大可小，因为很多被欺骗的女人不肯做证，想拿到有力的证据，不运用一点小手腕显然不行。王俊生的本意是摆功讨好，想证明自己神通广大，出了多大力气，没想到马兰不仅不领情，反而觉得他公报私仇。

王俊生说："什么叫好心当成驴肝肺？这就是现在的例子。"

马兰说："你也未必都是好心。"

"替别人打这样的官司，你知道我可以拿多少钱？"

"不知道，反正能自己买得起小汽车的人，不知吃了多少原告和被告。"

王俊生吃力不讨好，拿马兰也没办法。余步伟的上诉很快被驳回，马兰感到有些解恨，觉得他罪有应得，同时又忐忑不安，因为毕竟是她把他送进了监狱。辩护律师对五年刑期提出置疑，认为法庭应该考虑从轻发落，余步伟已人财两空，而且认罪态度良好，而且控方提出的证据并不是都能站住脚。在上诉期间，原来对余步伟也一腔怒火的雷苏玲，突然改变了态度，跑来向马兰求情，说对他这样的骗子，判个两三年已经足够，给他一个教训，让他稍稍吃些苦头。五年似乎太过分了，余步伟都这把年纪，还能有几个五年。雷苏玲说，马兰我告诉你，你不要觉得我是有什么私心，或者有什么见不得人的目的，余步伟就是跟一千一万个女人上过床，我和他之间也是清清白白，你千万不要以为我有别的什么意思，更犯不着跟我打翻醋坛子，我只是劝你得饶人处且饶人，放他一条生路。

渐渐地，马兰和雷苏玲成了好朋友。很出乎大家意料，在一开始，都没什么好印象，都心存敌意，她们突然发现对方并不像原来设想的那样，于是不断地有些来往。雷苏玲是个心直口快的老大姐，天生喜欢助人为乐，余步伟被送去服刑，雷苏玲去探了一次监，回来对马兰说，五年就五年，他也是活该，就让这家伙好好劳动改造，文化大革命让他躲过去了，这次让他遭回罪。马兰觉得两件事根本沾不上边，说别跟我提他，跟这个人有关的事，我现在都不想知道。雷苏玲说，你不愿意提，人家却是三句话就离不开你。马兰不吭声，想余步伟对自己肯定心存怨恨，没想到雷苏玲接着说：

"两个人好好地过日子，多好，本来很好的一对，不明白究竟中了什么邪！马兰你不知道他有多后悔，肚肠子都悔绿了，眼珠子也悔直了，心里还是老惦记着你，我说都到了这一步，你难道还不死心，知道他怎么说，他说，他竟然还说什么海枯石烂……"

马兰打断说："他那张狗嘴，还能吐出什么象牙。"

雷苏玲一本正经地说："你别说，他那张狗嘴，吐出的还都是象牙，话要是不好听，怎么可以蒙人呢。"

两人都笑起来。

不久，马兰收到余步伟从监狱寄来的第一封信，几乎没有任何犹豫，她将信原封不动地退了回去。这以后，每隔一段时间，余步伟又将信寄来，来了，马兰再退。两人打乒乓球一样，一个执着地寄，一个执着地退。前后差不多有十个来回，马兰也烦了，把信放在抽屉里，也不打开。这边不把信退回去，余步伟那边误会了，以为她已读了这封信，接下来，便一封又一封没完没了。马兰发现情况有些不可收拾，写了一封信去，申明自己从来不读他的信，请他自重一些，以后不要再骚扰别人。余步伟显然不是一个听劝的人，厚颜无耻地继续写信，信封里面的内容越来越厚，手摸上去能感觉到是好几张信纸。忍无可忍的马兰终于去了邮局，将厚厚一大沓的信，用包裹的形式通通寄还回去，心想这次可以彻底摆脱他的纠缠，可是没过多久，那一大沓信又以包裹的形式寄回来了，包裹单

余步伟遇到马兰   289

的留言栏里，余步伟只写了一句话：

"此信归收信人所有。"

马兰冲动的时候，很想一把火将信都烧掉。可是担心信既然归她所有，说是烧掉了，口说无凭，别人未必会轻易相信。销声匿迹肯定不是个好办法，马兰始终认为，让别人知道她没看过这些信非常重要，当然更重要的，是必须要让余步伟知道，她对信的内容根本不屑过问，完全不知道信里究竟说了些什么。马兰与余步伟已经没有任何关系，她对他们之间的所有接触，都保持着高度的警惕。摆脱这个人的胡搅蛮缠不是件容易的事情，信越积越多，有一天，余步伟的双胞胎女儿余青余春突然出现在马兰面前，两个人都大学毕业了，都在读研究生，来找马兰的目的，是希望马兰能带她们去看望父亲。

马兰板着脸说："这恐怕不可能，我和你们的父亲已经毫无关系。"

马兰对这一对孪生姐妹有很不错的印象，读书好的孩子人人都喜欢，她们似乎也喜欢马兰，她和余步伟结婚的时候，两人还特地从北京赶回来。余步伟曾担心女儿的任性会让马兰难堪，会说出不中听的话来，可是她们对父亲的再婚并没有任何异议。恰恰相反，她们很愿意接受这么一位后妈，仿佛有了这位后妈以后，她们的父亲从此就会改邪归正。现在，这两个人冒冒失失地找来，好像事先没想到马兰会拒绝，竟怔在那里，半天不说话。马兰忽然想明白了，一定是余步伟在两个女儿面前胡编乱造了什么故事，他一定是隐瞒了事情的真相。

余春气鼓鼓地说："既然这样，你们当初为什么又要结婚呢？"

马兰不知道该说什么，她打开办公桌的抽屉，让姐妹俩看余步伟源源不断寄来的那些信。她想以这些原封未动的信,来证明自己确实已和她们父亲没关系,但是姐妹俩反而更糊涂了,因为她们做梦也没想到自己的父亲竟然这么浪漫,写了这么多的情书,不免有些感叹。

妹妹余春终于想明白了,说:"看来你是不肯原谅他?"

"这可不是原谅不原谅的问题。"

"那应该怎么样?"

"我一下子也说不清楚。"

"有什么说不清楚的?"

"这样吧,你们来了也好,这些信正好带给你们的父亲。"

余春哑语了,她看着面红耳赤的马兰,不知如何是好。马兰同样有些不知所措,在旁边一直不吭声的余青突然发话,她悠悠地说:

"反正是寄给你的,还是你自己还给他吧。"

12

马兰决定当面把那些信交给余步伟。她觉得这是一桩不大不小的心事,不处理好,心头总感到不踏实。王俊生认为这想法不可思议,然而她已打定了主意,不达目的誓不罢休。好在王俊生在司法界有太多的朋友,选个好日子便开车去了,大约三个小时的路程,到了那里,王俊生的熟人先请吃饭,喝酒,时间已是冬天,地点就在监狱的食堂,有鱼有肉还有蔬菜,马兰的胃口大开,连声说菜做得好。熟人笑着说,我们这做菜的手艺其实一般,关键是原料好,猪是自己养的,鱼是自己养的,菜也是自己种的,你们想想,真是一点污染都没有,难怪这儿的犯人一个个都养得又白又胖。王俊生喝了些酒,红着脸说，白白胖胖的怕是你们这些公安干警吧。正好这位熟人又黑又瘦，王俊生说完自己笑起来，熟人也乐了，说我幸亏不胖，要不然掉到黄河里也说不清楚，这年头就是这样，你若是有些权力，又是个大胖子，肯定要说你养尊处优，说你有腐败的嫌疑。

吃饱喝足，由熟人带着参观监狱，参观犯人的牢房，参观手工车间。服刑犯人穿着统一的制服，剃着清一色的光头，见有人来就毕恭毕敬地站起来，立正，大声喊：

"首长好！"

还是由这位熟人帮忙安排，在会客室与余步伟见了面。天气冷，会客室升了炉子，炉子上搁了一壶早就煮开的热水，不停地冒着热气。余步伟没想到马兰会来，慌慌张张地被叫到了会客室，进来就喊报告，然后站在那不敢动弹，脸上一点表情也没有。王俊生看出马兰嫌自己碍事，便招呼熟人一起出去。马兰一时无语，不知道是否应该招呼他坐下。门口还站着一名警卫，余步伟直挺挺站在离门一步远的地方，恭恭敬敬，马兰就说今天来也没有什么别的事，正好是路过，想到他寄给她的那些信，顺便也就带来了，想当面还给他。说完，从包里拿出一大沓信，让余步伟过目，特别强调了一声，这些信，她一封都没看过。

余步伟面无表情地看着马兰，马兰也面无表情看他。隔了一会，余步伟说这些信是送给情人的礼物，别人想怎么处理与他已经无关。马兰并不想听这个，她怔了怔，说那好，余步伟你看清楚，我当着你的面，将这些信都烧了，你也好彻底死了这个心。说着，将炉子上的水壶拿开，把信一封接一封地丢进炉子里。门外的警卫吃了一惊，想进来干涉，看看没什么多大的事，又退到门外。烧这些信似乎是一个漫长的过程，余步伟木桩似的站在那，仍然不动弹。马兰情不自禁地抬眼看他，火光映在她的脸上有些发烧发烫，她注意到余步伟的脸也红了，红得发紫，涨成了猪肝色。

为了缓和气氛，马兰决定与余步伟谈谈他的女儿，问她们是否来看望过父亲。余步伟摇摇头，干咳了一声，说没有来过。马兰有些惊讶，余步伟一向口若悬河，神气活现，现在处在这样的环境中，老实得像个犯错的小学生。她不明白为什么余青余春姐妹没有来探视，这话题刚开始就结束了。接下来又不知说什么好，马兰仿佛替死人烧纸钱一样，十分耐心地慢慢烧着，烧完了一封，再烧另一封，终于把那些没读过的信都烧了。她这么做，仅仅是因为固执，是要赌一口气，是要做出一种姿态，然而信真化为灰烬以后，又不免黯然销魂，后悔自己的行为有些过分。

"我想我不得不再一次声明，希望你以后再也不要写信给我，"马兰很严肃地说着，"我不希望你继续骚扰我，你我之间已经没有任何关系，听见没有？"

余步伟没有反应。

马兰说："喂，我说，你听明白了？"

余步伟点点头。

马兰又说："这不行，你得回答。"

余步伟干咳了一声，一字一句地说："听明白了。"

"听明白了什么？"

"再也不写信。"

"知道就好，我告诉你，别以为你傻乎乎地一封接一封写信，老是没完没了，人家就会看，就会被你的这一套打倒。你这一套根本已经不管用了，没人会看，我一个字都不想看，它们让我感到恶心，感到羞辱，没人会再相信你这种骗子的甜言蜜语，决不会。别

余步伟遇到马兰　　293

以为还有人会再次上当,别做梦了。"

余步伟好像不明白她在说什么,他抬头挺胸,直直地站在那,仿佛士兵在听上级训话。马兰意犹未尽,悻悻地说:

"怎么不说话了,你不是很能说的吗?"

余步伟说:"你所说的话,我都听见了。"

"我说了什么?"

余步伟又哑了。

马兰又问:"我说什么了?"

"以后不许再写信。"

"还有呢?"

余步伟又不吭声了。

差不多是结束谈话的时候,马兰不想再说什么,该说的都说了,她想起管教人员说余步伟在狱中表现不错,便鼓励他好好服刑认真改造,争取提前出狱。余步伟站在那一动不动,洗耳恭听,当她说到争取提前出狱这话时,他的眼睛不由亮了一下。王俊生与熟人在外面等得已经不耐烦,她刚站起来,这两个人便进了会客室,问她还有没有什么话要说。马兰摆摆手,熟人立刻指示狱警将余步伟带走。很显然,王俊生的这位熟人对马兰和余步伟之间的纠葛没有什么了解,他当着马兰的面,很热心向王俊生暗示,如果要为余步伟减刑,可以具体采取什么步骤,通过什么手段。又说起谁就是这么操作的,如果步骤和手段对路,减刑应该不是什么问题。

回去的路上,马兰担心王俊生酒后开车,提出由她来驾驶。他连声说不,说你根本就是难得才捞着机会开车,都说有驾照无车的司机最会出事,让你开,你不怕,我还怕呢。又说别跟我提什么酒后开车,我这人喝点酒,感觉更好。一路上,王俊生笑谈自己酒后开车的经历，说有一次喝多了，喝了八两白酒，一路上手机的铃声不断，那才真叫是危险。他注意到马兰有些心不在焉，知道她还在想监狱里的事情，随口问他们都谈了些什么。马兰不回答，王俊生也就不追问，笑着说，这家伙看到你是不是特别意外？马兰说有什么意外的，说完，又改口说当然意外了，他怎么能料到我们会去。王俊生说，他现在的模样，要比在法庭上好多了，我操，那时候，整个是老头子的模样，白胡子拉碴，哈腰驼背，一说话，就流鼻涕。马兰笑了起来，说你别说那么惨，人家当时可能是感冒。王俊生也笑，说我要是瞎说就不是人，感冒不感冒我不管，反正是真流鼻涕，我当时想，马兰是怎么了，看中这么一个家伙，害得我成天睡不着觉。马兰假装愤怒，在他大腿上拧了一下，王俊生说，我开车呢，你这动作危险，知道不知道。马兰不愿意再理他，开始闭目养神，心里在想余步伟的事，渐渐地，竟然睡着了。快到目的地的时候，马兰醒了，王俊生以开玩笑的口吻说：

"我们是不是想点办法，给这家伙办个减刑什么的，只要你愿意，我还真有点办法。"

13

这以后，果然再也没什么信来纠缠，经过一段平淡的日子，马兰觉得已把这个人忘得差不多了。余步伟三天两头来信的那段时间，门卫常用一种异样的眼光看她，动不动就喊"马校长，有信"。现在，任何邮件似乎与马校长都没关系了，圣诞节前后，同学们一下课，就往传达室奔，在一个放信的大箩筐里淘金似的翻阅信件。每天都有一大堆贺卡寄过来，俊男靓女书包里的信多得搁不下，有时候公然在教室里传看，在马兰的化学课上也看，气得她在全校大会上发火，说这样发展下去，校风受到严重影响，学校的传达室将考虑把所有的贺卡都退回去。

在雷苏玲的热心撮合下，马兰又和几个男人见过面。鹊桥仙婚介公司不时也会来几个条件不错的男人，每次遇到好的，雷苏玲就会想马兰。马兰因此笑她好像是个卖肉的，遇到好肉就自己留着。雷苏玲说你这人真是没良心，怎么能叫是自己留着呢，我明明是想着你的，你得了便宜还卖乖。马兰笑着说我得什么便宜了，我可是一笔买卖也没做成。雷苏玲说，有好肉你偏不买，这就不能怨我了，我把你拉到河面，面对清清的河水，你仰着头不肯喝水，我有什么办法，就算是把你的头按下去，你不喝，也还是干着急。俗话说捆绑不成夫妻，要是没缘分，上了床还是不成夫妻。告诉你马兰，别老觉得现在一个人挺好，挺自在，自由，想怎么就怎么，女人平时没男人，真不是什么大不了的事情，可是等你生病的时候，遇到什么委屈的时候，就知道身边有个男人毕竟不一样。

还真有个男人差点与她成事，是大学里的一位副教授，也是刚离婚的。马兰已不再唱独身的高调，择偶问题上谈不上过分挑剔，然而就算是不挑剔了，还是不好伺候。一个已习惯独身的人，确实有那么一点点难与别人相处。条件稍好些的男人，一个个都是供不应求的紧俏商品，都莫名其妙的傲气，一傲气，马兰就来气，这一来气，接下来的戏没办法继续。时间不知不觉过去，冬去春来，有一天，一个长得很土气打扮得很时髦的女人，守候在马兰家门口，东张西望翘首企盼。马兰的最初反应，又是为了孩子读书，想进她那所中学的人实在太多，但是一旦把话谈开来，她吃惊地发现，这个女人的来访，竟然是为那位差不多已让人遗忘的余步伟。

"我想应该先把自己的情况介绍一下,我姓陈,你就叫我小陈吧。"

这位小陈起码也在四十五岁以外,是一家县级市电视台的广告公司经理,似乎赚了不少钱,提到钱就是一种满不在乎的口气。通过征婚启事,她与正在服刑的余步伟发生了联系,开始有书信往来,渐渐地便陷入情海。天下事无奇不有,根据小陈的说法,她所以被这个囚犯打动,为他独特的魅力所折服,完全是因为他所叙说的那个与马兰的爱情故事。这个有着传奇色彩的爱情故事深深感动了她,让她不止一次流眼泪,因此不顾冒昧闹笑话,不管三七二十一,决定前来亲眼看看,看看马兰究竟是个什么样的女人。马兰被她的来意吓一大跳,喃喃地说:

"我和他已经毫无关系,对不起,关于这个,根本没什么可说的,你非要我说,我只能告诉你一句话,他是个骗子,是个充满了甜言蜜语不折不扣的骗子。"

"不错,他是个骗子,而且已为他的所作所为,受到了应有惩罚。"

小陈对马兰和余步伟的故事了如指掌。关于这个故事,她根本不需要马兰重复,而且似乎比马兰这个当事人知道得更多。马兰感到很震惊,余步伟竟然会用一种赎罪的方式来说故事。在故事中,马兰被过分地美化了,甚至是文学化了,余步伟把她描述成为一名伟大的女性,美丽,善良,把爱情看得比泰山还重。他和马兰之间的故事被编得天花乱坠,完全可以拿到杂志上去发表。因为欺骗了马兰,因为背叛了诺言,因为亵渎了爱情,余步伟陷入了深深的忏悔之中。他承认自己的确是个骗子,是个很高明的骗子,骗过很多人,但是欺骗马兰,却是这一生中最糟糕的一件事,他为此后悔不

余步伟遇到马兰

已，痛苦不堪，恨不能把经历过的一切统统再重来一遍。余步伟用了无数煽情的文字，捶胸顿足地抒发这种悔过心情。他说自己在监狱的高墙之内，最难以忍受的不是失去自由，而是眼睛一闭上，就能想起他对马兰的伤害。

接下来，小陈又毫无隐瞒地大谈自己。她告诉马兰，自己所以会感动，是因为与余步伟同病相怜，有着差不多的经历。在十多年前，她也曾做过一件对不起丈夫的事情，并且因为这次轻率的情感出轨，和深爱自己的丈夫离了婚。丈夫带着孩子快快地离开了她，很快又和别的女人组成家庭，陷入一种完全没有爱的婚姻中。她说这件事成了心中永远的疼，虽然还深爱着前夫，却无能为力，帮不上任何忙。经过多年的痛苦自责，她终于听从朋友的劝告，决心从过去的阴影中走出来，去尝试用新的婚姻来解脱自己。在一则亲自起草的征婚启事中，她毫无隐瞒地表明了自己的内疚，希望找个能够理解她的男人，给她一个机会弥补过错。很长时间里并没有一个男人有回音，终于有一天，从一本破烂不堪的杂志上，余步伟在征婚栏里发现了这条启事，他立刻写了一封很长很殷勤的信给她。

"我本来指望找个与我前夫一样的男人，是那种受到伤害的，吃过女人的亏的，我首先想到的是如何去弥补，没想到经过一次次通信，我和老余竟然成了恋人，你想这是多么奇妙的事情，我们有共同的经历，为了同一种忏悔的心情，最后走到了一起。谁也没有想到，我们真的就这么相爱了，就好像是老天爷故意安排好的一样，我们突然发现对方简直是太适合自己了……"

马兰有些无所适从，不知道是应该表示祝贺，还是应该提醒她不要再上余步伟的当。这个叫小陈的女人天真得让人无法形容，也许陷入恋爱中的女人都这样。余步伟显然是个靠不住的男人，他太知道如何去捕获女人的心。小陈眉飞色舞地说完了与余步伟的故事,又说出了今天此行的另一个目的。她和余步伟既然都到了谈婚论嫁的地步,现在要等待就是看余步伟什么时候能够出狱。

"我们的年龄都不小了,而且不可以再生,他有孩子,有一对双胞胎,我也有个儿子,根据独生子女的政策,不能再有孩子,但是,但是真想要,说不定也豁出去了,不就是罚些款吗?不就是开除公职吗?这根本对我们不是问题……"

马兰很吃惊地发现,这个女人来找自己的真实目的,是希望帮助余步伟办减刑,并且非常巧妙地给了一大堆不应该拒绝的理由。马兰突然意识到,这个看上去傻乎乎的女人,也许非常精明,正做一笔只赚不赔的买卖。既要马兰宽宏大量地帮忙,又把她有可能成为情敌的潜在危险降低到最低点。同时,马兰还意识到,这件事很可能是余步伟在幕后操纵。在马兰感到犹豫的时候,这个自称是小陈的女人很爽快地表示,只要能让余步伟早些出来,花多少钱打点都无所谓,这些费用都会由她来支付,和人世间最伟大的爱情相比,钱实在算不了什么。钱要是真能买到爱情,花多少都值得。

14

马兰并没有花很大的心思来为余步伟办减刑。王俊生冷笑着说,你这人也太滑稽,花那么大的劲,把这家伙弄去坐牢了,现在又要颠倒过来,再吃辛吃苦把他弄出来。马兰无话可说,说我不跟你斗嘴,谁还能斗得过吃法律饭的人,这事你看着办,帮不帮忙都可以的。王俊生说,你这是把我弄糊涂了,到底是要还是不要我帮忙。马兰说,你不要问我,这件事我自己也不怎么清楚。她是真的不太清楚，心里不想去管这件事，可是又觉得不出些力，说不过去，多少有些不踏实，好像心里有个小人不断地在催问她，你为什么不能成人之美呢。

雷苏玲听见这事，第一反应是愤愤不平，说余步伟都他妈坐牢了，还能把女人勾引到手，真是不折不扣的师奶杀手。马兰对雷苏玲的想法深有同感，两人说起他对付女人的小伎俩，不约而同地笑起来，最后得出一致结论，这就是女人其实都有点喜欢那些死皮赖脸的男人。雷苏玲坦率地承认，自己虽然与他没有过肉体上的接触，可是有时候，还真是有那么点在乎他的。马兰的笑顿时有些暧昧，雷苏玲说，你别疑心生暗鬼，我这人保守得很，除了自己老公，真没和别的男人有过事，你和余步伟早就分手了，要吃醋也轮不上你。

几个月以后，余步伟减刑的事情真有了些眉目，那个叫小陈的女人便提出来要去看望余步伟，希望马兰帮她找一辆车。马兰和雷苏玲商量，雷苏玲说，她要车，难道不能叫辆出租车吗，你说得倒轻巧，让她出汽油费过路费，这算什么，我成了她的专职司机。雷苏玲发了一通牢骚，最后还是亲自开车，与马兰和小陈一起去探监。小陈一路上没有停嘴，各式各样的话题，逮着了就是一大通，说什么都带着点吹牛，大话连篇。雷苏玲的脸色有些难看，去厕所的时候，悄悄地对马兰说：

"喂，能不能让她少说几句，这女人太影响我情绪，好端端的胃口，都让她倒了，余步伟也是瞎了眼，怎么会看上这么一个女人。"

到了监狱，小陈因为第一次与余步伟见面，亲热的场面就像是在拍电视剧，雷苏玲一旁看得直咂嘴，连忙把马兰拉到一边去。面对那女人表现出来的做作，余步伟也是肆无忌惮地以夸张的亲热应付，那女人扑过去，他立刻张开双臂欢迎。两人拥抱在了一起，余步伟的目光这时候看到了马兰，竟然好像不认识一样。马兰顿时感到一点失落，与雷苏玲走开以后，酸酸地说：

"这两个还是很般配的。"

雷苏玲说："你别傻了，余步伟是演戏给你看，他是故意要让你恶心。"

"我一点都不恶心。"

"他要让你看到，你曾经喜欢的男人，现在已潦倒到了这份上，竟然会喜欢这么一个没有品位的女人。"

"我并不这么觉得。"

"你现在是感觉迟钝，难道你没看出这女人的用心吗，她要向你表示，这个男人是她的，人家心里对你还是有些忌讳的，她是怕，怕你抢她的男人。"

马兰脸上立刻有些不自在，说："你别瞎说，姓余的与我根本就没关系。"

因为雷苏玲的话，马兰心里有了疙瘩，等再见到余步伟的时候，事先准备好的一番话，说起来就有些结巴。她告诉他，他现在已坐了快三年牢，要想减刑，起码服完一半刑期，也就是说，刚够减刑的条件，而要减刑，就要有立功表现，因此他现在最重要的，是好好改造，争取立功。余步伟毕恭毕敬听着，等马兰说完了，毕恭毕敬地说，我一定照你的话去做。在回去的路上，雷苏玲笑话马兰，说你对余步伟说得倒好听，一口一个要有立功表现，他关在牢房里，哪来的什么立功机会，这不是废话。

小陈自说自话地就留下来了，说是要在附近找个小旅馆住下。雷苏玲对小陈一肚子意见，她不愿一起回去，来得正好。马兰似乎也对她有了全新认识，发现这个小陈其实根本不怎么在乎别人的

余步伟遇到马兰　301

想法,而且说翻脸就翻脸。雷苏玲大老远地开车送她来,临了,连一句最简单的谢谢都没有。原先说好的汽油费过路费,就像没有这事一样,弄得马兰反倒很不好意思,仿佛这话是她编出来的一样。

"知道我最强烈的感受是什么?"回去的路上,雷苏玲神秘兮兮地问马兰,"真的,我真有一个很强的感受,你猜猜看。"

"我又不是你肚里的蛔虫,怎么知道。"

"我怀疑这女人也是个骗子,什么赚了很多钱,什么自己的经历绝对可以拍电影拍电视,我觉得这都是问题。真的都是问题,你就等着看戏吧。"

马兰想不明白如果她真是骗子,又会怎么样。两个骗子相互切磋技艺,听上去确实很有意思。不过,马兰有些心不在焉,觉得自己正在卷入一个很荒唐的旋涡中。一路上,雷苏玲牢骚不断,马兰却在想自己的心事,言不由衷地与雷苏玲敷衍着,时不时发出一些怪怪的笑声。雷苏玲不停地提出一些问题,发表着看法,最后斩钉截铁地说:

"这女人根本就不配余步伟,当然,余步伟也不是什么好东西,可是这女人更不是东西。"

马兰说:"喂,你管那多干什么?"

雷苏玲说:"是啊,关我屁事!"

过后不久,马兰又一次收到了余步伟的来信,这一次,她犹豫了一番,把信打开了。在那封不是很长的信中,余步伟向她表示了谢意,感谢她为自己减刑做的努力,感谢她再次为他提供了一次机会,成全了他与那个叫小陈的女人之间的爱情。余步伟说,经历了与马兰的爱情悲剧以后,他对异性的感觉已如死灰,事实上,他甚至说不清楚自己与小陈的关系,究竟还能不能称之为爱情,他宁愿它是,因为这可以给他活下去的勇气,给他继续生活的信心。余步伟说,他并不奢望马兰会读这封,更不敢奢望她会回信,想到自己已经写下了这封信,并且将信付邮寄出,他已感到心满意足。

15

马兰冒冒失失地给余步伟回了一封信,信刚寄出,就感到后悔了。在信中,她其实也没说什么话,不过是让他好好改造,争取早些出狱,出狱以后,好好地与小陈过日子。马兰所以后悔,是明白这些事本来完全可以与她毫无关系,犯不着引火烧身。果然没多久,麻烦接踵而来,首先是余步伟来了一封更长的信,赤裸裸地表达了对她的相思之情,他说自己在监狱里,每一分钟都在思念着马兰。他的那封回信充分说明,只要她做出一点点的让步,余步伟肯定会顺着竿子往上爬,一直爬到竿子的顶端,不到黄河心不死,不见棺材不掉泪。

另一件让马兰不愉快的事情,是那个叫小陈的女人竟然开口问她借钱。小陈永远是说自己有钱,可是有一天,她突然以钱包被偷为借口,让马兰通融一千元钱给她。马兰有非常充足的理由可以拒绝,但是,她突然意识到,这也许是一个摆脱纠缠的绝佳机会。自从结识这个莫名其妙的小陈以后,她总是冷不丁就出现在马兰面前,滔滔不绝天花乱坠。马兰相信,如果这女人不偿还一千块钱的话,就不可能再有脸面来找自己。

但是,小陈很快又找来了,不仅没提一千元的事情,煞有介事又编了一个故事,说自己新拉到一个广告,价值几十万,由于急着要与客户签合同,必须先付一万定金。马兰可以有两种选择,一是借一万元钱,很快就还给她,还有一个办法,是以这一万元钱为投资,可以保证她50%的回报。马兰说,别说那么多了,也别用发财来哄我,我只说一句话,你先把上次的那一千元钱还给我。小陈怔了怔,说你不提,我还真忘了,这一千块钱对我来说,实在是小数字,怎么,怕我不还你这一千块钱。结果她怏怏而去,马兰想追问一千元究竟怎么说,一时还拉不下脸来,没好意思逼她。

这以后,这女人果然再也不曾露面。马兰现在只能从余步伟的信上,知道一些她的情况。在马兰的心理防线上,不与余步伟通信具有重要意义,她知道他纠缠不休的厉害,一旦被纠缠住了,想脱身就很难。好在余步伟已有了别的女人,因为有别的女人,马兰只能算是第三者,因此相信他不会有太大麻烦。遣词造句方面,马兰显得非常谨慎,小心翼翼,不给他有任何误会的机会。余步伟好像也理解她这份心思,在信上,更多的时候只把她当作无话不说的好朋友。他们心平气和地谈论着那个叫小陈的女人,分析她的优点缺点,马兰反反复复向余步伟暗示,既然他们准备在出狱时就结婚,必要的了解还是很重要。她强调,不管怎么说,草率都是不慎重的,人生千万不能以一种游戏的态度对待。

然而余步伟显然有意以游戏态度来处理婚姻大事。像他这样一个囚犯,还有人能看中,就应该谢天谢地。即使小陈不是好女人,也谈不上太大损失。余步伟已潦倒到了没什么可损失的地步,失去马兰的爱情以后,无论精神还是物质,他都是个彻头彻尾的穷光蛋。破罐子破摔是很自然的事情,余步伟甚至说出了出狱后可能又会重操旧业的担心,因为事实上,他根本看不到光明在什么地方。前途渺茫,道路黑暗,余步伟仍然处在一个容易堕落的环境里,他说自己的确把希望寄托在了女人身上,并且也知道小陈不像想象的那样，他知道她根本靠不住。

马兰没有把那女人借一千元钱不还的事告诉余步伟。她只是暗示他，要慎重，要充分了解一个人。尽管她拐弯抹角，点到为止，意思已很明显。余步伟故意装作不明白她的用心，他显然已感觉到马兰并不赞成这桩婚事，故意用这件事来吊胃口。余步伟以这样一个荒谬逻辑来解释自己的所作所为，他强调那女人是马兰的化身，是一个假想的马兰，是一个赝品，既然真马兰遥不可及，他就有权力制造一个假的。马兰对制造这个词突然引起了警惕，突然意识到她已落入余步伟精心设置的圈套里。果然，在下一封信里，余步伟露出了庐山真面目，他大谈自己制造马兰化身的目的，坦率地告诉马兰，说原先只是打算通过一个女人，来刺激马兰的嫉妒心，因为女人常常可以把另一个女人的正常思维搞乱。可惜是白费了一番心思，这一招未能起到应起的作用，没想到马兰是水火不侵刀枪不入。余步伟为此感到了深深的绝望，曾经沧海难为水，余步伟千方百计想做的，其实只是要重新唤起马兰的爱情。

马兰很果断地写信给余步伟，警告他真想得寸进尺的话，将立刻中断与他的一切联系。马兰说，历史不可能重演，悲剧也不会再次发生。她所受到的伤害太深了，因此任何能让她联想到过去的话题，都是不恰当的，都是危险的。余步伟千万不要做白日梦，千万不要因为她不追究他过去的错误，就产生什么非分的想法。考虑到这一阵，马兰正在为他减刑的事情努力，并且事实上已有了一些眉目，她希望他不要轻举妄动，不要玩火，不要自以为聪明，不要玩弄小聪明，结果搬起石头砸自己的脚。马兰用很严厉的口吻教训他，她还从来没有这样酣畅淋漓地对余步伟发泄过，自从出事以后，马兰一直没有捞到这样的机会。现在，她甚至破口大骂，说你这样的小人，你这样无耻的骗子，坐一辈子的牢都不冤枉。

信发出去以后，马兰努力回想信中内容，琢磨着有没有什么不妥，是否用词不当。她后悔不该发那么大的火，有些话根本没必要说，有些话根本是对牛弹琴。晚上洗澡的时候，她又想起寄出去的那封信，把每一段文字重新回忆，细细地品味，越回忆越气，越品味越委屈。马兰没想到自己会哭，她一向是个很坚强的女子，一向以女强人自居，气鼓鼓地对自己说，没出息的，哭什么，有什么好哭的。教训完自己，她仍然感到气，感到委屈，淋浴热水哗哗地冲在背上，马兰已经洗了很长时间，水有些烫，烫得她浑身血液沸腾。眼泪还在静静淌着，没完没了地往外涌，马兰想，我就哭，就哭，哭了又怎么样，于是她抱着自己的脸，痛痛快快哭了起来。

16

余步伟的回信很快来了，马兰想肯定又是甜言蜜语的狂轰滥炸，没想到他却在信中耍起了无赖。一番忏悔和辩解自然是免不了，他用最深刻最肉麻的词句向马兰表示道歉，这些话已经说过无数遍，没有一点点新意。让马兰感到气愤的，是他竟然声称要放弃减刑的努力，理由是马兰既然不肯原谅他，提早出狱也就没有任何意义。这是一种很拙劣的威胁，态度近乎刁蛮。在信的结尾，余步伟说已经习惯了监狱的生活，说现在是真的很担心，因为担心一旦出狱，可能首先想到的就是直奔到马兰家。很显然，他肯定是个不受欢迎的人，但是，如果不能去找她，不能在她的身边求得宽恕，他又有什么必要再走出监狱大门。

马兰回信说，余步伟完全有权选择在监狱中度过一生。这种强词夺理的威胁十分可笑，十分荒唐。在信中，马兰又一次痛加指责。她现在对他非常失望，并且决心从此不过问他的事情。马兰再一次重申，旧情重燃鸳梦重温已是根本不可能，无论从哪个角度去想，她都没理由接受他这个无耻的骗子。余步伟仍然贼心不死，说明他不了解她，实在是太低估了她的决心。马兰希望他再也不要写信了，因为她现在已经很后悔，后悔给他写信，后悔过问他的一切。她把上封信中说过的狠话，不厌其烦地又重复了一遍，把他痛痛快快地又训斥一顿。马兰发誓如果他再来信，第一件事就是把信撕了，她发誓自己说到做到，发誓这一次绝不会再糊涂。

信刚发出去，马兰已决定改变自己诺言，决定以后只是不回信，就像过去一度坚持的那样。很显然，如果她只是读了余步伟来信，天也塌不下来。接下来，信果然一封接一封，像雪片一样飘过来，余步伟变着花样想让她回信，威逼引诱苦苦哀求，可是马兰躲在暗处，坚决不接他的茬。她的这一撒手锏果然厉害，余步伟的信越来越多，话也越来越语无伦次。他的信仿佛石沉大海，仿佛水珠滴在沙漠里，仿佛一个人在广阔的森林里自言自语，仿佛是一个哑巴徒劳的手势。在一开始，余步伟还相信马兰仍然在读他的信，信的内容文采飞扬，情意绵绵，渐渐地，他失望了，痛苦地呻吟着，像一个迷路的孩子那样找不着方向。再下来，他终于绝望了，歇斯底里捶胸顿足，开始在信中骂她，甚至说猥亵的下流话。他狗急跳墙地威胁说，自己出狱后第一件事，就是去找她算账。作为一个无家可归的人，他不能不把她的家当作自己的家，他觉得自己仍然是她法律上的丈夫。

随着减刑即将成为事实，马兰开始感到不安，感到一种前所未有的恐惧。她突然意识到玩火的其实是她自己，如果现在写信去拒绝他的到来,只能说明她一直在偷偷地看他的信,这恰恰是马兰所不愿意承认的。如果这样,她所做的一切努力都将前功尽弃。就好像玩游戏谜底被人现场揭穿一样,马兰不愿意看到这样的结局。但是,如果不予理睬,余步伟真冒冒失失地跑来又怎么办,他这人的脾性完全会这么做,他这人的脾性不这么做反倒奇怪了。眼见着这日子说到就到,马兰情急之中和雷苏玲商量,请她帮忙出主意。雷苏玲开导说,马兰,不能这么便宜了他,哪能让他说回来就回来,怎么也得再考察考察,这家伙可是没一句真话的,是狗哪能那么容易改得了吃屎。马兰说我当然知道他没什么真话,我要是相信了他的话,不也是太幼稚了吗。雷苏玲说你明白就好,也不用怕他,到时候他要是敢涎着脸上门,你打电话给我,我来帮你撵他走。马兰苦笑着说,才不要你帮忙呢,我可以打电话给110。

马兰嘴上这么说,心里仍然没有底,又将担心说给王俊生听。王俊生听了,半天不说话。马兰诚恳地说,人家还想听听你的意见,为什么一声不吭。王俊生说让我是说什么好,说了你肯定不高兴。马兰说你爽快一些,说什么都可以,有什么高兴不高兴的。王俊生便一针见血地指出,这话是你要我说的,说了可别发急,我跟你说实话,你所有的担心都是自找的,担心什么,其实什么都不用担心,因为在内心深处,在内心深处的那个小角落里,你一直在等着那骗子回来。马兰没想到他会这么说,既有些委屈,又有些光火,赌气说:

"好吧,你真要这么认为,那也就算是,我就是在等那骗子回来。"

余步伟在牢里待了三年八个月,终于被提前释放。他给马兰寄了张明信片，用简单明了的文字告诉她具体的出狱日期。很显然，这是事先发布个信号。突然可能会出奇制胜，也可能走向期望值的反面。对会出现什么样的局面，余步伟忐忑不安，心里一点谱也没有。出狱的当天，他洗了个澡，昂然走进一家豪华的美发厅，打算把灰白的头发染黑。美容小姐准备着染发剂，突然以一种很甜美的声音惊叹，哇——老板的头发好漂亮。她热情地开导余步伟，说现在很多时髦小伙子，故意染成花白头发，这样看上去才酷，像外国人。余步伟模仿着小姐的口吻，问她这样是不是真的很酷。小姐一本正经地说，当然酷啦，黑发早不流行了，叫我说，这头发根本不要染，好好保养一下，绝对像成功人士。余步伟本来还有些心不在焉，听了这话哈哈大笑，说就听你的，给我收拾得像个成功人士。小姐也乐了，说老板本来就是，什么叫像，老板你一看就像，这年头，不是成功男人，谁会上这来。从美发厅出来，余步伟踌躇满志，又有些忧心忡忡，在街边花摊上，经过讨价还价，他买了一束带刺的红玫瑰花，然后拦了一辆出租车，义无反顾直奔马兰的住处。

2002年11月21日　河西

当代中国的浮世绘

——论叶兆言的"当代生活"系列

曹 霞

内容提要 本文从日常叙事、人性书写和现实主义细节等方面阐述了叶兆言"当代生活"系列的特征与所包含的当代中国图景,认为其日常叙事在阐释当代生活的发展逻辑上具有强烈的自足性,其人性书写勾勒出了当下中国人的"错位"人生及其在种种现实间往复摆荡的脉络,其现实主义细节集结起来的总体氛围和内部情势里携带着关于生存形态的整体性隐喻。在当代文坛,叶兆言庞大的作品体量与批评状况之间形成了不甚对称的局面,这涉及其作品的前瞻性、反类型化以及"当代性"写作的有效性问题。作为具有中国传统"文人气"的审美主体,他的清净淡泊则为其与文坛的疏离提供了注脚。

关键词 当代中国;日常叙事;人性书写;现实主义细节;当代性

在中国当代文学谱系中,叶兆言是一个丰富而独特的存在。作为20世纪50年代生人的作家,他的经历并没有受到时代的明显影响,而是更早、更多地与书和文结缘。他生长[①]于书香门第,高中毕业后当了4年工人,1978年考入南京大学中文系,自此之后文与身随。在书籍普遍稀缺的时期,他在作为藏书状元的父亲的书房里获取了大量资源,在堂哥叶三午及其诗朋画友的前卫阅读下耳濡目染,尤其是西方文学艺术,他自陈其"世界观""文学标准和尺度"都来源于外国文学[②]。这对蒙昧的写作者来说无疑是得天独厚的优势和塑形,也使得他在20世纪80年代初一起步就越过了"伤痕""反思"的初期阶段,直接进入了人性书写的领域。

在30余年的创作中,叶兆言在叙事种类与技法上不断地游移、嬗变、除旧布新,可谓"每一部小说都在寻找变化"[③]。"雅俗变奏"、"市井"写作、"学者型"、新写实主义、新历史主义,是目前批评界给出的叶氏标签,类型与风格之多在当代作家中是少见的。究其原因,是他要借写作来探寻人的可能性、生存的可能性,它们通向无边与无垠,这赋予了他不断超越自我的契机与动力,在那层峦叠嶂、逶迤浩瀚的人心之宇宙里,孜孜不倦地探索生存的边界以及人被非常态压榨出来的欲望、博弈、绝望、罪愆。他向人们展示的,不仅仅是当代中国的日常经验和时代状况,还有在传统秩序与现代心理、生活表象与深层冲突、伦理规范与情感欲望等交叉地带的游走和观察。

一 日常叙事与时代状况的书写

当代文学界普遍认为,从20世纪80年代末至90年代初的"新写实主义"以来,日常生活、日常叙事形态才开始被重新发现和赋予意义。事实上,并不全然如此。如果说新时期有哪位作家从一开始就拨开了历史、社会、超验秩序的枝蔓而直接切入了人与生活之本然形态的话,那么这个作家似乎就是叶兆言。他第一篇引发文坛关注的小说《悬挂的绿苹果》(1985)便具有浓密的现实意味,早于池莉、方方、刘震云的新写实小说。在"现代主义""寻根文学""先锋文学"勃发的1985年前后,他却别辟视阈地选择了一个毫无特色和辨识度的中国女人的名字"张英",延续着、扩展着关于"当代生活"的叙事。

"日常生活"指的是维持个体生存活动的总称,如衣食住行、饮食男女、婚丧嫁娶、生老病死等,它是"使社会再生产成为可能的个体的再生产要素的集合"[④]。关于日常叙事的特征和美学建构,历来有两种争辩:一是认为日常生活"整齐划一""沉闷无聊","日常的时间性被经验为使人筋疲力尽、虚弱不堪的百无聊赖"[⑤],因而主张批判日常生活对人的异化,建立"超越性美学";二是将日常生活视为具有"无限创造力的世界"和"现代性的动力学"范畴,认为它"不断地具有着理解我们生活于其中的世界的变化的潜力"[⑥],建立于这种肯定性之上的可称为"日常生活美学"[⑦]。两种美学向度实际上揭橥了不同时代文化之间的颉颃,也呈露出随着社会经济的发展和大众文化的兴起,"生活""身体"等立足于人之本体的感受和体验在文学领域中的逐步弥漫。

叶兆言的小说既非单纯的"超越",也不拘囿于"日常",而是提供了具有双重性的叙事美学:一方面,他意识到并设法保持对生活秩序界限的认知,注目和直面日常生活作为"同一物的永恒轮回"[⑧],因此从不在小说中嵌入某种超出平常的道德和象征,笔触趋向于冲淡平和,切近生活的自然形态;另一方面,他将日常经验当作具有叙事构成功能的元素来展示时代状况,这使得他的小说在阐释当代生活的发展逻辑上具有强烈的自足性。那曾经裹挟着当代中国一路奔腾的风起云涌的时代风潮如何渐次平息,如何改写了社会形态与人们的命运,在他那里得到了清晰地展现。

叶兆言将小说从20世纪80年代以来的理念化、浪漫化、哲学化中拯救出来,还原为平淡真实、平凡朴素的生活,在与现实保持血肉联系的通道里暗含着叙事的法则和伦理。《卡秋莎》的题目便带着浓郁的时代色彩。小说详述了卡秋莎自我想象与主动完成的炽热爱情,其情感的生发消歇与时代氛围的张弛紧密相关。在《左轮三五七》《茉莉花香》《纪念少女楼兰》和《一号命令》(2012)、《很久以来》(单行本更名为《驰向黑夜的女人》,2014)中,作者祛除或说淡化了历史的广阔枝叶,着力于从人心、人性的角度提取关于日常经验的表述,以微观和宏观的互证互现写出了"时代/人性"合力之下的现实。在叶兆言看来,文学不应当是简单的控诉或道德审判,因为"世界很丰富",生活"由不可信不可能组成",充满了复杂元素,因此,作家想要引起"共鸣",应当写出更深层的基本的、常态性的东西①,这也就是在生活中始终存在、从未消失过的人性的本真。在写作中,他没有流于理性思辨而丧失经验的细密肌理,也警惕着日常化的平庸顺滑对叙事艺术的侵蚀。那些沉溺于男女之事而获罪的人,那些跟随性情流向而坠入渊薮的人,那些对潮流亦步亦趋而陷入悲剧窠臼的人,在他笔下历历可见,比那些由观念主导的叙事提供了更多的内涵,说明作家在观察、把握和描述时代方面,具有坚韧的信念和立足于"人"的独特思考。

站在旁观者和记录者的立场,通过个体生命的本能、人际关系的辗转、日常生活的流淌进行书写,这既达到了对某些流行的时代潮流的疏离或解构而使之获得了重新被表述的可能,也使得琐屑平凡的生活自然而然地显现出了意义和价值感。譬如对于20世纪80年

当代中国的浮世绘 313

代,我们习惯跟随文化精英仰望式、追慕式地回忆,将它想象为一个精神丰赡的"黄金时代"。同为亲历者,叶兆言的姿态就"灰"得多,而正是这种"灰"却映现出了更为辽阔的时代状况。在《白天不懂夜的黑》(2014)中,他将"八十年代"放置于两个文学青年跌宕起伏的命运及其引发的诸多话题之中,为那个时代的文化神话不断地作"减法",直至裸露出其灰茫的内核。比起认为80年代"生机勃勃""群星闪耀"的说法,林放的曲折命运和"我"艰辛的文学探索都更真切,也更具现实感和可信度。《玫瑰的岁月》(2010)通过喜爱书法的黄效愚与藏丽花的结合及婚姻中的暗礁漩流,写出了即使是在80年代,文化的选择和坚持更多的也是来自个体。将这对夫妇最终击垮的不是文化的商业化,而是生活那永恒坚固、不可逾越的终极障碍:疾病与死亡。再如对于90年代的经济变革,叶兆言没有描写它给人们带来的物质改善,转而对个人的日常生活给予了充分关注。《陈小民的目光》(2003)为个体囿于物质环境变化的危机困局提供了一个观察的视角,一个别有意味的生活书写的入口。小说描写一个权贵家庭及其子嗣在工作、婚姻上的败落甚至生命的险境,传达出90年代以来资本、金钱以绝对优势影响并导致社会价值主体的变迁,让人在慨叹埋伏于生活中的种种可能性如何出其不意、一再予人以残酷打击时,也领略到了时代的瞬时性变化如何全面地修改了个人的生活和命运。

与余华、格非、苏童的转型不同,叶兆言始终在日常叙事的范畴里实践着对于时代、社会、人性的观察,在最平凡、最俗常的经验里建立起书写的节奏。他从一开始就将所谓深度意义的维度悬置,剔除了意蕴深奥的书写层面,认定日常生活就是一个人在世的所有,因此不断地将笔触深入和伫立于烟火茂密的"此岸"。世俗生活与时代变迁交织缠绕，共同构成了当代中国的发展面相。《艳歌》（1989）将迟钦亭和沐岚的浪漫爱情放在平凡生活的模子里，让他们经受细火慢熬，直至熬出各自性情里最本质、最不堪的那一部分。这道"细火"既拜生活所赐，也来自时代的变化。这在《李诗诗爱陈醉》（2002）中也得到了明确体现。在陈醉从乡下孩子到作为"猜题高手"的中学教员再到失败得一塌糊涂的下海者的经历里，折射着时代的变迁，李诗诗的爱也随同这变动一再重复着"被唤醒—被抛弃"的恶性循环。《滞留于屋檐的雨滴》（2017）以陆少林的出生秘密为缘起，在当代中国令人眩晕的极速突变中镶嵌着个人生命历程的帧帧影像。在《热米拉》《攀枝花》《紫霞湖》《伤心李雪萍》《恰似你的温柔》里，主人公的生活内含强烈的时代因素，叠加着人性的必然性和命运自带的苦楚性质，展示了叶兆言透过日常生活的深度变动去理解和把握历史的创作意图与叙事能力。

这种通过日常经验勾勒时代状况的做法，使叶兆言始终立足于普通人性和世俗现实，将抽象的情绪流变和精神躁动落实为生活琐事，这给他带来了"零度叙述""冷叙述"等评价。值得注意的是，这有别于新潮小说抽离价值判断、放空情绪的姿态。《作家林美女士》将那个写得一手好文好字但又因生活于非常时代而导致命运不济的女主人公塑造得那么古怪倔强，同时带着与之相抗衡的执拗力量；《蒋占五》通过因职称问题疑似自杀的主人公掀起的校园风波讲述具有时代性的"潜规则"；《陈陇老师》和《索玉莉的意外》中的主人公因特殊的时代环境而陷入情感、金钱之困，这个过程同时伴随着人性的水落石出。作者在铺排这些时代"典型"时，既不回避生活的碰撞和毁灭，也不耽溺于其所造成的创伤性记忆，而是在持续不断的时代之变和生活之变的逻辑下，选择将人物的痛

当代中国的浮世绘　315

苦绝望放置于日常事物的磨损中而使其平常化,淡然地呈现着生活的坍塌和败亡,透射着具有强大移情和转化能力的主体心智。有研究者将之概括为"主体情绪的节制与主体情绪的不能节制"[10]相融的叙事风格。他在确定生活之永恒悲剧后写下了这些作品,严苛的自我克制里难免不留下踟蹰的痕迹,从而使得这些荡漾着生活涟漪的叙事作为历史和时代的"文献",提供了被主流叙述遮挡或抹除的日常经验和记忆。

叶兆言以动态的日常叙事绘就了当代中国的图景。关于如何展现时代状况的问题,雅斯贝斯指出应当运用三个原则:理性主义、个体自我的主体性和"世界是在时间中的有形实在"的观念。其中,一种"确信"的力量以无与伦比的姿态成为这一塑造工程的核心:"确信,乃是对那个有形实在的确信,并且不可能独立于有形实在而发生。"[11]这个"有形实在"就是生活的波澜起伏、暗流澎湃,它以不完善、不平静的状态奔突着、汹涌着,只有像叶兆言这样"确信"并愿意面对这一事实的作家,才能予以捕捉并进行低温化和常态化处理。许多年来,这种于平淡中蕴含着价值取向的叙事方式在他那里逐渐成型并持续发生效力,说明他对"时代/人性"的相互烙嵌始终保持着高度的敏感,才能在日常伦理与世俗形态的横切面中皴染出隐性而本真的生活质地。

二 人性书写之下的"错位"人生

在文学创作中,"人性"历来为作家所关注,因为这一领域最大限度地投射着生活的繁复变化以及自我与他者的互涉。20世纪80年代后期以来,随着意识形态神性和文化理想主义的褪色淡化,以及世俗社会的兴起和实利主义的侵入，人性书写成为中国当代文学的重要内容。即便是在马原的《死亡的诗意》、孙甘露的《请女人猜谜》、余华的《世事如烟》、格非的《锦瑟》、苏童的《井中男孩》等先锋文本中，我们也可以明确地辨认出人性与历史、现实之间的复杂交错。"人性"的复杂性、不确定性布满主人公的生命流程，戏仿、迷宫、互文本和不断转换的叙事人称等手法不过是为此提供了遮蔽物或者说是美学的"障眼法"。

这在叶兆言那里也有所体现。他的"当代生活"系列共有着以人之本性为"驱动力"和"加速器"的叙事结构，连绵不断地讲述着人们如何任由平静表面下的潜意识冲毁着理性防线而导致生活失控，如何被奔涌不歇的情感所左右并最终改变了命运的方向。《情人鲁汉明》和《不娶我你后悔一辈子》里的主人公在无可名状的渴念中做出了人生的偏向抉择，《人类的起源》《苏珊的微笑》和《小春天的歌谣》里的越界是当代生活的典型体现。作者通过描述人性的变化，来探讨当代人生活的多样性，这在《我们去找一盏灯》中是男女主人公擦肩而过的婚恋轨道和重逢的甜蜜与荒凉，在《捕捉心跳》中是侯德义在爱的假戏真做和真戏难做之间挪腾闪跃的尴尬，在《去影》（1990）和《采红菱》（1991）中则是共用着"张英"这个名字的两个不同身份的女性将男性从人性的泥淖中打捞出来的努力。在20世纪80年代以来的当代中国文学中，张扬的人之本性逐渐成为新的符号和图腾，并潜在地塑造了文学的原型结构。在批评家看来，这种叙述具有"根本性"，甚至可以说是叙事层面中的"决定性的因素"[⑬]。朱文、韩东、张旻的"新生代小说"和邱华栋的"城市小说"、林白、陈染、海男的"私人化写作"，不喜者有之，但他们的小说无疑表现出了人性最真实、最切近本能的一面。

值得注意的是，叶兆言对"人性"的讲述不在其本身，而是包含着当代人的人生镜像。他的小说不断地重复着一个与常规性和连续性相决裂的主题："错位"。他擅长描写人如何在瞬间转念之下，从A滑到了B，又无意识地在B的卷裹下滑向了X。有批评家以"尴尬"为这样的审美范畴命名[⑬]。《古老话题》中的张英与人私通，其夫暴亡，她无法证明自己无罪，被判死刑；《别人的房间》讲述男主人公过升被女同事控告强奸，经调查发现她患有精神病，但他并没有就此解脱，而是在家庭和单位琐事的逼迫下失控，最终强奸了年长的女邻居；在《马文的战争》中，马文和杨欣离婚后各有新的伴侣，却因不得不住在同一屋檐下而使关系变得错综复杂。大量的原初人性与终极结果之间的抵牾出现在叶兆言的小说里，它们以戏剧化、不乏黑色幽默的方式讲述着"错位"人生的两难与悖论。

在叶兆言的作品里，"错位"的人生还表现为频频出现的"事与愿违""无缘无故""说不清楚""莫名其妙""稀里糊涂"等表达模糊性和悖反性的词汇："事与愿违，越是想守的东西越是守不住"（《艳歌》）；"一切已经不可思议，所有的可能性他都想到，他想到了所有可能的可能性"（《绿色咖啡馆》）；"从一开始就这样，整个莫名其妙，她莫名其妙地卷进了一个漩涡，莫名其妙被绑架，莫名其妙被糟蹋。"（《绿色陷阱》）还有诸多在正反两极之间摇摆不定的句式："赵浏兰现在要的既不是钱，也不是情"（《危险女人》）；"人不能骨头轻。当然，人难免骨头轻"（《五千元》）；"要做手术，他不是怕，也不能说是不怕"（《死水》）……作者借此表达生活的无可奈何和身不由己，表达人在聊胜于无的满足之后比之前更深的沮丧和绝望，以及人与命运在电光石火的刹那间失之交臂的悔恨。这些左右依违的关系、进退维谷的困境、南辕北辙的现实，将当代中国人的人生状态展现得一览无余。有研究者指出，"叶兆言笔下的生活'很中国'"，主要也是认为他写出了当下那些"灰色的小人物"及其"亲切自然"的真实情感和人生[⑭]。

这些书写传递着叶兆言对于人之本性、生存之实相的认知经验与价值判断。人在俗世浊流之中辗转流徙，必然经历精神与身体上的磨难、消亡和无意义的损耗，横逸而出的人性变化无非是在强化和佐证这一历程。《没有玻璃的花房》和《我们的心多么顽固》讲述了纠结的家庭关系带来的无法抹除的悲剧，《我已开始练习》和《榆树下的哭泣》描写了身处情感洪流中的主人公给自己和家庭带来的创痛。《爱情规则》（1993）中，莎莎在爱与不爱、选择与放弃、理性与非理性等矛盾之间挣扎，希望和失望的反复交叠将她折磨得精疲力竭而依然无果。在《去雅典的鞋子》（2016）中，女主人公丽娜因怀疑父亲居焕真非亲生而展开了狂热的寻父之旅，并将之扩展为亲情的谜语和对人生的种种拂逆。虽然她最后通过亲子鉴定验证了亲生父亲就是居焕真，可是她的生活已经完全被自己的狂想支配和改写了。人们战胜生活的愿望反而成为自身与他者的束缚，人与人、人与现实、人与命运之间的关系扭曲变异，布满了创伤、裂缝和破绽。

叶兆言平静通达地化解着关于"人"之悲剧必然性的喟叹，同时为"人"在世间的劳烦、挣扎、博弈而倾注着笔力和心力，他由此诉诸的情感与超验秩序和宏大叙事相疏离，形成了关于"自由伦理的个体叙事"的书写。这种书写镌刻着"个体生命的叹息或想象,某一个人活过的生命痕印或经历的人生变故",展现着"生命中各种选择之间不可避免的矛盾和冲突"⑮,是生动的、鲜活的、见微知著的。在当代生活多向度发展的趋势下,这样的生命伦理正在成为世界性共同体的认知基础,它涉及"想象力、敏感性、感情、温暖、柔情、人性",意味着超越宗教、民族、文化的新的价值和范式转换的生成⑯。叶兆言的人性书写正具有这样的意义。他以着墨均匀的客观叙述、荒谬如谜的命运揣度、彼端别地的破碎结局,描写了那些深陷于情感、人性、道德之中并为之所苦的一个个具象生命,通过他们勾勒出了中国人在种种现实之间往复摆荡的脉络,为当代中国留下了一个个情节饱满的小说文本。

三 现实主义细节与生存形态的隐喻

如果说残雪、马原、孙甘露在20世纪80年代主要是通过先锋的外壳、哲理性的内涵来表现生存形态的话,那么,叶兆言则从一开始就编结着"现实主义"的经纬。他的小说在人物形象和情节设置等方面,以富有表现力和真实性的细节不断地与生活产生联系,与客观现实的结构和物象保持着坦诚率直的呼应。这种方法产生了更加感性和具体的想象性重建,使得他笔下的世界获得了简洁坚韧的力度。

与那些着力于在语言和技巧上追求繁复新奇的作家相比,叶兆言的作品平实简练,流畅易读。有人称之为"通俗化"写作,他自己也不讳言于此,提出"通俗是小说的必然"⑰、"应该有的话题是,通俗得够不够,好不好,而不应该是简单地以通俗来论成败"⑱等观点。我认为,叶兆言"通俗"的价值是将人、事和物的位置与状态都描述得细致入微，不断进入的现时态使文本与现实始终保持着活泼关联：《美女指南》在"编辑部的故事"里，层次分明地讲述着社会价值观的变化；《青春无价》里，将一对对彼此都抱有功利目的父子的精打细算和他们在亲情上的两败俱伤刻画得淋漓尽致；在《关于饕餮的故事梗概》（1998）中，作者娓娓道出南京傅家菜的变迁。在对食单和菜谱的翔实描述里，连缀着"亲情—爱情""忠诚—背叛""苟活—自戕"的复杂人生。作者用人物的行动和对行动的阐述取代了主观评判，让他们不断试探和僭越社会秩序与伦理规范，来建立一个充满动感的现实世界。

叶兆言的现实主义笔法，更为精细突出地体现在"犯罪小说"的写作中。或许是因为这类反常态题材向他最大限度地打开了探索人性的空间，他对此始终保持着浓厚的兴趣。读大学时，他在方之的鼓励下开始创作，第一篇小说就是《凶手》，讲述一个青年将仗势欺人的花花公子"破膛开肚"的故事。那时"伤痕文学"正走红，但因"暴露黑暗"而屡遭非议，这篇小说比之"走得更远"，不能发表也完全在预料之中[13]。在这类小说里，他以详尽的现场描写和缜密的逻辑推理，将犯罪与侦破过程进行了忠实度极高的还原。最不可能发生的状况，也由于真实的力量而显得确有其事一般。《重见阳光的日子》（1995）以即将退休的警察顾骏重审二十年前张焰强奸杀人案开篇，在对当事人的重新追问和若干细节的反复推证后，这一案件最终以受害者"自杀"而定论。令人震惊的不仅仅是结局异乎寻常的扭转，还在于作者以严丝合缝的探案笔法一点点揭开"受害者"深渊般自毁人格的强大的逻辑性。很少看到当代作家在理性推演的路径上如此审慎精密。这在《危险男人》《危险女人》和《走进夜晚》（又名《今夜星光灿烂》，1994）中也有

当代中国的浮世绘　321

所呈现,惊悚诡异的现场、相互矛盾的证词、通俗化的悬疑设置,还有明确的写人、绘景、状物,都带着滤镜般的清晰和自然。可以确定,叶兆言在现实主义细节上的打磨是相当结实的。

在当下,"现实主义"是否依然能够发挥其美学功能并与"现实"形成互证呢?有研究者指出,在20世纪,传媒的高度发达带来了小说的故事功能和干预作用的弱化,哲学话语的"过剩生产"又使小说将其吸附而成为"迅速繁殖的思想的载体,文化的隐喻,认识论的实验,某种精神与生存危机的'预言'"[20]。因此,继续"现实主义"无疑意味着巨大的风险,而要在写实性、模仿性的笔法中完成对当下现实的高度凝练、对生存实存内蕴的提取,则需要作家根本性地解决认识论和价值论的问题。他必须清醒地认识到我们当下所在世界的本质和特征,并将之以与这个时代相适应的方式表现出来。

叶兆言的叙事艺术即是如此。他精细纯朴地描摹着生活的枝叶形态、众生的哀苦喜乐,以毫无遮掩的、强烈的直接性摹写着生活的本来面目。"现实"使他无法给出绝对清楚的诠释,而对当代中国的了解又促使他去探究背后隐藏的秘密。在他的小说中,轮廓分明的表象下集结起来的总体氛围和内部情势里涌动着微妙丰富的复杂性,芸芸众生的群体面相犹如幻影汇集呈现着关于生存形态的整体性隐喻。用陈思和的话来说,他是以"严格意义上的现实主义技巧"宣示了"更深层次上的小说艺术的美学嬗变"[21]。合理细节与突兀结局的杂糅、流畅叙事与隐喻意象的共在、细部具象与总体抽象的呼应,共同构成了叶兆言复杂的小说美学。

什么是当下中国的生存图景?那就是,中国人曾经拥有的传统文化/乡土伦理/"卡理斯玛"(Charisma)[22]等精神庇佑物逐渐弱化甚至消失，因此只能直接面对充分浸润着现代性维度的生活。这种生活在予人以现代化和全球化的便利时，也以多样性和庞杂性磨蚀着人们的感官，带来新的精神困惑和危机。在叶兆言的"当代生活"系列里，无端遭遇命运褫夺的主人公比比皆是，他们陆续失去尊严、健康、至亲、挚爱、生命，仿佛没有终结地生活在残缺与丧失之中。《蜜月阴影》和《关于厕所》将女主人公的自尊创伤归咎于难以启齿的生理原因，看似微不足道，却将她们的人生掀开了一道罅隙，且因无法弥合而永远处于撕裂状态。敏感的读者会注意到，叶兆言的大部分小说都涉及"死亡"，他笔下的人物死法多种多样：《纪念葛锐》里的知青葛锐死于身体的逐渐衰败，《雪地传说》里的产妇和送她去医院的人被冻死，《小杜向往的浪漫生活》里的群众演员小杜死于拍摄时的意外，《黑狗》里的阿狗神秘丧生，《别人的爱情》里的钟夏死于车祸，《夜游者侯冰》里的品行不端的侯冰被捕死，《结局或开始》《诗人马革》《夏日最后的玫瑰》和《哭泣的小猫》里的人物死于疾病，《儿歌》《奔丧》《烛光舞会》《八根芦柴花》和《五月的黄昏》里的人物自杀，还有大量阴郁无由的凶杀案。作者尽力以"现实主义"手法将这些死亡事件直接精确地描绘出来："葛锐死在潘永美的怀里，他的脸色苍白，眼睛紧闭，跟睡着了一样"；"他面带胜利的笑容，一头扎倒在雪地里"；"有一股烧焦的煳味，淡淡的，像小虫子一样在阿狗的周围嗡嗡飞着。"能指与所指保持着唯一性链接的名词和动词成为"直接表达意义的光骨头"[23]，如工笔画般将死亡场景展示得毫发毕现。作者将死亡从个体生命整体性描写中取出，嵌入现实主义细节描写之中，其所包含的坚硬凛冽便产生了比传统现实主义或纯粹现代主义手法更加撼人心魄的力量。

即使是描写那些因失去亲人和死亡事件而跌入困境、逐渐认识到其不幸影响的人，叶兆言也都以意义明确的写实性修辞予以端详，精准地测量着其精神陷落的程度。《挽歌》讲述李欣在恋人林黛病亡后，两次自杀，终于成功地以死相酬；《故事：关于教授》中的苏抑尼教授在爱徒马路去世后，用他的"捷悟和善于苦思"来衡量其他学生，结果自然是失望。在《浦来遂的痛苦》里，作者没有让浦来遂的情绪停留于儿子跳楼自杀的时间点，而是将这一凝聚伤痛的时空无限延展，直到用一个偶发事件将父亲肉体和心灵上的痛苦全部释放出来。由于缺乏精神上的终极阐释，人们无法有效缓解和免除残缺与丧失带来的心灵之苦。那些在现实、理想和欲望中勇于实践而最终失败的主人公，只能节节败退，直至将自己交付于不可挽回的绝境。

在这些关于死亡及其辐射的描写中，叶兆言并不渲染悲剧氛围和丧失的凄凉，也不含哀伤与痛楚，仿佛那是春阳下渐次消散的凝露，一个自然而然的过程。因为在他那里，"死亡"就像衣食住行一样是生命链条中的环节。"小说把死亡当作写作的圆点，通过变奏，表现了死亡的永恒。"㉞在《濡鳖》中，作者甚至设置了一个与人间相似度极高的阴间。在那里，具有肉身般实感的亡灵和生者一样体会着升职、发财、掌控他人命运的快意。当作者不再赋予"死亡"以重大的社会和文化价值时，也就将人们切身感受到的生存的无常性予以了如实展现。他既不用因果链缝合碎片，也没有营构"倒V字"形的情节分布㉟，而是将不可抗拒的生活逻辑坚定地、一步步地推演下去，这使得他在保持现实主义行进方向的同时，也成功地抵御了传统现实主义的习规对于文本的伤害。《不坏那么多，只坏一点点》里美女大学生与打工者的关系，《雨中花园》里林林对表姐婚姻的猜想,《桃花源记》里男主人公对骗局婚姻的醒悟,《余步伟遇到马兰》里的情感骗子与中年寂寞女的纠葛,都结束于因果链的断裂。在别的小说家手上,类似的突变可以铺展出精彩的起承转合,叶兆言却以叙事环节的缺失和"反高潮"[35]手法极力将之淡化,甚至使其戛然而止、无疾而终,营造出生活在日常轨道上滑行、似乎永远也结束不了的叙事效果,这使他的小说很难称得上是故事而似乎只是事件,这些散乱的事件比人为给予结局的故事更能映衬价值破碎和无中心化的当代现实。

叶兆言的叙事风格是朴实的、明晰的,题目却在与文本遥相呼应的层面上呈现和含蕴别样的含义。强烈的美学冲动促使他在内容与形式的结合部寻找着独特的抽象符号。在他的小说里,"绿"构成了一个醒目的谱系:"悬挂的绿苹果""绿色陷阱""绿河""绿色咖啡馆""绿了芭蕉"。这些作品中的主人公在尘世生活的界限内寻找着"幸福"或至少是"完整"的关系,结果发现那是难以实现甚至是无法企及的,在追逐中屡屡受到不可捉摸的命运力量的拨弄和碾压,不得不在越来越切近的现实中将生存的意义矮化为可接受的妥协。"红房子酒店"与城市无关而指涉着乡村苦难,"花开四季"不是叶繁花茂而暗含婚姻的荒谬,"路边的月亮"并非抒情小夜曲而是激情杀人的恐怖现实。在汉语里被赋予蓬勃和浪漫意味的颜色与词汇,在他那里却以反讽的组合和语调渗透出冷色调的机锋,传递出"真实—幻象""明朗—含混"等多种意蕴交融的艺术效果。一旦剥离掉这种反讽性和不对称性,作者从表达内容里直接淬炼出的意象便达到了直抵其内核的犀利:"挽歌""去影""奔丧""凶杀之都""别人的爱情",无不恰切地传递着几乎令人颤栗的锋芒。

所有这些生存困境的描述，因果链环的空缺，意象群落的锻造，与那些从容绘就的现实主义细节迸射出的细密光影一道，提供了叶兆言以惊人的敏感和准确把握到的当代中国生存形态的本质：不再有遮蔽物呵护心灵，不再有宏伟叙事的加持，"匮乏"就是真实的没有，"丧失"就是永恒的缺席，它们是人生的常态和自然态，"无处不在、不可避免、不可抗拒"和"必不可少"[⑦]。在"静"的表层结构和"动"的深层结构[⑧]的参差下，作者用淡然的语调稀释死亡与失去的伤痛，用平实的生活抵御死亡的吞噬。这种近乎严酷的节制、对人物身处困境的希冀、闪着冷光的暖意，构成了叶兆言"当代生活"系列的独特张力和质感。

四 前瞻性与反类型化的"当代性"写作

在当代文坛，叶兆言的写作资历足够漫长，创作成果也相当丰硕。他从1980年开始发表作品，涉猎文体甚广，迄今笔耕不辍，其中不乏探索性文本，"挽歌"系列、"张英"系列、"夜泊秦淮"系列为批评话语带来了一定的陌生化与异质性冲击。目前的研究主要集中于叶兆言的"南京"文化想象，或探讨其神话和历史叙事的价值[②]，或从性别角度分析其作品中的女性形象与男性哲学[③]。这些研究提供了一些思路，但是，相较于其庞大的创作体量，谈论的数量、层次和深度上都还不够。这种反差构成了当代文学史上一个少有而奇特的现象：一个优秀作家和他的文本像是流布于文坛边缘的"孤岛"，不是没有联系，却难以对接和楔入。这里面隐藏着的时代特质、叙事美学、作家主体性及其与当代文学思潮的关系等"奥秘"，是叶兆言小说研究中颇值得探讨的命题。

一个意味深长的解释是，叶兆言的作品与时代之间的联结如同他笔下的人生，是"错位"的、"断裂"的。30年后的今天，当我们重读他的长篇小说《死水》（1986）时，会发现它完全无涉于那个时代。小说讲述大学生司徒汉新因眼疾住院的一段生活。主人公"没有理想"，不求上进。在他那里，生活处于漂浮不定、模棱两可的状态：既不这样，也不那样；此亦可，彼亦无不可；如此不好，不如此也不好；一切不可忍受，但并非不能接受——一种灰蒙蒙、黏滞纠结的状态。就连对于爱情也是如此，他渴慕着护士苏苏，却无法断定自己爱不爱她。与之形成鲜明反衬的是女病人叶梦卓，她好学、努力、深沉、有理想、有思想，在医院里也坚持看书和学外语，可是在绝症和死亡的追逼下，她的积极和司徒的消极都化作了无价值的虚空泡沫，共同指称着人生终极意义的匮乏。有研究者指出，司徒汉新是一个"无心人""多余人""局外人"，但和奥勃洛摩夫、默尔索不同，他的性格并非来自与社会和律法的对峙，而是"内在的确认"和"非理性的自我生成"[31]。这个论断不仅准确地勾勒出了主人公的典型特征，而且让人意识到，这个始终在生活表面滑动的人物实在是一个与时代格格不入的不肖子，可他的不肖又是如此地寡淡乏味。联系《你别无选择》中叛逆的音乐学院学生，《无主题变奏》中以实际行动向社会宣告个体存在的主人公，还有《北方的河》中在滚烫的空气里从不停止脚步和思考的准研究生，就可以理解，为什么司徒汉新和《死水》在那个热力高扬的时代会遭遇"置若罔闻"和"死水般的寂寞"[32]。

《死水》虽然只是叶兆言青年时期的笔墨小试，但他的写作倾向与风格已经包含于其中：无聊之人、琐碎之事、迷茫的人生、无意义的死亡、平淡的叙事语调。在中心价值依然牢固的20

世纪80年代,他却像提前感知到充满破碎感的未来,转而书写价值崩解、意义缺失、深度消解的场景,营造出一个"既不是有意义的,也不是荒诞的""存在着,如此而已"㉝的世界,这接近于具有解构性、多元性、平面化、零散化等特征的后现代主义。在盛行现代主义的80年代中期,这无疑有着前瞻性和超越性,也是一场孤独的美学冒险。因此,与其说司徒汉新被时代抛弃了,毋宁说作者从一开始就未曾幻想过这个人物会被历史和时代所收留、所铭记,因此让他按照自己的写作本能径直走出了同时代流行的美学诱惑与巨型幻象。

叶兆言在叙事艺术上的前瞻性表现为,他逾越了社会学、历史学等外部因素的影响,通过制谜与解谜,建构起富有弹性的留白和想象空间,将小说的诸种可能性膨胀得充盈饱满。这个"谜"在《小磁人》里是小磁人对王德育的革命行为与亲昵依偎的悖反,在《写字桌的1971年》里是吴凤英对写字桌的物之执念,在《再痛也没关系》(2013)中是农民工老佟形态迥异的生命起伏。每一个"谜面"之下都掩映着更深层次的草蛇灰线。"谜底"往往是摧枯拉朽的人性本能及其带来的受挫的欲望、变轨的人生、复杂的心结。当作者将那些充满悬疑的情节层层展开、剥出"谜"之核心时,他也就营造出了始于"平淡"、终于"意趣"、如"螺旋形"般不断升高的境界㉞。种种不可解与不确定引领着人性朝着不可知方向滑落,使小说具有了可多角度、多层次、多重理解的阔大与丰富。

如果说前瞻性是叶兆言基于自我文学观而"无意识"地越过时代藩篱的话,那么,在反类型化这一点上,他则屡屡表现出了"有意识"地拒绝同质化,常常选择逆向行之。由于《状元境》(1987)、《追月楼》(1988)、《枣树的故事》(1988)和《艳歌》（1989）等具有强烈思潮特征的小说恰逢其时地出现，他通常被视为新历史、先锋和新写实小说家。但是，他始终警惕着不要固化于某种风格和理论，因而不断变换关注点，扩大写作半径。在他看来，"理想的作家应该是作为单数出现的，他是独立无二的，是一个个人，永远发出自己的声音"[35]。个人化的美学追求和文学理念给了他多重身份，也使得任何单类的主义或思潮都无法覆盖和界定他的创作。

这种主动的、自觉的、反类型化的意识促使叶兆言在叙事文体和形式上不倦地探索，不断地"颠覆"和"创造"[36]：传统与现代、写实与魔幻、虚构与非虚构、双线索的共进并行、"罗生门"式的讲述、时空的颠倒交错，共同构成他多变的审美维度和叙事格局。在《最后》（1989）中，作者运用元小说手法，反复推敲一个小说家描写杀人的场景，通过设置不同的人物关系不断地改变谋杀的理由、方式和结局。他甚至还安排小说家和一个女犯罪心理学家交往，通过她来解释杀人心理中的"不可能"所蕴含的现实性因子及其相互转化，为元小说手法增添了结构上的多重景深。《重见阳光的日子》的互文本，《走进夜晚》的开放式结局，《宋先生归来》的时间空白，《活证》的机器人杀人，《杨先生行状》里消解历史价值的转述，《绿色咖啡馆》的时空错乱和生死循环，都在对情节和人物的改装变形中形成了飘忽迷离的色彩。这些小说彰显出作者通过尝试新形式来不懈磨炼"技艺"和"表现艺术本性"的坚持[37]，帮助他避开了单一化文学类型的整饬和规训，也为他提供了深度打量非常态人性暗角的叙事场域。近年来，他将笔力集中于历史纪实和散文写作。《旧影秦淮》《杂花生树》《陈旧人物》等文本给他带来了更多标签。从题材和叙事技法的变化到体裁与写作文

当代中国的浮世绘　329

类的迁移，大概都是出自他拒绝被归类的鲜明意识和自我深化的美学追求。

从某种程度上说，前瞻性与反类型化带来了叶兆言文本的易被误读、被稀释，但是，更重要的原因来自于"当代性"写作的有效性问题，尤其是在余温尚存的当下生活中展开的现实经验写作。新世纪以来，随着生活回归到日常琐屑的状态、显露出平淡的面目，理解和阐释此类文本的难度随之而来。研究者可以对文学作品中的时代思潮和变革予以准确概观和命名，却对日常生活和现实经验被拓版与被复制的"真实"、包括它渐成灰烬的萧索与凋敝显得钝感十足："在文化和审美上，人们总是保持着对'当代'的警惕和不信任，只有距离可以获得历史化的视角。"[38]曾经在《活着》和《许三观卖血记》中以人类经验的共通性、深刻的哲思来勾勒历史与人生而备受赞赏的余华，也因《第七天》而遭遇了文学生涯中被目为"滑铁卢"的一种质疑的声音。

在今天，"写什么"比"如何写"更加急迫地冲击着当代文学的创作观。我们正处于快速发展的城市化、现代性进程之中，关于当下现实题材的创作却难以在数量和质量上与之相称，这促使创作和阅读的姿态都亟须改变：我们应当坦诚地接受作家将当下现实题材大规模地引入写作范畴，直面自己所经历的生活以其芜杂性而获得与文本丝丝入扣的美学效果，而不是回避现实、美化苦难、搁置困境，否则，当代中国以及中国人曾经拥有过怎样丰富的精神历程就会以断崖和空白的形态而沉于历史的河流。从这个角度来看，余华在《第七天》中总算提供了"从感觉的真实到现实的真实"[39]的"当代性"意义[40]，这也称得上是一种尝试——明确知道自己无法逃离自身的时代，但始终在生活的废墟上观看、择取、记录，这样的写作主体可以说是与现实具有一致性的"当代人"。

叶兆言更是担得起"当代人"的属性和角色。他尽力用微观结实的具象匹配日常现实的经验,在"平淡/极致""通俗/严肃""写实/隐喻"的书写里平静地凝视着、辨认着人生的细密经纬。由于大面积地将人生经验还原为朴素的日常本真,将矛盾冲突延展为被现在时缠绕的平缓"生活流",他的小说难以被重新讲述,难以被施予深度价值,其文本意义在不稳定的游移性解读中难以聚焦和成型,这也是导致他的边缘、他的寂寞和阐解相对稀少的原因。而他从家族继承而来又在纯粹精神生活中自我完成的清净淡泊的"文人气",则与中国传统的"文化感和宽厚度"高度契合,在为他带来"涉笔成趣"的博雅和"疏朗清明"的风格时[①],也帮助他将写作延展成一种"生命本能"[④],将这一单纯逻辑推向彻底,为他与文坛的疏离提供了一个独一无二的注脚。

叶兆言是当代文学中少有的对当下现实拥有强烈触感的作家。无论是对日常生活经验的现实化呈现,还是对当代中国生存图景的喻象和表现,都是他文学观念的表征。他视生活为灵魂的容器,认为衣食住行的平淡琐碎足以囊括人们生存的全部价值和意义。他的"当代生活"系列让人感知到世俗时间的开放性、流动性和变化万端的可能性,从而唤醒人们对生活共同经验的记忆。这种与当下生活保持平视、平行的姿态决定了他特有的叙事场域与属性,也为当代文学提供了一种日常经验原型化、艺术化的文本范式。

---

① 据叶兆言自述,他与叶家没有血缘关系,是被叶家领养的,故此处用"生长"而非"出生"。《叶兆言自述人生》,第145

页，时代文艺出版社2010年版。

②叶兆言、余斌：《午后的岁月》，第81页，广西师范大学出版社2002年版。

③㉔㉟叶兆言、周新民：《写作，就是反模仿——叶兆言访谈录》，《小说评论》2004年第3期。

④[匈]阿格妮丝·赫勒：《日常生活》，衣俊卿译，第3页，重庆出版社1990年版。

⑤⑧[英]本·海默尔：《日常生活与文化理论导论》，王志宏译，第12页、第16页，商务印书馆2008年版。

⑥刘怀玉：《现代性的平庸与神奇：列斐伏尔日常生活批判哲学的文本学解读》，第28页，中央编译出版社2006年版。

⑦杨春时：《"日常生活美学"批判与"超越性美学"重建》，《吉林大学社会科学学报》2010年第1期。

⑨舒晋瑜：《叶兆言：我还能不能？》，《中华读书报》2010年2月24日。

⑩焦桐：《向死而在：由死亡理解生存——叶兆言小说的文化分析》，《当代作家评论》1992年第2期。

⑪[德]卡尔·雅斯贝斯：《时代的精神状况》，王德峰译，第14-15页，上海译文出版社1997年版。

⑫程文超等：《欲望的重新叙述——二十世纪中国的文艺精神与文学叙事》，《程文超文存（4）》，第270-271页，中国社会科学出版社2009年版。

⑬李其纲：《作为审美范畴的"尴尬"——叶兆言小说论》，《上海文学》1990年第8期。

⑭阎晶明：《耐得住叙述的寂寞——我看叶兆言小说》，《南

方文坛》2003年第2期。

⑮ 刘小枫：《沉重的肉身——现代性伦理的叙事纬语》，第7页、第10页，华夏出版社2004年版。

⑯ [瑞士]汉斯·昆：《世界伦理构想》，周艺译，第26－27页，北京三联书店2002年版。

⑰ 叶兆言：《小说的通俗》，《北京文学》2002年第5期。

⑱ 曹雪萍：《叶兆言：为西方写作是个伪命题》，《新京报》2007年1月12日。

⑲ 叶兆言：《叶兆言自述人生》，第107页，时代文艺出版社2010年版。

⑳ 张清华：《镜与灯：寓言与写真——当代小说的叙事美学研究之一》，《烟台大学学报（哲学社会科学版）》2005年第2期。

㉑ 陈思和、杨斌华：《不动声色的探索——评<悬挂的绿苹果>》，《钟山》1986年第2期。

㉒ "卡理斯玛"（Charisma）指的是被社会大多数成员认为具有"超凡的，禀赋超自然以及超人的，或至少是特殊的力量和品质"的"领袖"。[德]韦伯：《经济与历史 支配的类型》，康乐等译，第353－354页，广西师范大学出版社2004年版。

㉓ [美]乔治·斯坦纳：《语言与沉默》，李小均译，第143页，上海人民出版社2013年版。

㉕ [美]华莱士·马丁：《当代叙事学》，伍晓明译，第89页，北京大学出版社1991年版。

㉖㉞㊱ 叶兆言、林舟：《写作：生命的摆渡——叶兆言访谈录》，《花城》1997年第2期。

㉗ [美]朱迪丝·维尔斯特：《<必要的丧失>导言》，张家卉等

译,第2页,北京大学出版社1988年版。

㉘丁帆:《跋叶兆言的〈去影〉》,《现代中文学刊》1995年第4期。

㉙曾一果:《叶兆言的南京想象》,《上海文化》2009年第2期;沈杏培:《没落风雅与乱世传奇:叶兆言的南京书写——兼论长篇新作〈很久以来〉》,《当代作家评论》2014年第3期;周新民:《叶兆言小说的历史意识》,《小说评论》2004年第3期;肖敏:《论叶兆言历史题材小说的先锋意义和美学价值》,《江汉大学学报》2001年第4期。

㉚郭运恒、张刘明:《男性视阈下的"女性书写"——叶兆言小说创作简论》,《当代文坛》2014年第6期;刘一秀、方维保:《男性的哲学:欲望故事与诚挚悲悯——评叶兆言的长篇小说〈我们的心多么顽固〉》,《当代作家评论》2003年第6期。

㉛㉜晓华:《〈死水〉迟评》,《当代作家评论》1990年第3期。

㉝[法]罗伯-格利耶:《未来小说的一条道路》,中国社会科学院外国文学研究所编:《现代主义文学研究》,第594页,中国社会科学出版社1989年版。

㊲叶兆言、费振钟:《作家的尺度》,《萌芽》1994年第9期。

㊳陈晓明:《论文学的"当代性"》,《中国现代文学研究丛刊》2017年第6期。

㊴杨帆:《从感觉的真实到现实的真实——从〈第七天〉论余华越来越当代性的现实写作》,《名作欣赏》2017年第12期。

㊵刘江凯:《余华的"当代性写作"意义:由〈第七天〉谈起》,《文学评论》2013年第6期。

㊶施战军:《作为文人——别种意义上的叶兆言》,《爱与痛

惜》，第38页、第39页，山东文艺出版社2004年版。

㊷ 叶兆言、姜广平：《写作是一种等待——与叶兆言对话》，《莽原》2002年第1期。

（原载于《文学评论》2018年第1期）

叶兆言主要著作目录

长篇小说

《死水》　　　　　　　　　　江苏文艺出版社，1986.2.

　　　　　　　　　　　　　　人民文学出版社，2018.8.

《走进夜晚》　　　　　　　　春风文艺出版社，1994.12.

　　　　　　　　　　　　　　文化艺术出版社，2001.9.

　　　　　　　　　　　　　　上海文艺出版社，2010.

　　　　　　　　　　　　　　人民文学出版社，2018.8.

《花影》　　　　　　　　　　南京出版社，1994.6.

　　　　　　　　　　　　　　大众出版社，2008.5.

　　　　　　　　　　　　　　台湾麦田出版公司，1996.5.

　　　　　　　　　　　　　　香港天地图书公司，1996.

　　　　　　　　　　　　　　湖南文艺出版社，2018.4.

　　　　　　　　　　　　　　人民文学出版社，2018.8.

　　　　　　　　　　　　　　法国彼楷尔出版社，1996.

　　　　　　　　　　　　　　土耳其文，2019.

《花煞》　　　　　　　　　　今日中国出版社，1994.6.

　　　　　　　　　　　　　　作家出版社，1995.11.

　　　　　　　　　　　　　　台湾麦田出版社，1998.6.

　　　　　　　　　　　　　　北岳文艺出版社，2001.8.

　　　　　　　　　　　　　　上海文艺出版社，2010.

	人民文学出版社，2018.8.
《一九三七年的爱情》	江苏文艺出版社，1996.10.
	台湾麦田出版公司，2001.5.
	时代文艺出版社，2002.5.
	上海文艺出版社，2010.
	人民文学出版社，2017.8.
《收获纪念版》	人民文学出版社，2018.9.
	美国哥伦比亚大学出版社，2002.11.
	美国Anchor Books出版社，2003.
	英国Faber and Faber出版社，2003.
	意大利Rizzoli romanzo出版社，2003.
	荷兰Ambo出版社，2003.
	法国Seuil出版社，2008.
《别人的爱情》	华艺出版社，2001.9.
	台湾一方出版公司，2002.8.
	上海文艺出版社，2005.8.
	上海文艺出版社，2010.
	人民文学出版社，2018.8.
	英文本，2016.
	土耳其文，2019.
《没有玻璃的花房》	作家出版社，2003.1.
	法国BLEU DE CHINA，2006.
	上海文艺出版社，2010.
	人民文学出版社，2018.8.
	英文版，2016.
《我们的心多么顽固》	春风文艺出版社，2003.10.

	上海文艺出版社，2010.
	人民文学出版社，2018.8.
	英文版，2016.
	土耳其文，2019.
《后羿》	重庆出版社，2007.1.
	长江文艺出版社，2011.8.
	韩国译本，2014.
	人民文学出版社，2018.8.
《苏珊的微笑》	江苏文艺出版社，2010.1.
	人民文学出版社，2018.8.
《驰向黑夜的女人》	江苏文艺出版社，2014.4.
《刻骨铭心》	人民文学出版社，2018.4.
《很久以来》	人民文学出版社，2018.9.

中短篇小说集

《夜泊秦淮》	浙江文艺出版社，1991.12.
	浙江文艺出版社，2000.9.
	台湾远流出版公司，1992.1.
《去影》	长江文艺出版社，1992.9.
《路边的月亮》	江苏文艺出版社，1992.11.
《五异人传》	中国社会科学出版社，1993.3.
《采红菱》	华艺出版社，1993.4.
《绿色陷阱》	北方文艺出版社，1993.7.
《魔方》	山东文艺出版社，1998.2.
《烛光舞会》	泰山出版社，1998.6.
《走近赛珍珠》	云南人民出版社，1999.6.

	大众出版社，2005.5.
《纪念少女楼兰》	解放军文艺出版社，2000.1.
《五月的黄昏》	时代文艺出版社，2001.10.
《叶兆言·中国当代作家选集丛书》	人民文学出版社，2000.9.
《叶兆言·当代中国小说名家珍藏版》	文化艺术出版社，2001.5.
《叶兆言读本·中国当代名作家读本书系》	花山文艺出版社，2002.1.
《夜来香》	江苏文艺出版社，2003.1.
《关于厕所》	韩文版，2007.
《陈小民的目光》	北京十月文艺出版社，2004.5.
《马文的战争》	北京十月文艺出版社，2009.1.
《叶兆言中篇小说选》	上海社会科学出版社，2004.10.
《小春天的歌谣》	云南人民出版社，2005.1.
《捕捉心跳》	人民文学出版社，2006.1.
《叶兆言文集·绿色咖啡馆》	江苏文艺出版社，1995.3.
《叶兆言文集·殇逝的英雄》	江苏文艺出版社，1995.3.
《叶兆言文集·枣树的故事》	江苏文艺出版社，1995.3.
《叶兆言文集·古老话题》	江苏文艺出版社，1995.3.
《叶兆言文集·爱情规则》	江苏文艺出版社，1995.3.
《叶兆言文集·作家林美女士》	江苏文艺出版社，1997.7.
《叶兆言文集·风雨无乡》	江苏文艺出版社，1997.7.
《叶兆言小说自选集·艳歌》	广西师范大学出版社，2001.10.
《叶兆言小说自选集·挽歌》	广西师范大学出版社，2001.10.
《叶兆言小说自选集·儿歌》	广西师范大学出版社，2001.10.
《枣树的故事》	作家出版社，2009.9.
《雪地传说》	人民文学出版社，2009.12.
《左轮三五七》	人民文学出版社，2009.12.

《让我们去找一盏灯》	人民文学出版社，2009.12.
《悬挂的绿苹果》	黄山书社，2010.4.
《榆树下的哭泣》	新华出版社，2010.8.
《玫瑰的岁月》	海豚出版社，2010.11.
《十字铺》	中国工人出版社，2012.1.
《夜泊秦淮》	人民文学出版社，2012.7.
《日本鬼子来了》	人民文学出版社，2012.7.
《红房子酒店》	人民文学出版社，2012.7.
《关于厕所》	人民文学出版社，2012.7.
《重见阳光的日子》	人民文学出版社，2012.7.
《写字桌的1971年》	上海文艺出版社，2012.8.
	华东师范大学出版社，2017.6.
《一号命令》	江苏文艺出版社，2013.5.
《艳歌》	上海文艺出版社，2015.1.
《白天不懂夜的黑》	人民文学出版社，2015.1.
《十一岁的墓地》	长江少年儿童出版社，2015.6.
《追·楼》	安徽文艺出版社，2015.6.
《王金发考》	人民文学出版社，2015.10.
《不坏那么多，只坏一点点》	人民文学出版社，2015.10.
《余步伟遇到马兰》	人民文学出版社，2015.10.
《叶兆言·中国好小说》	中国青年出版社，2016.2.
《去雅典的鞋子》	人民文学出版社，2016.5.
《哭泣的小猫》	人民文学出版社，2016.10.
《叶兆言 双语文库》	南京师范大学出版社，2018.3.
《关于饕餮的故事梗概》	中国书籍出版社，2018.4.
《艳歌》	人民文学出版社，2018.10.

《儿歌》	辽宁师范大学出版社，2018.10.
《风雨无乡》	作家出版社，2018.10.
《艳歌》	台湾远流出版公司，1991.5.
《枣树的故事》	台湾远流出版公司，1992.7.
《悬挂的绿苹果》	台湾远流出版公司，1993.4.
《最后一班难民车》	台湾远流出版公司，1993.10.
《爱情规则》	台湾远流出版公司，1995.7.
《绿色陷阱》	台湾麦田出版公司，1992.10.
《殇逝的英雄》	台湾麦田出版公司，1993.7.
《红房子酒店》	台湾麦田出版公司，1994.9.
《今夜星光灿烂》	台湾麦田出版公司，1995.6.

散文集

《流浪之夜》	江苏文艺出版社，1995.8.
《南京人》	浙江人民出版社，1997.1.
《失去的老房子》	陕西人民出版社，1998.2.
《录音电话》	湖南文艺出版社，1998.12.
《旧影秦淮·老南京》	江苏美术出版社，1998.10.
	外文出版社，（英文版）2003.1.
《闲话三种》	百花文艺出版社，1999.4.
《叶兆言绝妙小品文》	时代文艺出版社，1999.1.
《叶兆言散文》	浙江文艺出版社，2000.10.
《不疑盗嫂》	文化艺术出版社，2001.9.
《杂花生树》	人民文学出版社，2002.1.
《烟雨秦淮》	南方日报出版社，2002.4.
《直面人生》	上海三联书店，2005.1.

《想起了老巴尔扎克》	华东师范大学出版社，	2005.3.
《生活质量》	文汇出版社，	2006.8.
《名与身随》	时代文艺出版社，	2007.1.
	时代文艺出版社，	2013.5.
《叶兆言自述人生》	时代文艺出版社，	2010.1.
《又绿江南·语丝画痕丛书》	上海书店出版社，	1996.12.
《道德文章·中国当代名人语画》	西苑出版社，	2000.9.
	西苑出版社，	2015.6.
《江南印象·对影丛书》	河北教育出版社，	2005.1.
《午后的岁月》（访谈录）	广西师范大学出版社，	2002.1.
《文学少年》	台湾一方出版公司，	2002.12.
《陈旧人物》	上海书店出版社，	2007.4.
	香港天地图书，	2008.3.
《水乡》	华东师范大学出版社，	2008.11.
（英文版）	华东师范大学出版社，	2010.4.
《看书》	江苏文艺出版社，	2009.1.
《江苏读本》	江苏人民出版社，	2009.8.
	南京大学出版社，	2016.6.
《陈旧人物·增订本》	上海书店出版社，	2010.1.
《杂花生树》	上海书店出版社，	2010.1.
《群莺乱飞》	上海书店出版社，	2010.1.
《午后的岁月》	上海书店出版社，	2010.1.
《南京人·续》	南京大学出版社，	2011.2.
	南京大学出版社，	2016.6.
《旧影秦淮》	南京大学出版社，	2011.2.
《马放南山》	中国华侨出版社，	2012.4.

《美人靠》	中国华侨出版社，2012.4.
《父亲的话题》	二十一世纪出版社，2012.10.
《陈·旧事》	中信出版社，2013.5.
《动物的意志》	重庆出版社，2013.5.
《叶兆言散文·纪念》	浙江文艺出版社，2014.1.
《现实生活》	文汇出版社，2014.5.
《老南京：旧影秦淮》	重庆出版社，2014.8.
《永远的阿赫玛托娃》	河南文艺出版社，2016.7.
《桃花飞尽东风起》	万卷出版公司，2016.9.
《燕子来时》	东方出版社，2017.2.
《乡关何处》	大象出版社，2017.5.
《文学少年》	人民文学出版社，2017.6.
《站在金字塔尖上的人物》	人民文学出版社，2017.10.
《无用的美好》	江苏文艺出版社，2018.3.
《红沙发》	山东人民出版社，2018.4.
《唱情歌的季节》	山东人民出版社，2018.4.
《一片归心拟乱云》	山东人民出版社，2018.4.
《婚姻证明之痒》	山东人民出版社，2018.4.
《枕边的书》	山东人民出版社，2018.4.
《折得疏梅香满袖》	山东书画出版社，2019.5.
《南京传》	译林出版社，2019.8.

本书配有智能阅读助手，为您1对1定制

《人类的起源》阅读计划

帮助您实现"时间花得少，阅读体验好"的阅读目的

（建议配合二维码一起使用本书）

您可根据自己的学习需求，量身定制专属于您的阅读计划：

阅读服务方案	阅读时长指数	为您提供的资源类型	帮助您达到以下学习目的
1. 高效阅读	阅读频次 较低　每次时长 较短　总共耗费时长 ■■	总结类	帮您快速了解《人类的起源》故事梗概
2. 轻松阅读	阅读频次 较高　每次时长 适中　总共耗费时长 ■■■	基础类	享受时光，简单阅读完《人类的起源》
3. 深度阅读	阅读频次 较高　每次时长 较长　总共耗费时长 ■■■■	拓展类	阅读更多同类延伸作品

针对您选择的阅读计划，您可以享受以下权益：

立刻获得的主要权益

作者小传
由出版社独家提供
本书作者小传

书评
由出版社独家提供
名家书评文章

作者主要创作目录
由出版社独家提供
本书作者主要创作目录

访谈文章
由出版社独家提供
本书作者访谈文章

▶ 专享本书社群服务
▶ 1套阅读工具

提供创造价值与私密的深度共读服务，群内分享阅读干货，发起话题探讨。
辅助您高效阅读本书，终身拥有。

每周获得的主要权益

专属热点资讯
16周社科文学类资讯推送
每周2次

配套线上读书活动
16周群内分享阅读干货，发起话题探讨
每周1~3次

精选好书推荐
16周精选文学社科热门好书推荐
每周1次

长期获得的主要权益

▶ 线下读书活动推荐　　精选活动，扩充知识开拓视野　不少于1次
▶ 抢兑礼品　　　　　　免费抽取实物大礼　　　　　　不少于2次限时抽奖

微信扫码

首次添加智能阅读助手的步骤

第一步：扫描本页二维码。
第二步：点击 (点击雇用我)，长按识别二维码，添加智能学习助手。
　　　　或者，您也可以点击 (点我)，然后点击 (点我加好友)，长按识别二维码，添加智能学习助手。
第三步：点击 (雇用我吧)，根据页面提示填写【本书完整书名】，即可获取本书的配套服务。
　　　　（您也可以选择页面下方【跳过步骤】直接进入首页）
第四步：点左上角 进入首页，点击【1对1定制读书计划】，可为您定制本书阅读服务方案。

再次使用智能阅读助手的方法

方法一：打开手机微信，在【微信】界面下拉（如图一所示），找到智能阅读助手的图标，点击即可。
方法二：打开手机微信，在【发现】界面点击【小程序】（如图二所示），找到智能阅读助手的图标，点击即可。
方法三：微信再次扫描本页二维码，按照步骤指引使用。

图一　　图二

❶鉴于版本更新，部分文字和界面可能会有细微调整，敬请包涵。